Das Buch

1775: Der Aufstand in den amerikanischen Kolonien gegen das englische Mutterland hat sich zu einem vollen Land- und Seekrieg entwickelt. Die Amerikaner haben ein neues, stark bewaffnetes Schiff gebaut, die aufsehenerregende *Fury,* die der reiche Reeder McCall als Freibeuter gegen die Briten einsetzen will, die aber zunächst den Spaniern in die Hände fällt. Trickreich und mutig kann Dalton sie schließlich in seine Gewalt bringen, was aber nicht ohne heftige Kämpfe zu schaffen ist – obwohl Dalton wie immer die List dem Gefecht vorzieht.

Der Autor

Dan Parkinson hat bereits 25 äußerst erfolgreiche Bücher veröffentlicht. Seine sorgfältigst recherchierten marinehistorischen Romane und Western fanden ein ebenso begeistertes Publikum wie seine Fantasy-Serie und seine Science-fiction-Geschichten. Parkinson lebt in Jackson Lake, Texas.

In unserem Hause ist von Dan Parkinson bereits erschienen:
Landfall in höchster Not

Dan Parkinson

Gefahr längsseits

Dalton, der Seefuchs, auf Kurs South Carolina

Roman

Aus dem Amerikanischen von
Karin König und Hans Joachim Alpers

Ullstein

Ullstein Taschenbuchverlag 2000
Der Ullstein Taschenbuchverlag ist ein Unternehmen der
Econ Ullstein List Verlag GmbH & Co. KG, München
Deutsche Erstausgabe

Titel der amerikanischen Originalausgabe:
The Fox And The *Fury*
(PINNACLE BOOKS, New York)
Übersetzung: Karin König und Hans Joachim Alpers
Umschlaggestaltung: Hansbernd Lindemann
Titelabbildung: Silvia Christoph
Gesetzt aus der Times, Linotype
Satz: Josefine Urban – KompetenzCenter, Düsseldorf
Druck und Bindearbeiten: Ebner Ulm
Printed in Germany
ISBN 3-548-24772-5

Für

Glenn Heath,
für »waterline x 1.4« und andere Weisheiten

Heidi Hannusch,
für die Feinheiten ihrer Muttersprache

für Spec. 2 C Ronald Hull, USCG

für Kipp Soldwedel und seinen magischen Pinsel

für Jack Coggins

für Tre Tryckare

und für andere.

Vielen Dank!

I

Mehr als zwei Jahre lang hatten die Feindseligkeiten zugenommen – Beleidigungen von seiten der Kolonien, politische Konflikte und unvereinbare Interessen, die sich Monat für Monat verschärften, bis nur noch eine Frage übrigblieb: Konnten die neuen Kolonien einen Krieg durchstehen, der gegen die stärkste Marine der Welt auf dem Meer gewonnen werden mußte?

Erst zwölf Jahre waren vergangen, seit Großbritannien sein Weltreich im Pariser Vertrag vereinigt hatte. Jetzt flatterte die britische Flagge über Gibraltar, Menorca, Bengalen und der Küste Tscherkessiens, Madras und den Bahamas, über Südflorida und allen großen Wasserstraßen, die in den Norden der eigensinnigen dreizehn Kolonien führten. Die Franzosen waren aus Nordamerika vertrieben und die Spanier bis zum Mississippi zurückgedrängt worden. Der Union Jack herrschte in der gesamten atlantischen Hemisphäre. Konnte der Kongreß der Kolonien für einen solchen Goliath den David spielen?

Wo immer sich Männer versammelten, um über Politik zu reden, hielten nur wenige das für möglich. Und von denen hegten manche, nach einigem Nachdenken, heftige Zweifel. Pitt war nicht mehr an der Macht, und Englands Regierung war in die Hände eines engstirnigen Königs gefallen, der sich im wesentlichen auf seine eigene Zufriedenheit beschränkte und dessen einziger Ehrgeiz darin bestand zu herrschen. Im Unterhaus wurde ernsthaft daran gezweifelt, ob die Royal Navy der Aufgabe gewachsen war, die Handelsbeschränkungen von 1775 zu überwachen, und gleichzeitig Großbritannien selbst und alle seine neuen Besitzungen zu beschützen. Selbst die Minister unter Lord North äußerten sich besorgt, obwohl der Auftrag des Königs eindeutig war. Zu herrschen bedeutete, die Herrschaft durch Machtausübung zu garantieren, und so sah es auch George III.

Der Bürgerkrieg lag in jenen ersten Monaten des Jahres 1775 bereits in der Luft. Und dann war es plötzlich keine Spekulation mehr. In Machias in Maine enterten und übernahmen Kolonisten mit Hilfe der kleinen Handelsschaluppe *Unity*, mit Mistgabeln und Äxten bewaffnet, den bewaffneten Schoner *Margaretta*, und ihr Kriegsgeschrei fand in Lexington und Concord sein Echo. Die Reaktion folgte auf dem Fuß. König George besaß zweihundertsiebzig Schiffe, von denen mehr als die Hälfte Linienschiffe und gut bestückte Fregatten waren. Die Beherrschung der Meere und der Kolonien würde geschwächt.

Dennoch – wo immer sich Männer versammelten, um über Politik zu reden, in Massachusetts und Connecticut, in Virginia und den Carolinas, in New Hampshire, Rhode Island und Providence Plantation, argumentierten immer einige damit, daß ein volles Drittel der Flotte des Königs in Amerika gebaut worden war, und während der Kongreß in Philadelphia über die »Aufstellung eines Fregatten-Geschwaders« und die Bewaffnung von Handelsschiffen diskutierte, gab es Männer, deren Perspektiven über die Einführung des Rechts auf freien Handel hinausreichten.

Ihr Rumpf wurde in Werften unterhalb Wilmingtons zusammengebaut, und jene, die *sie* entwarfen, hatten die besten Handwerker und die Schätze des ganzen Kontinents zur Verfügung. Niemand konnte die Zukunft sicher voraussehen, und so kam man überein, *sie* so zu konstruieren, daß sie als Handelsschiff wie auch als Kriegsschiff zu verwenden war. Man achtete auf Schnelligkeit und Stärke und entwarf entsprechende Pläne für das Rigg, alle nur möglichen Segel und für einen Rumpf, der beides tragen konnte. Man entwarf einen robusten, tiefliegenden Kiel und sah ausreichend Raum für den enormen Ballast vor, der nötig war, um dem Druck geheißter Segel bei starkem Wind standzuhalten. Unter den Wantengängen wurden sechzehn Stückpforten eingefügt, hinzu kam vorn und achtern ein Rahmenwerk, das den Druck der Ladung abstützen sollte, wenn nicht mehr Kanonen gebraucht würden.

Und doch wurde *sie* von den Ereignissen geprägt, noch während der schlanke Rumpf für den Stapellauf geschliffen und geteert wurde. Die Vorstellung, Ladung zu verschiffen, verlor nämlich zunehmend an Reiz für alle, die in ihren Bau investiert hatten. Statt dessen sprachen die Männer über einen gefährlicheren, aber erheblich profitableren Einsatz eines solchen Schiffes. Obwohl viele Schiffe in den Häfen der Kolonien lagen und man in jeder Spelunke oder Herberge fähige Seesoldaten finden konnte, gab es keine richtige Marine. Benedict Arnolds zusammengewürfelte kleine Flottille auf dem Lake Champlain hatte zwar den Plan General Sir Guy Carletons vereiteln können, von den Seen her anzugreifen, aber die Schlacht bei Valcour vom vergangenen Oktober hatte elf der sechzehn Schiffe unter Arnolds Kommando vernichtet. Erbärmlich wenige Schiffe wurden in der folgenden Zeit gebaut und dem Befehl des Kongresses unterstellt. Damit wurde schnell klar: Wenn man mit Hilfe von Schiffen der britischen Flotte standhalten müßte, dann würde es sich um Schiffe in Privatbesitz handeln. Die Investoren lauschten also interessiert den Geschichten von Dales Freibeutern im Süden sowie den Erzählungen über Haraden und seine mit vierzehn Kanonen bestückte *Tyrannicide.* Es hieß, daß Haraden innerhalb weniger Monate fünf englische Schiffe aufgebracht hätte, einschließlich eines Linienschiffes und der schnellen Brigg *St. John.* Sechs Monate abseits der Wasserwege von Salem – und die Erbauer der *Tyrannicide* waren bereits reiche Leute geworden. Haraden selbst war ebenfalls reich ... Und selbst ein vierzehnjähriger Schiffsjunge hatte einen Anteil von siebenhundert Dollar, eine Tonne Zucker und jeweils zwanzig Pfund Ingwer und Nelkenpfeffer bekommen.

Sie betrachteten erneut den hoch aufragenden Rumpf ihrer Schöpfung und wußten, was sie wollten: einen Freibeuter.

Aber die Gegend rund um Wilmington war nicht geeignet für die Ausrüstung eines Freibeuters. Also verholten die Männer den Rumpf bei Nacht heimlich die Küste hinab in die Chesapeake-Bay, wo sie einen verborgenen Platz fanden, um das Schiff fertigzustellen. Auch die Fragen im Zusammenhang mit der Ausrüstung waren bald gelöst. Der Ballast würde aus Munitionskisten bestehen, der Laderaum sollte als Waffenkammer dienen, und die beiden Masten würden so getakelt sein, daß sie dem Druck allen Segeltuchs standhielten, das man nur irgend auf ihren Spieren aufspannen konnte.

Und während man die Werftmannschaft mit Scharen von Männern verstärkte, die mit Äxten, Breitbeilen, Sägen, Beiteln, Hämmern, Bohrern und Schleifsteinen ausgerüstet waren – eine ganze Kompanie von Schiffbauern, Segelmachern, Taklern und Kalfaterern –, wurde beraten, welchen Namen man dem Schiff geben sollte. Der dicht hinter dem Großmast stehende zusätzliche Mastbaum wies *sie* als Schnau aus, während *sie* nach dem für die Geschütze vorgesehenen Raum als Achtzehner einzustufen war, wobei die Maße der Geschützdecks längsseits zweiundsiebzig Fuß und dwars vierundzwanzig Fuß betrugen.

Der Schnelligkeit und der Feuerkraft nach würde sie ein Kreuzer sein, ihrem Auftrag nach ein Freibeuter. Die Auftraggeber zerbrachen sich die Köpfe und experimentierten mit Wörtern, die sich ihrer Meinung nach gut auf den Namensschildern des Schiffes machen würden. Letztendlich war es einem vorübergehenden Segelmacher mit einem Kneifer auf der Nase zu verdanken, daß sie sich irgendwann einigten. »Oberbramsegel und Leesegelspieren«, sagte er und schüttelte verwundert den Kopf. »Spinnaker und einen Ringelfalk für den Treibermast! Wenn sie sich nicht bei der ersten Wende selbst zum Kentern bringt, wird sie eine wahre Furie auf dem Meer sein.«

Und so wurden ihre Namensschilder geschnitzt.

Ihr Name war *Fury.*

II

»Jetzt kann man sehen, was sie zum Sinken gebracht hat«, sagte Patrick Dalton, und er nickte, während er auf der gefährlich schwankenden Plattform auf und ab schritt, die in einem Fluß namens Caradine vom gekippten Rumpf des halb auf der Seite liegenden Schiffes an Seilen herabhing. »Der Rammstoß wurde abgemildert, weil sie Schlagseite hatte. Die Püttings dort – sehen Sie, wie verzogen sie sind? Sie haben die Hauptwucht der Kollision abgefangen, und der Druck darauf hat die untere Rüste nach oben gezogen.«

Während Dalton mit den Fingern die Kanten der auseinander klaffenden Planken nachzog, beugte sich Claude Mallory, der ihm gefolgt war, näher heran, um durch den einen Fuß breiten Riß in den dahinterliegenden Kielraum zu spähen.

»Gehen Sie nicht zu nahe heran«, warnte Dalton ihn. »Die Planken ruhen nicht mehr sauber auf den Auflangern. Wenn die Püttingseisen sich lösen sollten, würden die Planken wie Schildkrötenzähne zusammenschnappen.«

Auf dem Floß unter ihnen hob Billy Caster den Kopf von dem Kanzleipapier, auf dem er Bemerkungen, Zahlen und Ziffern notiert hatte. Dann beugte er sich wieder darüber. Der Kapitän mußte in unbekannten Redewendungen gesprochen haben, entschied er. Oder er bezog sich auf irische Schildkröten. Denn die einzigen Schildkröten, die der junge Master Caster je gesehen hatte, waren amerikanische Schildkröten, die keine Zähne besaßen.

»Das wäre natürlich eine Möglichkeit, das Schiff zu reparieren«, sagte Claude Mallory. »Mit einigen festen Schlägen auf einen Meißel könnte man die Püttingseisen lösen.«

»Ja«, sagte Dalton und nickte. »Wie es aussieht, kann das Schiff gerettet werden.«

»Aye.« Mallorys sonnengebräuntes Gesicht überzog ein Grinsen. »Wer immer sie aufgegeben hat – er muß ein Narr gewesen sein. Oder vielleicht war er auf der Flucht.«

»Wahrscheinlich letzteres.« Patrick Dalton ließ sich auf dem Rand des Arbeitsgerüsts nieder, so daß seine schlammbeschmierten Stiefel zehn Fuß über Billy Casters Kopf schwangen. Eine stramme Woche zermürbender Plackerei hatte ihn vor Erschöpfung wie erstarrt zurückgelassen – zuerst das Drehen des Wracks ins Hochwasser und dann das Kielholen auf einer Schlammbank mitten im aufgewühlten Strom, wobei ein Dutzend kräftiger Eichen am nahen Ufer für das Anholen als Anker gedient hatten. Die sieben Männer hatten die Arbeit von siebzig geleistet, um diese Aufgabe zu bewältigen.

»Käpt'n Dalton?« Billy Casters jugendliche Stimme erklang von unten. »Glauben Sie, daß, wer auch immer sie hier zurückgelassen hat, sie vielleicht absichtlich auf Grund gesetzt hat, damit er zurückkommen und sie für sich beanspruchen kann?«

»Das werden wir nicht erfahren, Mister Caster, es sei denn, die früheren Besitzer kehren zurück. Aber ich vermute, daß das Ausmaß der Schäden überschätzt wurde und man sie als verloren ansah.«

»Sie liegt noch nicht lange hier, Käpt'n.« Claude Mallory

hatte, Daltons Warnung ignorierend, den Kopf jetzt ganz durch die gähnenden Kiefer der aufgesprungenen Beplankung gesteckt. »Die Plankengänge hier drinnen sind frisch wie der neue Tag. Und ich kann dort unten Leinen und Taljen sehen.«

»Wenn eines dieser Stage reißen sollte, wird Ihr Kopf noch genauer hinschauen können.«

»Oh. Aye, Kapitän.«

Mallory zog sich aus dem Spalt zurück und setzte sich neben seinen Kapitän auf das Arbeitsgerüst. Die Spätnachmittagssonne fiel am fernen Ufer des Carradine Cut durch das Herbstlaub und sprenkelte den großen dunklen Rumpf, von dem ihr Gerüst herabhing. Dieses Schiff wies mehr als neunzig Fuß Rumpflänge auf, war ein mit Besansegeln bestückter Frachtkreuzer mit den schmucklosen Linien und der komfortablen Breite eines Leichters. Der hohe Großmast, der am Fuß über zwei Fuß Durchmesser aufwies, war weit zurückgesetzt, unmittelbar vor der Mitte, so daß das gesamte Vorderdeck für die Fracht freiblieb.

Sie war namenlos. Ihre Namenszüge waren entfernt worden, und alles unter Deck, was nicht unter Wasser gestanden hatte, war entfernt worden. Sogar die Segel waren verschwunden.

Cadman Wise hatte sie durch puren Zufall vor über einer Woche gefunden. Er war einer Patrouille hessischer Söldner auf der Daltry Road ausgewichen und hatte sich in die Wälder geschlagen. Dann hatte er sich, wie von einem erfahrenen Vollmatrosen, der kürzlich noch der Weißen Flotte Seiner Majestät angehörte, nicht anders zu erwarten, hoffnungslos im Wald verirrt. Ziellos umherwandernd, war er an eine Flußbucht gelangt, die sich zu einem ansehnlichen Strom verbreiterte. Dann hatte er hier in der Wildnis östlich der Chesapeake Bay dieses ausgeschlachtete und verlassene Schiff gefunden.

Ein Tag war vergangen, und ein weiterer begann, bevor die verirrte Teerjacke ihren Weg zur Daltry Road zurück fand und schließlich zu der kleinen Bucht gelangte, wo Patrick Daltons Flüchtlingsmannschaft die Gefangennahme, das Kriegsende oder eine glückliche Fügung erwartete, was auch immer zuerst käme.

Sie waren ein gereizter und wirrer Haufen, diese neun Überlebenden des Kriegsschoners *Faith*, und nur gegen den jungen Billy Caster lag kein Haftbefehl vor.

In nur wenigen Monaten war Patrick Dalton vom stolzen Ersten Offizier der bewaffneten Brigg *Herrett* und als einer der besten jungen Offiziere der Königlichen Marine gefeiert, zu einem von Haftbefehlen wegen Verrat, Fahnenflucht, Sabotage, Körperverletzung und wahrscheinlich Piraterie gejagten Flüchtling geworden. Den Haftbefehl wegen Verrats verdankte er seiner Bekanntschaft mit dem berüchtigten Fitzgerald, nachdem der wackere alte Krieger als Anführer der gegenwärtigen Rebellion in Irland entlarvt worden war. Die übrigen Haftbefehle hatte Dalton während seiner Anstrengungen gesammelt, den Konsequenzen des ersten zu entfliehen. Die Übernahme des Schoners *Faith* im Hafen von New York wäre von der Admiralität vielleicht noch verziehen worden, weil das Schiff nicht der Registrierung durch die Krone übergeben worden war. Aber daß Dalton die siebenfache Tonnage an Royal Navy-Schiffen versenkt hatte und außerdem eine erstklassige, mit vierundvierzig Kanonen bestückte Fregatte im offenen Kampf auf hoher See in Brand gesetzt und versenkt hatte, würde man wohl kaum ignorieren.

Nein, diese Eskapaden würden Patrick Dalton so lange verfolgen, wie der Union Jack über amerikanischen Gewässern wehte … oder über jeglichen Gewässern, in denen Dalton sich zufällig aufhielt. Verwegenheit war schön und gut, aber Demütigungen nahmen die Flottenoffiziere Seiner Majestät nicht gerade freundlich auf.

Auch die übrigen, die sich an Bord der *Faith* befunden hatten, waren Flüchtlinge.

Sechs von ihnen waren aus dem Festungsgefängnis bei den Long Island Yards entflohen. Charley Duncan hatte Diebstähle und Claude Mallory die Körperverletzung eines Zahlmeisters auf dem Kerbholz, Victory Locke und Purdy Fisk hatten eine Schenke und Ishmael Bean den Besitzer selbiger Schenke ramponiert, und Cadman Wise hatte sich auf die Stiefel eines ranghöheren Offiziers erleichtert.

Michael Romart, ein amerikanischer Kolonist, wurde von den Gerichten des Königs wegen Sabotage und von den Kolonistengerichten in Delaware wegen Ehebruch gesucht. Nur Billy Caster befand sich freiwillig bei ihnen. Seit er an Bord der *Herret* als Patrick Daltons Schreiber und an Bord der *Faith* bei ihrer Flucht vor der Weißen Flotte als Mannschaftsmitglied gedient hatte, verehrte der heimatlose junge Mann den Iren. Billys Heimat war dort, wo sein Kapitän war.

Eines Tages würden seltsame Geschichten über die Flucht des Schoners *Faith* und noch seltsamere Geschichten über ihr letztes Duell auf See erzählt werden. Aber nur wenige außer diesen neun Männern würden die Wahrheit kennen. Sie alle waren an Bord der *Faith* gewesen, als diese floh, und alle außer Billy waren auch dabei gewesen, als sie kehrtmachte und kämpfte. Und nicht einer unter ihnen hatte die *Faith* nicht lieben gelernt.

Patrick Dalton zuckte jetzt die müden Achseln und beschattete seine Augen, um stromabwärts zu der Biegung zu schauen, wo sich der Carradine Cut zur Bucht erweiterte. »Sie werden bald zurück sein«, sagte er. »Es kann nicht so lange dauern, sich eine Bucht anzusehen und festzustellen, was dort los ist.«

»Waren Sie jemals in der Chesapeake Bay, Sir?« Mallory rieb sich über den braunen Stoppelbart an seinem Kinn. »Mister Romart sagt, sie sei sehenswert. Um die Hälfte größer als der Long Island Sound und ein wahres Labyrinth von Kanälen, Einschnitten und Verstecken. Mister Romart kennt dieses Gebiet, Sir.«

»Ganz gewiß«, stimmte Dalton ihm zu. »Und er und Mister Duncan können selbst auf sich aufpassen. Aber sie haben unser einziges Boot, das wir bald brauchen werden, wenn wir Werkzeuge und Vorräte finden wollen.«

»Ich habe eine Liste mit allem aufgestellt, was wir brauchen werden, Sir«, sagte Billy Caster von unten. »Es ist eine Menge Material nötig, um ein Schiff dieser Größe überhaupt flott zu bekommen. Dann wird ein Satz Segel erforderlich sein und Schiffsvorräte und Proviant und ...«

Aus den Wäldern hinter ihnen erklangen, durch die Entfernung gedämpft, Feuerwaffen. Es waren mindestens drei einzelne Schüsse zu hören.

»Gewehre«, vermutete Billy. »Das waren Gewehre, Sir. Musketen dröhnen lauter.«

»Vielleicht haben die famosen Burschen Abendessen für uns gefunden«, sagte Mallory sehnsüchtig. »Ein paar Waldhühner würden mir genügen.«

»Waldhühner werden nicht mit Gewehren geschossen.« Billy faltete seine Papiere zusammen und stieß das Floß vom Rumpf des Schiffes ab. »Ein Schuß pro Vogel genügt. Sie haben sich wahrscheinlich im Wald verirrt. Soll ich losgehen und sie zurückführen, Sir?«

»Das wäre vermutlich besser, Mister Caster.« Dalton erhob sich und straffte im schwindenden Sonnenlicht die müden Schultern. »Wir werden das zweite Floß benutzen.«

Der Junge stakte das Floß kopfschüttelnd zum Heck des Schiffes, dessen Kiel man seitlich aufgeholt hatte, und ließ es am Ufer auf Grund laufen. Er passierte durch das dortige Behelfslager und verschwand im Wald.

Dalton und Mallory kletterten auf den Rumpf des Schiffes und ließen sich mit Hilfe von verknoteten Leinen auf das Deck hinab. Die Steuerbordschandecks waren überflutet, und an der hinteren Nagelbank des Großmasts hing ein zweites kleines Floß.

»Wenn es unsere Jungs waren«, sagte Mallory, »hoffe ich, daß ihre Schüsse niemanden auf uns aufmerksam gemacht haben.«

»Wann hat es schon mal einen Tag gegeben, an dem wir nicht irgendwo in dieser Bucht Schüsse gehört haben?« beruhigte Dalton ihn.

»Aye, aber für gewöhnlich handelt es sich um Kanonenfeuer, Sir.«

»Das kommt durch den Krieg, Mister Mallory, der in den letzten Wochen anscheinend überwiegend in unserer Nähe stattfand. Wie steht es mit unseren Teevorräten?«

»Reichlich, Sir. Dank Mister Duncan, der letzte Woche einen Ballen Tee fand, haben wir keinen Mangel.« Mallory hob den Deckel einer Wassertonne und spähte hinein. »Wir haben auch noch Wasser. Soll ich einen Tee aufbrühen, Sir?«

Im Lager stocherte Dalton im Feuer und legte weiteres Holz nach, während sich Mallory daran machte, Tee aufzubrühen. Da die Sonne bereits untergegangen war, setzte der Abendfrost ein, und Dalton zog seine zerschlissene blaue Jacke an und setzte sich auf den einzigen Schemel, den es hier gab. Es war ein seltsamer Schemel, aus gespaltenen Dachbalken und Schindeln gefertigt, aber Dalton hatte ihn aus dem Wrack der *Faith* gerettet, als es sonst kaum etwas zu retten gab. Dieser Schemel barg für ihn Erinnerungen. An Constance Ramsey.

Damals waren sie dreiundzwanzig Leute gewesen, eine bunte, schlecht zusammengewürftelte Mischung aus Schurken, Flüchtlingen und Freigeistern, die es nur mit einem einzigen gemeinsamen Ziel an Bord eines kleinen, geschmeidigen Schoners verschlagen hatte ... zu entkommen.

Einige von ihnen waren Seesoldaten der Krone, einige amerikanische Rebellen gewesen. Und es war eine Fee mit kastanienbraunem Haar und wildem Temperament dabeigewesen, die Dalton zunächst unbarmherzig gequält hatte ... um ihn dann zu trösten, als es am nötigsten war.

Sie hatte zur *Faith* gehört, war eine von ihnen gewesen wie jeder Mann an Bord und besser als mancher von denen, und letztendlich, als die hochaufragende Fregatte des Prisenmeisters auf dem Wasser hinter ihnen brannte und die Magazine der *Faith* kurz vor dem Explodieren standen, hatte Dalton seine Gedanken auf sie gerichtet und an die Hoffnung geglaubt.

Es war eine aufregende Reise gewesen, während der die Brüder Grimm – zwei gewohnheitsmäßige Frauenschänder und zugleich die besten Seeleute, die sich ein Mann unter seinem Kommando wünschen konnte – der Lady zu Ehren aus Dachbalken einen Schemel gefertigt hatten.

Constance war fort, und Dalton bezweifelte, daß er sie auf seinem Lebensweg jemals wiedersehen würde. Sobald die Schlachten auf dem Delaware beendet wären, würde

John Ramsey seinen Hausstand wieder nach Wilmington verlegen, und dort würde auch sie leben. Patrick Dalton konnte nicht nach Wilmington zurückkehren. Nirgends in diesem verdammten Land war Platz für einen Iren, der vor der Justiz des Königs geflüchtet war, so daß er versuchen mußte, in Länder zu gelangen, wo der Union Jack nicht wehte. Er hatte von Anfang an geplant, ein Schiff zu finden, das ihn nach Neuspanien brachte. Von dort, nun – niemand kannte die Zukunft.

Während sich Mallory mit dem Feuer abmühte, schmiegte sich Dalton an Constance Ramseys Schemel und streckte seine langen Beine vor sich aus. Seine Stimmung wurde zunehmend freudloser. Als er jedoch erneut zu dem großen Schatten des freiliegenden Kiels des Schiffes am Ufer des Carradine Cut schaute, kam Freude in ihm auf. Er hatte ein Schiff gesucht. Dieses hier, auch wenn es im Moment nur ein verlassenes Wrack war, konnte ein gutes Schiff werden, wenn man sich Mühe damit gab. *Sie* könnte stolz und stabil auf dem Wasser dahingleiten, den Wind mit hohen Segeln aufnehmen und ihre Nase zum offenen Meer erheben, während an ihrem Bug Gischt aufspritzte.

Ihr Gesang würde niemals der *Faith* nahekommen, aber selbst dieser armselige alte Kahn konnte der richtigen Hand am Ruder ein Lied singen. Wie war *sie* hierher gelangt, in die Wildnis, verlassen, allein und verwaist, auf eine Schlammbank? Wohin waren die Männer gegangen, die sie verlassen hatten? Was hatte *sie* so hart getroffen, daß alle Planken entlang ihrer Backbordseite mittschiffs geteilt worden waren?

»Ein Mysterium«, sagte Dalton laut.

Mallory, der den Tee vom Feuer herüberbrachte, zog eine Augenbraue hoch. »Sir?«

»Ich sagte: Ein Mysterium, Mister Mallory. Dieses verlassene Schiff wurde ohne Namen zurückgelassen, so daß ich sie taufen werde. Ihr Name ist *Mystery.*«

»Ah.« Der Seemann stellte das, was er in Händen hielt, auf ein kleines umgedrehtes Faß und nahm seinen Hut ab. »*Mystery.* Ein vielversprechender Name, Käpt'n. Wirklich ein recht vielversprechender Name.«

Dalton überquerte mit seinem Teebecher die dunkler werdende Lichtung bis zu der Stelle, wo die stramm gespannte Trosse – ein geteertes Seil von vier Zoll Durchmesser – durch Spleiß und Klampe an einem großen Eisenankerring gesichert war, von dem aus sich dünnere Seile fächerförmig zum Fuß der Eichen ausbreiteten, die dort standen. Das Kabeltau, das an dieser Stelle in Kopfhöhe verlief, erstreckte sich aufwärts auf die kleine Bucht zu, wo es oben am Großmast des Schiffes gesichert war. Diese Vorrichtung hielt das Schiff auf der Seite. Doppelte Stage vom Großmast zu den Backbordstiepern des Schiffes unterstützten den Mast und hielten das erhebliche Gewicht des Backbordrumpfes hoch über der Wasseroberfläche.

Man hatte den Kiel seitlich aufgeholt, wobei man die an Bord befindliche Haspel als Winde benutzt und sie mühsam Zoll um Zoll auf die Seite gezogen hatte, bis die Wunde vollkommen freilag und trocknen konnte. Der Rumpf lag so weit auf der Steuerbordseite, daß das Deck fast senkrecht stand, wenn die Flut kam.

Dalton überprüfte den Spleiß am Ankerring und stellte fest, daß er gut hielt. Das Schiff würde an seinem Platz bleiben, bis er und seine Männer die Möglichkeit fanden, es zu reparieren.

»Wenn Mister Duncan und Mister Romart mit unserem Boot zurückkommen«, informierte er Mallory, »werde ich zum Eagle's Head hinaufrudern und mit Mister Ramsey sprechen. Vielleicht wird er die Reparatur finanzieren.«

Es erfolgte keine Antwort, und plötzlich nahm Dalton scharrende Geräusche und das Klingen von Metall in seinem Rücken wahr. Er wandte sich um.

Er sah in der Dämmerung ein großes Walfängerboot mit dem Steuerbordbug anlanden, Männer vom Boot herabspringen und das Ufer hinaufstürmen. Zwei dieser Männer hatten Claude Mallory bereits die Hände gefesselt, und als Dalton sich erneut umwandte, sah er einen dritten Mann, der eine Keule hob, um sie dann auf den Kopf des Seemannes niedersausen zu lassen. Mallory brach zusammen.

Daltons einzige Waffe war sein Säbel, der jenseits des Feuers bei den Decken am Stamm eines Baumes lehnte. Er wollte gerade hinlaufen, als ihn etwas in den Bauch traf und einknicken ließ. Dann ergriffen grobe Hände seine Arme, verdrehten sie und hievten ihn hoch.

Vier Männer hielten ihn in seiner hilflosen Lage fest, während die anderen das Lager durchstöberten. Im Handumdrehen wurden Laternen angezündet, und Dalton konnte die Kerle besser sehen. Es schien sich um rauhe Burschen zu handeln, ein Dutzend oder mehr, in der bunten Kleidung der amerikanischen Hinterwäldler. Buchträuber, erkannte Dalton, Schakale, die die abgelegenen Gewässer durchstreiften und alles mitnahmen, was nicht niet- und nagelfest war.

Plötzlich trat einer vor und drückte Dalton eine schwere Pistole ins Gesicht, deren Lauf seine Lippen gegen die Zähne quetschte.

»Du bist nich allein hier«, knurrte der Mann. »Wo is der Rest von deiner Mannschaft?«

Dalton drehte den Kopf zur Seite, spuckte Blut und kämpfte gegen Arme an, die ihn festnagelten.

»Oho!« höhnte einer der Männer. »Er besitzt wahrhaftig Kampfgeist.«

Ein anderer griff in Daltons Haar und riß seinen Kopf grausam zurück. Der Kerl mit der Pistole hob die freie Hand und schlug Dalton hart ins Gesicht, wobei die wuchtigen Knöchel blaue Flecke auf seinen Wangen hinterließen. Die Welt drehte sich um Dalton, und der Mann schlug ihn erneut.

»Antworte!« brüllte er. »Ich fragte: Wo is deine Mannschaft?«

Dalton sank halb bewußtlos zusammen. »Fort«, flüsterte er.

»Is das dann dein Schiff?« Der Mann schaute zu dem in der Dämmerung dunkel wirkenden Rumpf zurück. »Was is' los damit?«

Mit letzter schwindender Kraft hob Patrick Dalton den Kopf und würgte wegen des Blutes und Speichels in seinem Mund. Er wußte, daß diese Männer Geächtete waren, und er war allein mit ihnen. Er hatte keine Chance. Heißer Zorn stieg ihm in die Kehle, und er sah seinen Peiniger mit hartem Blick an.

»Es ist leck«, keuchte er und spie dem Mann dann voll ins Gesicht.

In der folgenden Schrecksekunde entwand er seinem Bezwinger einen Arm, schwang herum und schlug in ein grinsendes Gesicht, wobei er Knochen brechen spürte, als er traf. Er trat einen weiteren Mann in den Bauch, drehte sich um und versuchte, im Gewirr zu entkommen. Doch sie erwischten ihn wieder und zwangen ihn auf die Knie, während Fäuste auf ihn einschlugen und Stiefel ihn brutal in Rippen und Rücken trafen.

»Schlagt dem Bastard den Schädel ein!« schrie jemand, aber die Stimme des Anführers übertönte ihn. »Nein! Knüpft ihn da an den Baum. Niemand spuckt Clive Hensey an! Knüpft ihn auf und laßt ihn eine Weile baumeln. Er wird höflicher werden, wenn wir anfangen, ihm 'n paar Teile abzuschneiden. Ganz sicher.«

Dalton erwachte schmerzerfüllt und schwindelig. Lange Momente vergingen, bevor er sich ausreichend orientieren konnte, um die auf dem Kopf stehende Szenerie um sich herum zu erkennen. Er war mit einem Seil verschnürt, hing an den Knöcheln an einem Ast, der Kopf baumelte drei Fuß über dem Boden. Eine trübe Laterne auf einem Baumstumpf offenbarte die über das Lager verteilten Gestalten, einschließlich eines gefesselten und bewußtlosen Mister Mallory am Ufer der kleinen Bucht. Dalton versuchte sich zu bewegen, und der Schmerz schoß durch seinen Körper und ließ ihn durch die zusammengebissenen Zähne stöhnen. Seine Nase und sein Mund waren mit trocknendem Blut angefüllt, und er konnte kaum atmen.

Bei dem Schmerzenslaut erhob sich jemand, trat zu ihm und betrachtete sein Gesicht.

»Biste also wach? Has du jetzt Lust zu reden?«

Es war der Anführer, Clive Hensey. Der Mann kniete sich hin, spähte Dalton ins Gesicht und stieß dann einen Daumen in sein Auge. Dalton zuckte zurück, und die Bewegung ließ erneut höllischen Schmerz durch seinen Körper schießen.

»Aye«, sagte Hensey zufrieden. »Du bis wach. Jetzt sag mir höflich, was mit'm Schiff da los is. Kann man's reparieren?«

Dalton schüttelte den Kopf und brachte mühsam die Worte hervor: »Fahr zur Hölle.«

»Oha.« Hensey richtete sich auf. »Er is feindselig.« Schon im Umwenden, trat der Mann heftig zu, wodurch Dalton wie ein Pendel schwang. Die auf dem Kopf stehende Welt drehte sich ... Licht und Schatten, Zweig und Stumpf, ein kurzer Blick auf einen Schnallenschuh unter einem Busch ...

Noch während Schmerz und Schwindel Dalton vollständig einzunehmen versuchten, kam er vollends zu sich. »Ich werde reden«, krächzte er. »Es reicht. Ich werde reden.«

Grobe Hände hielten seinen Schwung auf, und Hensey kniete sich erneut hin, wobei er erfreut wirkte.

»Das Schiff hat einen Riß im Backbordbergholz«, krächzte Dalton. »Es könnte repariert werden.«

»Und wo is das Backbordbergholz?« spottete der Mann. »Un erzähl mir's nich in deiner verdammten Seemannssprache. Red klar.«

»Es befindet sich am Rumpf. So wie sie jetzt liegt, auf der Oberseite. Dort ist ein Gerüst. Sehen Sie selbst nach.«

Hensey wandte sich um und betrachtete den hochaufragenden Berg des Schiffes. »Auf der anderen Seite?«

»Ja.« Daltons Stimme war kaum mehr als ein Flüstern. »Auf der anderen Seite.«

»Dann wer'n wir uns das mal anseh'n.« Hensey trat ihn erneut, quetschte Daltons Rippen und schritt dann durch das Lager davon, wobei er seine Männer aufscheuchte. »Kommt schon, Jungs! Hoch mit den Ärschen und zündet mehr Laternen an. Is bald Morgen un Zeit, was zu tun. Hoch! Hoch!«

Als alle wach waren, befahl er zweien der Männer, Wache zu halten, und drängte die übrigen in das Walfängerboot. »Wir fahr'n herum un seh'n uns den Boden von diesem Kahn an«, sagte er. »Wenn wir sie flott machen könn', is sie 'ne Menge wert.«

Als er im Wind schwang, erhaschte Dalton kurze Blikke auf das ablegende Walfängerboot, das wieder in die Bucht hinauslief und hinter dem freiliegenden Teil des Rumpfes der *Mystery* verschwand. Ein guter Name, dachte Dalton. Ein wirklich guter Name.

Er baumelte und drehte sich, und der Schnallenschuh war nicht mehr dort hinter dem Busch, wo er gewesen war. Daltons Rücken war der Lichtung zugewandt, als er einen dumpfen Schlag und schwache Würgegeräusche hörte, aber das überraschte ihn nicht. Daltons Männer waren von ihrem Jagdausflug zurück.

Billy Caster und Victory Locke schnitten ihn schweigend vom Baum und lösten seine Fesseln, und der Schmerz des wieder einsetzenden Blutkreislaufs lähmte ihn fast. Dann gelang es ihm mit ihrer Hilfe, sich hinzustellen. Er stützte sich keuchend auf ihre Schultern.

»Was jetzt, Kapitän?« flüsterte Billy.

»Können Sie meinen Säbel finden?«

»Aye, Sir.« Purdy Fisk kam mit der im Gurt steckenden Klinge heran. »Einer von dem Abschaum hat ihn getragen. Hier ist er.«

»Hat jemand nach Mister Mallory gesehen?«

»Aye, Sir.« Sie flüsterten weiterhin. »Mister Bean und Mister Wise kümmern sich um ihn. Er scheint zu leben.«

»Gut, Mister Caster.« Dalton balancierte mühsam auf bleischweren Füßen und stolperte zu dem Kabelgeschirr hinüber. Er zog seinen Säbel und prüfte die Schneide. Dann begann er zu schneiden.

Momente vergingen, während er über dem Ankerring an dem dicken Tau sägte. Ein Strang teilte sich und dann ein weiterer. Siebzig Yards entfernt, von der anderen Seite der *Mystery*, waren Stimmen zu hören und Laternenlicht zu sehen. Dalton verlagerte seinen Griff um das Säbelheft und schnitt weiter.

Billy Caster und Victory Locke standen seitlich und sahen ihn an, wobei sich ihre Augen weiteten, als sie erkannten, was er tat.

Das Kabeltau vibrierte und summte, als sich ein weiterer Strang teilte, und dann riß es plötzlich mit einem Knall wie von einem Gewehrschuß entzwei, und Dalton wurde zurückgeworfen. Das Schiff am Ufer ergab sich dem freien Gewicht seines Kiels und rollte aufrecht ins Wasser, wodurch Flutwellen über den Spalt fegten. Ein erstickter Schrei vermischte sich mit dem Geräusch zermalmter Planken, und dann war nur noch das Plätschern kleiner Wellen zu hören, als sich der tonnenschwere Holzkiel in den von der Ebbe freigelegten Schlamm schmiegte.

»Gütiger Gott im Himmel«, flüsterte Victory Locke.

»Mist!« entfuhr es Billy Caster.

Dalton saß mit gespreizten Beinen auf dem Boden und versuchte mit zitternden Händen, seinen Säbel wieder in die Scheide zu stecken. »Ich glaube, ich würde mich gern auf meinen Schemel setzen«, sagte er, »und einen Becher Tee trinken. Wenn es hell genug ist, können wir den Kiel der *Mystery* wieder aufholen. Es wird dieses Mal nicht so lange dauern, da wir jetzt wissen, was zu tun ist.«

III

»Sie haben Philadelphia eingenommen.« John Singleton Ramsey verlagerte sein Gewicht auf der Holzbank und trank einen Schluck von dem leichten Grog. »Ihr General Howe hat am Head of the Elk Feldtruppen angelandet und sie gegen George Washingtons Verteidigungslinien geschickt. Sie brachen letzten Dienstag durch, und Howe hält die Stadt, obwohl Washington ihn dort belagern läßt. Die Howes werden jetzt vermutlich den Delaware einnehmen müssen, um ihre Streitkräfte zu versorgen. Und es liegen noch immer zwei Geschwader vor der Chesapeake Bay. Dadurch sind wir eigentlich mittendrin gefangen, nicht wahr?«

»Vermutlich mit einigen wertvollen verborgenen Vorräten.« Patrick Dalton zog eine Augenbraue hoch ... und bereute es sofort. Sein Gesicht war, wie auch andere Teile seines Körpers, teilweise noch immer zu wund, um die Schmerzen ignorieren zu können.

»Möglicherweise. Handel kann in Kriegszeiten recht gefährlich sein.« Ramsey hob die Lampe an, um sich den großen Iren genauer anzusehen. In dem mit Fensterläden abgedunkelten Räucherhaus, in dem sie sich getroffen hatten, war es düster, aber es war weitaus sicherer, als Dalton auf dem offenen Gelände von Ramseys Landsitz in Virginia zu präsentieren, wo Rotjacken und Hessen über das Land ausschwärmten. »Wissen Sie, Patrick, Sie sehen mit Ihrem blauen Auge und dem geschwollenen Kiefer wie der leibhaftige Teufel aus. Mein Arzt wird einen Blick auf Sie werfen, bevor Sie gehen. Er wird gut bezahlt und ist vertrauenswürdig.«

»Ich habe gutes Heilfleisch.« Dalton schüttelte den Kopf. »Wenn jemand, wie Sie sagten, möglicherweise irgendwo eine wertvolle Ladung versteckt hat, wäre es vielleicht einigen Einsatz wert, diese sicher zu einem Stützpunkthafen zu bringen.«

»Vielleicht«, räumte Ramsey ein. »Aber die Risiken, alles zu verlieren, wären enorm ... vorausgesetzt, es gäbe eine solche Ladung.«

»Zu verlieren? Wäre das Risiko größer, daß sie gefunden und identifiziert würde, Mister Ramsey?«

»Warum beginne ich zu vermuten, daß Sie wissen, was ich vielleicht zu transportieren habe, Patrick?«

»Ich weiß nicht, was Sie haben, John. Aber ich habe Sie inzwischen ein wenig kennengelernt und schätze Ihren, äh, kaufmännischen Instinkt hoch ein. Es muß sich wohl etwas in Ihrem Besitz befinden, das im richtigen Hafen vielleicht einen ansehnlichen Gewinn erzielen könnte. Und ich habe das Schiff, mit dem ich es für Sie dorthin bringen könnte.«

»Im Austausch gegen Vorräte und Ausrüstung? Ich bin überrascht, daß Sie nicht auch einen Anteil fordern.«

Daltons düsteres Gesicht wurde starr. »Ich bin nicht am Handel mit Schmuggelwaren interessiert, Sir. Trotz allem, was geschehen ist, betrachte ich mich als treuen Untertan Seiner Majestät.«

»Ach, Unsinn. Jedermann weiß, daß Seine Majestät ein vollendeter Tyrann ist. Ganz zu schweigen davon, daß er ein unerträglicher Dummkopf ist. Sie haben äußerst merkwürdige Prinzipien, Patrick. Hier stehen Sie, mit Haftbefehlen belastet, die Sie mindestens siebenfach an den Galgen bringen können, und dennoch scheuen Sie vor ein wenig ehrlicher Schmuggelei zurück? Ob Krieg oder nicht, Junge, Geschäft ist Geschäft.«

»Ich habe eine Liste der Dinge, die ich brauchen werde, Sir. Mit diesen Dingen könnte ich ein Schiff innerhalb von zwei Wochen unter Segel setzen, vorausgesetzt meine Männer haben den Rumpf bis zu meiner Rückkehr repariert und den Kielraum ausgepumpt.«

»Es ist eine ziemlich lange Liste, Patrick. Eine komplette Ausrüstung und Proviant für ein Schiff, bis hin zu einem Satz Segel und schweren Geschützen. Sie verlangen eine Menge Geld.«

»Aber gewiß nichts, was dem Wert Ihrer Ladung entspräche, Sir.«

»Sie wissen nicht einmal, woraus meine Ladung bestehen könnte.«

»Noch will ich es wissen. Aber ich weiß, daß Sie nicht mit alltäglichen Waren handeln. Die Kanonen wären übrigens einzig zu dem Zweck gedacht, Ihre wertvolle Ladung zu verteidigen.«

»Und woher soll ich wissen, daß Sie, wenn Sie erst ausgerüstet sind, nicht einfach mit der Ladung und allem nach Neuspanien auslaufen werden?«

»Durch mein Ehrenwort, Sir.«

»Sie sind Ire, Sir.«

»Und Sie sind ein Schmuggler, Sir.«

»Nun, zumindest berufen Sie sich nicht zu Ihren Gunsten auf meine Tochter. Das hätte ich für möglich gehalten.«

»Was haben Sie von Miss Constance gehört, Sir? Ich hoffe, es geht ihr gut.«

»Recht gut, danke. Ich habe sie und die Diener nach Baltimore geschickt. Die meisten der Mitglieder des Kongresses sind dorthin gegangen, und man kann sich normalerweise darauf verlassen, daß Politiker die besten Orte für ihre persönliche Sicherheit kennen. Constance sollte in Baltimore ausreichend sicher sein, bis diese Unannehmlichkeiten hier in der Gegend beendet sind.«

»Wenn sie dort bleibt.«

»Und warum sollte sie nicht? Ich habe ihr versprochen, daß hier alles gutgehen wird, daß ich vollkommen sicher bin und ...« Er schloß jäh den Mund und nahm dann hastig einen weiteren Schluck des zu drei Vierteln aus Wasser bestehenden Grogs.

»Und?« drängte Dalton ihn verwirrt.

»Nun, Sir, ich mußte ihr auch versprechen, daß ich in ihrer Abwesenheit für Ihre Sicherheit sorgen werde ...«

»Das dürfte schwer zu bewerkstelligen sein.«

»Ja.«

»Und?«

»Nun, ich habe ihr auch versprochen, daß ich Sie ... nun ... sozusagen im Schlepptau behalten werde. Daß ich dafür sorgen werde, daß Sie nicht ohne sie irgendwohin davonlaufen.«

»Ah. Ich verstehe.«

Ramsey zuckte die Achseln. »Meine Tochter kann manchmal schwierig sein.«

»Ja. Ich weiß. In diesem Falle hat es vermutlich keinen Sinn, mein Vorhaben weiter zu erörtern, Sir?«

»Das habe ich nicht gesagt, Patrick. Tatsächlich gefällt mir der Gedanke selbst recht gut. Es ist natürlich ziemlich riskant.«

»Ein Mann mit einem guten Schiff und genügend Segelfläche sollte in der Lage sein, in einer so großen Meeresbucht wie der Chesapeake Bay an ein oder zwei Geschwadern von Kriegsschiffen vorüber zu gelangen, Sir.«

»Tatsächlich habe ich nicht an das Risiko der Kriegsschiffe gedacht, Patrick, obwohl es beträchtlich ist. Außerdem gibt es da auch noch die konzessionierten Freibeuter und all die gewöhnlichen Piraten, die diese Gewässer frequentieren, und die Risiken des Wetters in dieser Jahreszeit. Aber ich dachte hauptsächlich an das Risiko, das meine Tochter darstellt, sollte sie Wind hiervon bekommen. Nur der Himmel allein weiß, was zu unternehmen ihr in ihren hübschen Kopf steigen könnte.«

»Mister Ramsey, sie ist immerhin nur eine Frau. Natürlich eine recht hübsche junge Frau, wie Sie bereits sagten, aber dennoch nur eine ...«

»Oh, kommen Sie schon, Patrick. Seien Sie ehrlich zu mir. Würden Sie sich lieber dem Ingrimm von Kriegsschiffen oder dem von Constance aussetzen?«

Dalton runzelte die Stirn und nickte dann. »Dem Ingrimm von Kriegsschiffen, Sir. Jederzeit.«

»Ich auch. Wie dem auch sei. Eine Woche, sagten Sie?«

»Ich sagte, zwei Wochen. Vom Zeitpunkt der Proviantlieferung an gerechnet.«

»Zu lange. Black Dick Howes Flotte nähert sich in diesem Moment der Delaware Bay. Ich habe meine hiesigen Lager nach Eagle's Head verlegt, aber ich erwarte, daß innerhalb von zwei Wochen hessische Söldner hier auftauchen werden. Die Delaware-Verteidigung wird nicht lange standhalten. Danach werden die Howes ihre Stellungen an Land ausbauen. Ich fürchte, wir haben keine große Wahl. Entweder verschiffen wir die Ware jetzt, oder wir versenken das wertvolle Material in der Bucht.«

»Mister Ramsey?«

»Ja?«

»Haben Sie gewußt, daß ich heute mit dem Angebot hierher kommen würde, um ihre Ladung zu transportieren?«

»Tatsächlich, Patrick, hatte ich Sie schon gestern erwartet. Einer meiner Verwalter beschäftigt mehrere Indianer ... wirklich recht zivilisierte Eingeborene ... und sie haben einen Blick auf Ihr verlassenes Schiff geworfen ...«

Ein Pochen an der Tür wurde von einem dunklen hereinspähenden Kopf gefolgt. »Soldaten kommen, Mister Ramsey. Die Straße hinauf.«

»Danke, Colly. Gut, Patrick. Machen Sie Ihr Schiff flott und halten sich für die Ladung bereit. Stellen Sie einen Mann an der Pforte auf, der eine Laterne schwenken soll, wenn er uns kommen sieht, und wir werden sehen, wie viele Lastkähne wir an der verdammten Königlichen Marine vorbeischleusen können.«

»Lastkähne? Ich hätte Wagen erwartet.«

»Es gibt in diesem Land momentan nicht genügend Wagen, um die Ladung, die ich habe, zu befördern, Patrick. Aber machen Sie sich darüber keine Sorgen. Kümmern Sie sich einfach um Ihr Schiff, und ich werde mich um den Rest kümmern.«

Ramsey stand ohne weiteres Zögern auf und schlüpfte aus dem Räucherhaus, wobei er die Lampe mitnahm und Dalton in der Dunkelheit allein zurückließ. Er wartete, bis das Geräusch von Ramseys Schritten verklungen war, öffnete dann vorsichtig die Tür, schaute in den Abend hinaus, verließ das Räucherhaus und lief um das abgelegene Blockhaus in den dahinter liegenden Wald. Eine Meile entfernt wartete Billy Caster in einer kleinen Bucht mit einer gestohlenen Jolle auf ihn, und sie mußten stundenlang rudern, bevor sie es wagen konnten, das Lateinsegel

segel des kleinen Bootes zu heißen und auf den verborgenen Einschnitt zuzuhalten, wo die *Mystery* erneut auf der Seite lag, um ihren Rumpf reparieren zu lassen.

Dalton hatte vieles zu überdenken, während er sich in der Abenddämmerung seinen Weg durch den Wald bahnte. Constance war in Sicherheit, und das war eine Erleichterung, aber er teilte ihres Vaters Sorge um sie. Constance Ramsey besaß einen eisernen Willen, und ihre kleine, hübsche Gestalt beherbergte ein Temperament, das gelegentlich wahrhaft aufbrausend sein konnte.

Er sorgte sich auch um Charley Duncan und Michael Romart. Fast zehn Tage waren vergangen, seit er die beiden in einer Barkasse losgeschickt hatte, um den unteren Teil der Chesapeake Bay auszukundschaften und den dort herrschenden Verkehr zu beobachten. Er konnte nicht in Erfahrung bringen, ob sie gefangengenommen worden oder tot waren oder aber sich verirrt hatten, obwohl es wenig wahrscheinlich war, daß Romart sich verirrte. Die Amerikaner kannten dieses Land.

Dalton sorgte sich noch um etwas anderes: Nicht genügend Wagen, hatte Ramsey gesagt. Nicht genügend Wagen wofür? Was wollte der Kaufmann an Bord der *Mystery* laden, was nicht von einigen wenigen schweren Wagen gebracht werden könnte? An Dalton nagte der Verdacht, daß seine und Ramseys Ansicht über saubere Einhaltung der Höchstlast vielleicht sehr unterschiedlich waren. Zum Teufel mit allen Bedenken. Doch Dalton wünschte fast, er hätte eine Erklärung verlangt.

Für Charley Duncan und Michael Romart hatten sich die Dinge gar nicht gut entwickelt. Romart war über den Auftrag des Kapitäns, die Chesapeake Bay auszukundschaften, ziemlich entsetzt gewesen.

»Sir, man könnte einen Großteil seines Lebens damit verbringen, die Chesapeake Bay auszukundschaften«, hatte er zu bedenken gegeben.

Aber Dalton hatte sie dennoch losgeschickt. »Ich brauche nur einen allgemeinen Bericht«, hatte er den skeptischen Kolonisten belehrt, »kein Gutachten.«

Also waren Duncan und Romart in der arg mitgenommenen Barkasse aufgebrochen, die neben Flößen und einer Jolle das einzige Fahrzeug war, das der einstigen Mannschaft der *Faith* jetzt noch zur Verfügung stand.

Als ehemaliger Erster Offizier der *Faith* – in Nachfolge des einbeinigen alten Clarence Kilreagh, der durch die Kanonen einer Fregatte gestorben war – war Duncan der Offizier, der das Wagnis befehligte. Aber nur Romart war von ihnen beiden mit amerikanischen Gewässern und der amerikanischen Art zumindest vage vertraut. Die stumpfartigen Breitfocksegel und die Riemen des Schiffes betätigten sie beide, obwohl der Ire ein gewisses Besitzerinteresse an dem Boot insgesamt besaß. Er war es, der es »gefunden« hatte, als die Anwesenheit britischer Streitkräfte auf dem Delaware es geboten erschienen ließ, daß sich Verbrecher, Flüchtlinge und Freigeister in abseitige wilde Gewässer zurückzogen.

Duncan hatte das Boot am zweiten Tag des Ankerns einer Flottille von Admiral Lord Howes Flotte in der Bucht von Delaware auf mysteriöse Art erlangt, es flußaufwärts zu Squire Ramseys Privatbucht gebracht und dann mit den anderen selbstgefällig strahlend dabei gestanden, während Patrick Dalton es inspizierte. Aber die Selbstgefälligkeit war ihm rasch vergangen.

Nicht einmal hatte Dalton ihn gefragt, wo er das Boot gefunden hatte. Der Kapitän hatte es einfach inspiziert, taxiert und währenddessen beständig kommentiert: »Das

Boot eines robusten Schiffes, Mister Duncan. Ein glücklicher Fund. Höchst ungewöhnlich, daß jemand ein solches Boot unbeansprucht lassen sollte ... und noch dazu ohne Namensschilder. Und das rauhe Holz, wo die Namensschilder vielleicht angebracht waren, ist noch so frisch, als hätte keine Gischt es jemals berührt. Erst kürzlich verlorengegangen, würde ich sagen, da diese Kalfaterung am Achtersteven erst wenige Stunden unter Wasser war. Man könnte vermuten, daß dieses Boot noch gestern auf irgendeinem hübschen britischen Schiff in den Davits hing ... vielleicht auf der *Doughty* selbst.«

An dieser Stelle seiner Kommentare erlosch Duncans Lächeln. »Ich habe niemals gesagt, wo ich es gefunden habe, Sir«, erklärte er. »Sie haben nicht danach gefragt.«

»Würde ich Ihnen einen solche Frage stellen, Mister Duncan?« Daltons hageres Gesicht war ausdruckslos, seine dunklen Augen wirkten unergründlich. »Ein Gentleman stellt Glück nicht in Frage, und ganz besonders nicht bei dem Mann, der einst für das Steuerrad vom Flaggschiff des Vizeadmirals einen guten Preis auf dem Diebesmarkt erzielte. Obwohl man sich natürlich fragt, wie solche Dinge vollbracht werden.«

»Sehr vorsichtig, Sir, das versichere ich Ihnen«, gestand Duncan ein. »Aber Sir, die *Doughty*? Wie könnte ein Gentleman ausgerechnet an dieses Schiff denken?«

»Die Barkasse ist britisch«, sagte Dalton achselzuckend. »Ihre Planken weisen darauf hin. Außerdem ist sie vierundzwanzig Fuß lang und sechs Fuß breit. Unsere britischen Schiffbauer unterliegen Formeln und der Gewohnheit, Mister Duncan. Ich fürchte, sie sind weniger erfinderisch als ihre amerikanischen Vettern. Die Formel für eine angemessene Barkasse eines britischen Schiffes ist zwei Komma sechs mal die Quadratwurzel der Länge des Schiffes ... und die Breite macht natürlich ein Viertel dieser Summe aus. Daher könnte diese Barkasse kürzlich in Besitz eines Kriegsschiffes von neunzig Fuß Länge gewesen sein, welches bequem sechsundzwanzig Kanonen beherbergen könnte, und das einzige Schiff mit sechsundzwanzig Kanonen hier in der Nähe ist im Moment die Brigg *Doughty.* Es würde mich überhaupt nicht überraschen, wenn die Deckoffiziere und Bootsleute dieses Schiffes sich jetzt gerade an den Köpfen kratzen und sich daran zu erinnern versuchen, wohin sie ihre Barkasse Nummer zwei verlegt haben.«

Von der Herkunft einmal abgesehen, war es eine hübsche Barkasse mit fünf Seitenriemen mit separaten Sitzbänken, gut geschmierten Dollen, in denen die Riemen geführt und gesichert wurden, zwei stabilen Masten, die umgelegt werden konnten, und bereits für zwei Breitfocksegel getrimmten Spieren. Alles, was das Boot Duncans Meinung nach noch brauchte, waren eine Kanone und ein Name – Barkassen und dergleichen trugen normalerweise den Namen ihres Schiffes, aber da die ehemaligen Mannschaftsmitglieder der *Faith* im Moment kein Schiff besaßen, hatte Duncan bei dem Gedanken Unbehagen verspürt, daß die Barkasse nicht nach *etwas* benannt würde ... und hatte das auch gesagt.

Und in dem Moment war die disziplinierte Ausdruckslosigkeit von Daltons Gesicht gewichen. »Gut«, sagte er, »dann werden wir sie *Something* nennen.«

Die *Something* hatte die Reise von der versteckten Bucht unterhalb von Wilmington über die Delaware Bay und unter der Nase des kleinen Geschwaders Seiner Majestät vor Lewes Point direkt auf The Horns zu fast ohne Zwischenfall bewältigt. Fast. In der Dämmerung vor Metompkin hatte einer aus einer Gruppe von Puntbesitzern, die wohl zur Jagd unterwegs waren, die *Something* entweder als ein britisches Schiff oder als Wasservogel identifiziert und ihr Vorsegel mit Schrot durchsiebt. Aber es war nur eine kurze Begegnung gewesen. Billy Caster und Victory Locke hatten die Punte mit amerikanischen Gewehren beschossen, während sich die übrigen Männer in die Riemen gelegt hatten, so daß sie entkommen waren.

Ihr einziger Verlust war Ishmael Beans Teerhut gewesen, der vielleicht noch immer – wie Bean entschieden hatte – irgendwo im Atlantik schwamm. Es war ein guter Hut gewesen.

Aber nach dem Zwischenfall hatte Charley Duncan über Puntgewehre nachzudenken begonnen – jene monströsen Flinten, die von den Kolonisten an der Bucht gern benutzt wurden. Er träumte davon, sich irgendwie ein Paar der mörderischen kleinen Waffen anzueignen, um sie als Bug- und Heckgeschütze auf der *Something* anzubringen. Wenn man die unterschiedliche Größe der Schiffe bedachte, konnten solche Waffen seiner Meinung nach der *Something* ebenso gut nützen wie die beiden langen Achten, die er damals in Rhode Island von einer Kolonistenschnau gestohlen hatte und die anschließend dem Schoner *Faith* gute Dienste leisteten.

So wurde die Erkundung des Verkehrs auf der Bucht, zu der Dalton ihn und Mister Romart ausgeschickt hatte, durch Abstecher in manche Bucht, verborgene Einfahrten und einen von Wald umschlungenen Fluß erschwert, auf der Suche nach jenen Zufluchtsorten, von denen aus Puntfahrer operieren konnten – und wo vielleicht Puntflinten zu erlangen wären. Bei einem solchen Abstecher stießen sie auf Indianer.

Die beiden Männer ruderten einen abgelegenen Nebenarm hinauf, als die *Something* plötzlich erschüttert wurde, an Fahrt verlor und ein gurgelndes Geräusch von ihrem Heck erklang. Charley Duncan, der auf der zweiten Bank ruderte, zog die Riemen ein und ging nach hinten, um nachzusehen. Er kniete sich neben die angelaschte Ruderpinne, beugte sich über die Reling, um ins bewegte Wasser zu blicken und wandte sich dann zu Romart um.

»Wir sollten besser einen Moment anhalten«, sagte er. »Es hat sich etwas in unserem Steuerblatt verfangen.«

Romart zog seine Riemen ebenfalls ein und betrachtete unbehaglich die Flecken Himmel, die zwischen den hoch aufragenden Bäumen zu sehen waren. Es sollten mehr Vögel dasein, dachte er. »Können Sie erkennen, was es ist?«

Duncans Stimme von unterhalb des Hecks, wo er sich an etwas zu schaffen machte, klang gedämpft.

»... Fische ... mit Federn ...« war alles, was der Kolonist hören konnte.

Dann richtete sich Duncan wieder auf und hielt ein verheddertes Schnurknäuel hoch, aus dem hier und da Federn und zwei oder drei zappelnde Fische herausragten.

»Eine Kiemenschnur«, sagte er.

»Eine was?«

»Kiemenschnur. Hier hat jemand gefischt.«

»Ich weiß, was das ist«, sagte Romart. »Aber warum haben Sie es so genannt? Es ist eine Treibleine.«

»Ich erkenne eine Kiemenschnur, wenn ich sie sehe.«

»Nun, ich habe noch niemals von einer Kiemenschnur gehört, aber ich habe schon viele Treibleinen gesehen, und das ist eine. Diese Federn daran – das ist ein indianischer Trick. Macht es leichter, sie unter dem Wasser zu erkennen.«

»Nun, sie ist kaputt – wie auch immer Sie das Ding nennen. Indianisch? Sie meinen, es gibt hier Indianer?«

»Soweit ich zuletzt gehört habe.« Romart hatte jetzt

sein Gewehr erhoben und überprüfte das Zündpulver. »Ich glaube, wir sollten verschwinden, wenn Sie das Hindernis beseitigt haben. Aber Sie können diese Fische ebenso gut zum Abendessen aufbewahren.«

Duncan löste die Fische aus dem Gewirr, warf sie in den Kielraum und schnitt dann das Durcheinander ganz aus dem Ruderblatt frei. Er fügte ihrer Sammlung einen weiteren Fisch hinzu und lehnte sich weit hinüber, um mit den Fingern über den Heckmast zu streichen.

»Rudern Sie uns einen Strich weiter, Mister. Ich glaube, wir sind jetzt frei.«

Romart reagierte nicht, und Duncan richtete sich auf und sah sich um. Der Kolonist saß wie erstarrt an seinem Platz, die Hände vor sich ausgestreckt, die Handflächen nach außen gedreht. Und am Ufer, nur wenige Ellen entfernt, sahen ein halbes Dutzend dunkelbraune Gesichter an den Pfeilschäften gespannter, kräftiger Bogen entlang zu ihnen herab.

Unmittelbar stromaufwärts glitt ein langes Kanu mit mehreren Kriegern auf sie zu.

Duncan setzte sein entwaffnendstes Lächeln auf. »Hallo«, sagte er zu dem Wilden, der ihm am nächsten war. »Ich habe gerade die Fische für euch in Sicherheit gebracht.«

Die darauffolgenden Minuten verstrichen sowohl für Duncan als auch für Romart in Unsicherheit. Schließlich wurde jedoch deutlich, daß die Indianer beschlossen hatten, sie nicht zu töten und zu skalpieren, sondern nur über eine angemessene Entschädigung für ihre zerstörte Fischfalle zu verhandeln. Sie erwiesen sich im Grunde als sehr freundlich. Die Verhandlungen dauerten diesen ganzen und noch den größten Teil des darauffolgenden Tages, dauerten mehr oder weniger so lange, bis alle genießbaren Vorräte an Bord der *Something* verbraucht waren.

Zwei der Indianer, Brüder namens Squahamac und Pitacoke, sprachen eine merkwürdige Sprache, die für die Teerjacke immerhin zu verstehen war, obwohl sie für den Kolonisten unverständlich blieb.

»Ihr Problem, Mister Romart«, erklärte Duncan, »ist, daß Sie niemals in London waren. Ich habe den gleichen beglückenden Dialekt viele Male unter den guten Leuten von Heathrow und St. Ives gehört. Nun, wären sie nicht rot und halbwegs nackt, Michael, dann könnten sich diese Gentlemen in Piccadilly direkt zu Hause fühlen.«[1]

Pitacoke kaute an einem Fisch und sah Duncan stirnrunzelnd an. »Ik 'äw 'nog vo' Pig'dilly«, berichtigte er Duncan ernst. »Squahamak ünn 'ik günn 'no Nanticoke.«

»Nanticoke?« Duncan wölbte eine sandfarbene Augenbraue. »Ünn' wokän üss dadd?«

»Ström rünner«, sagte Pitacoke und deutete in die entsprechende Richtung. »Wi sünn' midd Nahamish vörbün'.« Er zeigte auf einen kräftigen Wilden mittleren Alters, der mehr oder weniger der Anführer zu sein schien. »Vördammig, dadd 'e uss Chiif üss. Chiif uk vo' Nanticoke. 'e wüll yi dä Strow vatell'n.«

»Worum geht es?« fragte Romart. »Strow?«

---

1 Im amerikanischen Original läßt der Autor die Indianer in einem so stark verstümmelten Pidgin-Englisch sprechen, daß die Seeleute an Bord zum Verständnis einen Sprachübermittler benötigen. Um diese Passagen nicht aus Gründen der Logik streichen und damit auf die Wiedergabe wichtiger Vorgänge hinsichtlich der Sprachverwirrung an Bord verzichten zu müssen, entschlossen sich die Übersetzer dafür, der Tradition deutscher Seeroman-Übersetzungen zu folgen, die das 19. Jahrhundert bestimmte. Damals wurde das Pidgin-Englisch der Seeleute in der Übersetzung stets ins Plattdeutsche eingefärbt, da es der Umgangssprache deutscher Seeleute entsprach. (Anm. d. Ü.)

»Stra-fe«, sagte Pitacoke gemächlich. »Wieder-gutmachung. Dadd üss nu' rech', wadd? 'äs 'nu 'nog Inglish 'örd, Macker?«

»Er sagt, Nahamish dort drüben sei der Gentleman, der entscheiden wird, was wir ihnen schulden«, erklärte Duncan dem Kolonisten.

Nach einiger Zeit entschied Nahamish, was sie ihnen schuldeten, und Squahamac und Pitacoke übersetzten es für Duncan, der es wiederum für Romart übersetzte. Nahamish sprach ernst und langatmig und wandte sich dann an Squahamac.

»'e gäw Ro', wänn yi 'äm twee Spool'n Goorn gäw«, erklärte Squahamac.

»Er sagt, er wird sich mit zwei Spulen Garn zufriedengeben«, erklärte Duncan.

»Aber wir haben kein Garn«, gab Romart zu bedenken.

»'e sägg', wi 'äw kään Goorn«, übersetzte Duncan für Squahamac.

Squahamac erklärte es Nahamish auf Indianisch. Nahamish schüttelte den Kopf und sprach dann erneut langatmig in seiner Sprache.

»'e wädd bannig good, dadd yi kään Goorn 'äw'«, informierte Squahamac Duncan. »'e sägg' yi künn dä Goorn klau'n gei'n, ünn 'e wüll gäw yi'n poa' vün 'üss Mackers too dä Siid.«

Duncan wandte sich kopfschüttelnd an Romart. »Der Häuptling weiß, daß wir kein Garn haben. Er will, daß wir losziehen und etwas für ihn stehlen, und einige dieser Burschen werden mit uns gehen, um uns zu helfen.«

»Weiß er denn, wo es etwas zu stehlen gibt?« Romart wurde allmählich gereizt.

Duncan wandte sich an Squahamac. »Wädd yo, wokän dadd Goorn too klau'n ...?«

»Dadd ’is näch wiid«, unterbrach Squahamac ihn. »Veel Goorn ünn veel anner vördammig Kroom üss’ bi dä Lüüd too finn’, dä upp dä Warf’ dadd näj’ Schipp bau’n dään.«

»Neues Schiff? Wo ... äh, wo ist es denn?«

»Öva dä Wodder«, sagte Squahamac achselzuckend. »Ünn twee ünn halbig Meil’s.«

Duncan war nachdenklich, als er sich wieder dem finster dreinblickenden Kolonisten zuwandte. »Äh ... hm, er sagt, jemand baut auf der anderen Seite der Bucht ein Schiff. Er sagt, dort gäbe es eine Menge Garn.«

»Hier in der Gegend gibt es keine Werften«, sagte Romart.

»’e sägg’, dadd ünn düsse ...« begann Duncan mit der Übersetzung.

»’äw sülben ’örd«, unterbrach ihn Squahamac ungeduldig. »Kään wäd dadd. Dä Warf’ üss’ vastägg’.«

Im letzten Abendlicht glitt die *Something* aus der Choptankflußmündung und hielt auf das westliche Ufer der Chesapeake Bay zu. Da alle Riemen bemannt waren, der grollende Michael Romart auf der ersten Bank und muskulöse Wilde an den anderen vier Paar Rudern, während Charley Duncan den Takt angab und Squahamac steuerte, lief die Barkasse erheblich schneller als nur mit zwei Mann an den Riemen.

Sie liefen in der Dämmerung in eine weitere Flußmündung, und als es vollkommen dunkel war, waren sie bereits mehrere Meilen in den schützenden Wald gelangt. Nachdem sie an der abschirmenden Landzunge und dem hoch aufragenden Wald an der Mündung vorbei waren, wurde der Wasserweg überraschend breit und tief, und in Duncan kam Hoffnung auf. Ein perfektes Versteck für Anwohner einer Bucht und Diebe, beschloß er. Und wahrscheinlich auch der Ort, an dem die Leute zu finden waren, die sich des Besitzes von Punten und Schrotflinten erfreuen konnten.

Dann drängten neue Offenbarungen diese Gedanken in den Hintergrund. Die *Something* umrundete eine Biegung des Stroms, und vor ihnen war Laternenlicht zu sehen. Der Klang von Stimmen wurde über das Wasser getragen, ferner das unmißverständliche Quietschen und Rattern von Taljen, die eingesetzt und dann gesichert wurden. Sie kamen mit gedämpften Ruderschlägen langsam näher auf, und die beiden weißen Männer sahen verwundert hinüber.

»Heilige Mutter Gottes und alle Heiligen«, keuchte Duncan. »Es ist eine verdammte Werft, und sehen Sie nur, woran sie arbeiten.«

»Es ist ein Schiff«, entschied Romart.

»Nicht einfach nur ein Schiff«, korrigierte Duncan ihn. »Das da drüben ist eine hübsche neue Schnau mit Taljen, wo sie hingehören, dazu Kanonen, die einen ordentlichen Platz gefunden haben, und einem einsatzbereiten Satz Segel. Sogar die Flaggen sind schon gehißt. Das da drüben ist ein famoser Freibeuter, Michael, schnell und gierig nach der See. Mutter Maria, welch eine Prise für irgendein glückhaftes Schiff der Krone.«

»Oder welch ein Tod für einen glücklosen Menschen«, sagte Romart. »Wie viele Geschütze zählen Sie, Mister Duncan?«

»Sechzehn ... vielleicht achtzehn ...«

»Zääl yi vördammig Känoons, wänn wi Tiid dovör 'äw«, forderte Squahamac die beiden auf. »Wi mött för Nahamish dä Goorn klau'n.«

»Eine großartige, blitzende, flotte Schnau liegt hier in der gottverlassenen Wildnis«, sagte Duncan kopfschüttelnd, »eine auf Hochglanz polierte neue Schnau mit zwei Bramsegeln und Oberbramsegeln und blinden Rahen für Leesegel, aufgetakeltem Besan und einem Kanonendeck mit sechzehn breiten, knospenden Mündungen ... Dies alles – und der verdammte Eingeborene will Garn.«

»Dann lassen Sie uns sein Garn holen und verschwinden«, grollte Romart. »Die Leute in diesen Teilen des Landes schätzen ihre Ungestörtheit, Mister Duncan. Wenn sie etwas verbergen, dann deshalb, weil sie es im Verborgenen lassen wollen und es nicht mögen, wenn Leute vorbeikommen, um es sich anzusehen.«

»Oh, gut«, sagte Duncan. »Wenn Sie und ihre roten Jungs mich dort drüben an Land setzen, kann ich vermutlich einiges Garn ausfindig machen.«

»Sagen Sie das ihnen«, erwiderte Romart kopfschüttelnd. »Ich spreche die Sprache nicht. Und wenn Sie dort vorn an Land gehen wollen, sollten wir besser Jacken und Hüte tauschen, Mister Duncan. Und kämmen Sie um Gottes willen diesen Zopf aus. Sie wirken wie ein britischer Seemann.«

»Ich bin ein britischer Seemann«, erinnerte Duncan ihn.

Aber der Rat war vernünftig. Duncans Blick haftete noch immer an dem laternenbeleuchteten Schiff, das unmittelbar stromaufwärts an seinem Anker zerrte, während er seinen geflochtenen Zopf löste und die Jacke des Kolonisten anlegte. Er wünschte, Kapitän Dalton wäre hier, um sie sich anzusehen. Niemand liebte die Anmut und Lebenskraft eines hübschen Kriegsschiffs mehr als Patrick Dalton, noch hatte irgendein anderer Seemann, dem Duncan je begegnet war, solch eine Hand für Schiffe. Wer sonst hätte einen kleinen Handelsschoner nehmen und ein Kriegsschiff daraus machen können, wie Dalton es mit der *Faith* getan hatte? Ein Kriegsschiff, das im Gefecht einer erstklassigen Fregatte standhielt. Niemand aus der Flüchtlingsmannschaft würde sich jemals an die *Faith* erinnern, ohne daß ihm die Augen feucht würden. Und niemand von ihnen würde jemals wieder zufrieden sein, ehe sie nicht noch einmal Segel vor den Wind gesetzt und an Bord eines hübschen Schiffes mit Patrick Daltons Hand am Ruder frei dahingeflogen wären.

Auf dem Schiff wurden die Bram- und Royalrahen angehievt und hoch über den Marsstengen gesichert, Schoten angeholt, um sie hierhin und dorthin zu drehen, ein Probetakeln, bevor die Segel an ihrem Platz befestigt wurden. Klüver und Stagsegel waren bereits an ihrem Platz, wie auch das Besansegel an seinem Baum, und bald würde die Schnau voll aufgetakelt sein. Boote verkehrten zwischen ihr und dem Ufer, luden Taljen und Proviant und, wie Duncan vermutete, kleine Fässer mit Pulver für das Magazin. Fackellicht von einem längsseits liegenden Skiff beleuchtete einen Namenszug, und er konnte den Namen erkennen: *Fury*.

Ein hübsches, stolzes Schiff. Er fragte sich, ob ihr Kaperbrief von den Virginia Burgesses oder dem Kongreß der Rebellen ausgestellt worden war. Die gestreifte Flagge, die sie trug, konnte beides bedeuten. Aber es war unwichtig. Sie würde bald auslaufen und jagen, und sie wirkte ungeduldig. Mehr als nur ein gutes britisches Schiff wird zukünftig den Stachel der *Fury* zu spüren bekommen, dachte er.

»Pass upp«, grollte Pitacoke. »Dor üss dä vördammig Wodder.«

»Ich glaube, er hat gesagt, Sie sollen aufpassen«, erklärte Romart. »Das Ufer befindet sich unmittelbar vor uns.«

»Ich habe gehört, was er gesagt hat«, erwiderte Duncan seufzend.

Mit Romarts weichem Hut und seiner zimtfarbenen Jacke ging Charley Duncan an Land und bahnte sich seinen Weg durch dunklen Wald zu einer ansehnlichen Lichtung, wo mehrere Dutzend Männer arbeiteten, Gegenstände von einem Lastponton ans Ufer hievten. Er wanderte eine Zeitlang umher, entdeckte kein Garn und näherte sich schließlich einem bärtigen Mann mit einer Muskete unter dem Arm und einer Laterne in der Hand. Er schien etwas zu sagen zu haben.

»Pardon«, sagte Duncan. »Ich soll etwas Netzgarn holen, aber ich weiß nicht, wo es ist.«

»Netzgarn?« Der Mann sah ihn an und hob seine Laterne. »Wer sind Sie denn?«

»Ich bin gerade hier eingetroffen«, antwortete Duncan achselzuckend. »Sie haben gesagt, bring Garn, aber sie haben nicht gesagt, wo ich es finden kann.«

Der Mann betrachtete ihn noch einen Moment, senkte dann seine Laterne, äußerte etwas Unnettes über Fuhrleute und deutete schließlich mit seiner Muskete in eine allgemeine Richtung. »Dort drüben ist der Schuppen der Segelmacher. Wo sonst sollte Garn sein?«

In dem Schuppen fand Duncan das Garn und wählte zwei 20-Pfund-Spulen aus. Die verdammten Rothäute sollten in der Lage sein, damit jeden Fisch in der Chesapeake Bay zu fangen, dachte er. Dann begutachtete er rasch das Inventar des Schuppens, vorsichtshalber, ging zum nächsten Gebäude weiter – der Hütte eines Krämers – und inspizierte auch sie, wobei ihm angesichts des Reichtums an dort gelagertem Schiffszubehör und Proviant die Augen übergingen.

Eines nach dem anderen, bremste er sich. Er schulterte

sein Garn und begann, den Weg zurückzugehen, den er gekommen war, blieb dann aber stehen. Wo sich zuvor ein oder zwei bewaffnete Männer in der Nähe des äußeren Randes der Lichtung aufgehalten hatten, befanden sich jetzt ein Dutzend, und sie schienen alarmiert. Etwas war im Gange.

Ein Mann mit einem Fäßchen ging vorbei, und Duncan sagte: »Was geht dort vor? Schwierigkeiten?«

»Niemand sagt uns etwas«, keuchte der Mann. »Vermutlich nur ein weiterer Alarm.«

»Ich bin gerade erst hierher gekommen«, sagte Duncan. »Worum geht es bei dem Alarm?«

»Wer weiß?« Der Mann stellte sein Fäßchen ab und setzte sich darauf, bereit, einen Moment auszuruhen. »Einige sind drei Monate oder länger draußen gewesen, haben dieses Schiff dort ausgerüstet, und sie sagen, es würde jedes Mal Alarm geben, wenn ein Fisch in der Bucht platscht oder eine Taube darüberfliegt und ihren Ballast ablädt. Da war«, er zählte an den Fingern ab, »das eine Mal, als die Georgie-Flotte auf dem Weg die Bucht rauf vorbeilief. Und das andere Mal, als sie wieder vorbeilief, auf dem Weg die Bucht runter. Und das eine Mal, als ein paar Puntfahrer Georgie-Teerjacken in einer Barkasse erspähten. Und dann war da noch das eine Mal, als sich zwei Schaluppen unten bei St. Mary's beschossen haben. Sie wollten uns nicht runtergehen und zusehen lassen. Ließen uns einfach weiterarbeiten und haben einen weiteren Alarm gegeben. Und das eine Mal, als Clive Hensey und seine Leute in den Wäldern dort drüben herumschnüffelten, obwohl sie niemals in unsere Nähe kamen, wie sie sagten. Und neulich ging es um diesen spanischen Piraten, den jemand vor den Horns sich herumdrücken gesehen haben will. Der Kapitän befürchtete, sie könnten hier raufkommen, die *Fury* finden und sie zu stehlen versuchen. Ihr Schiff ist ein Wrack, oder jedenfalls nahe dran, eines zu sein.«

»Hier ist wohl immer was los?« vermutete Duncan.

»Immer irgendwas. Gerade gestern kam jemand her und sagte, es streiften hessische Söldner in den Wäldern unterhalb der Annapolis Road herum.«

»Oje«, sagte Duncan.

Ein Mann mit einer Laterne kam heran und blieb stehen. »Ihr Kerle«, befahl er, »bewegt euch, oder ihr kriegt einen Tritt in den Hintern.«

»War schön, mit Ihnen zu reden«, sagte der Träger und hob sein Fäßchen wieder an. »Kommen Sie dem Rand der Lichtung einfach nicht zu nahe, wenn Alarm ist. Diese Leute schießen schnell.«

»Ich werde es mir merken«, versicherte Duncan ihm.

Er sah sich um und fragte sich, ob es einen besseren Weg zurück gäbe, und seine Augen weiteten sich, als er unmittelbar jenseits des abfallenden Ufers einen kastenförmigen Gegenstand erblickte. Ein Punt ... mit vorn und hinten angebrachten Schrotflinten.

»Sehr gut«, murmelte er. »Gott steh mir bei.«

So tüchtig und geschäftig wie jeder Aufseher auf der Werft, näherte sich Charley Duncan einer Reihe von Trägern, die vom Ufer heraufkamen, und reichte dem ersten von ihnen sein Garn. »Los kommt mit mir«, befahl er. Aus den Schuppen ließ er sie mehrere Gegenstände heraustragen, die ihn interessiert hatten, und dann für den Transport seiner Waren zum Kahn in einem Bootsschlitten abladen. Das kleine Schiff wurde innerhalb einer Stunde mit Waren gefüllt und wies kaum noch acht Zoll Freibord auf.

Mit zwei Männern, die ihm beim Rudern halfen, hielt

er auf die vor Anker liegende *Fury* zu. Als sie längsseits eines Niedergangs kamen, befahl er seinen Helfern: »Geht an Bord und sagt ihnen, sie sollen mittschiffs an Backbord Hebezeug ausbringen.«

Als die Männer fort waren, stieß er sich ab, ruderte um das Heck der *Fury* herum in die dahinter liegende Dunkelheit und hielt auf den Ort zu, wo er die *Something* und ihre gemischte Mannschaft verlassen hatte.

Den schwer beladenen Punt im Schlepptau, war es wirklich Schwerstarbeit, die Barkasse über die Bucht zurückzubringen. Die Dämmerung legte sich aufs Wasser, als sie ins Indianergebiet einliefen, an dem Waldschirm vorbeipullten und rasch unterhalb Nahamishs Lager ankamen.

Romart hatte den ganzen Weg Aufhebens um Duncans beladenen Kahn gemacht. »Da brechen Sie auf, um Garn zu besorgen, und kehren mit einer halben Werftausstattung zurück«, grollte er. Und: »Was sollen wir eigentlich mit all diesem Kram anfangen? Wie können wir die Chesapeake Bay erkunden, wenn wir eine Tonne gestohlenes Eigentum im Schlepptau haben?« Und: »Kapitän Dalton erwartet vermutlich, daß wir bald zurückkehren, Mister Duncan. Höchstwahrscheinlich erwartet er uns noch irgendwann dieses Jahr.«

Duncan ignorierte ihn überwiegend, da er die Unterhaltung mit Pitacoke und Squahamac ergiebiger fand.

Duncan übergab die zwei Spulen Garn pflichtgetreu an Nahamish und kehrte dann zur *Something* zurück, während zwei Indianer ihm folgten. Als er in die Barkasse stieg, taten die Krieger es ihm nach und setzten sich auf die zweite und dritte Ruderbank.

»Was machen wir jetzt?« fragte Romart. »Mister Duncan, ich bin mir gewiß, gehört zu haben, daß Kapitän Dalton uns befahl, die Bucht zu erkunden und dann zurückzukehren.«

»Und genau das werden wir tun«, versicherte Duncan ihm.

»Warum sind die dann in diesem Boot?«

»Oh, die? Nun, ich habe sie als Mannschaft angeheuert. Sie hatten das Gefühl, daß die Kiemenschnurfischerei kaum Zukunft hat, wenn ringsum ein Krieg tobt.«

»Billy 'ätt rech'«, teilte Squahamac Romart ernst mit. »Wi sünn 'är näch toofräden ünn mött bannig wadd wägstäck'n wäg'n üss moje Sprook.«

Duncan nickte. »Er sagt, daß es ziemlich unerfreulich ist, für einen harten Burschen wie Nahamish zu arbeiten, und diese beiden wurden nicht mehr allzu gut gelitten, seit sie so feines Englisch sprechen gelernt haben.«

Felix Croney erreichte Wilmington nach fünf Tagen elender Überlandfahrt, langen Tagen in holprigen Kutschen auf staubigen Straßen mit unzähligen und langwierigen Stopps an Straßensperren und Kontrollpunkten sowie zweimal an gesprengten Brücken. Anscheinend zogen die Rebellen überall südlich von Staten Island frei umher und machten sich ein Vergnügen daraus, den Verkehr aufzuhalten und Reisende zu verhören.

Croney hatte die Gefahren der Gefangennahme oder des Verrats nicht gefürchtet. Es war unwahrscheinlich, daß irgend jemand außerhalb des Flottenstützpunkts auf Long Island – und Offiziere und Männer auf Schiffen der Krone – ihn erkennen würde, und die amtlichen Papiere, die er bei sich trug, machten ihn zu einem einfachen Reisenden von den Hudsonhäfen zu den Tabakplantagen Virginias. Als kleiner, unscheinbarer Mann, der selten bemerkt wurde, wenn er nicht seine Uniform trug, würde er vielleicht von den ungebärdigen Kolonisten belästigt werden, aber wahrscheinlich würde ihn niemand lange aufhalten. Er machte sich nicht einmal die Mühe, einen falschen Namen zu benutzen. Nur sehr wenige Menschen würden seinen richtigen Namen kennen.

Und so weit von den Flottenkommandanturen entfernt, würde niemand von dem obersten Gardeoffizier der Long Island Yards gehört haben. Jene, die ihn erkennen und ihm Böses wünschen konnten, waren überwiegend entweder auf dem Weg nach England, um sich der Justiz des Königs zu stellen, oder in Gefängnissen eingesperrt, wo sie verrotteten und starben.

Mit den Haftbefehlen für die Verbündeten Fitzgeralds in den Kolonien war ein neuer Auftrag für Croney einhergegangen. In seiner Eigenschaft als Offizier war er damit beauftragt worden, jene zu finden und der Justiz zu übergeben, die des Verrats an Irland beschuldigt wurden, und er hatte die Befugnisse als Kommandant der Garde benutzt, um seinen Auftrag auszuführen. Nur einer jener Gesuchten war dem Gewahrsam entkommen – der Ire Patrick Dalton.

Nur einer! Von allen Namen auf den Haftbefehlen, die vor Monaten durch ein Paketboot der Flotte von London hierhergebracht wurden, war nur einer übriggeblieben. Aber Croney hatte sich geschworen, daß er diesen einen finden würde. Teilweise auch, weil Dalton in den letzten Monaten fast zu einer Legende geworden war. Auf der Flucht vor der Justiz des Königs hatte der Schurke die Vernichtung von zwei Marineschiffen im Hafen von New York, die Beschädigung zweier bewaffneter Briggs, den Verlust einer Kriegsschaluppe im Long Island Sound, die Flucht eines Dutzends von Taugenichtsen und abgeurteilten Verbrechern aus einem der Gefängnisse, das Verschwinden eines Küstenpaketbootes vor Cape Cod, das Versenken von mindestens zwei Kanonenbooten, die Zerstörung mehrerer Docks und das Versenken einer mit vierundvierzig Kanonen bestückten Fregatte im offenen Meer vor der Delaware Bay verursacht oder zumindest Anteil daran gehabt. Es hieß, daß er auch mit der Beschädigung eines Rebellenkutters und einer Art Invasion der Little Bay in Rhode Island zu tun gehabt hätte, obwohl diese Einzelheiten nicht geklärt waren.

All das, und der Lump hatte noch immer Fürsprecher innerhalb der Admiralität und sogar bei den Peers. Admiral Lord Howe selbst hatte sich über die Anklage wegen Verrats durch Mitgliedschaft in der falschen Vereinigung lustig gemacht, obwohl zweifelsfrei bewiesen war, daß Dalton Fitzgerald während der letzten Jahre gekannt hatte.

Dennoch durfte man die Schäden, die er seit seiner Flucht von Long Island verursacht hatte, nicht außer acht lassen, und Felix Croney war kein Mann, der ein persönliches Urteil fällte, wenn es um Flüchtige ging. Patrick Dalton wurde gesucht. Patrick Dalton mußte gefunden werden.

In einem Gasthaus in Wilmington fand Croney eine dunkle Ecke, nachdem er seine erschöpfende Reise mit einer nassen Passage des Flusses an Bord einer übelriechenden Jolle gekrönt hatte, deren Besitzer sich gnadenlos überbezahlen ließ. Er verhielt sich unauffällig. Wilmington war der letzte Ort, an dem Dalton, Berichten zufolge, an Land gesehen worden war ... entweder Wilmington oder South Point, ein Stück den Fluß hinab.

Nach fünf Tagen unbequemen Reisens saß Felix Croney einfach da und lauschte. Und, wie erwartet, kam die gewünschte Information. Der Flüchtling Dalton war in Begleitung eines ortsansässigen Gentleman, dem Squire

John Singleton Ramsey, gesehen worden. Aber Ramsey weilte nicht mehr hier, und sein großes Haus war mit Brettern vernagelt – was seit der Ankunft der Flotte in der Delaware Bay für viele Häuser galt. Wohin war Ramsey gegangen? Nach zwei weiteren Tagen kam ein Hinweis. Der Kaufmann hatte noch einen zweiten Wohnsitz, eine Plantage bei Eagle's Head im Gebiet der Chesapeake Bay.

Unverzüglich bezahlte Felix Croney seine Rechnung in dem Gasthaus und setzte seine Suche fort. Irgendwo mußte der Fuchs Dalton vor Anker gehen. Und Croney beabsichtigte, dort zu warten, mit einem Aufgebot bewaffneter Seesoldaten oder hessischer Gardisten, um den Mann in Gewahrsam zu nehmen.

Zwei Geschwader waren nach Abgang der Transporte vom Head of Elk geblieben, und eine Zeitlang herrschte Ruhe auf der weiten Bucht, hin und wieder unterbrochen vom Donnern großer Kanonen, wenn eines der Schiffe unter dem Union Jack sich ein wenig von seinen Begleitern entfernte und von den unzähligen bewaffneten kleinen Wasserfahrzeugen gejagt wurde, welche die Kolonisten anscheinend in jeder Nische und jeder kleinen Bucht verborgen hatten. Punte und Kutter, Schwärme von Wahnsinnigen an Bord von Barkassen und Kanus, sogar Flöße griffen die britischen Schiffe an. Es entstand nur wenig Schaden, aber es herrschte solche Beunruhigung, daß die Kreuzer auslaufbereit waren, als ihre Befehle kamen. Mit einer letzten Attacke gegen bekannte Rebellenlager und einigen wenigen ziellosen Breitseiten in die Wälder beendeten die Geschwader ihr Nachhutgefecht und segelten aus der Bucht und nordwärts. Ein Teil der Gruppe würde sich der Blockade auf dem Delaware anschließen, die übrigen hatten Transporte von New York nach Newport zu eskortieren.

Die Kriegsschiffe verließen die Chesapeake Bay in majestätischer Kiellinien-Formation, fanden tiefes Wasser, drehten und liefen in sauberer Linie längsseits – eine Art Nasenstüber für jene, die sie von verborgenen Stellen der verwilderten Bucht aus beobachteten.

Als das letzte Segel außer Sicht gelangt war, nahm der Verkehr auf der Bucht behutsam wieder zu – Fischerboote in kleinen Gruppen, hier und dort Küstenfahrzeuge und Lastschiffe auf geheimer Fahrt von einem Punkt zum anderen und nicht wenige beladene Frachtschiffe mit geladenen Kanonen, die zu Verstecken eilten, wo andere Schiffe für den Krieg ausgerüstet wurden. Das erste Postschiff seit fast einem Monat überquerte die Bucht vom Lancaster Court House nach Metompkin, und auf einem halben Dutzend kleiner Grundstücke auf der Delmarva Peninsula bereiteten sich Flüchtlinge und Passagiere darauf vor, unterbrochene Reisen gen Süden fortzusetzen, wobei einige aufs Festland nach Virginia und andere zu den Carolinas wollten.

Eine solche Gruppe war die von Jean-Luc Toussaint, Chevalier du Canille, einst aus Marseille und kürzlich aus der befestigten Stadt Philadelphia entflohen. Auf der Halbinsel aufgehalten, hatten Toussaint und seine kleine Gruppe bei Freunden des amerikanischen Händlers Ian McCall Zuflucht genommen, um auf eine sichere Überfahrt zu den Carolinas zu warten.

Wochen waren vergangen, aber jetzt kam die Nachricht, daß die Briten die Chesapeake Bay verlassen hatten und bald ein Paketboot von Williamsburg käme, das sie auf dem Wasserweg ungefähr fünfzig Meilen weit zu einem Ort brächte, wo Kutschen sie erwarten und nach

Richmond bringen würden, von wo aus sie weiter gen Süden reisen wollten.

Der Chevalier ließ seine Diener packen und versammelte die Frauen um sich – seine Frau Eunice und ihre Töchter Eugenie und Lucette. »Meine Täubchen«, sagte er, »die Engländer sind eine Zeitlang woanders hingegangen, und wir können unsere Reise fortsetzen. In einem oder zwei, höchstens drei Tagen, wird uns ein hübsches Segelschiff abholen und nach Virginia bringen. Ich garantiere euch, daß wir Weihnachten alle in Saint-Germain feiern und das neue Jahr in Marseille begrüßen werden.«

IV

Es war eine bedrückende Allianz, die Conte Don Geraldo Lostrato y Baldar de Vas mit dem Piraten Enrico Pinto verband. Aber es war eine Allianz gegenseitiger Notwendigkeit. Dank der ihm vom Hof Charles III. gewährten Privilegien hatte Lostrato seine im Dienste des Königs erzielten Einkünfte – wie auch einen Großteil seines Erbes – in einen vom Generalgouverneur von Neuspanien ausgestellten Kaperbrief investiert und war damit berechtigt, als legitimer Freibeuter der Einnahme bestimmter Schiffe auf See zu frönen. Pinto aber – ein rauher und brutaler Bursche, wenn auch ein respektierter Seesoldat und Stratege – war ein gesuchter Mann. In vier Kronkolonien, ebenso wie in verschiedenen britischen und französischen Ministerien, lagen Haftbefehle gegen ihn vor. Er wurde unter anderem der Piraterie, Plünderungen sowie der Ermordung der Besatzungen und Passagiere dreier Schiffe beschuldigt. Kein Kaperbrief würde jemals auf seinen Namen ausgestellt werden, aber er würde die Schiffe und Männer zur Verfügung stellen, die Lostrato brauchte.

Die Rebellion in Englands nordamerikanischen Kolonien hatte sie zusammengebracht. Eine Zeitlang waren sie beide getrennt und mit dem Gewinn aus Prisen der blühenden Handelsstraßen zwischen Bermuda und Havanna und den nördlichen Küstenhäfen einigermaßen gut zurechtgekommen. Aber dann änderten sich die Zeiten plötzlich. Die reichen Jagdgründe wurden Gefechtsplätze, und auf dem Meer fuhren zahlreiche Kriegsschiffe mit schwerem Geschütz und keinerlei Geduld für spanische Plünderer, ob legitimiert oder nicht.

Lostrato hatte seine mit vierzig Kanonen bestückte *Isabella* beim ersten Aufeinanderprallen von Waffen auf der Bermudaroute beinahe verloren. Eine britische Fregatte verfolgte ihn direkt in den Hafen von Havanna hinein und zerschoß die *Isabella* an ihrem Ankerplatz zu Kienspänen. Der Fregattenkommandant besaß einen Haftbefehl des Inhalts, daß die *Isabella* ein Handelsschiff in den Küstengewässern Floridas geentert hätte.

Bei Pinto war es ähnlich verlaufen, nur daß sein Schicksal ein amerikanischer Freibeuter war, die Brigg *Newport Lady*. Seine eigene *Escobar* lag jetzt vor der Küstenlinie Carolinas auf dem Meeresgrund. In dem kleinen Hafen Beaufort waren er und eine Bootsladung Banditen an Land gegangen, hatten ihre Wunden verbunden, dann einen Kutter geentert und in Besitz genommen und waren zu einem erneuten Versuch aufgebrochen.

Mit dem Kutter hatte er eine sehr alte, aber seetüchtige Brigantine aufgebracht, das Transportschiff *Columbine*, und die Kanonen des Kutters darauf montiert. Dann war er von zwei mit dem Union Jack gekennzeichneten Briggs in ein Versteck bei New Orleans getrieben worden. In New Orleans war er schließlich auf Lostrato getroffen, der nach einem Schiff und einer Lösung für seine Probleme suchte.

Pinto war angesichts von Lostratos Forderungen bezüglich der Instandhaltung und Disziplin des Schiffes verärgert. Der überhebliche Aristokrat versuchte nicht, das Kommando zu übernehmen, aber er bestand drauf, daß Pinto Kleidung und Embleme eines spanischen Kapitäns trug und das Schiff in makellosem Zustand gehalten wurde. Die Erfüllung dieser Forderungen hatte Pinto zwei gute Halsabschneider gekostet. Er hatte sie selbst getötet.

So bedrückend die Allianz sich auch gestaltete, war ihr erstes Wagnis jedoch ein Erfolg gewesen. Sie hatten in der Meerenge von Florida einen Kauffahrer eingenommen und die Waren in New Orleans mit gutem Gewinn verkauft. Dann waren sie erneut ausgelaufen ... direkt in die Fänge von zwei Kuttern aus Virginia mit mehr Kanonen und mehr Segeln, als man dies bei so kleinen Schiffen für möglich halten sollte. Im Verlauf des Gefechts war die *Columbine* schwer beschädigt worden – zweimal an der Wasserlinie durchlöchert, eine Spiere zerschmettert und eine Heckbrasse fortgeschossen. Nur ein heftiger Sturm hatte sie gerettet. Das schwere Wetter hatte dem größeren Schiff zum Vorteil gereicht, und sie hatten ihre Verfolger abgeschüttelt.

Und doch waren sie jetzt, während sie die Küstenlinie Virginias entlang schlichen, in schlechtem Zustand. Zu lange unbezahlte, mürrische Matrosen waren damit beschäftigt, Lecksegel über dem durchlöcherten Rumpf der *Columbine* anzubringen und die gebrochene Heckbrasse mit Kabel und Klampen zu flicken, wobei ihre schlechte Laune nur durch *el capitán* Pintos mörderische Disziplin im Zaum gehalten wurde.

Und zwischen *capitán* und *patrón* standen die Dinge kaum besser. Pintos Räubernatur sagte ihm, daß es von Vorteil wäre, mit den Herbstwinden südwärts zu ziehen, um einen Zufluchtsort an einer gesetzlosen Küste zu finden oder, mit etwas Glück, in die Sicherheit Neuspaniens zurückzukehren. Aber Lostrato hatte etwas anderes vor.

»Wir sind hierher gekommen, um Prisen zu nehmen,

capitán«, belehrte er den großen Piraten kalt, eine Hand auf dem Handschutz seines Rapiers. »Wir haben einigen Schaden erlitten, aber wir befinden uns jetzt in den Gewässern, in denen vielleicht Prisen zu finden sind. Wir werden hier eine Zeitlang abwarten und sehen, was unseren Weg kreuzt.«

Pinto starrte düster auf die zerklüftete Uferlinie in nur wenigen Meilen Entfernung. Kleine Inseln lagen verstreut vor einer der Küste vorgelagerten Landzunge, jenseits der sich die Meeresarme der Chesapeake Bay befanden. Lostrato war, wie es hieß, als Fechter an der Akademie in Leon ausgebildet worden. Pinto war viele Male versucht gewesen zu erfahren, was das bedeutete, aber es war niemals dazu gekommen. Jetzt wandte er sich zu dem kleineren Mann um, wobei er seinen Zorn kaum im Zaum halten konnte. »Auf meinem Schiff bestimme ich, was geschieht, Don Geraldo. Nur ich bestimme das. Ich höre zu, wenn Sie sagen, was wir tun sollten, aber Sie sagen mir nicht, was wir tun werden!«

Lostrato regte sich keinen Zoll, obwohl er den Handschutz fester umfaßte, und sein tadelloser kleiner Bart zitterte leicht, als er die Lippen zusammenpreßte. »Muß ich Sie daran erinnern, Kapitän, wessen Kaperbrief uns Zuflucht in spanischen Häfen gewährt? Oder daran, daß Ihnen ohne diesen Brief kein Hafen in der zivilisierten Welt offen stünde? Was nützt es, Prisen zu nehmen, wenn Sie sie nirgends verkaufen können? Ich sage es erneut – wir werden eine Zeitlang in diesen Gewässern bleiben.«

»Und wenn ich anders entscheide?«

»Sollten Sie anders entscheiden, dann können Sie und dieser morsche Kahn Ihres Weges gehen, aber ohne mich. Ich kann leicht einen anderen Piraten für meine Zwecke finden. Setzen Sie mich von Ihrem Schiff ab – wenn Sie können –, und warten Sie ab, wie lange Sie dann überleben.«

»Wenn ich Sie absetze, dann als Futter für die Fische, Don Geraldo. Und es wird mein eigener Säbel sein, der Sie zu deren Genuß zerteilt.«

»Es wird mir ein Vergnügen sein, wenn Sie es versuchen – eines Tages«, schnurrte Lostrato. »Wie auch immer«, sagte er mit verächtlichem Achselzucken und wandte Pinto den Rücken, »dieser Streit bringt uns beiden jetzt nichts. Wir werden so vorgehen, wie ich es sage, Kapitän, aus einem Grund, auf den wir uns einigen können: Die Winterstürme sind nicht mehr fern, und ich für mein Teil möchte nicht mit leeren Händen nach New Orleans zurückkehren.«

»Aber warum hier?« grollte Pinto. »Erst kürzlich waren britische Streitkräfte auf der Chesapeake Bay. Es wird kein Handel mehr betrieben. Was gibt es hier einzunehmen?«

»Ein besseres Schiff, Kapitän.« Lostrato deutete mit höhnischer Miene mit einer Hand auf die große, hinter der Landzunge verborgene schmale Bucht. »Denken Sie, ich ließe mich auf Wagnisse ein, ohne mich vorher informiert zu haben? In dieser Bucht und ihren Nebenarmen rüsten amerikanische Rebellen Schiffe zum Kampf gegen englische Schiffe aus. Schiffe mit druckvollen Segeln und vielen Kanonen. Dies ...« Er rümpfte verächtlich die Nase, während er auf die *Columbine* deutete, »dies ist ein Dreckskahn. Sehen Sie nur, was zwei bewaffnete Kutter uns zugefügt haben! Ich will eines jener Schiffe. Mit einem solchen Schiff können wir einnehmen, was immer die Schiffahrtswege uns bieten, und außer Reichweite von Kriegsschiffen bleiben.«

»Vielleicht sind dort Schiffe«, sagte Pinto achselzuckend. »Aber was nützt es uns, hier draußen hin und her zu lavieren? Glauben Sie, wir können ein Kriegsschiff auf See einnehmen?«

»Vielleicht nicht auf See«, antwortete Lostrato. »Aber dort drinnen! Wenn wir wissen, wann ein solches Schiff in die Bucht einläuft und es plötzlich angreifen können ... Dann könnten uns die nichtswürdigen Fähigkeiten Ihrer Mannschaft sehr wohl dienlich sein. Ich würde kaum einem von ihnen Seemannskünste zutrauen, aber sie wissen, wie man entert und tötet.«

Pinto grollte eine Weile und dachte noch immer darüber nach, welch ein Vergnügen es wäre, diesen großspurigen Dummkopf zu töten. Dennoch machten seine Worte einen gewissen Sinn, und ein Vergnügen konnte eine Zeitlang verschoben werden ... wenn erfolgreich war, was Lostrato vorschlug. »Und wie sollen wir wissen, wann ein solches Schiff aus seinem Versteck kommt?« fragte Pinto. »Wir könnten einen ganzen Winter mit dem Absuchen der Chesapeake Bay vergeuden, selbst wenn wir währenddessen nicht selbst aufgespürt würden.«

Lostratos Höhnen wurde fast jovial. »Seine Katholische Majestät hat viele Beobachter in den amerikanischen Kolonien, Kapitän. Ich korrespondiere schon lange mit einigen von ihnen, und ich habe die entsprechenden Signale gegeben.«

»Sie haben Signale gegeben? Von meinem Schiff aus? Wann?«

»Während Sie gierig diese Brühe verschlungen haben, die Ihr Koch für Frühstück hält, Kapitän.« Er deutete mit einem Daumen beiläufig auf den Deckoffizier, der am Ruder stand. »*Teniente* Torero war die ganze Zeit unmittelbar bei mir, obwohl ich bezweifle, daß er erkannte, was ich tat.« Er grinste über Pintos zornige Miene. »Also werden Sie den *teniente* vielleicht kielholen lassen, Kapitän? Welche Verschwendung das wäre. Er ist von all Ihrem Gesindel wahrscheinlich der einzige, der wirklich weiß, wie man ein anständiges Schiff segelt.«

Die *Mystery* würde niemals eine feine Lady sein, gestand Patrick Dalton sich ein. Brauchbar und seetüchtig, ja, aber sie blieb genau das, was sie war – eine Frachtketsch. Als die Ausbesserung des Schiffes beendet war, hatte man die beschädigten Stage an den Backbordrüsten weggeschnitten und die verbogenen Berghölzer wieder an ihren Platz schnappen lassen. Und sie waren zurückgeschnappt, hatten fast den langen Spalt im darunter liegenden Rumpf geschlossen. Geblieben war ein schmaler Riß, den die Männer mit Deckskupfer und Teer aus einem kleinen Faß reparierten, das im überfluteten Laderaum schwamm. Als die *Mystery* wieder aufrecht stand, sich bei Ebbe in den Schlamm bohrte, waren die ersten Handwerker von John Singleton Ramsey auf der kleinen Lichtung eingetroffen – ein Segelmacher namens Titus Wilton, der zwei Gehilfen, eine Wagenladung Segeltuch und Zeltleinwand mitbrachte. Der stämmige kleine Mann mittleren Alters, mit finsterer Miene und gereizter, schroffer Art, kletterte von seinem Wagen, schritt direkt zum Ufer der Bucht, spähte über seinen Kneifer hinweg zum Rigg der Ketsch, kramte Kanzleipapier und einen Tonerdestift hervor und begann, sich Notizen zu machen.

»Ungehörig«, erklärte er. »Unziemlich und unprofessionell.«

Purdy Fisk trat aus der Gruppe jener hervor, die seine Ankunft und sein brüskes Auftreten staunend beobachtet hatten, und nahm den Hut ab. »Was könnte es wohl sein, Sir?«

»Wie?« Der Segelmacher wandte sich um und neigte den Kopf, wobei er Fisk durch schmale Kneifergläser ansah.

»Ich habe mich gefragt, Sir, was Ihnen mißfallen hat. Und ...«

»Die Umstände, junger Mann! Ein Segelschiff in einem lächerlichen Versteck draußen in der Wildnis auszurüsten! Keine richtigen Anlagen. Und gewiß keine Annehmlichkeiten oder Bequemlichkeiten. Es scheint, als fänden in letzter Zeit die Hälfte der Schiffsausrüstungen entweder in Verstecken oder unter ungünstigen Bedingungen statt. Und manchmal«, er sah sich mißbilligend um, »gilt beides. Dieser Ort ist noch gräßlicher als der letzte, an den ich geschickt wurde.«

»Und wir fragen uns, wer Sie sind«, sagte Fisk. »Damit wir Kapitän Dalton berichten können, wer unter uns weilt.«

»Kapitän Dalton?«

»Unser Kapitän, Sir. Er wird bald hier erwartet. Wenn Sie Ihre Angelegenheit vortragen möchten ...«

»Meine Angelegenheit?« Der stämmige Mann wandte sich um und deutete in eine bestimmte Richtung. »Wenn Sie Ihren Blick nach dort drüben richten wollen, wo meine Tolpatsche auf ihre übliche Art wertvolles Segeltuch von diesem Wagen abladen – Sie da! Quincy! Passen Sie auf, was Sie tun! Diese Ballen müssen in der Reihenfolge angeordnet werden, wie sie numeriert sind! –, dann werden Sie höchstwahrscheinlich sofort folgern können, daß ich Segelmacher bin und dieses Segeltuch zu Segeln für dieses plumpe Schiff hier werden soll. Wir erwarten, während unseres Aufenthalts angemessen verpflegt und untergebracht zu werden. Und mein Name ist Titus Wilton.« Mit einem kurzen Nicken wandte er sich wieder seinen Notizen zu.

Fisk zuckte die Achseln, setzte seinen Hut wieder auf und ging zu den anderen zurück. »Sie beabsichtigen, uns mit Segeln auszustatten«, erklärte er. »Und er will verpflegt werden.«

»Er wird essen, wenn das Essen fertig ist, genau wie jeder andere auch«, schnaubte Victory Locke. »Ich habe nicht darum gebeten, den Koch für diese Mannschaft zu spielen, und ich werde mich nicht auch noch mit zusätzlichen Mahlzeiten belasten.«

»Bleiben Sie ruhig, Mister Locke«, sagte Claude Mallory. »Niemand von uns übrigen ist glücklicher darüber, daß Sie der Koch sind, als Sie selbst.« Er wandte sich mit übertrieben mitleidiger Miene ab, beugte sich dann nahe zu Cadman Wise und murmelte: »Mister Locke kocht genauso, wie er amerikanische Gewehre handhabt. Es ist in beiden Fällen weitaus gefährlicher für seine Kameraden als für den Feind.«

»Das habe ich gehört«, grollte Locke.

An Bord der Ketsch reckte Ishmael Bean den Kopf mittschiffs über das Schandeck und rief: »Hat jemand Zeit, mit dem Floß hier herüber zu kommen? Ich brauche Hilfe bei den verdammten Pumpen!«

Der Segelmacher vervollständigte sein Bestandsverzeichnis von Spieren und Takelage und schritt dann über die Lichtung zurück, um Befehl für das Errichten eines Zeltes an einem Platz seiner Wahl zu geben. »Unzivilisierte Bedingungen«, murrte er. »Das Ergebnis schlechter Planung. Sie sollten zuerst ihre Schiffe in richtigen Werften bauen und dann ihren Krieg führen.«

Er beobachtete das rasche Errichten seines Zeltes und das Aufstellen seiner Näh- und Zuschneidetische und blickte dann zur Sonne. Der Tag war noch jung. Er öffnete eine seiner Werkzeugkisten, nahm Band und Meßplatten heraus und wandte sich dann zu der Stelle um, wo einige der ehemaligen Mannschaftsmitglieder der *Faith* an einem an einer Eiche befestigten Flaschenzug arbeiteten und Kabel auslegten, das zum Aufwinden an Bord genommen werden sollte.

»Wer von Ihnen ist ein fähiger Toppsgast?«

»Wir alle, Sir«, antwortete Purdy Fisk. »Wir haben im Moment nicht genügend Leute, um uns zu spezialisieren.«

»Ich werde einen Toppsgast brauchen, der Bänder von den Spieren abrollt, damit meine Gehilfen die Liekmaße nehmen können. Ebenso werde ich ein Bestandsverzeichnis verfügbarer Lieke, Bauchgordinge und Liekleinen, Taukränze und Legel brauchen.«

»Das haben wir noch nicht, Sir«, entschuldigte sich Fisk. »Alles unterhalb der Kniestücke ist überflutet. Mister Bean repariert jetzt gerade die Pumpen.«

»Nun, kümmern Sie sich darum.«

»Ja, Sir.«

»Und wo ist Ihr Kapitän? Ich bin es nicht gewohnt, eine Aufgabe zu beginnen, bevor mein Auftrag nicht bestätigt wurde. Das ist seine Aufgabe, wissen Sie.«

»Nein, Sir, das wußte ich nicht. Aber er sollte bald zurück sein. Er und Mister Caster sind nach Queenstown gegangen, um Helfer anzuwerben.«

Queenstown, ein kleiner Tabak-, Getreide- und Fischereihafen, durch dreißig Meilen einer Halbinsel von seinem Erzrivalen und Zwilling Dover getrennt, hatte sich in den ein oder zwei Jahren, seit die Konflikte begonnen hatten, gewandelt. Die meisten der Veränderungen waren in den wenigen Wochen erfolgt, seit das britische Geschwader die Chesapeake Bay hinauf vorgerückt war, um Truppen für die Einnahme Philadelphias anzulanden, und sich anschließend wieder die Chesapeake Bay hinab zurückgezogen hatte, um sich für den Delaware-Feldzug neu zu formieren.

Nur Monate zuvor hatte Queenstowns Einwohnerschaft aus nicht mehr als zweihundert Leuten bestanden – die Sklaven nicht mitgezählt. Jetzt hatte der Ort fast eintausend zusätzliche Einwohner, die Sklaven wiederum nicht mitgezählt. Niemand wußte genau, wie viele Scharmützel seit dem Head of Elk-Feldzug auf der Chesapeake Bay stattgefunden hatten, aber in Dutzenden von verborgenen Buchten überall die Bucht hinauf und hinab lagen zerstörte oder beschädigte Schiffe, und viele hundert gestrandete Seeleute saßen untätig an Orten wie Queenstown herum. Vollmatrosen und Leichtmatrosen, Toppsgasten und Hecksgasten, Deckshände und Bilgehände, Piraten und niedere Offiziere suchten jedes Gasthaus, jede Grogbude und jeden Schuppen auf. Patrioten und Tories, Seeleute von Handelsschiffen und nicht wenige britische Teerjacken desertierten oder tauchten unter, sie tranken, was sie bekommen konnten, aßen, was ihnen in den Weg kam, stritten und philosophierten je nach Laune und warteten auf eine Chance, also auf eine Schlafkoje auf irgendeiner Art Schiff.

Es war ein Ort, an dem man ziemlich sicher eine Mannschaft für ein flüchtiges Schiff ausheben konnte, und John Singleton Ramsey hatte sich im Hinblick auf dieses Ziel recht euphorisch über den Ort geäußert – allerdings wirklich nur unter diesem einen Gesichtspunkt.

Nach zwei Tagen Aufenthalt in Queenstown hatte Patrick Dalton seinen Hut verloren, drei Männer bewußtlos geschlagen – zwei mit dem Knauf seines Säbels und einen mit dem Fäustel eines Böttchers – und elf Gehilfen für die Mannschaft der *Mystery* angeheuert. Billy Caster lief hinter seinem Offizier her, bewahrte Berichte und Rechnungen auf, trug Namen und berufliche Fähigkeiten ins Logbuch ein und deckte Dalton stets mit Hilfe eines geladenen und erhobenen Gewehrs den Rücken, wenn sich die Ereignisse unzivilisiert gestalteten.

Die Crewliste der *Mystery* war erweitert worden um die Namen und Zeichen von Tobias Quinn, Vollmatrose, zuletzt auf dem Freibeuter *Thunder* aus New Haven und jetzt unbeschäftigt, weil die *Thunder* am Grund des Cold Pass lag, von den Brüdern Toliver und Talmadge Fanshaw, ursprünglich aus Liverpool, zuletzt HMRN-Vollmatrosen, die aus unbekannten Gründen desertiert waren, von Joseph Tower, Zimmermann, zuletzt auf der in Dienst gestellten Brigg *Burgess*, kürzlich aus dem Commonwealth-Festungsgefängnis in Williamsburg entkommen, wo er der Körperverletzung beschuldigt worden war, von den Stückführern Ethan Crosby und Floyd Pugh, beide zuletzt auf der mit vierundsiebzig Kanonen bestückten *Royal Lineage* Seiner Majestät, als Folge eines Streits mit einem Bootsmannsmaat desertiert, von den Brüdern Donald und Gerald O'Riley, Leichtmatrosen, zuletzt auf dem Zuckerschiff *Clemency*, bis dieses von spanischen Piraten auf dem Meer aufgebracht wurde, von deren Schiffskameraden Sam Sidney, ein Toppsgast, der mit ihnen zusammen geflohen war, von einem riesigen, breitschultrigen ehemaligen Profos, der sich nur Hoop nannte, zuletzt niederer HMRN-Offizier an Bord der Fregatte *Prowler*, jetzt gestrandet, weil zwanzig oder dreißig seiner Schiffskameraden ihn vor dem Albemarle Sound über Bord geworfen hatten, und von einem affenähnlichen Oberbootsmann von gut fünfzig Jahren, John Tidy, zuletzt niederer HMRN-Offizier, der am Head of Elk vom Schiff gesprungen war und es nicht allzu eilig hatte, nach England oder in den englischen Dienst zurückzukehren.

Eine bunt zusammengewürfelte Meute, erkannte Dalton, als sie zu seiner Inspektion vor dem »Cock and Bale« mit mangelnder Aufmerksamkeit Aufstellung nahmen. Fähige Männer und gute Burschen, jeder auf seine Art, keine Wüteriche oder Speichellecker darunter, obwohl sie alle zusammen und auch einzeln ein beträchtliches Zerstörungspotential darstellten. Aber Dalton war bei seiner Auswahl vorsichtig vorgegangen. Zusätzlich zu Erfahrung und Können war jeder einzelne der Männer auch ein Flüchtling oder hatte zumindest keinerlei Skrupel, sich mit dieser Spezies zu verbünden.

Ein ironisches Lächeln überzog sein Gesicht, als er daran dachte, daß letzteres all jenen, mit denen er an Bord der Schiffe Seiner Majestät *Athene* und *Herrett* gedient hatte, als äußerst merkwürdige Qualifikation erschienen wäre. Aber andererseits hatte sich in der kurzen Zeit viel verändert, seit Dalton die Überreste der *Herrett* nach Hause gebracht hatte, seit er das sich mühsam vorwärts bewegende Wrack zum Flottenhafen in der New York Bay gebracht hatte, nachdem Kapitän Furney in der Schlacht gegen zwei Freibeuter mit seinem Ruder fortgeschossen worden war – einer Schlacht, in der die *Herrett* vom Kaperschiff der Krone *Courtesan* getäuscht und im Stich gelassen worden war.

Vieles hatte sich verändert. Zwei Tage an Land, und Dalton hatte festgestellen müssen, daß er des Verrats am König angeklagt war. Die Anklage war unbegründet, aber das war unwichtig. Verrat in Kriegszeiten ... Und er war Ire! Er hätte niemals lange genug überlebt, um vor einen Untersuchungsausschuß gebracht zu werden.

Also wurde Patrick Dalton, ein loyaler junger Offizier

der Königlichen Marine Seiner Majestät, umgehend zum Flüchtling. Seine Flucht von New York an Bord des gestohlenen Schoners *Faith* hatte sein Schicksal besiegelt. Er war jetzt nicht mehr nur des Verrats angeklagt. Die *Faith* hatte in dem Versuch zu entkommen ungefähr das Siebenfache ihrer Tonnage an Schiffen der Krone zerstört oder beschädigt, ganz zu schweigen von den Kolonistenschiffen und einem Kolonistenhafen.

Dalton wurde gesucht – von der Admiralität Seiner Majestät und kolonialen Kräften gleichermaßen. Er und alle Männer der *Faith* mit ihm. Lauter Flüchtige. Also mußten diejenigen, die er als seine Mannschaft anheuerte, ebenfalls Flüchtige sein. Es war bittere Ironie.

Er wandte sich zu dem Jungen um, der ihm auf den Fersen gebliebenen war. »Welchen Eindruck haben Sie von diesem Haufen, Mister Caster?«

»Verachtenswert, Sir«, sagte Billy ehrlich. »Sie sollten sich gut einfügen ... letztendlich.«

»Aye«, stimmte Dalton ihm zu.

Zusammengesucht und hergelaufen, wie sie waren, beobachteten die Männer ihn verstohlen, als er ihre Reihe abschritt, um sich einen ersten Eindruck zu verschaffen und sich ebenfalls einschätzen zu lassen. Vier unter ihnen – wovon zwei Brüder waren – trugen den Zopf britischer Teerjacken. Zwei andere – ein hoch aufragender Hüne und ein drahtiger kleiner Graubart – trugen die Überreste der Uniform des Königs. Dann standen da noch ein Matrose eines Freibeuters aus Connecticut und ein Zimmermann aus Virginia, zwei rothaarige irische Brüder aus South Carolina, die bei der Handelsmarine gesegelt waren, und ein Bursche aus Massachusetts, der ihr Schiffskamerad gewesen war. Dalton betrachtete sie einen nach dem anderen prüfend, stellte sich dann vor alle und sagte: »Jeder von Ihnen hat sein Zeichen gemacht und wurde angeheuert. Von diesem Moment an, bis er entlassen wird, ist jeder von Ihnen ein Mannschaftsmitglied der *Mystery.*«

Die Engländer sahen einander an, und die Amerikaner wirkten in unterschiedlichem Ausmaß verwirrt. Der Zimmermann, Tower, ein drahtiger junger Mann mit großen Händen, zögerte einen Moment und fragte dann: »Was sind wir, Sir?«

»Mannschaftsmitglieder der *Mystery.* Das ist der Name des Schiffes, auf dem Sie unter meinem Kommando dienen werden. Ich bin Patrick Dalton. Mein Schriftführer hier ist Mister Caster. Folgendes ist zu beachten: Die *Mystery* wird Waren aller Art transportieren, möglicherweise ohne behördliche Genehmigung und gewiß ohne rechtmäßige Befugnis. Zweitens werden Sie bemerkt haben, daß wir hier unterschiedlicher Herkunft sind, und ich erwarte von Ihnen, sich zu erinnern, daß die *Mystery* sich sowohl von den gegenwärtigen Feindseligkeiten als auch der damit im Zusammenhang stehenden Politik fernzuhalten versucht. Wir sind weder Briten noch Kolonisten und weder ein Kriegsschiff noch ein Freibeuter. Und wir sind auch kein richtiges Handelsschiff...«

»'tschuldigung, Sir.« Jemand in der Reihe hob eine Hand. Einer der rothaarigen irischen Kolonisten. »Wenn wir nichts von alledem sind, was sind wir dann, Sir?«

Dalton schürzte die Lippen und antwortete: »Wir sind ein Segelschiff, das versuchen wird, sich mit einer Ladung so unauffällig wie möglich seinen Weg von einem Punkt zu einem anderen zu bahnen, um die Kosten für den Unterhalt zu verdienen.«

»Aye, Sir.«

»Drittens: Ich dulde keine Nachlässigkeit an Bord meines Schiffes.« Billy Caster hustete hinter ihm. Dalton ignorierte es. »Gibt es noch Fragen, bevor wir an Bord gehen?«

Dieselbe Hand wurde erneut gehoben. »Sir, sind wir dann vielleicht Schmuggler?«

Es war eine berechtigte Frage. »Gut möglich«, belehrte Dalton den Mann. »Unser Kommissionär hat sich nicht allzu genau über unsere Ladung geäußert. Nimmt irgend jemand von Ihnen an dieser Möglichkeit Anstoß?«

Sie unterhielten sich flüsternd, und Dalton wartete, bis das Flüstern erstarb.

»Nun?« fragte er.

Der Matrose eines Freibeuters aus Connecticut, Quinn, sah die anderen an und schüttelte dann den Kopf. »Wir sind alle der Meinung, daß Schmuggeln ein achtbares Gewerbe ist, Sir.«

»Also gut. Gibt es sonst noch Fragen?«

Eine der Teerjacken, einer der Fanshawbrüder, hob zögernd eine Hand. »Äh, Sir, Sie sagten, wir würden an Bord gehen. An Bord von was, Sir? Wir können hier nirgends ein Schiff sehen.«

»Die *Mystery* liegt ungefähr zwanzig Meilen von hier«, erklärte Dalton. »Wir werden einen Teil des Weges auf einem Heuwagen zurücklegen und die restliche Strecke laufen.«

»Sir«, flüsterte Billy Caster hinter ihm, »Sir, fragen Sie wegen der Gewehre.«

»Ganz recht, Mister Caster. Wir haben mehrere von diesen amerikanischen Gewehren in unserem Besitz, wie Mister Caster eines trägt. Weiß jemand von Ihnen mit solchen Waffen umzugehen?«

Fünf Amerikaner hoben die Hände. Aber obwohl keine der Teerjacken mit einem Gewehr umgehen konnte, betrachteten mehrere den glänzenden Mechanismus mit neugierigem Interesse. Billy Caster hatte schon einmal zuvor eine Gewehrkompanie britischer Seeleute aufgebaut. Es sah so aus, als bekäme er neuerlich die Gelegenheit dazu.

Dalton betrachtete die Männer erneut forschend und deutete dann auf den alternden früheren Bootsmann. »Sie, Mister Tidy. Lassen Sie abtreten, und zwar rasch. Mister Caster wird Ihnen den Weg zeigen.« Sie gingen im Gänsemarsch, wobei Dalton ihnen folgte, den schmalen Weg entlang, der Queenstowns Straße war, und manch ein neugieriges Auge beobachtete sie, bis sie außer Sicht waren. Der Heuwagen wartete hinter einer Biegung, vom Wald abgeschirmt. Zwei Maultiere waren vorgespannt, und der Kutscher war ein weißhaariger alter schwarzer Mann – Ramseys Diener Colly.

Hinter Queenstown war die Straße nicht mehr als ein Pfad, kaum breit genug für einen Wagen, aber Colly verstand sein Geschäft. Sie waren zwei oder drei Meilen weit gelangt, als er eine Biegung umrundete und die Tiere verhielt. Vor ihnen standen, quer über die Straße postiert, hessische Grenadiere. Dalton zählte fünf Männer, wobei einer den verkürzten Zopf eines niedrigrangigen, nicht bevorrechtigten Offiziers trug – möglicherweise ein Korporal.

Dalton schwang sich vom Wagen herab und schritt vorwärts. Der Korporal blaffte ihn an, und Dalton wandte sich um und ging zum Wagen zurück. »Spricht hier irgend jemand einen der deutschen Dialekte?«

John Tidy stieg ab. »Nur ein wenig, Sir. Kann ich helfen?«

»Sie können hier mit diesem Mann sprechen und sehen, was er will.«

»Aye, Sir.« Tidy trat vor und ließ sich in eine zögernde Diskussion mit dem Hessen ein. Nach einiger Zeit wandte er sich zu Dalton um. »Dies ist Korporal Heinrich Wesselmann«, sagte er. »Und dies sind seine Männer. Sie wurden von ihrer Einheit getrennt und wüßten gern, in welcher Richtung Philadelphia liegt.«

»Dann teilen Sie es ihnen mit, Mister Tidy. Und bitten Sie sie, beiseite zu treten und uns vorbei zu lassen.«

»Aye, Sir.« Tidy sprach erneut mit dem jungen Soldaten und deutete zurück in Richtung Nordwesten.

Schließlich blaffte der Korporal seine Männer an, und sie zogen sich zurück und stellten sich neben der Straße auf.

»Danke, Mister Tidy«, sagte Dalton. »Jetzt können wir unsere Reise fortsetzen.«

Sie kletterten wieder auf den Wagen, und Colly ließ die Zügel knallen. Kurz darauf schaute Dalton zurück. Die Hessen marschierten nicht in Richtung Philadelphia. Sie folgten dem Wagen in einer halben Kabellänge Entfernung.

»Mister Tidy, ich hatte Sie dahingehend verstanden, daß diese Soldaten nach Philadelphia wollten.«

»O nein, Sir.« Tidy wirkte gekränkt. »Sie haben nur gefragt, wo es liegt, Sir. Sie wollen nicht dorthin. Ihre Einheit liegt dort. Die Vierten Grenadiere. Diese Männer haben sich verirrt und wollen verirrt bleiben. Sie kamen nach Amerika, um Bauern zu werden.«

V

Titus Wilton war seinen Pflichten nachgekommen, hatte seine Maße genommen und Stagsegel, Bugsprietsegel, Klüver und Besan für die Ketsch fertiggestellt. Er und seine Gehilfen nähten gerade Hauptsegel, als Victory Locke, der im senkrecht aufragenden Fockmast Stage anbrachte, den Kopf hob, da eine Bewegung seinen Blick anzog. Er rief nach unten: »Heda, im Lager!«

Ishmael Bean, der dem Ufer am nächsten war, wölbte die Hände vor den Mund und legte den Kopf zurück. »Was ist los, Mister Locke?«

»Kleines Schiff auf dem Wasser!« Locke zeigte hin. »Eine Meile oder weniger achteraus!«

Claude Mallory und Purdy Fisk, die vor Schweiß und durchdringend riechenden Reinigungsmitteln troffen, kletterten aus dem breiten Laderaum des Schiffes, um über die Heckreling zu spähen. Nicht allzu weit entfernt bog sich der Wasserlauf außer Sicht, deshalb konnten sie noch nichts erkennen, aber sie wischten sich dennoch die Hände ab und eilten zu den Backbordwanten, um die dort stehenden Gewehre aufzunehmen.

Am nahen Ufer nahmen Bean und Cadman Wise ebenfalls ihre Gewehre hoch. Wise überprüfte seine Ladung und sagte: »Halten Sie hier Wache, Mister Bean. Ich werde ein Stück weitergehen und nachsehen, wer es sein könnte.« Kurz darauf war er im Gebüsch verschwunden.

Titus Wilton schaute mit der Haltung eines Geschmähten und Gekränkten über seinen Kneifer hinweg. »Höchstwahrscheinlich feindlich Gesinnte«, sagte er zu seinen Gehilfen. »Was uns betrifft, so denke ich, wir sollten sie ignorieren, gleichgültig wer sie sind. Wir sind hier, um ein Schiff mit Segeln auszurüsten, nicht mehr. Handschuh und Nadel, Burschen. Handschuh und Nadel ... Quincy! Achten Sie darauf, wie Sie die Schnüre an den Schothörnern einbetten! Ich will kein Wilton-Segel an unbefestigten Ecken flattern sehen! Omer, gehen Sie dort hinüber und sagen Sie diesen Leuten an Bord, daß wir Bienenwachs brauchen. Beeilen Sie sich.« Er nähte einige Augenblicke weiter und hob dann den Kopf, um das einzige Mannschaftsmitglied anzusprechen, das anscheinend in der Nähe war. »Sie da!«

Verärgert, weil er durch einen Zwischenraum zwischen den Bäumen die Fahrrinne zu beobachten versuchte, wandte sich Ishmael Bean halbwegs zu ihm um. »Sir?«

»Warum ist der verdammte Fockmast auf diesem Schiff doppelt so groß wie der hintere Mast?«

»Sir?«

»Der Fockmast! Warum ist er ...«

»Die *Mystery* ist eine Ketsch, Sir. Sie hat keinen Fockmast. Dieser hohe Mast ist der Großmast. Und der kurze ist der Besanmast.«

»Dann also der Großmast! Ist Ihnen klar, daß wir vierundneunzig Fuß Lieks haben werden, wenn wir ein Hauptsegel, ein Marssegel und ein Bramsegel fertiggestellt haben?«

»Nein, Sir.« Bean zuckte die Achseln und wandte sich ab. »Das war mir gewiß nicht klar.«

»Barbaren«, murrte Wilton. Er richtete die Spange an seinem Handschuh und nähte weiter.

Omer kehrte mit leeren Händen vom Ufer des Einschnitts zurück. »Sie sagen, sie hätten jetzt keine Zeit, nach Bienenwachs zu suchen, Mister Wilton. Sie halten lieber ein Auge auf den Wasserlauf, bis sie herausgefunden haben, wer sich dort nähert.«

»Barbaren«, murrte Wilton erneut. Der Krieg war für ihn ein Ärgernis und eine Plage. Mehr als das war er zu einer regelrechten Unannehmlichkeit geworden.

Hinter ihm im Gebüsch hörte er Stimmen sowie den dumpfen Klang und das Knirschen vieler Füße auf gepolstertem Waldboden.

»Da kommt noch jemand«, sagte Omer, während Ishmael Bean die Geräusche ebenfalls bemerkte und sich umwandte, um stromaufwärts zu spähen. Die Geräusche wurden entschieden lauter und vermischten sich mit dem Rascheln und Knacken des Gebüschs, als Männer hindurchbrachen.

»Wenn sie nichts mit Segeln zu tun haben«, bemerkte Wilton, »gehen sie uns auch nichts an.«

»Es wird jedoch ein wenig eng hier draußen«, sagte Quincy.

»Konzentrieren Sie sich auf Ihre Arbeit«, grollte Wilton. »Handschuh und Nadel, Handschuh und Nadel.«

»Frisches Fleisch«, zählte Patrick Dalton auf, während er durch dichtes Unterholz drang, »Pökelfleisch aller Art, an dem Männer Geschmack finden können, *pommes de terre*, Hafermehl, Trockenerbsen ...«

»Moment, Sir«, unterbrach Billy Caster ihn, hastig schreibend, während er seinem Offizier folgte. »... Hafermehl, Trockenerbsen ... Weiter, Sir.«

»Essig«, fuhr Dalton fort. »Zitronensaft, Tee, Hutzukker und Honig, Nelkenpfeffer, geschrotetes Korn, wenn es zu bekommen ist, Zwiebeln, äh ... fügen wir der Liste noch ein oder zwei Fäßchen – machen Sie drei daraus – Jamaikarum und ein wenig Brandy hinzu.«

»Brandy, Sir?«

»Squire Ramsey wird sich wahrscheinlich nicht auf die Ladung beschränken, die zu befördern er von uns erwartet. Es ist nur angemessen, daß ich mich im Gegenzug nicht auf den üblichen Proviant für das Schiff beschränke, das die *Mystery* befördern soll. Sollten wir nicht längst da sein?«

»Gleich voraus, Sir.«

Dalton wandte sich zu seiner unordentlichen Reihe von Rekruten um. »Bleibt ein wenig zurück, Männer, bis wir erkannt werden. Ich möchte nicht, daß einer von euch erschossen wird, weil er ein Fremder ist.«

Noch bevor Dalton weiterging, gelangte Billy auf eine Lichtung und hielt inne. »Mast gesichtet«, sagte er. »Unmittelbar dort an den Bäumen vorbei, Sir.«

Dalton betrat die Lichtung ebenfalls und blinzelte ins Sonnenlicht. Eine Kabellänge entfernt ragten hohe Masten über den Bäumen auf – Topp- und Bramstenge eines Mastes und der Topp eines zweiten kürzeren Masts dahinter. Die Männer hatten fleißig am Rigg gearbeitet. Die Pardunen waren straff und getrimmt, die hohen instandgesetzt. Und das Eselshaupt der Großmarsstenge war zusammen mit seiner Saling und der Bramstenge neu verklammert worden. Soweit Dalton sehen konnte, waren alle Kabel und Leinen intakt und zeigten keinerlei Flickwerk. Der Laderaum der Ketsch hatte offensichtlich entsprechendes Kabel enthalten, um zu ersetzen, was nötig war. Beide Masten waren frei von Spieren, auch die Brassen fehlten, und die Taljen hingen von den Mastbacken herab.

»Der Segelmacher muß eingetroffen sein«, stellte Dalton fest.

Er befahl Billy, die neuen Leute zurückzuhalten, durchquerte die Lichtung sowie das dahinter liegende Dickicht und betrat die Lagerlichtung, die er zugleich begutachtete. Ganz in der Nähe standen ein Zelt und unmittelbar dahinter ein Wagen, und zwei angepflockte Pferde grasten in einiger Entfernung. Unmittelbar an dem Zelt vorbei sah er Männer mit gekreuzten Beinen auf großen Stücken neuen Segeltuchs sitzen und Segel nähen, und hinter ihnen beschattete Mister Bean die Augen und sah blinzelnd zu ihm. Dalton hob grüßend einen Arm.

»Ahoi das Lager«, rief er. »Kapitän und Schiffsmannschaft zur Stelle!«

Bean erwiderte seinen Gruß und eilte auf ihn zu. »Ich bin froh, daß Sie heil zurückgekehrt sind, Sir. Wir beobachten den Wasserlauf. Von den Ausgucks wurde ein kleines Schiff gesichtet. Mister Wise ist nachschauen gegangen, und jetzt klingt es, als würden dort Bäume gefällt.«

Dalton schaute zur *Mystery* und bemerkte die mit Gewehren bewaffneten Männer an Bord. »Sehr gut, Mister Bean. Ich werde Ihr Gewehr halten, während Sie dort hinübergehen und Mister Caster und unsere neuen Mannschaftsmitglieder herbeiholen. Oh, und Mister Bean …«

»Sir?«

»Haben Sie schon etwas von Mister Duncan und Mister Romart gehört?«

»Noch nichts, Sir.«

»Gut, Mister Bean. Machen Sie weiter.«

Bean reichte ihm das Gewehr und lief in den Wald. Dalton warf erneut einen abschätzenden Blick über das Lager und erwiderte dann die aus der Ferne von Victory Locke, Claude Mallory und Purdy Fisk in den Topps der

Mystery entbotenen Grüße. Die Ketsch schwamm jetzt gut, stand hoch aufgerichtet im Strom, und die dunklen Streifen auf den Wanten zeigten an, wie weit der Rumpf aus dem Wasser gehoben worden war. Dalton gewann den Eindruck, daß die Männer mit dem Abpumpen und Versiegeln gute Arbeit geleistet hatten. Die Schandecks des breitbäuchigen Schiffes standen jetzt fast vier Fuß höher als beim Aufrichten.

Zumindest von hier aus war an der Steuerbordseite kaum ein Hinweis darauf zu sehen, daß die Ketsch jemals Schaden genommen hatte, und Dalton fragte sich erneut, wie das Schiff, als treibendes Wrack im Stich gelassen, an diesen verborgenen Ort gelangt war. Aber andererseits gab es in diesem Gebiet vielleicht viele solcher Wracks. Die Chesapeake Bay und ihre Umgebung waren ein riesiges Land- und Wassergebiet, und es mochten während des Passierens von Kriegs- und Truppentransportschiffen zum Landeplatz südlich Philadelphias und wieder zurück zum Meer hundert zufällige Begegnungen stattgefunden haben.

Die Segelmacher hatten ihn kaum angesehen und sich sofort wieder ihrer Arbeit zugewandt. Er ging auf sie zu, hielt dann inne und neigte den Kopf. Fern und gedämpft, aber deutlich, hörte er das Klingen von Äxten. Irgendwo in weiter Ferne, auf die offene Bucht zu, fällte jemand Bäume.

Die Segelmacher hatten das Segeltuch über anscheinend mindestens einen Morgen Land ausgebreitet und arbeiteten als Team, zwei kräftige junge Männer, die sich beständig über den Stoff beugten, die Ränder breiter Streifen umnähten und dann das Seilwerk befestigten, das ein unteres großes Segel einfassen sollte – offensichtlich das Großsegel –, während ein stämmiger älterer Mann mit Dreispitz und Kneifer mit gekreuzten Beinen an einer Stelle saß, an der zwei Segeltuchzuschnitte zusammentrafen, und jeweils einen Fuß zurückrückte, während seine geschäftigen Hände aufnahmen, zusammenfügten, überlappten und die Streifen zu einem breiten Segel zusammennähten. Dalton empfand wahre Anerkennung. Er hatte schon früher Segelmacher bei der Arbeit beobachtet, in den Dachböden in Dublin und Serrey, und er erkannte sofort die geübte Hand.

Bei seinem Herannahen sah sich der ältere Mann verärgert um, bemerkte Daltons Feldstiefel und sagte: »Passen Sie auf, wo Sie hintreten! Dies ist Segeltuch, keine Fußmatte.«

Dalton blieb stehen. Hinter sich hörte er die Stimmen und Schritte der in die Lichtung tretenden Männer, einschließlich Billy Casters, der auf ihn zukam. Er eilte heran, wollte etwas sagen, hielt dann mit offenem Mund inne und ging in die Hocke, um den mit gekreuzten Beinen dasitzenden Segelmacher anzusehen, kauerte sich regelrecht hin, um das Gesicht unter dem Hut zu erkennen. Als der Mann aufschaute, keuchte Billy und stand wie erstarrt da.

»Sir«, stotterte er. »Äh, Sir, ich wußte nicht ... äh, sind Sie es wirklich, Sir?«

Der Segelmacher hielt in seiner Tätigkeit inne und schaute über seinen Kneifer hinweg auf. »Ich kann mich nicht erinnern, jemals eine lächerlichere Frage gehört zu haben«, grollte er. »Natürlich bin ich ich. Wer sollte ich sonst sein?«

Billy war noch immer fast sprachlos. »Aber ... aber Doktor Franklin ... Ich habe niemals davon gehört, daß Sie Segel anfertigen.«

Dalton und der Segelmacher sahen den Jungen an. »Sie kennen diesen Mann, Mister Caster?«

»Nun ja, Sir ... ich meine, nun, nein, ich kenne ihn nicht persönlich, aber jedermann kennt Doktor Franklin, Sir. Ich meine, zumindest in Amerika.«

Der Segelmacher schüttelte den Kopf und erhob sich. »Sie müssen der Kapitän des Schiffs dort drüben sein, das auszurüsten Squire Ramsey mich beauftragt hat.«

»Patrick Dalton«, sagte Dalton.

»Aye. Mein Name ist Wilton. Titus Wilton. Firma Wilton und Chesterfield, bis vor kurzem und – wie man hofft – bald wieder aus Philadelphia. Die besten Segelmacher diesseits des ...«

»Sie ... Sie sind nicht Doktor Franklin?« platzte Billy erstaunt heraus.

»Gewiß nicht! Es ist nur mein Pech, daß ein Gentleman, der sich anscheinend nicht auf seinen erwählten Beruf konzentrieren kann, weil er in politische Geschehnisse verwikkelt wurde, mir – einige sagen, zu meinem Pech – ähnlich sieht. Ich habe mich aufgrund dessen schon mit mehr als einem Menschen geprügelt, junger Mann.«

»Aber ...«

»Das genügt, Mister Caster«, sagte Dalton. »Wilton, nicht wahr? Also meine Hochachtung, Mister Wilton. Sie sind zweifellos ein Könner in Ihrem Beruf. Wie steht es zur Zeit mit den Segeln?«

»Die Stagsegel sind fertig, jeweils eines, und wir haben jetzt mit den unteren großen Segeln begonnen. Obwohl ich niemals verstehen werde, warum, in drei Teufels Namen, dieser Mast so hoch ist. Ist Ihnen klar, Sir, daß wir seitlich fast einhundert Fuß Liek befestigen werden, nur um diesen einen Mast auszurüsten, ganz zu schweigen von dem kleineren Mast dahinter?«

»Achtern«, sagte Dalton, dessen Aufmerksamkeit von einigen seiner neuen Rekruten abgelenkt wurde, die sich von den übrigen abgesondert hatten, ihm jetzt fast an den Fersen klebten und Wilton anstarrten. Er wandte sich zu ihnen um. »Ihr Männer geht mit Mister Bean. Er wird mit dem Aussortieren beginnen, und ich komme gleich dazu.« Noch während er es sagte, erkannte er, daß die fünf Männer alle Kolonisten waren. Die übrigen Angeheuerten waren auf dem Weg zum Ufer der schmalen Bucht, hielten dann inne und fragten, warum diese einen Umweg gemacht hatten.

»Aye, Sir«, sagte einer der beiden rothaarigen Iren aus Carolina. »Wir haben nur innegehalten, um einen Blick auf Doktor Franklin zu werfen, Sir.«

Von den fernen Topps erklang Victory Lockes Ruf: »Ein kleines Schiff kommt auf, Sir!«

Dalton wandte sich um, beschattete die Augen, und kurz darauf geriet auf dem Wasserlauf eine seltsame Prozession in Sicht.

Im ersten Moment erkannte er kaum die Barkasse *Something* mit ihrer hoch aufgetürmten Ladung und ihren beiden an Bug und Heck befestigten Schrotflinten. Zwei der Männer an den Riemen waren Charley Duncan und Michael Romart. Die anderen beiden waren nackte Indianer. Im Schlepptau hinter der Barkasse befand sich ein kleiner, ebenfalls hoch beladener Kahn. Und in dem Kahn saß Cadman Wise.

Bei Daltons Anblick stand Duncan jäh auf und grüßte schwungvoll und glücklich. Romart wollte es ihm gleichtun, zögerte aber dann, lehnte sich aus der Barkasse, schaute einen Moment, deutete dann zum Lager und sprach aufgeregt mit Duncan.

Dalton sagte sich, daß Billy Caster recht hatte. Anscheinend kannte tatsächlich jedermann in den Kolonien Doktor Franklin.

Romarts aufgeregte Beredsamkeit brach jäh ab, als er sich erneut umsah, und er schien an seinem Platz im Boot zu erstarren, bevor er sich zu seinem Gewehr bückte und es hochhob.

Dalton wandte sich um, wirbelte dann zurück und hob die Arme. »Nicht feuern, Mister Romart! Alle bewahren Ruhe!«

Hinter ihm waren fünf Hessen aus dem Gebüsch auf die Lichtung getreten. Beim Anblick des weit entfernten Mister Romart mit seinem Gewehr hatten vier von ihnen ihre Musketen von den Schultern gerissen.

»Achtung!« brüllte der Korporal ihnen wie als Echo von Daltons Befehl zu.

Dem Wort folgte ein rascher Strom deutscher Befehle, und die Soldaten legten ihre Musketen nieder. Romart hatte sein Gewehr ebenfalls gesenkt, und jeder Anwesende außer den Indianern und den Segelmachern erstarrte auf der Stelle, als der affenähnliche Rekrut John Tidy eine Bootsmannspfeife aus seiner Uniformjacke nahm und ein unsinniges »In die Quartiere« blies.

Dalton seufzte und schüttelte den Kopf. Hier würden viele Erklärungen nötig sein und danach eine Menge Arbeit, um daraus etwas aufzubauen. »Danke, Mister Tidy«, sagte er. »Mister Bean, Sie befehligen für den Moment die Rekruten. Bitte versammeln Sie sie dort drüben bei den Ballen. Mister Mallory, bitten Sie Mister Duncan, an Land zu kommen und mir Bericht zu erstatten. Mister Tidy, gehen Sie bitte dort hinüber und sehen Sie zu, ob Sie herausfinden können, was diese Deutschen hier wollen und warum sie uns so weit gefolgt sind. Mister Caster, seien Sie so nett und hören Sie auf, Doktor Franklin anzustarren, und ...«

»Wilton«, schnaubte der Segelmacher. »Mein Name ist Wilton, nicht Franklin!«

»... Mister Wilton anzustarren, und sehen Sie nach, welche Logbucheintragungen und Bestandslisten auf mich warten. Oh, und bitten Sie Mister Locke zu beenden, was er dort drüben in den Topps tut, und herunterzukommen. Wir werden das Abendessen für ...«, er zählte rasch, »... dreißig Leute bei zwei Glasen der Hundewache brauchen.« Er wandte sich dem Segelmacher zu. »Ich muß vermutlich Ihren Auftrag unterzeichnen.«

»Genauso ist es.«

»Gut. Bringen Sie mir die Papiere nach dem Abendessen vorbei, und ich werde sie mir ansehen. Hat Squire Ramsey noch etwas anderes als Segel aufgeführt?«

»Er hat einen vollen Satz Segel für Ihr Schiff und die Ausstattung Ihrer Segelkammer aufgeführt.«

»Berichtigen Sie das bitte, auf meine Verantwortung. Ich werde bis zur Hundewache noch achtzehn solide Hängematten brauchen.«

»Hängematten?«

»Ja, Sir. Als Schlafplätze für die Männer. Mister Duncan wird sich um deren Plazierung kümmern. Ah, da ist er ja.«

Charley Duncan kam, naß bis zu den Hüften, eilig über die Lichtung. »Mister Duncan, haben Sie und Mister Romart eine erfreuliche Reise in unserer Barkasse gehabt?«

»Aye, Sir. Wir ...«

»Sie haben mehr Schiffe zurückgebracht, als Sie mitgenommen hatten.«

»Aye, Sir. Wir ...«

»Und zwei Indianer.«

»Aye, Sir. Sie ...«

»Wäre es Ihnen recht, jetzt Bericht zu erstatten, Mister Duncan?«

»Aye, Sir. Ich glaube, das wäre mir recht. Wir hatten uns in einer Kiemenschnur verfangen, so daß wir für die Indianer etwas Garn besorgen mußten, und wir sind auf einen Platz gestoßen, wo einige Leute eine Schnau ausrüsten, Sir, und ...«

»Gehen wir dort drüben hin, Mister Duncan. Ich glaube, ich sollte mich setzen, während wir dies alles entwirren.«

»Aye, Sir.« Er folgte seinem humpelnden Kapitän, und Billy Caster wandte sich an den Segelmacher. »Verzeihen Sie, Doktor ... äh, Mister Wilton. Zur Hundewache bedeutet heute abend acht Glasen. Das würde acht Glokkenschläge bedeuten, aber wir haben noch keine Glocke. Es sei denn, Mister Duncan hat irgendwo eine besorgt.«

Patrick Dalton war erschöpft und hatte Schmerzen, als er sich ungefähr bei vier Glasen der Abendwache – die erste Wache, wie man ihn in der Navy seiner Majestät gelehrt hatte, obwohl *Abendwache* für den irischen Verstand die bessere Bezeichnung war – im Laternenlicht die müden Augen rieb, während er erneut den Stapel Papiere durchlas, die Billy Caster ihm »ins unreine geschrieben« ausgehändigt hatte. Später würde der Junge, wie Dalton wußte, alles noch einmal »ins reine« schreiben, wie es seiner peinlich genauen Vorstellung davon entsprach, wie sein Kapitän seine Befehle ausgeführt sehen wollte – oder zumindest wollen sollte. Er wäre jetzt wahrscheinlich wach und würde mit einer Laterne neben sich auf einem Baumstumpf sitzend arbeiten, wenn Dalton ihn nicht schlafen geschickt hätte, nachdem die ersten Hängematten angeschlagen waren.

Im jetzt trockenen Inneren der *Mystery* hatten sie ausreichend Proviant und Laderaum vorgefunden, wovon das meiste noch zu gebrauchen war. Es war der übliche Inhalt von Segelkammer und Kabelgatt, Kombüse, Kisten und Laderaum eines Handelsschiffes der Kolonisten. Als Ladung befand sich nur ein salzwassergetränkter, gegen eine Stütze verkeilter Ballen Tabak an Bord. Aber es gab Kabel und Leinen, zwei Montagewinden und ein funktionierendes Gangspill sowie eine Tonne oder mehr an verschiedenen Werkzeugen und Zubehör, die für die Reparatur eines Segelschiffes zwischen zwei Häfen gedacht waren. Einige der Vorräte waren durch das eingedrungene Wasser verdorben, aber den Fässern mit Pökelfleisch und den Tonnen mit Wasser hatten Salz und Brackwasser nicht geschadet.

Und das Geheimnis der *Mystery* war jetzt kein Geheimnis mehr. Ein Fetzen Papier mit einer Notiz aus der Heckkajüte erklärte Dalton, was geschehen war. Sie war auf britische Truppentransportschiffe gestoßen und hatte sich eine Kanonenkugel in ihrer Backbordrüste eingefangen. Deren Wucht hatte ihre Pütting unterhalb der Großwanten verzogen und ihre Dollborde so schief belastet, daß der Rumpf geöffnet worden war. Es war recht offensichtlich, was das für die Mannschaft bedeutete. Alle hatten gemerkt, daß das Schiff sank und es verlassen, wobei die Männer soviel mitgenommen hatten, wie ihnen möglich war.

Von da an kannte nur noch Gott ihren Kurs. Ein Gezeitenstrom oder ein abweichender Wind hatte sie wohl in diesen verborgenen Wasserlauf getrieben, wo die *Mystery* Schlick unter dem Kiel hatte, als sie vollief und zur Ruhe kam.

Dalton legte die Listen beiseite und sah sich erneut die korrigierte Mannschaftsliste an, die Billy für ihn aufgestellt hatte. Wenn man die neun verbliebenen Flüchtlinge der *Faith* mitzählte – er selbst und Billy eingeschlossen –, und seine Rekruten aus dem Hafen von Queenstown, dann betrug die vollzählige Besatzung der *Mystery* jetzt zwanzig Mann, was für den Betrieb einer 94-Fuß-Ketsch auf den Handelsrouten ausreichte. Vierundneunzig Fuß Länge – Deck und Frachtraum –, und doch war die Ketsch nicht größer, als die *Faith* es gewesen war. Nur daß die *Mystery* ganz aus plumpem Rumpf bestand, wo die *Faith* ganz Schnittigkeit gewesen war. Ein Handelsschiff eben ... und diente jetzt, vielleicht, dazu, eine bunte Mischung von Flüchtlingen von den Zentren des Krieges fortzubringen.

Zwanzig Seeleute. Er selbst als Kapitän, Charley Duncan als Erster Offizier, zehn Vollmatrosen, John Tidy als erfahrener Bootsmann, ein Profos, zwei Stückführer, ein Zimmermann und zwei Leichtmatrosen, die schon früher gesegelt waren – er hätte es schlechter treffen können.

Und dann waren da noch die beiden Indianer, die Mister Duncan aufgetan, und denen er, als Erster Offizier, einen Schlafplatz an Bord versprochen hatte. Was konnte er mit zwei Eingeborenen an Bord eines Segelschiffs anfangen? Er konnte kaum ihr Englisch verstehen, obwohl Mister Duncan anscheinend keine Probleme damit hatte. Duncan hatte viel über seine Besuche am Picadilly Circus und ähnliche Aufenthalte in seiner Jugendzeit erzählt, aber Dalton fand es noch immer schwierig, Sätze zu verstehen wie »Wadd 'äd 'e sägg'?« und »Gäw mi dadd vördammig Siil.« Es klang jedoch fast wie Englisch.

Vielleicht konnten sie als Leichtmatrosen dienen. Es würde Mister Duncan überlassen bleiben, sie auszubilden – und ihre Bogen und Pfeile in der kleinen Waffenkammer zu verstauen.

Also zweiundzwanzig Männer.

Und dann waren da die Hessen. Unteroffizier Heinrich Wesselmann hatte ihn durch Mister Tidy um eine Passage bitten lassen ... wohin auch immer er zu fahren gedachte, wenn dort nur im Moment kein Krieg ausgefochten wurde und fünf junge Bauern einen Ort finden konnten, wo es Felder zu bestellen gab.

Der Gedanke kam ungebeten, eine unvermutete Frage, ob Mister Hoop als Profos aus einer Handvoll Hessen für die Dauer ihrer Reise – wohin auch immer John Singleton Ramsey sie schicken würde – vielleicht zeitweilige Seesoldaten machen könnte.

Es gab vieles zu überdenken, vieles zu planen und vieles zu tun. Und das – so ehrenhaft wie möglich – aufgrund der Notwendigkeit, dem Krieg hier in den Kolonien auszuweichen und auf eine Gelegenheit zu warten, seinen Namen reinzuwaschen.

Dalton hätte gern wieder einen unbescholtenen Namen gehabt. Es gab Dinge, die er mit Constance Ramsey besprechen könnte ... falls seine Ehre und sein Name jemals wieder unversehrt würden, damit ein solches Gespräch möglich war.

Patrick Dalton schlief auf dem aus Schindeln gefertigten Schemel ein, und als es kühl wurde, kroch Billy Caster aus seiner Hängematte, um seinen Kapitän mit einer Decke zuzudecken und die Laterne neben ihm zu löschen.

VI

General Sir William Howe hatte Philadelphia vollständig in Besitz genommen. Cornwallis hielt die amerikanischen Festen auf der rechten Flanke, von Knyphausens Deutsche hatten das Kolonistenzentrum bei Chad's Fort gesprengt, und Washington war mit fast zehntausend kolonialen Berufssoldaten auf dem Rückzug. Philadelphia befand sich in den Händen der Krone. Admiral Lord Richard Howes Schiffe waren nach Delaware zurückgekehrt, um den Wasserweg freizumachen, und das war die letzte Vorbereitung für den geplanten Feldzug seines Bruders William den Hudson River hinauf. Es war jetzt unumgänglich, daß die Rebellen aus New England von den südlichen Alliierten isoliert wurden, und im Norden wartete Burgoyne auf dem Lake Champlain. Obwohl durch Benedict Arnolds Behelfs»marine« auf Valcour Island geschwächt, hielt Burgoyne die nördlichen Wege dennoch besetzt, und die Howes bereiteten ihren Angriff im Norden vor, während Cornwallis Washington und Sullivan in Richtung New Jersey verfolgte.

Lord Richard Howes Versuche der Aussöhnung waren fehlgeschlagen, und jetzt trat Lord Norths Ultimatum in Kraft: die Rebellen zu vernichten, den Süden zu halten und sich auf den Norden zu konzentrieren. Also drängte das Kriegsdrama von Chesapeake und Delaware nordwärts, ein Schraubstock, der sich gegen den Schraubstock Burgoynes entlang dem Hudson schließen sollte.

Und jetzt begann das Aufräumen mit den Kampfhandlungen südlich von Philadelphia – Küstenpatrouillen säuberten die Flutgebiete der Meeresküste, Kreuzer hielten den Delaware, und Geschwader durchstreiften die der Küste vorgelagerten Gebiete.

Für den Freibeuter Lostrato und den Piraten Pinto, die an Bord der zerschlagenen spanischen Prise *Columbine* einen beklemmenden Waffenstillstand einhielten, brachte ein fliehendes Handelsschiff der Kolonisten die Entscheidung. Vor der Küste südlich von Chesapeake kreuzend, warteten sie auf ein Zeichen von Lostratos Bevollmächtigtem an Land, einem Aasgeier namens Clive Hensey. Hensey sollte die Chesapeake Bay nach Beute auskundschaften und Lostrato informieren, sobald er welche gefunden hätte, wofür Hensey an der Prise beteiligt würde. Aber es kam keine Nachricht. Die Tage vergingen, und die *Columbine* schlich hin und her in Sichtweite von Cape Henry. Zweimal sah Pinto aufs Meer auslaufende Segel aus der großen Bucht auftauchen, jedes Mal weitab und außerhalb seiner Reichweite, aber die Küste von Cape Henry zeigte ihnen am Tage keine Flaggen und bei Nacht keine Lichter.

Hensey hätte sie auf diese Schiffe hinweisen sollen, bevor sie ausliefen. Beide wären als Prisen denkbar gewesen, wenn die *Columbine* vor dem Wind gelegen und beim Vorpreschen die Wetterlage für sich hätte nutzen können.

»Ihrem Kommissär ist etwas passiert«, sagte Pinto schließlich zu Lostrato. »Es ist an der Zeit, daß wir auf meine Art vorgehen.«

Und Lostrato konnte nichts erwidern, weil klar war, daß Hensey versagt hatte.

Also übernahm Pinto das Kommando und zögerte nicht, den mürrischen Aristokraten, den er zu hassen gelernt hatte, zufrieden anzugrinsen. Die *Columbine* lief erneut nordwärts in die Gewässer vor Cape Henry und manövrierte dort einen Morgen lang, bis mit dem Wind leewärts laufende Segel gesichtet wurden und Pinto das Schiff als Kolonistenschaluppe ausmachte, schwer beladen und leicht bestückt. Ein ausreichend guter Anfang. Die *Columbine* kreuzte nach außen, schnitt der Schaluppe den Weg nach Süden ab, und die Schaluppe reagierte. Zu klein, um die Launen des weiten Meeres in dieser unsicheren Jahreszeit herauszufordern, wählte das kleine Handelsschiff den einzigen ihm zugänglichen Ausweg. Es hielt auf die Mündung der Chesapeake Bay zu, vertraute seinem schmalen Rumpf und den Stagsegeln, um dem Räuber die Bucht hinauf zu entkommen.

»Wir werden dieses Schiff einnehmen«, entschied Pinto. »Sie, Torero! Übernehmen Sie das Ruder. Klar bei den Schoten! Wenden, Torero. Durch den Wind. Heißt Klüver! Heißt Außenklüver! Klar beim Vorsegel und reffen! Verdammt sollt ihr alle sein, dies ist eine Brigantine, kein Schlickrutscher! Trimmt die Stagsegel!« Während Torero das Ruder übernahm, schritt Pinto das Deck entlang, den Säbel in der Hand, mit dessen flacher Seite er um sich schlug, um seinen Befehlen Nachdruck zu verleihen. »Holt das Hauptstagsegel an! Holt die Leine an, sie ist lose! Anklampen, verdammt! Jetzt das Großmarsstagsegel zurück! Trimmt euer Sprietsegel!«

Er schlug ihnen blutige Striemen, aber die träge *Columbine* war innerhalb von wenigen Augenblicken zu einer engen Wende getrimmt, hielt auf einem Kurs auf die Chesapeake Bay zu, der fast parallel zu dem der fliehenden Schaluppe verlief.

»Es wird eine langsame und ermüdende Jagd werden«, sagte Lostrato trocken. »Sie haben mehr Segeldruck, Pinto, aber keine besseren Segel für diesen Wind.«

»Soll sie so lange dauern, wie es nötig ist«, grollte der Pirat. »Der Kerl kann nirgendwohin entkommen. Und wenn er wie eine Maus davonhuscht, dann werde ich die Katze sein, die mit ihm spielt. Wer weiß?« Er rieb sich nachdenklich über den Backenbart. »Vielleicht wird das Quieken der Maus noch mehr Mäuse aus ihren Löchern locken.«

»Und wenn es dort vorne Kriegsschiffe gibt?«

»Wenn dort Kriegsschiffe wären, hätte unsere Maus niemals diesen Weg gewählt. Er mag die Briten nicht mehr als uns, Don Geraldo.«

Ian McCall war einer jener Männer, die nicht nach Philadelphia zurückkehren konnten – oder in irgendeine andere Stadt oder einen Hafen, wo jetzt die Flagge Englands wehte. Wie die Delegierten des schicksalhaften Kongresses im Jahr zuvor, wie die Generäle Washington, Sullivan und Wayne, wie Patrick Henry, John Boyle und Nathan Hale, wie der Silberschmied Paul Revere, der Holzfäller Jeremiah O'Brien und der Trödler Artemas Ward, wie diese und fast dreitausend andere, war Ian McCall ein gesuchter Mann, den nur eine Revolution von der Justiz der Krone trennte.

Die Minister des Königs besaßen eine Namensliste, und alle auf der Liste Vermerkten erwartete der Tod, falls sie gefangengenommen wurden. Die Handelsroute von Philadelphia nach Baltimore war von dem Moment an von Flüchtlingen blockiert, als man erfuhr, daß sich Truppentransportschiffe dem Head of Elk näherten, und viele der Evakuierungsgruppen hatten Wachmannschaften als Eskorte organisiert. Auch McCall, der für seine Abschüsse kolonialer Freibeuter bereits verurteilt worden war, hatte eine solche Mannschaft zusammengestellt und teilte ihre Sicherheit mit solchen Verbündeten und ihren Familien, die ebenfalls vor der drohenden Gefahr der Invasion flohen. Die Familien von George Burton, John Singleton Ramsey, Henry Thomely und einem Dutzend anderer aus der Handelsgemeinschaft, die sich von Philadelphia bis Wilmington und South Point erstreckte, hatten sich ihm angeschlossen – Ehefrauen und Kinder, Diener und Gefolgsleute, all jene, die ein nobel gesinnter Kaufmann in Sicherheit wissen wollte ... mindestens bis Baltimore, oder nötigenfalls bis Elizabeth Town oder Martinsburg oder sonstwo. Niemand wußte, welche Kampflinien die patriotischen Kräfte vielleicht hielten oder wo britische Musketen auftauchen könnten.

McCall hatte seine Gruppe sicher nach Baltimore geführt und, für den Fall des Falles, die Weiterreise arrangiert. Aber jetzt hatten sich sämtliche Geschwader aus der Chesapeake Bay zurückgezogen, um die Flotten auf dem Delaware und bei New York zu unterstützen, und Ian McCall hatte den Grund und Boden von Tarleton House so lange abgeschritten, wie er es ertragen konnte. Er fürchtete um seine Investitionen und seinen Besitz in Philadelphia, und er fürchtete um jene Projekte, die hier und da über die Flutgebiete an der Meeresküste verstreut bestanden – hauptsächlich die drei verborgenen Werften, wo Schiffe bereitgestellt wurden, die sein verlorenes Vermögen und noch mehr zurückerlangen konnten. Es drängte ihn, hinzugehen und nachzusehen, wie es voranging, und an einem grauen Tag sattelte er tatsächlich ein gutes Pferd und begab sich auf die Reise.

In Annapolis fand er verlassene Werften und eine für ihn bestimmte Nachricht vor. Es hatte ein Scharmützel mit deutschen Söldnern gegeben, und seine dortige

Mannschaft hatte die beiden Kutter nach Cole's Bend hinab verlegt, wo die Chance geringer war, daß sie gefunden und beschlagnahmt wurden. Oberhalb Marlboros waren die Arbeiten an der Brigg *Porphyry* fast beendet, die Kanonen waren montiert, das Rigg war geprüft und die neuen Segel wurden gerade angeschlagen. Aber man machte sich Sorgen. Jeder Tag brachte neue Sichtungen von Truppen im Wald und entlang der Straßen, und die *Porphyry* hatte keinen Befehlshaber, der sie auf See führen konnte. McCall traf eine Entscheidung. Die Brigg war bereit, eingesetzt zu werden, aber die Nachrichten aus Cole's Bend lauteten, daß die Schnau *Fury* noch einige weitere Wochen der Vorbereitung auf ihren Einsatz benötigte.

Also brachte er die in Marlboro bereitstehende Mannschaft unter der Befehlsgewalt eines erfahrenen Bootsmanns an Bord der *Porphyry*, während er Männer nach Cole's Bend schickte, um den der *Fury* zugeteilten Kommandanten sowie die Männer zurückzubringen, die er jetzt benötigte. Solon Hays war ein guter Mann und ein fähiger Kommandant. Er konnte die Brigg eher als die Schnau befehligen und wäre vermutlich froh, daß seine Warterei ein Ende hatte. Jemand anderer konnte das Kommando über die *Fury* übernehmen, sobald die Schnau zum Auslaufen bereit wäre.

McCall wartete so lange, bis der Austausch erfolgt war, und schüttelte Hays am Kai, wo ihn die Barkasse der *Porphyry* erwartete, die Hand. »Für Gott und das Land, Solon«, sagte er. »Gehen Sie dazwischen, wo Sie den Feind finden, und sehen Sie zu, welche Kerben Sie in den verdammten Dreizack Seiner Majestät schlagen können. Haben Sie Spaß an der Jagd, und erfreuen Sie sich an Ihrem Schiff... und achten Sie auf die Auswahl an Prisen.

Ich verlasse mich darauf, daß Sie für uns beide einen guten Gewinn aus diesem Krieg schlagen.«

Von Marlboro aus begab sich McCall zu den Feldern außerhalb Queenstowns und von dort auf Nebenstraßen zu John Singleton Ramseys Besitz bei Eagle's Head. Zweimal sah er Patrouillen und erfuhr von einem Pflanzer, daß Admiral Lord Richard Howes Flotte vor Chester ankerte und sich darauf vorbereitete, Gefechte gegen die amerikanischen Verteidiger am und auf dem Delaware südlich von Philadelphia zu führen. Die Kolonisten hatten den Fluß bei Billingsport mit Pfahlwerk blockiert und besaßen an der Küste Jerseys eine Redoute, die die Blokkade überschaute.

Der Mann rechnete damit, daß auf offener See Gefechte im Gange waren, da kein Mann auf dem Delaware es Black Dick jetzt leicht machen wollte, die Armee seines Bruders in Philadelphia zu versorgen.

McCall gefielen die Neuigkeiten nicht. Das einzige, was eine Redoute und eine Reihe mit Stahlspitzen versehener Pfähle einbringen konnten, war ein kleiner Zeitgewinn, und wenn Billingsport fiel, würde das darüber liegende Fort Mercer ebenfalls fallen. Mercer besaß, wie er wußte, nur vierzehn Kanonen. Er selbst hatte sie geliefert.

Am Eagle's Head gab er sein Signal und wartete dann in der Nähe des Räucherhauses, bis Ramsey kam.

Der Squire bestätigte alles, was McCall gehört hatte, und fügte noch weiteres hinzu.

Die Burschen, die den Delaware hielten, würden einen tapferen Kampf bestreiten, versicherte Ramsey ihm, aber es bedeutete nur einen Aufschub. Ihre einzige wirkliche Hoffnung bestand darin, General Washington die Zeit zu verschaffen, die er benötigte, um einen Rückzug von Philadelphia in Richtung Hudson zu schaffen.

Und während Ramsey sprach, sah McCall den Kaufmann mit leichtem, spöttischen Lächeln um die Lippen an. »Ich schwöre Ihnen, John«, sagte er schließlich, »wenn ich Sie nicht so gut kennen würde, müßte ich fast glauben, Sie wären in dieser Sache zum Parteigänger geworden. Mir fällt auf, daß Sie wie ein Patriot reden.«

»Nichts dergleichen«, grollte Ramsey. »Ich bin Geschäftsmann, Ian. Es ist meinen Interessen nicht zuträglich, für eine Seite Partei zu ergreifen. Oh, ich bin mir der Tatsache bewußt, daß Admiral Howe mich zumindest als liberal einschätzt, wenn nicht als ausgemachten Whig ... und daß es vielleicht einige wenige unter den Festländern gibt, die einander zuflüstern, ich sei ein Konservativer, wenn nicht ein ausgemachter Tory. Ich gehe meinen eigenen Weg und versuche, nicht mit einbezogen zu werden. Das wissen Sie.«

»Aye«, bestätigte McCall grinsend. »Und Sie schicken Ihre Tochter mit dem flüchtenden Kongreß und Rebellen, wie ich selbst einer bin, nach Baltimore. Stört es Sie niemals, John, solch ein gerissener Schwindler zu sein?«

»Nicht im geringsten. Wie geht es meiner Tochter? Ich vertraue darauf, daß sie sich benimmt.«

»Mit Mühe, ja. Das Mädchen ist seinem Vater sehr ähnlich, wie mir scheint. So dickköpfig, wie der Tag lang ist.«

»Das weiß ich nur zu gut«, gab Ramsey zu. »Sie hat einen eisernen Willen.«

»Und der junge Mann, von dem sie so eingenommen ist? Ihr Lieblingsflüchtling?«

»Er ist gut verborgen und für den Moment vollauf beschäftigt. Ich finanziere eine seiner Unternehmungen.«

McCall schürzte die Lippen. »Ich kann mir nur eine

Art Unternehmung vorstellen, die für einen flüchtigen britischen Seemann momentan in diesem Land geeignet wäre. Zufällig ein wenig Schmuggelei, John?«

Ramsey wirkte gequält. »Im Moment kümmert er sich lediglich um ein verlassenes Schiff, von dem er glaubt, man könne es wieder flottmachen.«

»Mit Ihrer Hilfe.«

»Nun, das hält ihn eine Zeitlang von Schwierigkeiten fern.«

»Und Sie werden zweifellos Verwendung für ein solches Schiff finden.«

»Möglicherweise«, sagte Ramsey achselzuckend. »In diesen Zeiten sollten keine Schiffsrümpfe ungenutzt herumliegen, Ian. Und ich habe vielleicht hin und wieder ein wenig Ladung.«

»Aha!« McCall drohte scherzhaft wissend mit dem Finger. »Genau wie ich es gesagt habe. Ein wenig Schmuggelei.«

»Wenn Sie es so nennen wollen. Aber das ist immer noch besser als Piraterie, Freund McCall. Oh, ja, ich habe von Ihren Unternehmungen an den geheimen Orten auf der Chesapeake Bay gehört. Kriegsschiffe ... für Handelszwecke? Ich würde lieber mit Waren handeln, die im Laderaum eines Handelsschiffes geliefert werden, als mit Eisenkugeln, die aus den Mündungen großer Kanonen geliefert werden. Das Aufbringen von Schiffen mag in einigen Kreisen vielleicht als ungehörig angesehen werden.«

»Piraterie ist eine Sache«, erwiderte McCall seinem Gastgeber. »Freibeuterei ist eine ganz andere. Solche Unternehmungen dienen der Föderation. Wie sonst sollen wir eine Kriegsflotte aufstellen, um uns zu verteidigen?«

»Kriegshandlungen.« Ramsey schaute auf ihn herab. »Nennen Sie es, wie Sie wollen.«

McCall trank seinen Grog aus und leckte sich anerkennend die Lippen. »Ich nenne es die doppelten Pflichten eines Patrioten«, sagte er achselzuckend. »Die Flotte des Königs zu stören und währenddessen Gewinn zu machen. Und da wir gerade bei diesem Thema sind: Wenn die Ladung, die Sie vermutlich von der Chesapeake Bay aus verschiffen wollen, aus dem besteht, was ich vermute, dann mein lieber alter Freund, sind Sie in Ihrer neutralen Verkleidung ein weitaus größerer Schwindler, als ich jemals angenommen habe.«

»Ich werde nicht fragen, was Sie bezüglich meiner Ladung vermuten, weil ich nicht darüber zu sprechen beabsichtige. Und was Ihre Rolle betrifft, mein Rebellenfreund, würde ich gern davon ausgehen, daß Sie die Straßen dieser Gegend verlassen haben, wenn die Dunkelheit hereinbricht. Die Patrouillen kommen in letzter Zeit nachts hier heraus. Bitte überbringen Sie den Leuten in Baltimore meine Empfehlung, und wenn Patrick Henry dort ist, können Sie ihm ausrichten, daß die von uns mit den Gentlemen im Süden besprochenen Vereinbarungen zufriedenstellend durchgeführt werden.«

»Das werde ich tun«, versicherte McCall ihm.

Dann schüttelten sie einander die Hände, und Ramsey gab Colly ein Zeichen, die Straße zu beobachten, während er McCall half, seinen Sattelgurt festzuzurren und den Proviant aufzuladen.

Nachdem McCall aufgestiegen war, wandte er sein Pferd dem Pfad durch die Wildnis zu, winkte und ritt davon, wobei er noch zurückrief: »Ich werde Constance sagen, daß Sie leben und es Ihnen gutgeht, und ich werde ihr Ihre Empfehlungen überbringen.«

»Dafür wäre ich Ihnen verbunden«, rief Ramsey. »Aber erwähnen Sie ihr gegenüber um Gottes willen nichts von Dalton oder dem ...«

Aber es war zu spät. McCall war fort.

Während des Tages hatte ein frischer Wind unter einem sonnigen Himmel geweht. Aber jetzt, gegen Abend, legte er sich, und herbstlicher Dunst stieg in den Tälern und auf dem Wasser ringsum auf – Dunst, der bei Einbruch der Nacht zu Nebel wurde. In der Stille erklang das Rumpeln fernen Donners. John Singleton Ramsey seufzte, während er zum Haus zurückging. Er wußte, daß es sich bei diesem Geräusch nicht um Donner handelte, denn er hatte es in den letzten Monaten oft genug gehört. Es waren die Kanonen auf dem Delaware – Kanonen, die auf der Chesapeake Bay schon Wochen vorher gedröhnt hatten, als die Weiße Flotte Truppen zum Head of Elk beförderte. Jetzt dröhnten sie auf dem Delaware, um die Fahrrinne für die Versorgung eben jener Truppen zu öffnen, die Philadelphia besetzt hielten.

In der ruhigen Umgebung seines von Laternen beleuchteten Arbeitszimmers las Ramsey die Berichte, die von Boten aus Chestertown und Joppa gebracht worden waren. Seine Lastkähne waren beladen und würden auslaufen, sobald die Dunkelheit hereinbräche. Am Morgen würden sie sich oberhalb der Bucht sammeln, in der Patrick Dalton seine Ketsch reparierte.

Ramsey hoffte, daß der Ire sein Schiff zur Mitternachtstide segelbereit hatte. Die Lastkähne konnten es sich nicht leisten zu warten. Wenn sie entdeckt würden ... Er wollte nicht darüber nachdenken, denn es stand zu vieles auf dem Spiel, um Verzögerungen zuzulassen. Sechs Kähne mit Ladung für die Ketsch. Fünf der sechs hatten Kanonen geladen, die für eine Befestigungsanlage an der Küste Carolinas gedacht waren – Kanonen, die 50-Pfund-Kugeln von acht Zoll Durchmesser abschießen würden, die bei jedem Schuß zwanzig Pfund Pulver verbrannten. Kanonen, die vielleicht einen Baumwoll- und Tabakhafen gegen britische Kriegsschiffe ausreichend und lange genug halten könnten, um den Kolonien für ihr Angebot einer Allianz mit Frankreich eine ausreichende Handelsmacht zu verleihen.

McCall hat recht, dachte er … zumindest in gewisser Weise. Er war ein Schwindler. »Gerade jetzt«, murrte er zu sich, »stecke ich bis zu den Ellenbogen in patriotischer Parteinahme, indem ich Kanonen liefere, die gegen den König eingesetzt werden sollen.«

Als der Dunst über der spiegelglatten Wasseroberfläche der Chesapeake Bay aufstieg, hockte Purdy Fisk auf dem Gerüst, das hoch oben in den Ästen einer Roteiche befestigt worden war, und beobachtete die Bucht. Es war Michael Romarts Idee gewesen, die Zweige zum Wasser hin abzusägen, um einen Ausguck zu schaffen. Das Auftriggen eines aus den abgesägten Hauptästen gefertigten Gerüsts hatte Charley Duncan als Verbesserung beigesteuert, der es unter der Würde jedes Seemannes erachtete, in einem Baum zu sitzen, wenn dort nicht eine angemessene Schiffsplattform angebracht war.

Fisk hatte während seiner Wache drei Sätze Segel ausgemacht, die ersten beiden fast an der Kimm, weit hinten in der Bucht – er schätzte die Entfernung auf mindestens zwanzig Meilen, da er nur Oberbramsegel oder Marssegel gesehen hatte. Der dritte Satz Segel schien nicht so weit, aber noch immer gut zwölf Meilen entfernt zu sein. Fisks Fernrohr zeigte ihm keine Einzelheiten außer, daß das Schiff neue Segel trug, die im letzten Sonnenlicht schimmerten, und daß es eine Brigg sein konnte.

Die Schiffe waren natürlich noch immer dort draußen, alle in Windstille geraten und auf Wind wartend. Daher waren sie kaum eine Gefahr. Aber dann wurde Fisks Aufmerksamkeit von einer näheren Bewegung angezogen: große, sich langsam bewegende Umrisse wenige Meilen nordwestlich, die auf ihn zuzukommen schienen. Er konnte keine Masten erkennen und daher die Entfernung nicht bestimmen, aber er sah deutliche dunkle Schatten im Dunst, und einmal glaubte er weit entfernt das Kreischen eines Spills zu hören.

Er beobachtete die Szene fast eine Stunde lang, während sich die Abendschatten der Nacht zuneigten, und kam schließlich zu der Meinung, daß das, was auch immer sich dort draußen befand, sich näherte. Ein lauer Wind, der den Nebel berührte und zerteilte, brachte noch ein anderes Geräusch heran. Er hörte deutlich, wenn auch weit entfernt, das Geräusch von Riemen in ihren Befestigungen, dann ein Platschen, dann erneut das Kreischen eines Spills, und er wußte jetzt, was vor sich ging. Wie auch immer sie sich vorwärts bewegten – vor ihnen liefen kleine Boote, die in Kabellänge zu versenkende Enterhaken beförderten, so daß jene an Bord sich jeweils kabellängenweise voranziehen konnten.

Er wandte sich auf der Plattform um und schaute hinab, wollte einen Befehl rufen. Dann zögerte er, denn der Indianer, der unten hätte warten sollen, war nicht da. Charley Duncan hatte es aufgegeben, den Eingeborenen eine schnelle Lektion im Leinenspleißen zu erteilen und sie statt dessen als Boten für den Ausguck eingesetzt. Einer von ihnen sollte sich also am Fuß des Ausguckbaumes befinden.

»Verdammter Wilder«, grollte Fisk. »Wo, zur Hölle, ist er?«

Unmittelbar unter ihm bewegte sich ein Schatten, und plötzlich sah Fisk den Indianer deutlich. Er hätte geschworen, daß niemand dagewesen wäre.

Eine rauhe Stimme erklang von unten. »'äs mi rop'n? Wadd wull yo?«

»Geh und sag dem Kapitän, daß sich von mir aus gesehen in Richtung Backbord Schiffe befinden. Es könnten die Lastkähne sein, auf die er wartet.«

»Wadd för Las'kän?«

»Schon gut. Geh einfach und hol den verdammten Kapitän!«

Der Schatten regte sich erneut und war dann fort, und Fisk murrte vor sich hin: »Ich war niemals wählerisch, was meine Gesellschaft betrifft, aber ich könnte meine diesbezüglichen Gewohnheiten ändern.«

Minuten vergingen, dann verronnen weitere Minuten, bis aus dem verworrenen Gestrüpp Schatten auftauchten.

Eine vertraute Stimme rief: »Wer ist das da oben?«

»Ich bin es, Kapitän. Purdy Fisk. Sozusagen im Mastkorb.«

»Sehr gut, Mister Fisk. Was haben Sie gesehen?«

»Segel die Bucht hinab, Sir. Drei in Flaute geratene Schiffe, ein gutes Stück entfernt. Und kleinere Schiffe, die sich dort drüben in wenigen Meilen Entfernung an Kabelwinden nähern.«

»In welcher Richtung, Mister Fisk, und wie viele?«

»Steuerbord, Sir. Vermutlich Nordnordwest. Ich kann sie nicht zählen, Sir, aber es mögen vier oder fünf sein. Möglicherweise Lastkähne, Sir.«

»Gut, Mister Fisk. Ich werde Ihnen eine abgeschirmte Laterne hinaufschicken. Das Signal, das wir sehen wollen, ist drei und drei. Wenn dieses Signal gegeben wird, können Sie antworten und sie hereinlotsen.«

»Herein, Sir? In den Wasserlauf?«

»Nur in dessen Mündung, Mister Fisk. Wenn das dort draußen richtige Lastkähne sind, hätten wir aufwärts nicht genug Platz, ihre Ladung mühelos an Bord und in den Laderaum zu bringen. Wenn es unsere Lastkähne sind, werden wir ihnen schon ein Stück entgegenlaufen müssen.«

»Aye, Sir. Äh ... Sir, wenn am Morgen Wind aufkommt, werden sich die in Flaute geratenen Schiffe vorwärts bewegen. Zwei davon waren landwärts ausgerichtet, Sir, und die *Mystery* hat keine Kanonen.«

»Wenn das unsere Lastkähne sind, sollte ein Teil ihrer Ladung aus Kanonen und Pulver und Kugeln bestehen. Halten Sie weiterhin Wache, Mister Fisk. Ich werde Ihnen, wie schon zuvor, einen Läufer hierlassen.«

»Aye, Käpt'n. Äh ... vielleicht einen der Burschen, Sir? Diese roten Wilden können nicht ...«

»Ik wüll näch glöwen, wadd ik 'ör, Macker«, grollte der Schatten neben Dalton. »Dadd künn näch siin, dadd yo dadd sägg' 'äw.«

»Bleiben Sie bitte höflich, Mister Fisk«, sagte Dalton. »Pitacoke wird seine Sache hier gut machen.«

»Aye, Sir.«

Die Dämmerung wurde zu Dunkelheit, der Nebel stieg in die unteren Zweige der Eiche auf, und schwaches Mondlicht versilberte einen niedrigen Wolkenrand über ihm. Wären nicht die äußerste Ruhe und die rauhe Borke an seinem Rücken gewesen, hätte Purdy Fisk vielleicht glauben können, wirklich im Mastkorb eines Schiffes zu sitzen und unter sich ein Deck und nicht den Boden eines Urwaldes zu haben. Dieser Gedanke tröstete ihn. Die Welt, so hatte er festgestellt, ergab von einem Mastkorb aus mehr Sinn als von den meisten anderen Plätzen aus.

Er schaute ein- oder zweimal hinab, aber dann unterließ er es. Er wußte, daß der Indianer dort war, und es schien ihm irgendwie nicht richtig, daß der Heide in der Lage sein sollte, unsichtbar zu werden, nur weil es es so wollte.

Bei vier Glasen döste er halbwegs ein und erwachte dann jäh beim nicht weit entfernten Blinken eines Lichts im Nebel. Das Signal wurde wiederholt, drei und drei, und er beugte sich über den Rand des Gerüsts und rief: »An Boden! Du, Rothaut! Bist du da?«

Die Antwort erklang so nahe, daß er fast stürzte, als er sich umwandte. Der Indianer, Pitacoke, saß keine Armeslänge entfernt auf einem Ast, ein Schatten in der gedämpften Dunkelheit.

»Was tust du hier oben?« fragte Fisk.

»Kümm yo sei'n«, sagte der Indianer. »Kiek'n, dadd yo dor büs'.«

»Nun, steig wieder hinab, und sag ihnen, die Lastkähne sind da! Beweg dich!«

»Kloar, Macker«, versicherte Pitacoke ihm. »Mook wi.« Er wandte sich still wie der Schatten einer Katze um, ließ sich auf einen Ast weiter unten am Baum hinab, lief darauf entlang und verschwand im darunter liegenden Nebel.

Fisk deckte seine Laterne ab, richtete sie aus und beantwortete das Signal. Kurz darauf wurde es wiederholt, und er hörte das Geräusch von Riemen im Nebel, gefolgt von einem Platschen, einem gedämpften Ruf und dem Kreischen einer Winde. Die Lastkähne kamen heran.

VII

Den Männern, die keine Decks- oder Lagerwache hielten, war es gelungen, drei Stunden zu schlafen, als Charley Duncan und John Tidy sie aufweckten. Es war an der Zeit, das Lager abzubrechen und die *Mystery* darauf vorzubereiten, in die Flut hinausgeschleppt zu werden.

Es lief nicht reibungslos ab, wenn man alles bedachte. Von den sechzehn Männern der Gruppe, die qualifizierte Vollmatrosen waren, hatten nur einer oder zwei eine Ahnung davon, wie man ein Lager ordentlich abbrach, und von den übrigen Männern – fünf Hessen, zwei Indianer, ein Zimmermann aus Virginia, zwei Leichtmatrosen aus South Carolina und der hoch aufragende Mister Hoop – wußte nur Hoop wirklich, was an Bord eines richtigen Schiffes wohin gehörte.

Und um die Dinge noch zu verschlimmern, tobte und wütete Titus Wilton, während sein kostbares Segeltuch und seine Werkzeuge an Bord der Ketsch geladen wurden, und weigerte sich, selbst an Bord zu gehen, bis Dalton vorschlug, Mister Hoop könne ihn über die Schulter gehievt an Bord tragen.

»Ich bin Segelmacher«, protestierte Wilton lauthals und blickte über seinen Kneifer hinweg. »Ich arbeite an Schiffen, Sir, nicht auf Schiffen.«

»Sie arbeiten vertragsgemäß, Sir«, berichtigte Dalton ihn. »Ihr gegenwärtiger Vertrag lautet darauf, die *Mystery* mit einem Satz Segel auszustatten, und das erfordert ihre Anwesenheit dort, wo die *Mystery* liegt, was von jetzt an ein variabler Ort ist. Daher werden Sie an Bord arbeiten müssen.«

»Ich habe mich mit einer Kreuzfahrt nicht einverstanden erklärt!«

»Mister Hoop ...«

»Schon gut! Quincy! Sie sorgen dafür, daß mein Wagen sicher nach Hause gelangt. Sagen Sie Bescheid, daß ich zwangsweise an Bord eines Handelsschiffes festgehalten und bei der ersten Gelegenheit zurückkommen werde.« Er schritt murrend auf das wartende Boot zu. Einen Schritt hinter ihm, mit Seezeug beladen und hoch über ihm aufragend, ging Mister Hoop.

Bei Laternenlicht an Land und an Bord verlagerte man das Waldlager auf das von Männern wimmelnde Deck der *Mystery*, wobei man den weit geöffneten Frachtraum für die Ladung freiließ. Als die Ketsch schließlich frei im Wasserlauf lag und die Ruderer an Bord der *Something* an den Riemen saßen, stakte Dalton eines der Flöße heran, kletterte auf die Großwantrüste und wurde von Mister Tidys Pfeife an Bord gemeldet. Er erwiderte die unbeholfenen Grüße der Schiffsmannschaft und betrat das Deck.

Er warf einen geübten Blick über die Nagelbänke und schaute dann blinzelnd zum Rigg des Schiffes hinauf. Das trübe Laternenlicht zeigte ihm wenig, obwohl er genau wußte, was dort war. Aber er fragte anstandshalber dennoch: »Welche Segel wurden angeschlagen, Mister Duncan?«

»Alle, die bereit sind, Sir«, antwortete Duncan steif und formell. »Stagsegel, Klüver, Sprietsegel und Stagsegel an den Groß- und Besanmasten. Wir haben Klüver und Besan aufgeriggt, Sir.«

»Sehr gut, Mister Duncan. Mister Locke, wie steht es mit dem Ruder?«

»Angelascht, Sir.«

»Danke, Mister Locke. Halten Sie sich bitte klar beim Ruder. Mister Tidy, Beobachter in die Großmarse.«

»Aye, Sir. Mister Mallory und Mister Wise, zur Schlepptauwache in die Takelung.«

Sie waren Schatten vor dcr Nacht, als sie die Großwanten hinaufschwärmten, auf die Rahen von Großmars und Marsstenge zuhielten. Achtern erreichte Victory Locke das Ruder und rief: »Ruderposition, Sir!«

»Heckschoten, Mister Tidy. Rauf mit Ihrer Besangaffel.«

»Aye, Sir. Deckshände, Besan hoch!«

Blöcke ratterten, und Spierenringe schepperten, als die Besangaffel nach oben kroch und ihr Segel mit sich nahm.

Die Klampe kam unterhalb der Besansaling in Position, und Tidy rief: »Piek nach oben, ausholen, Schoten anholen!«

Das Segel breitete sich unterhalb der Gaffel aus, entfaltete sich schlagartig voll und hing dann in der windstillen Nacht regungslos da.

»Vorwärts Leute, rauf mit dem Klüver!«

Taukränze sangen, als das an einen Fledermausflügel erinnernde Dreieck sein Stag hinauflief und seine Schotleine mittschiffs angeholt wurde. Wie der Besantreiber flatterte es kaum, hing dann starr, ein heller Flügel vor der Dunkelheit.

Dalton überschaute anerkennend das Deck. Alle Manöver waren rasch und wirkungsvoll durchgeführt worden. Natürlich war alles, was während der letzten paar Minuten getan wurde, von erfahrenen Seeleuten ausgeführt worden – vom Bootsmann John Tidy mal abgesehen, handelte es sich um frühere Mannschaftsmitglieder

der *Faith*, und die waren an Gemeinschaftsarbeit gewöhnt. Er hatte angeordnet, es so zu handzuhaben, um den übrigen einen Eindruck davon zu verschaffen, wie die Dinge an Bord seines Schiffes funktionieren sollten. Er würde nur allzu wenig Gelegenheit haben, eine Mannschaft aus diesem bunten Haufen zu formen, und jede Gelegenheit, durch Beobachtung zu lernen, war wichtig für die Männer.

»Lassen Sie Ihre Ruderer sich in die Riemen legen, Mister Duncan«, sagte er. »Ich möchte beim ersten Tageslicht Ladung an Bord bringen. Kommen Sie mit, Mister Caster.« Er ging auf das Heck zu. »Sie können ihre Logbucheintragungen bei sechs Glasen der Hundewache beginnen. Mister Hoop! Bitte stellen Sie Ihre Hessen … äh, Ihre Seesoldaten … an den Steuerbordschandecks auf. Sie können bei der Ladung helfen!«

»Aye, Sir!« Kurz darauf hatte Hoop die fünf Grenadiere gegen die Groß-Fünferbank zurückgedrängt und brüllte mit einer Stimme auf sie ein, die vermutlich meilenweit zu hören war.

Dalton wandte sich um. »Mister Hoop!«

»Aye, Sir?«

»Sie sprechen Ihre Sprache nicht, Mister Hoop. Sie werden Sie nicht verstehen, gleichgültig wie laut Sie sie anschreien. Zeigen Sie es ihnen einfach, Mister Hoop.«

»Aye, Sir.«

Das Zwischenspiel hatte ihn auf eine andere Idee gebracht. »Mister Duncan?«

Von mittschiffs kam: »Aye, Sir?«

»Wo sind Ihre Indianer, Mister Duncan?«

»Ich weiß es nicht, Sir. Einen Moment, bitte.«

Das Schiff erbebte und begann sich langsam zu regen, als sich die Ruderer in der Barkasse in die Riemen legten.

»An Heck!«

»Ja, Mister Duncan?«

»Ich habe die Indianer gefunden, Sir. Sie sind mit Mister Mallory und Mister Wise in die Takelage gestiegen.«

»Dann holen Sie sie bitte wieder herunter. Geben Sie ihnen etwas zu tun.«

»Aye, Sir.«

Dalton schritt an Victory Locke vorbei, der wachsam am angelaschten Ruder stand, und ließ seine Finger am Unterliek des trägen Besansegels unmittelbar über seinem Kopf entlanggleiten. Hundert Gedanken überstürzten sich in seinem Kopf und sortierten sich dann. »Mister Caster, tragen Sie die Männer ein, denen von jetzt an Pflichten zugewiesen werden, und dann arbeiten Sie einen Wachplan aus, der in Kraft tritt, sobald sich unsere Ladung an Bord befindet.«

»Aye, Kapitän!«

»Halten Sie das Namenverzeichnis der Schiffsmannschaft auch für eine allgemeine Prüfung auf meinen Befehl hin bereit, und lassen Sie ein Wachstuch für die Schiffspapiere und die Ladeverzeichnisse vorbereiten.«

»Aye, Sir.«

»Wie verläuft der Tag, Mister Caster?«

Billy hob den Kopf und sah sich um. Die beständige Belehrung des Kapitäns über die Nuancen der Seemannskunst war zu einem Spiel zwischen ihnen geworden. »Ablaufende Tide, Sir. Windstille. Dunst bis zum Großmars und darüber Bewölkung. Die Zeit, Sir, beträgt sechs Glasen der Mittelwache.«

»Und wie wird es werden, Mister Caster?«

»Leichter Wind während der Morgenwache, Sir. Aus Norden kommend und bis Mittag auf Nordost drehend, fünf bis sieben Knoten.«

»Und was läßt Sie das glauben, Mister Caster?«

»So war es an den vergangenen beiden Morgen, Sir, und die Temperatur hat sich nicht spürbar geändert.«

»Gute Begründung, Mister Caster, aber ich wette, der Wind wird sich bis zehn Knoten verstärken.«

»Wie das, Sir?«

»Schauen Sie erneut nach oben. Sehen Sie, wo der Mond an Backbord über den Bäumen aufgestiegen ist? Er scheint von einem Kreis umgeben zu sein, sehen Sie? Nun, es heißt, daß ein Kreis um den Mond eine Wetteränderung bedeutet. Einige sagen sogar, daß sich dort oben Eiskristalle bilden, die diesen Eindruck bewirken, wie ein Prisma einen Regenbogen wirft. Achte auf solche Dinge, Billy, denn durch solche Zeichen kann ein Seemann in der See und am Himmel nicht nur das ablesen, was ist, sondern auch das, was wahrscheinlich noch kommen wird.«

Die *Mystery* machte jetzt bessere Fahrt. Die Ruderer in der Barkasse hatten ihre Trägheit überwunden. Das Boot schlich in der Dunkelheit durch den von Wald gesäumten Wasserlauf voran, während sich Wasser flüsternd am Rumpf kräuselte.

»Wissen Sie, woraus unsere Ladung bestehen wird, Sir?«

»Nein, aber ich wette, daß es etwas ist, bei dem ich mich fragen werde, ob es klug war, vorrangig mit Squire Ramsey zu verhandeln. Der Mann ist von Natur aus ein Schurke, und nur seine besseren Instinkte halten ihn in Schach.«

»Aye, Sir. Und vielleicht Miss Constance.«

»Ja, vielleicht auch Miss Constance.« Er beobachtete, wie die umschatteten Ufer vorüberglitten, spürte das leichte Ziehen der Bewegung des Schiffes, ein sanfter

Rhythmus, der dem Glucksen der Riemen der Ruderer voraus angepaßt war. Sieben Glasen der Hundewache, rechnete er. Halb vier Uhr morgens. Es würde fünf Uhr werden, bevor sie die Mündung des Einschnitts erreichten, hinter der sich das offene Wasser der Chesapeake Bay befand. »Suchen Sie sich jetzt eine Hängematte, Mister Caster, und schlafen Sie ein wenig. Wir werden beim ersten Tageslicht viel zu tun haben.«

Die Hängematten waren auf dem Vorderdeck und entlang der Backbordschandecks angeschlagen worden, und mehrere waren jetzt von Männern besetzt, die nicht anderweitig gebraucht wurden. Billy gähnte und machte sich auf die Suche nach einem freien Platz.

Charley Duncan kam mit seinen beiden abenteuerlustigen Indianern nach achtern und ließ sie auf dem kleinen Deckshaus unmittelbar vor den Besanmast Platz nehmen. »Bleibt dort«, befahl er ihnen und trat dann an die Heckreling zum Kapitän. »Ich glaube, diese Eingeborenen wären gute Ausgucks, Sir. Sie klettern wie die Affen.«

Dalton dachte darüber nach. Die Marsen waren ein guter Ausgangspunkt für junge Seeleute, obwohl die Arbeit, zusätzlich zu der angeborenen Fähigkeit zu klettern, ohne zu fallen, gewisser Fähigkeiten bedurfte. »Können Sie sie lehren, Segel zu reffen, Mister Duncan? Und ihnen den Unterschied zwischen Bauchgordingen und Liekleinen beibringen?«

»Aye, Sir, ich denke schon. Ich habe sie schon ein wenig eingewiesen, als ich sie von dort oben herunter geholt habe, und ich glaube, sie lernen schnell.«

»Können Sie ihnen auch unsere Sprache beibringen, so daß wir übrigen sie verstehen können?«

Ein Ausguck mußte sich Aufmerksamkeit verschaffen

können, und Dalton war nicht bereit, unklare Signale von oben in Kauf zu nehmen.

»Es bedeutet vielleicht ein wenig Arbeit, Sir«, sagte Duncan grinsend, wobei seine Zähne in der Dunkelheit schimmerten. »Aber ich werde mich bemühen. Sie scheinen gescheite Burschen zu sein, Sir, auch wenn sie heidnische Wilde sind.«

»Gut, Mister Duncan. Sagen Sie ihnen, sie sollen sich jetzt Hängematten suchen und ein wenig schlafen. Und machen Sie ihnen klar, daß sie nichts tun dürfen, womit sie die Hängematten verschmutzen.«

»Aye, Sir. Aber ich glaube, Indianer begeben sich ziemlich genauso zur Ruhe wie Weiße.« Er ging zum Deckshaus zurück, schickte seine Befohlenen zu Bett und kehrte, gefolgt vom Bootsmann, zurück. »Soll Mister Locke zum Frühstückmachen freigestellt werden, Sir?«

»Ich glaube nicht.« Dalton hatte seinen Schemel nahe dem Süll auf einem Stapel Lagervorräten vorgefunden. Jetzt richtete er ihn auf, stellte ihn neben dem Ruder aufs Deck und nahm eine Decke aus dem mit Persenning abgedeckten Stapel mit Bettenmaterial an der hinteren Reling. Er wickelte sich die Decke um die Schultern und setzte sich. »Ich glaube, wir sollten Mister O'Riley die Aufgabe des Schiffskochs übertragen.«

Victory Locke am Ruder sah sich um, wobei seine Miene selbst im schwachen Licht der Laterne gequält wirkte.

»Mister Riley ist Leichtmatrose«, fügte Dalton hinzu. »Wir haben jetzt eine vollzählige Besatzung, und ich möchte lieber keinen guten Vollmatrosen für den Kombüsendienst verschwenden.«

Locke straffte die Schultern und schien zufrieden.

»Welcher Mister Riley, Sir?« fragte Duncan. »Sie haben uns zwei davon mitgebracht.«

»Das ist unwichtig. Keiner von beiden ist ein fähigerer Koch als Mister Locke. Suchen Sie sich einfach einen aus, und fordern Sie ihn auf, das Frühstück zuzubereiten. Ich nehme an, daß sich die Vorräte in der Kombüse befinden.«

»Aye, Sir. Nicht sortiert, aber sie sind dort abgestellt worden. Ich schätze, daß man aus dem Durcheinander etwas machen kann.«

»Bitten Sie den Koch, etwas Tee aufzubrühen, während er die Vorräte sortiert.«

»Aye, Sir.«

»Mister Tidy, bitte lassen Sie Ihre Ruderer zum Ausruhen aufentern und setzen Sie neue Leute an Bord der Barkasse. Wir haben noch ein gutes Stück Weg vor uns. Und wenn wir die Mündung der Bucht erreichen, schicken sie den Punt los, um Mister Fisk zu holen. Ich will seinen Bericht hören, sobald er an Bord ist.«

»Aye, Sir. Äh, Sir, bitte ...«

»Ja?«

»Diese Dickköpfe dort drüben ...«

»Hessen, Mister Tidy.«

»Ja, Sir. Diese Hessen dort drüben an der Steuerbordreling – Mister Hoop hat einige Schwierigkeiten, sie zum Wachehalten zu motivieren, wegen des Nebels und der schlechten Sicht. Wenn Sie sie im Moment nicht brauchen, könnte ich sie Mister O'Riley als Hilfe beim Aufräumen der Kombüse zuteilen, Sir.«

»Gut, Mister Tidy. Aber wenn wir die Lastkähne mit unserer Ladung sichten, brauche ich die Seesoldaten auf ihrem Posten.«

»Aye, Sir.«

»An Deck!« erklang es von oben.

Dalton spähte blinzelnd aufwärts in die Dunkelheit. »Ja, Mister Mallory?«

»Licht voraus, Sir. Oberhalb des Nebels.«

»Gut, Mister Mallory. Halten Sie scharf Ausschau nach Mister Fisk. Berichten Sie Mister Tidy, wenn wir ihn Backbord achterlich haben.«

»Aye, Sir.«

Die Barkasse mit ihren Puntkanonen drehte und kam längsseits, und ihre verschwitzte Mannschaft kletterte an Bord, um durch andere Männer ersetzt zu werden. Dann übernahm die Barkasse wieder die Führung, die Trossen spannten sich an, und die *Mystery* setzte ihre langsame Reise durch die sich erweiternde Bucht fort.

Patrick Dalton saß, in seine Decke gewickelt, auf dem Schemel, wartete auf seinen Tee und sorgte sich darüber, was John Singleton Ramsey wohl für den Laderaum der *Mystery* bereithielt.

Bei acht Glasen der Hundewache war Purdy Fisks Laterne unmittelbar voraus, und beim ersten Läuten der Morgenwache war sie Backbord achterlich und kam dann querab. Die Ruderer beendeten ihre Bemühungen, und die *Mystery* lag totenstill, während Michael Romart und Talmadge Fanshaw ein Boot aussetzten, um ihre Ein-Mann-Land-Mannschaft abzuholen.

Wieder sicher an Bord gelangt, stellte Fisk seine Laterne auf das Deckshaus und suchte den Kapitän auf. »Sechs Lastkähne, Sir. Unmittelbar voraus, wo die … nun, wo Sie die gestrüppartige Landzunge sehen würden, wenn Sie dort oben in diesem Baum säßen. Vermutlich können Ausgucks den Platz sehen. Der zuständige Gentleman ist ein Händler namens Gwinn, der für Squire Ramsey Waren ausliefert. Einer der Lastkähne hat Vorräte und Proviant für die *Mystery* geladen, Sir. Und sie haben uns vier Sechspfünder mitgebracht, zwei lange und zwei kurze. Und eine Drehbasse. Die anderen Lastkähne enthalten die Ladung.«

»Sechspfünder.« Dalton dachte darüber nach. Er hatte auf etwas gehofft, das ein wenig zwingender wäre. »Nun, Sechspfünder sind weitaus besser, als so nackt zu bleiben, wie wir es im Moment sind. Danke, Mister Fisk. Hat der Gentleman gesagt, woraus die Ladung besteht?«

»Ja, Sir. Kanonen, sagte er. Batteriegeschütze. Er fühlte sich nicht bemüßigt, mir mehr zu sagen, Sir, aber er bittet Sie dringend, an den unteren Masten zusätzlich zu Ihrem Schiffsgeschirr Sicherungstaljen anzubringen, und außerdem Tonnagetaljen für vier Tonnen an den Spieren zu befestigen.«

»Vier Tonnen!«

»Aye, Sir. Das sagte er.«

Charley Duncan, der auf einer Seite stand, stieß einen langen, leisen Pfiff aus und spähte in die Dunkelheit über ihnen, wo die bloßen Spieren oberhalb des angeschlagenen Segeltuchs auf die noch zu nähenden Rahsegel warteten. Konnten Spieren und Stage auf einem Schiff dieser Größe vier Tonnen stützen? Batteriegeschütze, hatte Fisk gesagt. Kanonen ... Aber welche Kanonen wogen vier Tonnen?

Als antworte er auf seine stille Frage, sagte Dalton: »Achtundvierzigpfünder.«

»Sir?«

»Es müssen Achtundvierzigpfünder sein, bei diesem Gewicht. Und fünf Lastkähne? Das wäre einer pro Kahn. Fünf 48-Pfünder-Kanonen ... zwanzig Tonnen gegossenes und getriebenes Eisen, die irgendwie an Bord einer rollenden Ketsch gesichert werden sollen? Wahnsinn.« Er wünschte jetzt noch dringlicher, er hätte Ramsey gefragt, was er befördern sollte.

»Aye, Sir«, sagte Duncan nickend, wobei seine Augen im gedämpften Laternenlicht glitzerten. »Das ist wirklich Wahnsinn.«

»Wir werden einen Baum brauchen«, murrte Dalton. »Stützen entlang der Steuerbordschandecks und einen aufrecht stehenden Baum, um den Großmast zu versteifen. Mister Duncan, welchen Bestand an Spieren haben wir an Bord?«

»Mister Caster hat die Bestandsliste, Sir. Soll ich ...«

Billy Casters jugendliche Stimme erklang aus den Schatten: »Wir haben Ersatzspieren für die Hauptsegel beider Masten, Sir, und eine Marssegelspiere für den Großmast. Außerdem einiges an Bauholz, das bearbeitet werden kann. Wir verfügen ferner über Block- und Taljenzeug, das wir aus den Laderäumen gerettet haben und das gereinigt und verstaut wurde, sowie sechs Lagen Kabel. Genügt das?«

»Vier Tonnen Hebelast«, murrte Dalton, als hätte er die Frage nicht gehört. »Natürlich, wir haben ein Doppelspill. Mister Tidy, bitte nehmen Sie eine Laterne mit nach unten und inspizieren Sie den Unterkopf unseres Spills. Ich muß wissen, in welchem Zustand das Rack ist, und die Anordnung der Sperrhaken kennen. Wenn wir eine Winde auf dem Vorderdeck hätten, könnten wir möglicherweise ...«

»Wir haben keine schwere Winde, Sir.«

»Das da draußen sind Lastkähne. Jeder Lastkahn, den ich kenne, besitzt zumindest eine Winde.«

»Diese Leute könnten vielleicht etwas dagegen haben, wenn wir ihre Lastkähne demontieren, Sir.«

»Gut möglich. Mister Hoop, kommen Sie bitte nach achtern!«

Als der stämmige Profos bei ihnen war, sagte Dalton: »Mister Hoop, bitte lassen Sie Ihre Seesoldaten mit geladenen Musketen bereitstehen. Mister Locke, ich werde außerdem einen Gewehrschützen in jedem Mastkorb brauchen. Wir müssen vielleicht Überzeugungsarbeit leisten.«

»Aye, Sir.« Hoop sah auf dem Weg zum Laderaumsüll John Tidy an.

»Ich werde gern für Sie übersetzen, Mister Hoop«, sagte der Bootsmann. »Sobald ich das Spill übcrprüft habe.«

»Mister Caster ...«

»Aye, Sir.«

»Bitte suchen Sie unseren Zimmermann, äh ...«

»Mister Tower, Sir.«

»Ja. Bitte suchen Sie Mister Tower. Er sollte in einer der Hängematten zu finden sein. Wir müssen ein Schiff aufriggen, um eine Ladung an Bord zu nehmen.«

»Aye, Sir.«

»Mister Duncan, suchen Sie bitte Mister Romart. Holen Sie Äxte und eine Säge, gehen Sie an Land und suchen Sie uns einen Baum. Ein schöner Walnußbaum oder auch eine Kiefer genügen vielleicht, Hauptsache der Baum ist gerade gewachsen. Er sollte fünfundsechzig Fuß hoch sein und nicht weniger als fünf Zoll Durchmesser am schmaleren Ende haben.«

»Aye, Sir. Nur wir beide, Sir?«

»Sie können noch zwei Männer mitnehmen. Nehmen Sie ... äh ... Mister O'Riley und ...«

»Welchen Mister O'Riley, Sir?«

»Welcher auch immer nicht das Frühstück zubereitet.«

»Aye, Sir. Ich würde vielleicht auch Pitacoke und Squahamac vorschlagen, Sir. Sie kennen diese Wälder.«

»Gut, Mister Duncan. Nehmen Sie sie mit.«

»Mister Fisk und Mister Caster, Sie können die Barkasse und zwei Ruderer nehmen. Pullen Sie zu der Stelle, wo die Lastkähne warten. Überbringen Sie Mister Gwinn dort meine Empfehlungen und bitten Sie ihn, mich an Bord aufzusuchen und seine Dokumente mitzubringen, damit wir den Transfer der Ladung planen können. Oh, und Mister Caster, schauen Sie, ob Sie einen Blick auf die Lastkähne werfen können. Sehen Sie nach, wie groß die Winden sind und wie man sie befestigt hat.«

»Aye, Sir. Winden.«

»Mister Wise ... Wo ist Mister Wise?«

»Er ist mit Mister Mallory in den Topps, Sir.«

»Dann Mister Bean. Wo ... Ah, da sind Sie, Mister Bean. Bitte gehen Sie mit einigen Männern in die Frachträume und holen Sie die Reservespieren und Kabel. Sie können sie an Deck hieven, während wir die Masten aufriggen.«

»Aye, Sir.«

Dalton leckte sich die Lippen und hegte unheilvolle Gedanken über John Singleton Ramsey. Fünf Achtundvierzigpfünder! Ein gewaltiges Potential an Feuerkraft ... und eine schreckliche Last für eine kaum bestückte und schwerfällige Ketsch in Kriegszeiten. Soweit er wußte, war kein Schiff der Navy der Krone mit Achtundvierzigpfündern bestückt. Die größten Kanonen, die er jemals gesehen hatte, waren Zweiundvierzigpfünder, und sie waren rar – große Kanonen, die für die allergrößten Linienschiffe reserviert waren. Aus Kanonen dieser Größe entstanden Küstenbatterien.

In den nebelverhüllten Stunden der Vordämmerung wurde Elliott Gwinn, Exporteur, Händler, Tabakfarmer und manchmal Schmuggler, einem Anblick ausgesetzt, der ihm den Mund offenstehen ließ. Auf dem eng markierten Wasserlauf, vom Wald und dem anhaltenden Nebel abgeschirmt, lag mitten in der Fahrrinne eine

Ketsch mit breitem Rumpf. Leinen von Bug und Heck verbanden das Schiff mit massiven Bäumen an beiden Ufern. An jedem günstigen Punkt waren Laternen aufgestellt oder -gehängt worden, und Männer schwärmten von den Rüsten bis zu den Topps über das Schiff. Spieren ragten dwars Backbord aus den Relingspforten hervor, und große Balken reckten sich auf- und seitwärts, während sich Kabel von den Winden bis hoch zu den Marsen spannten. An Deck lehnte ein frisch gefällter Baumstamm am Großmast, während Männer sein dickeres Ende am Steuerbordschandeck abstützten und andere sein schlankes Ende oben mit dem hohen Mast vertäuten. Die oberen Spieren des Riggs waren verdoppelt, das Hebezeug mit an Blöcken und Taljen aufgeriggten Kabeln verkoppelt worden, und Trossen aus den Kabelvorräten wanden sich von den Steuerbordrahen herab, wo sie durch Blöcke gesichert waren, die so wuchtig wie die Wantenjungfern waren. Und achtern, am Besanbaum, wurden Spieren gesichert, um mit dem kürzeren Mast ein Dreibein zu bilden – zwei neue Beine, die an den Steuerbordsülls abgestützt wurden.

Was eine Ketsch gewesen war, erinnerte jetzt eher an einen Schwimmkran.

»Bemerkenswert«, sagte Gwinn. »Ich habe mit Squire Ramsey darüber gestritten, daß es keine Möglichkeit gäbe, unsere Ladung an Bord seines Schiffes zu hieven. Er hat mir versichert, daß Kapitän Dalton eine Möglichkeit finden würde.«

Ein frischer Wind wehte flüsternd durch die Baumkronen, wirbelte den Nebel durcheinander und ließ ihn tanzen, und Billy Caster spähte aufwärts, versuchte, den Wind zu bestimmen, wie Kapitän Dalton es ihn gelehrt hatte. Zunächst gelang es ihm nicht. Die Wälder dienten als Windbrecher und ließen die Windrichtung nicht erkennen, obwohl sie sangen und flüsterten. Aber die Nacht war jetzt kühler geworden, was besagte, daß die Witterung von Norden kommen könnte. Zehn Knoten am Morgen, war die Schätzung des Kapitäns gewesen, und Billy erkannte, daß er recht hatte. Er zog seinen Kragen hoch und spürte, wie sich Anspannung in ihm aufbaute. Er hatte die Lastkähne gesehen und was sie enthielten, und er schätzte, daß sie viele Stunden brauchen würden, die Ladung an Bord zu nehmen.

Und in der Bucht lagen Schiffe. Mister Fisk hatte am Abend drei Satz Segel ausgemacht, die zu dem Zeitpunkt in eine Flaute geraten waren, was aber jetzt nicht mehr galt. Die Brigg, die ihnen am nächsten lag, strebte aufs Meer hinaus. Aber die beiden anderen Schiffe hielten Kurs auf die Küste und würden aufkommen – langsam, gegen einen ungünstigen Wind ankämpfend, aber dennoch aufkommen.

Die *Something* lief in den Deckschatten der Ketsch, während der umherwirbelnde Nebel vom Geräusch von Hämmern und Greifklauen, Blöcken und Taljen, Rufen und Pfeifen widerhallte.

Fisk hörte das vertraute »Barkasse längsseits, Sir« und rief: »Lademannschaft längsseits! Bitte um Erlaubnis, mit Mister Gwinn an Bord kommen zu dürfen!« Dann wandte er sich zu ihrem Passagier um. »Kapitän Dalton wird Sie vermutlich zum Frühstück einladen wollen, Sir. Folgen Sie mir bitte.«

VIII

Solon Hays hatte drei Jahre lang auf das Kommando auf einem Kreuzer gewartet. Seit den jüngsten Gefechten zwischen kolonialen Abenteurern und Schiffen der Krone, tatsächlich seit der Einnahme der *Margaretta* vor der Küste Maines, hatte er gewußt, daß es keine Umkehr gab. Seit die Parteigänger des Königs in London an Einfluß gewonnen hatten, war in den Kolonien die Zahl der Klagen gestiegen – Klagen, deren Ursachen selten behoben und die häufig unterdrückt wurden.

Solon hatte sich seine seemännischen Fertigkeiten im normalen Dienst und im Gefecht hart erworben. Von einem in den Mannschaftsrängen unterbesetzten Kriegsschiff der Krone beeindruckt, hatte er fast drei Jahre vor dem Mast gedient, als sein Schiff von einem französischen Kriegsschiff aufgebracht worden war und er sich unfreiwillig am Strand von Cap François wiederfand. Um nach Virginia zurückzugelangen, verdingte er sich an Bord eines für Malaga bestimmten holländischen Kauffahrers, gelangte von dort nach Cadiz und bezahlte einen Fälscher, der seine Papiere aufwertete. Was bisher Heckwachdienst auf Seiner Majestät Linienschiff *Castor* – jetzt aufgebracht und verloren – gewesen war, wurde nun zur Mittschiffsausbildung an Bord des selben Schiffes. Auf dieser Grundlage fachsimpelte er sich seinen Weg in eine rangjüngere Stellung auf einem anderen Holländer mit Ziel Dublin. Von dort war er schließlich als Leutnant in die Kolonien zurückgekehrt.

Drei Dinge hatte Solon Hays in dieser Zeit erworben – Verständnis für das Handwerk der Seefahrt, eine ausgeprägte Aufgeschlossenheit für das Prisennehmen auf See und ein brennendes Verlangen, den Schiffen des Königs Schaden zuzufügen.

Zwei Jahre lang hatte er seinen Lebensunterhalt mit kurzen Kreuzfahrten entlang der Küste bestritten, wobei er den Handel zwischen den einzelnen Kolonien zunächst auf eigene Rechnung durchgeführt und dann nur noch begleitet hatte, während er immer wieder um ein Kommando auf einem Freibeuter nachsuchte.

Das Glück in Gestalt von Ian McCall beantwortete seine Gesuche schließlich.

Jetzt, als frischgebackener Kommandant der neu ausgerüsteten Brigg *Porphyry*, verlor Solon Hayes keine Zeit, um sein Schiff und seine Mannschaft auf Vordermann zu bringen. Selbst auf dem grauen, spiegelglatten Wasser der Chesapeake Bay in Windstille geraten und von Nebel umhüllt, ließ er seine Segel- und Geschützmannschaften exerzieren, solange es hell war. Aufgeheißte Taljen waren festgezurrt, und die Stückpforten der Brigg gähnten. Als dann die Pfeifen erklangen und Toppsgasten und Schotleute an den Segeln gedrillt wurden, übten die Stückmannschaften mit ihren Geschützen schnelles »Einrennen-Ausrennen«. Neun Männer standen an einer Kanone und gingen die Rituale des Bereitmachens, Ladens, Ausrennens und Feuerns durch, wobei die Stückführer sie gnadenlos auf das genaue und schnelle Verkeilen der Geschützrohre nach oben und nach unten drillten und das Instellungbringen mit Hilfe von Taljen sowie die Handhabung von Handspaken, Handrammen, Wischern und Bohrpfriemen übten. Hays wanderte auf seinen Decks umher und schaute zu, und wenn die Mannschaften der Erschöpfung nahe waren, beendete er den Drill und ließ die Kanonen für Seegang sichern und die Ausrüstung inspizieren.

In den Stunden des Tageslichts vor Aufziehen des Nebels hatten seine Ausgucks in den Marsen im Süden Segel entdeckt. Das näher gelegene Schiff schien eine kleine Handelsschaluppe zu sein. Das weiter entfernte war größer, aber nicht erkennbar. Hays wollte für alles bereit sein, was auch immer kommen mochte.

Bei vier Glasen der Morgenwache kam ein hübscher Wind auf, aber der Nebel hatte sich verdichtet und hing in den Marsen. Hays ließ einen einzelnen Heck-Treibanker herab und wartete auf bessere Sicht.

An Bord der Schaluppe *Arbitrary* stemmten sich schweißdurchtränkte und erschöpfte Matrosen gegen die Spillspaken, während ihr Kapitän, Hibley Speakes, vom Mittschiff zum Heck schritt und den Nebel und die Dunkelheit abwechselnd verfluchte und segnete. Eine Zeitlang hatte sich die Windstille zu seinen Gunsten ausgewirkt. Von einem feindlichen Schiff in die große Meeresbucht verfolgt, war die *Arbitrary* einen langen halben Tag lang aufwindig geflohen, gegen einen Wind dahingeschlichen, dessen Launenhaftigkeit zu ständigen Wendemanövern zwang, seinem Verfolger dankenswerterweise aber nicht dienlicher war als ihm selbst. Dann hatte die Flaute eingesetzt, dann der Nebel – und Speakes nutzte ihn nach besten Kräften.

Während der langen Stunden war die einzige Barkasse der *Arbitrary* vom Vordersteven der Schaluppe immer wieder eine Kabellänge voraus und wieder zurück gelaufen, wobei man zuerst einen Warpanker und dann einen zweiten ausgebracht und herabgelassen hatte, während die übrige Schiffsmannschaft zusätzliche mit dem Anker verbundene Kabel handhabte und die *Arbitrary* einen dunklen, blinden Kurs entlang verholte, der nur von der wandernden Spitze der sanft schwappenden Flut geleitet wurde, welche die Richtung der Tide anzeigte. Bei Stillstand der Tide, vor Einsetzen der Ebbe, zeigte ihnen jedoch überhaupt nichts mehr den Kurs. Dennoch wurde das Verholen fortgeführt, und Speakes betete, daß sie in gerader Linie vorankamen. Der Räuber hinter ihnen – Speakes hoffte, daß er noch achtern war und nicht inzwischen querab oder gar voraus gelangt war – mochte ein Schiff des Königs oder ein Pirat sein, aber gewiß war er kein Freund. Außerdem wußte Speakes, daß er ihm bei auffrischendem Wind weder davonlaufen noch das größere Schiff mit seinen Kanonen außer Gefecht setzen konnte. Speakes' einzige Hoffnung bestand darin, von hier wegzukommen, im Nebel unterzutauchen, bevor sich das Wetter änderte.

Der Schoner der Krone *Swift*, Admiral Howes Flotte als Nachrichtenübermittler zugeteilt, lag luvwärts von Tangier Island vor Anker, wo gerade die Reparaturarbeiten am Ruder abgeschlossen wurden, als der Beobachter an der Südspitze der Insel auf das Land zulaufende Segel signalisierte und Kommandant Curtis Hedgely in den Großmars kletterte, um sie durch sein Fernrohr zu betrachten. Es handelte sich um eine Verfolgung, wie sich zeigte, aber eine ausgesprochen langsame – eine kleine Handelsschaluppe wurde von einem etwas größeren Schiff mit dem emporragenden Quarterdeck einer altmodischen Brigantine verfolgt. Keines der Schiffe führte eine Flagge, aber es bestand kein Zweifel, daß das größere Schiff das kleinere einholen würde, da sie im Aufwind den Pocomoke Sound hinaufliefen.

Hedgely schloß, daß die Brigantine – wenn es denn eine war – vielleicht ein Schiff der Krone von einigem Rang war, und dachte einen Moment daran, seine Hochsegel zu setzen, um ihm beizustehen. Wenn er von Tangier mit nachlassendem Wind von dwars Steuerbord auslief, wäre es keine große Kunst, der Schaluppe den Weg abzuschneiden und sie entweder selbst als Prise der Krone zu beanspruchen oder sie zumindest für das folgende Schiff aufzuhalten. Er war jedoch darauf bedacht, zunächst einmal einen anständigen Bericht über die Erneuerung des Ruders zu erhalten, und wartete deshalb ab, wobei er während der langen Nachmittagsstunden nur gelegentlich die beiden langsam aufkommenden Schiffe beobachtete. Es blieb eine Menge Zeit. Gegen den Wind kreuzend, würde die kleine Schaluppe auch ohne die derzeit günstige Ausgangsposition keine Chance gegen den Schoner haben.

Die Sonne war im Westen schon weit herabgesunken, als ihm sein Erster Offizier meldete, das Ruder sei wieder belastbar. Hedgely ging zum Deck hinunter, um es sich anzusehen. Es war bestenfalls eine Behelfslösung. Eine verirrte Kanonenkugel hatte das Ruder fast weggeschossen und den Achtersteven der *Swift* unmittelbar an der Wasserlinie abrasiert, als ein Schwarm bestückter Langboote, von der Delaware Bay kommend, an der Einfahrt zum Cape Charles Pass erschienen war, um die auslaufenden Truppenschiffe, die vom Head of Elk kamen, aufzureiben. Die Segel allein hatten die *Swift* von dem Gefecht fortgetragen, und sie hatten viele Tage darum gekämpft zu retten, was von dem zerschlagenen Ruder noch zu retten war, und es mit Rohmaterial aus dem Laderaum zu reparieren. Es war weder eine hübsche noch eine vertrauenerweckende Flickarbeit geworden.

An Deck inspizierte Hedgely die an den inbordigen Schandecks beidseits der Ruderpinne befestigte Talje sowie die Hievleinen zu den Blöcken, von denen aus wiederum Kabel zur Ruderstange verliefen. Mit zehn Mann an einer Leine würden sie die Ruderstange so fest wie möglich von einer Seite auf die andere hieven. Wenn die *Swift* das aushielt, würde man nach Hause gelangen können, um eine saubere Reparatur durchführen zu lassen.

Hedgely überprüfte die Befestigung der Leinen und trat dann zurück. »Machen Sie weiter, Mister Jones«, befahl er seinem Ersten Offizier.

Dann gab es einen Ruck, der das aufgeräumte Heck der *Swift* erschütterte und an ihren Seiten Schaum absetzte.

»Hiev Backbord!«

Der Schoner rutschte nach rechts und zitterte bis in die Fasern seines Klüvers.

»Hiev Steuerbord!«

Von ihrem Ruder geschoben, rutschte die *Swift* jetzt in die andere Richtung.

»Hiev Backbord!«

Plötzlich ächzten die Leinen, und die Ruderstange kam frei, wodurch die Männer auf die Knie gingen, als ihre Leinen erschlafften.

»Belegen und zurücktreten!« schrie Jones.

Den Ersten Offizier auf den Fersen, eilte Hedgely zur Heckreling und schaute hinüber. Der Zimmermann und vier Helfer befanden sich jenseits des Hecks in der Jolle des Schiffes und kamen bereits heran, um nachzusehen, was sich gelöst hatte. Nach kurzer Überprüfung schaute der Zimmermann hoch.

»Der Hielingstropp hat nachgegeben, Sir. Nicht annähernd so schlimm, wie ich befürchtet habe.«

»Wie lange wird es dauern, ihn wieder zu befestigen?«

»Eine Stunde, Sir. Vielleicht zwei. Alle anderen Leinen sind fest.«

»Gut«, seufzte Hedgely. »Machen Sie es dieses Mal richtig.«

»Aye, Sir.«

Eine Stunde war vergangen, bevor Hedgely erneut Gelegenheit bekam, mit seinem Fernrohr in die Marsen zu steigen. Eine kurzzeitig auffrischende Brise hatte die Jagd draußen auf der Bucht beschleunigt. Die Schaluppe war jetzt querab der Insel, vollführte eine harte Wende in die Gegenrichtung, versuchte jeden Trick, den ihr Herr und Meister kannte, um ihrem Verfolger zu entkommen. Hedgely betrachtete sie sinnend durchs Fernrohr. Nur ein kleiner Küstenhändler, kaum bestückt und nicht schwer beladen. Warum sollte ein solch kleiner Fisch die Stunden langsamer Verfolgung wert sein, die das größere Schiff der Jagd gewidmet hatte?

Hedgely wandte sein Fernrohr auf den Verfolger. Gewiß eine Brigantine – eine Brigantine alten Stils, wie man sie in diesen Zeiten selten sah, und dennoch gut bestückt. Er sah die Kanonen an ihren Mittschiffsrelings und hob sein Fernrohr zur Takelage. Dort hätte die Flagge eines Landes wehen sollen, zumindest das Flaggentuch des Jägers oder ein anderer Hinweis auf die Identität. Hedgely beobachtete eine Zeitlang, wie das Schiff aufkam, und erkannte, daß er für jene an Bord durch seine blanken Masten und die dazwischen liegende Insel fast nicht zu sehen war. Es kam heran, nutzte seine Wende vollkommen aus, sprang dann träge um und schlug den Kurs ein, den die Schaluppe genommen hatte. Hedgely richtete sein Fernrohr auf das Deck, konnte die Männer dort erkennen, richtete es dann wieder aufs Heck ... und hielt dort inne, als ein heller Farbtupfer seinen Blick anzog. Der Kommandant stand dort an seinem Ruder. Die leuchtenden Farben seiner Jacke hatte Hedgely früher schon gesehen, im Mittelmeer.

Spanisch! Die Brigantine war ein Spanier!

»Mister Jones!«

»Aye, Sir?«

»Wie lange dauert die Reparatur noch?«

»Nur noch ein paar Minuten, Sir. Nur noch festbinden.«

»Dann beeilen Sie sich. Und rufen Sie bitte unsere Ausgucks herunter.«

Innerhalb von zwanzig Minuten war der Schoner segelbereit. Aber es war zu spät. Mit wenigen letzten, unregelmäßigen Böen erstarb die unbeständige Brise. Das Wasser der Bucht wurde im letzten Abendlicht zu einer glitzernden Fläche, einem Spiegel, der die jetzt fernen schlaffen Segel des spanischen Schiffes mitten auf der Bucht in Richtung Lancaster Point und jenseits davon den kleinen, gerade noch sichtbaren Flecken Segel, der die Schaluppe kennzeichnete, widerspiegelte.

Als das Licht schwand, erhob sich Nebel über dem Wasser und ließ die beiden Schiffe außer Sicht geraten.

In einer verborgenen Werft in einer kleinen Bucht vor dem westlichen Ufer der Chesapeake Bay standen koloniale Wachen als Vorposten in der Dunkelheit, während Männer bei Laternenlicht daran arbeiteten, Schleppleinen zur Schnau *Fury* zu belegen. Reiter waren in den Mitternachtsstunden eingetroffen, um sie zu warnen. Mindestens zwei Kompanien der zur Schlacht gerüsteten britischen Einheiten, die Philadelphia hielten, waren durch den Kordon der Rebellentruppen geschlüpft und zogen südwärts. Irgendwie hatten sie Baltimore und das dortige Aufmarschgebiet umgangen und befanden sich jetzt irgendwo auf der Alexandriastraße. Sie hatten Feldgeschütze bei sich.

Ian McCalls Werftinspektor hatte seine Entscheidung getroffen: Die *Fury* mußte aus der Gefahrenzone entfernt werden. Rotjacken mit Feldgeschützen konnten sie jederzeit aus der Ferne in Stücke zerlegen, wenn sie sie fanden.

Es mußte aus den Reihen der Werftarbeiter eine Mannschaft zusammengestellt werden – Männer mit genügend Segelerfahrung, um ein Schiff in die Bucht oder wenn nötig auch aufs Meer hinaus zu bringen. Aber durch Solon Hays Verlegung auf die Brigg *Porphyry* war nicht einer unter ihnen, der schon einmal ein Schiff befehligt hatte. Daher fiel diese Aufgabe einem alten Bootsmann zu, einem ehemaligen Seemann, der eine Gruppe von Takelagearbeitern führte.

»Wir haben keine andere Wahl, Mister Carlyle«, sagte der Inspektor. »Sie haben andere kommandieren sehen und kennen den Drill. Bringen Sie die *Fury* hinaus, und sehen Sie zu, ob Sie nach Lancaster oder Gloucester durchkommen können. Dort treffen Sie auf Patrioten. Verstecken Sie die *Fury*, Mister Carlyle, und schicken Sie einen vertrauenswürdigen Boten, wenn sie in Sicherheit ist. Ich werde Mister McCall über den Umzug in Kenntnis setzen.«

Als in den nebligen dunklen Morgenstunden Wind aufkam, lag die *Fury* mit dem Vordersteven zur Bucht und wartete auf die Gelegenheit zu entkommen.

Vom Versteck der *Fury* aus gesehen oberhalb und jenseits der Bucht, lag die *Mystery* vor der Mündung ihres Zufluchtsortes, ihre Steuerbordrelings über den Decks der angelaschten Lastkähne aufragend, die gesamte Versammlung eine Insel aus Laternenlicht und fieberhafter Betriebsamkeit in einer dunklen Welt umherwirbelnden Nebels.

Die Sicherungsspieren, die aus den Backbordluken der Ketsch herausragten, um die überlasteten Masten und die unteren Rahen zu verstärken, leisteten jetzt doppelte Arbeit als Ausleger, von denen jeder verfügbare Anker herabbaumelte. Ihr Gewicht, über Blöcke und Taljen von den Winden multipliziert, diente als Gegenbalance für die Tonnen von Ladung, die über die Steuerbordrelings gehievt werden mußten.

Der Versorgungskahn war zuerst entladen worden und stattete die *Mystery* mit reichlich Proviant und der benötigten Ausrüstung aus, ferner mit zusätzlichem Segeltuch, Taljen und Schiffsgeschützen – zwei auf Schlitten montierte lange Sechsen, die als Bug- und Heckgeschütze dienen sollten, zwei veraltete kleine kurzen Sechsen auf Lafetten, die seitlich angelascht werden sollten, und eine Drehbasse, die auf Daltons Befehl vor dem Niedergang und dem Deckshaus befestigt wurde. Die Munitionsspinde und Magazine wurden bestückt, die Vorräte verstaut, und dann wurde der Versorgungskahn – sehr zum Erstaunen von Mister Gwinn – demontiert und seine Winde unterhalb des Klüvers der *Mystery* befestigt, um das Gangspill zu unterstützen.

Kabel jaulten, Spieren ächzten unter der Belastung, und das ganze Balkengefüge stöhnte, als zuerst eine und dann eine weitere große Kanone aus ihren Fundamenten an Bord der Lastkähne gehievt wurden, längsseits der Vordeckrelings der *Mystery* verweilten und dann schwerfällig an Bord schwangen, um in den gähnenden Laderaum abgesenkt zu werden. Fast zwölf Fuß lang, mit Gießereizeichen aus New Hampshire, wo sie gefertigt worden waren, waren die fünf großen Kanonen noch nicht montiert – riesige, sorgsam gefertigte Eisenröhren, die am hinteren Ende verdickt und an der Mündung glockenförmig waren, zur Verstärkung mit Ringen ummantelt, mit vorstehenden Trauben hinten und Zapfen an den Seiten. Der Bohrungsdurchmesser betrug bei jeder Kanone acht Zoll.

Im Laderaum wurde die erste Kanone direkt mittschiffs zwischen Stützen auf den schweren Kielbalken niedergelassen. Joseph Tower, der Zimmermann, installierte seitliche Stützen mit Verstrebungen, die dort an den inneren Rumpfrahmen heranführten, wo dieser die gebogenen Spanten des Schiffes überlappte. Die zweite Kanone wurde rechts davon und unmittelbar darüber untergebracht, die dritte zur Linken, und die vierte lag wie in einer Wiege auf diesen beiden.

»Mehr können wir nicht aufnehmen, Kapitän«, erklärte Charley Duncan. »Die Wasserlinie befindet sich jetzt schon fast an den Püttings, und wir haben keinen Platz, die fünfte Kanone zu lagern. Egal auf welcher Seite des Stapels wir sie herablassen, segeln wir mit Krängung.«

Gwinn, der Lastkahnmaster, grinste Dalton an, ein boshaftes, vergnügtes Grinsen. »Ihr Kommissionär hat sich verpflichtet, alle fünf Kanonen zu übernehmen«, sagte er. »Nicht nur vier. Sie haben seiner Rechnung bereits den Preis eines Lastkahns hinzugefügt. Segeln Sie ohne die fünfte Kanone, und es wird keinen Vertrag geben.«

Dalton schritt tief in Gedanken versunken über das Deck. Der Nebel, der sie verbarg, erwachte jetzt vom Licht der Dämmerung, und das gelöste Segeltuch der *Mystery* flatterte in einem auffrischenden Wind. Er würde bald jemanden in den Marsen brauchen, der in den Morgen hinausspähte. Und wenn sich der Nebel zerstreute, war es auch bald an der Zeit, die Reise zu beginnen. Er hatte jetzt seinen Proviant und die sonstigen Vorräte bekommen, er hatte seine Ladung – obwohl es ihn wurmte, daß Ramsey eine solche Ladung an Bord seines Schiffes gebracht hatte –, und er hatte sein Ziel: den Hafen Charlestown, weit im Süden, jenseits der trügerischen Küstenbiegung, wo Hatteras Cape so viele wertvolle Schiffe ins Unheil gelockt hatte. Die Kanonen waren für eine Person namens Marion bestimmt und sollten ihm bei ihrer Ankunft in Charleston auf vorher vereinbarte Signale hin geliefert werden. Es roch nach Schmuggel, und es schmeckte nach Verrat, und Dalton würde sein Gewissen vor der Wahrscheinlichkeit – auch nur der Möglichkeit – verschließen müssen, daß diese Kanonen gegen Untertanen des Königs verwendet würden. Ein Flüchtiger vor der Justiz des Königs konnte normalerweise noch immer ein treuer Untertan sein, aber er hatte in Zeiten wie diesen kaum eine Wahl.

»Also an Deck«, befahl er Duncan. »Hände in den Laderaum und den Ballast nach Backbord verlagern. Verlagert ihn weit genug, daß die Hauptwanten an Backbord ins Wasser eintauchen. Dann werden wir die fünfte Kanone anheben und genau dort aufs Deck legen.« Er zeigte auf die Stelle. »Lassen Sie Mister Tower dort ein Gestell aufstellen, direkt neben dem Ruder. Wir können die Traube an einem Ring am Deckshaussüll befestigen und die Mündung an der Heckreling festlaschen.«

»Aye, Sir.« Duncan wandte sich murrend ab. »Das wird verdammt lästig, auf dem Achterdeck ständig über eine Geschützkanone zu stolpern.«

Aber er beeilte sich, die Männer im Laderaum anzutreiben. Zumindest konnten sie Segel setzen, wenn die Ladung verfrachtet war, und aus dieser schrecklichen Wildnis herausgelangen.

Mister Tower kam aus dem Laderaum herauf, seine Werkzeuge in der Hand und von den Anstrengungen dort unten schnaufend, und Duncan erklärte ihm, was achtern gebraucht würde.

»Welche Art von Gestell kann das Monstrum an Deck halten?« wandte der Zimmermann ein. »Ich habe noch nichts derartiges gesehen.«

»Ich weiß es nicht«, antwortete Dalton achselzuckend und strahlte dann. »Sie haben doch Lafetten gebaut, nicht wahr?«

»Das habe ich, aber welche Art von Untergestell könnte ich unter eine Lafette setzen, die dieses Gewicht tragen muß? Und allmächtiger Gott, Mister Duncan, stellen Sie sich vor, was geschähe, wenn sie sich bei rauher See befreit.«

»Dann benutzen Sie eben kein Untergestell«, entschied Duncan. »Stützen Sie die Lafette nur mit der Unterseite an Deck ab. Lafetten können sich von Untergestellen befreien, aber Kanonen befreien sich nicht von Lafetten.«

Tower ging kopfschüttelnd davon, um sein Bauholz zu überprüfen und eine Lafette für ein Küstenbatteriegeschütz an Deck eines Schiffes zu entwerfen.

Als seine Säge und der Hammer ihren Gesang begannen, gluckste die *Mystery* in sich hinein und erbebte mit dem Verlagern des Ballasts im Laderaum. Um die großen Kanonen an Bord zu nehmen, hatte man fast allen Ballast über Bord geworfen – Steinbrocken, große Metallstücke, Gießereirückstände und ähnliches, mehrere Tonnen gewichtigen Mülls. Das wurde als Ballast durch die zweihundert Eisenkugeln ersetzt, die Teil der Geschützfracht waren – 8-Zoll-Kugeln, die mit den Kanonen nach Charleston geliefert werden sollten. Die Kugeln wogen annähernd fünfzig Pfund das Stück und waren leicht zu verlagern, obwohl ihre Sicherung stabile Kisten erforderte, die Tower gezimmert und entlang dem Kanonenstapel aufgestellt hatte.

Der Nebel war letztendlich lichtdurchlässig geworden, so daß keine Laternen mehr benötigt wurden, als die *Mystery* vornübergeneigt und linkslastig dalag und für die restliche Ladung bereit war. Der sechste Lastkahn ging längsseits, und die mißbrauchte Großrahe kreischte und brummte erneut, als vier Tonnen Eisen vom Zuliefererdeck angehoben wurden.

Die große Kanone kroch aufwärts und wurde vorsichtig innenbords geschwungen, während die Decksgasten und die Kahnmatrosen Führungsseile bedienten. Sie wurde durch Taljen unmittelbar hinter den Drehzapfen gesichert und hing dann ausgewogen horizontal. Eine falsche Drehung, ein Anstoß oder falscher Zug, und sie konnte ins Schwingen geraten ... und die Wantenleinen wegreißen. Die Männer schwangen sie vorsichtig innenbords, senkten sie dieses Mal aber nicht in den vorderen Laderaum ab. Statt dessen wurde sie vier Fuß über dem Steuerborddeck gehalten, während ein Kabel vom Besanmast an seinem Block befestigt wurde. Dann wurden vom Spill langsam schwere Taljen am Besanmars ins Spiel gebracht, während die Winde ihr Kabel Zoll um Zoll nachließ. So, mit der Mündung nach achtern weisend, wurde die Kanone langsam nach hinten verbracht, vier Fuß über dem Deck ... Sie glitt haarscharf am Großmast vorbei, gelangte langsam über die Galerie zwischen Nagelbank und Großwanten und setzte ihren gemächlichen Weg fort, ragte über dem Steuerbordsüll des kleinen mittleren Frachtraums auf, wo die Schiffsvorräte und Taljen verstaut worden waren.

Über ihnen erklang ein Kreischen, als eine Racktonne einen Zoll abwärts glitt und so den sich verjüngenden

Mast zusammenpreßte, noch bevor Stützstage die Belastung übernehmen und sie halten konnten. Die große Kanone erbebte, und die Kabel darüber sangen. Dann wurde die Reise wieder aufgenommen. Vier Tonnen Geschützlast schwebten am Deckshaus und am Niedergang vorbei, und die glockenförmige Mündung schlich hinter das Ruder, der gewölbte dunkle Körper einen Fuß von den Spaken entfernt, die Drehzapfen auf die Kerben des Gestells zuhaltend, das der Schiffszimmermann dort abgestützt hatte. Zoll um Zoll näherte sich die Mündung der Heckreling, ragte fast darüber.

»Einen Fuß absenken!« rief Duncan, und Mister Tidys Bootsmannspfeife schrillte. Kräftige Hände umklammerten die Führungsseile, und Muskeln wölbten sich, als sich die Kanone ihrem Gestell näherte. »Halten!« Duncan kniete sich neben die Kanone, um ihre Lage zur hinteren Reling zu beurteilen. »Ein kleines Stück abwärts!« Die Kanone erbebte erneut und beruhigte sich wieder, ihre Mündung jetzt einige Zoll tiefer als die Reling und auf den gähnenden Lukendeckel darunter zielend. »Ausrennen!« Jetzt unmittelbar über dem Gestell schwebend, schlich die Kanone wieder nach achtern, und ihre Bänder schabten Kerben in den Ruderkasten. Die glockenförmige Mündung gelangte langsam unter die Reling und erschien jenseits davon wieder, einen Fuß oder mehr an den Heckplanken und nur knapp am Achtersteven vorbei.

Duncan und der Schiffszimmermann knieten an den Auflagern des Gestells und nickten einander dann zu.

»Absenken!« rief Duncan.

Die große Kanone sank herab, erbebte noch einmal und ruhte dann in den Auflagern. Jenseits, am Backbordschandeck, fuhr sich Billy Caster mit einer Hand über die

Stirn und wischte den Schweiß dann an der Hose ab. Er sah sich um, atmete tief durch. Patrick Dalton stand neben ihm, blickte aber aufs Wasser. Er hatte sich während der Operation nicht einmal umgewandt, um zuzusehen, und Billy verstand warum. Es war Mister Duncans Aufgabe, die große Kanone an Bord zu bringen, und der Kapitän hatte es ihn tun lassen, ohne die geringste Besorgnis zu zeigen ... oder auch nur Interesse.

Wenige Sekunden lang, als sich das volle Gewicht der Kanone auf das Gestell senkte und Tower mit dem Sichern der Drehzapfen in den Kerben begann, brummte die *Mystery* und ließ flüsternd das Zurechtrücken der Balken unter Deck hören, winzige Wiederanpassungen, als das schwere Gewicht darauf zur Ruhe kam. Dann war das Laden und Sichern beendet, und Billy trat zunächst an eine und dann an die andere Reling, um auf die Rumpfplanken hinabzuschauen. Die *Mystery* lag waagerecht im Wasser – tief, aber waagerecht. Das Verlagern des Ballasts hatte genügt, um das Steuerbordgewicht der Kanone auszugleichen. Billy nahm seinen Notizblock hervor und vermerkte darin, daß der Achtundvierzigpfünder, wie er festgestellt hatte, die kleine lange Sechs auf ihrer Lafette an der Backbordheckreling förmlich degradierte. Neben dem Monstrum wirkte das Schiffsgeschütz wie ein Spielzeug.

Duncan gewährte dem erstaunten Mister Gwinn ein keckes Grinsen und grüßte den starren Rücken seines Kapitäns dann zackig. »Die Kanone befindet sich an Bord, Sir. Alle Ladung ist verfrachtet.«

Da wandte sich Dalton schließlich um, schürzte die Lippen und nickte anerkennend in Richtung der gesicherten Kanone. »Sehr gut, Mister Duncan, und geben Sie auch ein ›gut gemacht‹ an Mister Tower und die Jungs am

Hebezeug weiter. Mister Gwinn, ich brauche bitte Ihre Unterschrift auf der Speditionsrechnung und den Bestimmungspapieren. Mister Caster?«

»Aye, Sir.« Billy nahm die Papiere hervor und hielt sie feierlich fest, während der Lastkahnmaster sie unterzeichnete.

Gwinn konnte einer letzten Spitze jedoch nicht widerstehen. Er zürnte noch immer wegen der Demontage seines ersten Kahns und des Verlustes seiner Winde. »Sie haben Glück, wenn Sie mit dieser Ladung über Point Lookout hinausgelangen«, sagte er, »geschweige denn auf offenem Meer um Hatteras herum.«

»Es ist seltsam mit Schiffen wie dieser Ketsch«, sagte Dalton. »Sie sind vielleicht weder wendig noch schnell, kaum ansehnlicher als Segelschuten, aber sie haben stabile Knie, Mister Gwinn. Bevor eine gute Ketsch vollkommen versinkt, wird sie alles am Schwimmen halten, was sich an Bord befindet ... und wird den Weg zu ihrem Ziel finden, wenn man ihr genug Zeit gibt.«

»Nun, ich wünsche Ihnen gutes Wetter und Wind von hinten, Kapitän Dalton. Wenn Sie allerdings einem Kriegsschiff begegnen sollten, werden sie sich nicht länger um ein Ziel sorgen müssen.« Er schritt über das Deck davon, setzte sich rittlings auf die Mittschiffsreling, schwang sich dann hinüber und ließ sich auf seinen Lastkahn hinab, wobei er die fünf hessischen »Seesoldaten« starr ansah, die Zeugen seines Abgangs wurden.

Leinen und Taljen wurden gelöst, und der Lastkahn legte ab, jetzt von der Barkasse geschleppt, die ihn in beladenem Zustand mit einem Warpanker verholt hatte. Der letzte Lastkahn war noch kurz zu sehen und verlor sich dann im umherwirbelnden Nebel.

Und Dalton übernahm das Kommando auf seinem

Deck. »Riggt die Barkasse achtern zum Schleppen auf«, befahl er. »Hände nach oben und das Wetter ausspähen. Mister Duncan, besehen wir uns mal Mister Towers Stützkonstruktion.«

Duncan erschien wieder vom Bug, und sie knieten sich zusammen hin, während Dalton die Art begutachtete, wie die Drehzapfen der großen Kanone mit Pfosten auf dem Deck abgestützt waren. Tief in Gedanken, schürzte Dalton die Lippen, und Duncan sagte: »Sie ruht sicher, Sir. Sie wird nicht herumrutschen.«

»Sicher, ja«, bestätigte Dalton nickend. »Ausreichend sicher für eine Ladung. Ich frage mich jedoch ... Wäre es nicht weitaus sicherer, wenn Mister Tower hier ... und hier ... sagen wir, Balken von den Decksbrassen bis zu den Großmaststützen aufgeriggt hätte? Sehen Sie, diese Oberbalken hier könnten aufgebohrt und mit einer stabilen Stütze versehen werden, die erhebliche Belastung aushielte – ich glaube, soviel Belastung, wie das Schiff selbst aushalten kann.«

»Aye, Sir.« Duncan kratzte sich am Kopf. »Das könnte man tun, das ist schon richtig. Aber ...«

»Dann denke ich, daß wir es tun sollten, Mister Duncan. Bitte sorgen Sie baldmöglichst dafür, nachdem wir ausgelaufen sind.«

»Aye, Sir.«

Dalton erhob sich und schritt über das Deck davon, und Duncan neigte verwirrt den Kopf. Warum legte der Kapitän Wert darauf, daß die Kanone so fest mit dem Grundgefüge des Schiffes verbunden wurde? Es bestand keinerlei Notwendigkeit für eine solche Maßnahme ...

Es sei denn, er beabsichtigte, das verdammte Ding auszuprobieren und abzufeuern.

IX

Irgendwo schien an diesem Morgen hell die Sonne. Irgendwo tanzte die frische Brise, die den Nebel umherwirbelte, rein und frei über unverhülltem Wasser. Aber nicht auf der Chesapeake Bay.

Patrick Dalton hatte an diesem Morgen wahrhaftig die Reise begonnen. Bei acht Glasen, zu Beginn der Vormittagswache, herrschte ein Wind mit zehn Knoten Geschwindigkeit, und Dalton brachte die *Mystery* in die Mitte des Wasserlaufs – oder zumindest so nahe daran, wie das laut Lotleine und Ausguck möglich war – und richtete ihren Vordersteven nach dem Kompaß südwärts aus. Seine Seekarten zeigten ihm, daß die Bucht hier zehn Meilen breit war, und die Ausgucks in den Marsen sahen in jeder Richtung nur andeutungsweise fernes Land. Dennoch war Dalton an Deck blind, und er schickte Cadman Wise auf den Klüverbaum hinaus, um die Lotleine auszuwerfen und jeglichen Hinweis auf Untiefen zu melden.

Der Wind hatte den Nebel sinken lassen und schuf Rinnen, die manchmal unter die Marsen sanken und den Ausgucks einen gelegentlichen Blick auf eine helle Welt zwischen den Nebelschwaden gewährte – blau-weiße Wolken oben und grau-weißer Nebel unten, wo die Schatten der Masten der *Mystery* geisterhaft wogten, sich an der Steuerbordseite weit erstreckten. Die Informationen der Männer dort oben waren nicht sehr aufschlußreich, da jede Rinne im Nebel von höheren Nebelschwaden begrenzt war, die hin- und herwogten und verbargen, was auch immer vor ihnen liegen mochte.

Die *Mystery* lief nach Log und Leine bei vier Knoten mit dem Wind im Rücken, eingefangen nur von den ausgebreiteten Seitensegeln, voran. Eine Stunde lang übernahm Dalton das Ruder selbst, beurteilte nach Hand, Ohr und dem Gefühl des Decks das Verhalten des kleinen Schiffes, lernte seine Balance kennen und stellte Vermutungen über seine Stimmungen an.

Zu den neugierigen Blicken und geflüsterten Bemerkungen einiger der Rekruten sagte Billy Caster: »So erspürt der Kapitän ein Schiff. Er will seinen Gesang hören, es in der Hand spüren und die Launen seiner Takelage sehen. Kapitän Dalton ist ein Seemann und ein Kommandant, aber vor allem ist er ein Schiffer.«

Bei drei Glasen am Vormittag wußte Dalton, was die *Mystery* ihm an diesem Tag erzählen konnte. Sie war keine Tänzerin, kein Rennboot, aber sie war ein robustes Schiff und reagierte bereitwillig auf ihre Segel, wenn sie richtig gesetzt waren. Mit ihren breiten Seiten und dem stämmigen Steven lag ihre Anmut in ihrer Standhaftigkeit. Sie war eine Ketsch und würde tun, was eine Ketsch tun konnte.

Bei heftigen Ruderbewegungen würde sie bei schwerem Seegang widerspenstig sein, aber sie würde wohl kaum das Ruder aus dem Wasser heben oder breitseits schräg laufen, wie manches flotte Rennboot. Mit Rahsegeln an ihren hohen Rahen würde sie ihr Ruder bei gutem Wind bekämpfen und einem müden Rudergänger Grund geben, sie zu verfluchen. Als eigensinniges, beständiges, methodisches Schiff würde sie auf Launen nicht leichthin reagieren – weder auf ihre eigenen noch auf die anderer. Statt dessen strahlte sie eine Sicherheit aus, die ermutigend sein würde, solange sie von einem Punkt zum anderen auf Kurs gesetzt wurde.

»Jeder Zoll ein Händler«, belehrte Dalton die Männer um sich herum. »Entworfen, um Waren zu liefern, gebaut, um Waren zu liefern und darauf eingestellt, Waren zu liefern. Vermutlich kann man kaum mehr von ihr verlangen.«

Und doch hörten sie aus seiner Stimme – diejenigen, die schon an Bord des schmucken Schoners *Faith* mit ihm gesegelt waren, und Billy, der ihm schon zuvor auf Kriegsschiffen gedient hatte – ein gewisses Maß an Bedauern heraus. Für den Kämpfer, der sich dem Erledigen von Aufträgen verschrieben hatte, den Reiter von eigens zu diesem Zweck gezüchteten Schlachtrössern, der seinen Sattel jetzt einem friedlichen Ochsen auflegen mußte, war die Aufgabe annehmbar, aber sie würde seufzend ausgeführt werden.

»Gut, daß der Kapitän nicht bei uns war, als wir die Schnau gesehen haben«, gestand Charley Duncan Michael Romart ein. »Der Anblick eines solchen Schiffes würde sein Herz bluten lassen, solange er nur dieses kommandiert.«

»Der Mann hat also Kriegsschiffe kommandiert?« fragte John Tidy.

»Nicht kommandiert, aber er war Zweiter Offizier an Bord einer Kanonenbrigg und hat ihr Wrack nach Hause gebracht, was nur wenige Männer geschafft hätten«, belehrte Duncan ihn. »Und der Schoner, den wir hatten ... jene *Faith* ... ah, sie war solch eine Lady. Und doch haben wir sie, als die Notwendigkeit bestand, gefechtsbereit gemacht und ...«

Romart berührte seine Schulter. »Darüber wurde genug geredet, Mister Duncan. Sie wissen, wie der Kapitän über das Weitererzählen von Geschichten denkt.«

Aber der Bootsmann zog eine Augenbraue hoch. »Aye? Ich hörte eine Geschichte – und andere ebenso – über einen kleinen Schoner, der der Flotte in New York verdammt zugesetzt hat und dann, wie einige sagen, wieder auslief, um eine Fregatte zu jagen. Es ist nur eine Geschichte, aber es ist eine Tatsache, daß die mit vierundvierzig Kanonen bestückte *Courtesan* seit jenem Tag nicht mehr gesehen wurde und daß sich so mancher Mann seitdem fragt, was aus ihr geworden ist.«

Duncan schüttelte den Kopf. »Mister Romart hat recht. Es wurde genug darüber geredet. Wenn der Kapitän will, daß noch mehr darüber erzählt wird, soll er selbst berichten.« Er ging nach vorn, ließ sich in den großen Laderaum hinab und kletterte über die Stapel von Fässern und Vorräten, unter denen die vier anderen Batteriegeschütze und ihre dazugehörige Munition lagerten. Achtern davon waren vom hinteren Schott die Planken entfernt worden, und Joseph Tower arbeitete bei Laternenlicht daran, dort schwere Klampen zu befestigen, wo der Großmast auf dem Kielschwein ruhte. Duncan kroch zu ihm und spähte an ihm vorbei. »Wie kommen Sie damit zurecht, Mister Tower?«

»Ganz gut, wenn man bedenkt, daß ich so was noch nie gesehen habe«, grollte der Schiffszimmermann. »Zuerst ist es ein Decksgestell für eine halbe Batterie, jetzt ist es die Abstützung vom Gestell bis zum Kiel ... und das ist nicht so einfach, wie es klingt! Stützen können sich in der Länge biegen, Mister Duncan, aber nicht in der Breite. Das weiß jeder. Ich befestige also Klampen steuerbords, so daß sich etwas gegen die installierte Stütze stemmt.«

»Ich verstehe.« Duncan schüttelte den Kopf. »Wie lange brauchen Sie hier noch, Mister Tower?«

»Nicht mehr lange. Ich bin fast fertig. Ich werde diese

Planken hier wieder verdübeln und dann den Rest von achtern heranführen ... obwohl dieser Ire da drüben brüllen wird, wenn ich eine Stütze durch seine Kombüse führe.«

»Welcher Ire?«

»Mister O'Riley. Er sagt, er sei der Koch und hätte seit dem Frühstück ein Besitzrecht an seiner Kombüse.«

»Welcher Mister O'Riley ist es?«

»Ich weiß es nicht. Derjenige, der der Koch ist. Ich kann sie nicht auseinanderhalten.«

»Nun, ich bin sicher, daß der Kapitän das klären wird. Sobald Sie hier fertig sind, Mister Tower, kommen Sie bitte an Deck und überplanken den Hauptladeraum. Dann haben wir einen Platz, wo der Segelmacher arbeiten kann.«

»Dr. Franklin?«

»Er ist nicht Dr. Franklin, Mister Tower. Sein Name ist Wilton.«

»Er sieht aus wie Dr. Franklin.«

»Er sagt aber, das sei nicht sein Fehler.«

Auf dem Achterdeck übergab Patrick Dalton Victory Locke das Ruder und rief Billy Caster zu sich. »Haben Sie das Schiffslogbuch begonnen, Mister Caster?«

»Aye, Sir. Wie befohlen, obwohl sich der Eintrag des ersten Tages überwiegend auf die Ladung bezieht.«

»Gut. Notieren Sie bitte, daß wir bei acht Glasen der Hundewache an diesem Tag mit Ziel Charleston an der Küste South Carolinas ausgelaufen sind und daß der Segelmacher die nötigen Gehilfen zugewiesen bekommen soll, um die Rahsegel fertigstellen zu können. Und wenn Mister Duncan dort drüben auftaucht, überbringen Sie ihm meine Empfehlung und bitten Sie ihn, alle Decksgasten bis auf die beiden Männer in den Marsen, Mister Locke am Ruder und Mister Tower mittschiffs antreten zu lassen.«

»Aye, Sir.«

»Und, Mister Caster, überbringen Sie Mister Duncan meine Bitte, daß die Leute dem Protokoll zuliebe entsprechend den Marinebräuchen nach ihren Qualifikationen aufgereiht werden sollen. Das erste Antreten ist wichtig, um Bräuche einzuführen. Man sollte keine Nachlässigkeit an Bord eines Schiffes dulden.«

»Aye, Sir.«

»Haben Sie das Seezeug in den Kammern verstaut?«

»Aye, Sir, aber nicht sortiert. Ich hatte die Steuerbordkammer für Sie selbst vorgesehen, Sir, da sie ein Kabinett enthält, und die Backbordkammer für Mister Duncan als Erstem Offizier. Aber mit der Stütze, die Mister Tower unter dieser Kanone anbringen wird ...« Er deutete auf den großen Achtundvierzigpfünder. »Nun, das wird den Platz in der Steuerbordkammer mindern, Sir ... wie auch in der Kombüse. Mister O'Riley hat sich bereits darüber beschwert.«

»Welcher Mister O'Riley?«

»Mister Gerald O'Riley, Sir. Er wurde als Schiffskoch eingeteilt. Von ihm stammten die gekochten Haferflokken, die wir zum Frühstück hatten, Sir. Aber aufgrund der Veränderungen unten, Sir, sollten Sie wohl besser die Backbordkammer nehmen und Mister Duncan in die ...«

»Gut, Mister Caster. Bringen Sie sowohl mein Seezeug als auch das von Mister Duncan nach Backbord, und nehmen Sie selbst und Dr ... äh, Mister Wilton den Steuerbordplatz ein. Sie werden einen Tisch für Ihre Berichterstellung brauchen. Mister Wilton ist Gast an Bord, bis alle unsere Segel angeschlagen sind. Wo ist Mister Wilton jetzt?«

»Er ist vorn, Sir, und beschwert sich über ungenügenden Platz zum Arbeiten.«

»Er wird in Kürze Platz haben, Mister Caster. Auf dem großen Laderaum.«

»Aye, Sir. Soll ich ihm das sagen?«

»Bitte tun Sie das, Mister Caster. Es verhindert vielleicht eine Kolik bei ihm.«

Billy ging davon, um seine Runde zu machen, und Dalton schaute blinzelnd querab, verärgert über den Nebel, der sie wie ein Leichentuch zu umhüllen schien. Dalton vermutete, daß das Grau sich um die Mittagszeit lichten würde, aber bei dem wechselhaften Wetter konnte man es nicht genau wissen. Er wandte sich zum Ruder um. »Mister Locke, ich gehe eine Weile nach unten. Halten Sie Kurs und ...«

»An Deck!«

Er hob den Kopf und sah in die nebelumhüllten Marsen über sich und zu den dortigen Ausgucks.

»Berichten Sie, Mister Bean!«

»Segel, Sir! Nur ein kurzer Anblick, dann war es wieder fort!«

»In welcher Richtung, Mister Bean?«

»Achtern, Sir! Dwars achterlich an Steuerbord!«

»Wie weit entfernt?«

»Konnte ich nicht ausmachen, Sir! Zwei oder drei Meilen ... oder vielleicht eine halbe Meile.«

»Halten Sie dort oben scharf Ausschau, Mister Bean! Großmast, wer sind Sie?«

»Mallory, Sir!«

»Behalten Sie die Vorderseite im Auge, Mister Mallory! Sehen Sie genau hin!«

»Aye, Sir!«

Er wandte sich erneut zu Victory Locke am Ruder um. »Ich werde unten sein, Mister Locke. Halten Sie Kurs.«

»Aye, Sir.«

In der kleinen Backbordkammer am Fuß des Niedergangs, unmittelbar hinter der Kombüse, schöpfte Dalton Wasser aus einer Schüssel, wusch sich das Gesicht und rieb sich die müden Augen. Dann fand und entfaltete er die zerknitterte blaue Jacke, an der einst die Knöpfe und Stulpen eines Lieutenant der Königlichen Marine geprangt hatten. Jetzt war es nur noch eine Jacke, obwohl ihre weißen Aufschläge dem aufmerksamen Auge vielleicht ihre Herkunft verraten hätten. Er klopfte sie ab, hing sie beiseite und suchte nach einem frischen Hemd. Er fand keines, so daß er sein verschmutztes Hemd auszog, es ebenfalls abklopfte und wieder anzog. Mit einem frischen Stehkragen um den Hals und der zugeknöpften Weste war das Hemd ausreichend verborgen.

Mit ein wenig Lampenruß und Wachs schmierte er seine Stiefel ein, polierte sie und band sich seinen Säbel um. Schließlich zog er die Jacke an, strich das dunkle Haar zurück, setzte den unbequemen Dreispitz auf den Kopf, den John Ramsey ihm aufgedrängt hatte, und kehrte an Deck zurück. Über den üblichen Geräuschen der Segel und der Takelage erklang der abgehackte Lärm der Hämmer im Vorschiff. Dalton konnte durch den Nebel den Zimmermann und andere Männer die Laderaumluke mit Planken verschalken sehen.

»Bericht, Mister Locke?«

»Auf Kurs, Sir. Keine weiteren Sichtungen, aber Mister Mallory hat von der Mastbacke der Großbram kurz Ausschau gehalten, und er sagt, es klart dort oben auf.«

Dalton runzelte die Stirn, wandte sich um, legte den Kopf zurück und wölbte die Hände um den Mund. »Mister Mallory!«

»Aye, Sir?«

»Ihnen wurde der Großmars zugewiesen, nicht die oberen Mastbacken!«

»Aye, Sir. Ich dachte nur, ich sollte dort nachsehen.«

»Solche Risiken sind selten notwendig, Mister Mallory. Dennoch – wie ist es um das Aufklaren bestellt?«

»Der Nebel zieht südwärts, Sir. Achterliche Kimm ist klar.«

»Irgendwelche Sichtungen, Mister Mallory?«

»Nein, Sir.«

Dalton wandte sich um, wobei er noch immer aufwärts spähte. »Mister Bean!«

»Aye, Sir?«

»Weitere Sichtungen, Mister Bean?«

»Nichts, Sir. Nur Nebel hier.«

»Weitermachen, Ausguck.«

»Aye, Sir.«

Charley Duncan kam nach achtern, gefolgt von den letzten Echos der Verschalkung. »Der Segelmacher kann anfangen, Kapitän. Er hat jetzt viel Platz.«

»Danke, Mister Duncan. Bitten Sie ihn doch, einen Moment nach achtern zu kommen. Dann können Sie die Männer zum Schiffsappell antreten lassen.«

»Aye, Sir.« Er wandte sich um und wandte sich dann erneut um. »Mister Wise befindet sich noch immer mit der Lotleine auf dem Klüver, Sir, aber er ist seit einer Stunde nicht mehr auf Grund gestoßen.«

»Dann holen Sie ihn herein. Aber lassen Sie bitte bei jedem Drehen des Stundenglases erneut ausloten.«

»Aye, Sir.«

Titus Wilton kam zerzaust und mürrisch nach achtern und sah Dalton über seinen Kneifer hinweg an.

»Ich verstehe, daß diese ganze Situation Ihnen Unannehmlichkeiten bereitet hat, Sir, aber ...«

»Unannehmlichkeiten bereitet, sagt er«, murrte Wilton.

»... aber ich glaube, wir können Ihre Tätigkeit an Bord jetzt fördern. Wie Sie sehen, haben wir beschlossen zu segeln und ...«

»*Er* hat beschlossen zu segeln, sagt er«, grollte Wilton.

»... und es ist recht dringend erforderlich, daß wir so schnell wie möglich Segel an diese Rahen dort oben bekommen. Die Ketsch ist nicht dazu bestimmt, nur mit Stagsegeln zu laufen. Daher, wenn es Ihnen beliebt ...«

»Wenn es mir beliebt, sagt er«, zischte Wilton.

Dalton blickte stirnrunzelnd auf den schwierigen kleinen Mann hinab. »Eine Wiederholung meiner Versuche, mich mit Ihnen zu unterhalten, verzögert diese Angelegenheit nur, Mister Wilton. Offensichtlich verstehen Sie meine Worte, also achten Sie bitte einen Moment auf deren Bedeutung. Ich versichere Ihnen, ich bin nicht glücklicher als Sie, daß ich Ihre Dienste an Bord brauche, und je eher wir einige Segel an diese Rahen schlagen können, desto eher werden wir beide zufrieden sein. Wir haben reichlichen Platz für Ihre Arbeit geschaffen, dort auf dem ...«

»Reichlichen Platz? Vier mal vier Schritte? Sir, ich bin es gewohnt, dort zu arbeiten, wo ich mein Material ausbreiten kann. Es gibt auf dieser ganzen Schute keinen ausreichenden Platz, um ...«

»Ketsch.«

»Auf dieser ganzen Ketsch, um das Tuch richtig auszubreiten. Und ohne Hilfe ...«

»Segeltuch kann gefaltet werden«, versicherte Dalton ihm. »Die meisten Segelmacher sind sich dessen sehr wohl bewußt. Und was Hilfe angeht, so können Sie über die dienstfreien Männer verfügen, so viele Sie brauchen und wann immer Sie sie brauchen.«

»Ich soll einem Haufen Teerjacken und Dahergelaufenen mein Handwerk beibringen?«

»Sie sollen Segel für die *Mystery* fertigen, Mister Wilton. Je eher das vollbracht ist, desto eher kann ich Sie wieder an Land setzen. Wir brauchen vier Rahsegel. Wie lange, schätzen Sie, wird Sie diese Aufgabe beschäftigen?«

»Unter diesen Bedingungen? Mindestens einen Monat.«

»Gefällt Ihnen die Vorstellung, einen Monat auf dieser Luke dort zu verbringen, Sir?«

»Dann zwei oder drei Tage.«

»Wenn Sie es in einem halben Tag schaffen können, könnte ich Sie vermutlich noch in einem Hafen der Bucht an Land setzen. Danach halten wir uns vielleicht längere Zeit auf See auf.«

»Über wie viele Männer kann ich verfügen?«

»Wenn Sie einen untätigen Mann sehen und ihn mit einem Segelmacherhandschuh ausstatten können, gehört er Ihnen, bis er wieder für den Dienst gebraucht wird.«

Wilton seufzte. »Dann lassen Sie mein Segeltuch und die Werkzeuge bringen.« Er wandte sich murrend ab: »Abscheulich ... unerträglich ... könnte meine Rechnung vielleicht verdoppeln ...« Und das Murren verklang zum Vorschiff hin.

Duncan kam nach achtern, und die Mannschaft begann sich mittschiffs zu versammeln, wobei John Tidys Pfeife sie antrieb.

»Wir sollten bald vernünftige Segel anschlagen können, Mister Duncan«, sagte Dalton ruhig. »Ich glaube, Mister Wiltons Enthusiasmus wurde neu erweckt.«

Tidy ließ die Männer in einer gewissen Ordnung Aufstellung nehmen, Vollmatrosen achtern von den Großmastwanten, zuvorderst frühere Mannschaftsmitglieder der *Faith*, die ihr höheres Dienstalter errungen hatten, indem sie schon in der Vergangenheit unter Dalton gedient hatten. Andere Vollmatrosen flankierten den Niedergang an Backbord – Spezialisten und Leichtmatrosen an Steuerbord, wo sie sich um die dort liegende große Kanone scharten. Zu dieser Gruppe gehörten Mister Hoop und seine hessischen Schützlinge, die Brüder O'Riley, die Stückführer Ethan Crosby und Floyd Pugh und die Indianer Pitacoke und Squahamac. In der Takelage befanden sich die Ausgucks Claude Mallory und Ishmael Bean, beides ehemalige Mannschaftsmitglieder der *Faith*, und Victory Locke stand am Ruder. Von unterhalb der Decks erklangen das Klirren und Dröhnen der Verstärkungsarbeiten des Schiffszimmermanns. Noch während die Männer sich versammelten, stieß ein Bohrer durch die Decksplanken hindurch, fast in den Zeh von Squahamac, verschwand dann wieder und erschien erneut sechs Zoll nach Backbord.

Als die Mannschaft in zufriedenstellender Ordnung aufgereiht stand, nahm Dalton das Namensverzeichnis von Billy Caster entgegen und betrachtete es einen Moment, wobei er hin und wieder aufschaute, um einem Namen ein Gesicht zuzuordnen. Schließlich reichte er das Verzeichnis zurück.

»Jeder einzelne von Ihnen«, sagte er, »hört mir jetzt gut zu. Einige von Ihnen sind schon zuvor mit mir gesegelt, andere nicht. Jeder Mann hier hat Gründe, als Teil dieser Mannschaft an Bord dieses Schiffes zu fahren ... die meisten von uns«, fügte er trocken hinzu, »weil es vorzuziehen ist, im Moment nicht greifbar zu sein. Auf jeden Fall hat jeder von Ihnen sein Zeichen gesetzt, und Sie wurden als Mannschaft der Ketsch *Mystery* angeheuert. Dieses Schiffes. Mister Caster, mein Schriftführer, hat jedem von Ihnen die Dienstartikel für diese Reise vorgelesen, und jeder von Ihnen ... Mister Caster, Sie *haben* sie doch auch diesen Indianern verlesen, oder?«

»Aye, Sir. Sie wurden mit den Artikeln vertraut gemacht. Mister Duncan hat dabei geholfen.«

»'e 'ätt üss dadd vördammig Rech' vatellt«, versicherte Pitacoke dem Kapitän. »Vördammig Rech' upp 'än Kreegschipp, kloar.«

Tidys Pfeife schrillte, und Charley Duncan fuhr den Indianer an: »Aufhören damit! Ruhe in den Rängen!«

Squahamac sah ihn an. »Wadd 'äs sägg'?«

Duncan warf Dalton einen verlegenen Blick zu und formulierte es neu. »Hol yo vördammig Muul ünn hiir den Kirl too.«

»Vördammig Rech'«, stimmte Squahamac heiter zu. Dann zum Kapitän: »Miins' näch uk, Käbdeen?«

Dalton wandte sich leicht zur Seite, um seine Gesichtszüge wieder unter Kontrolle zu bekommen, und fuhr dann fort: »Unser Ziel ist der Hafen von Charleston in der Kolonie South Carolina jenseits ...«

»Staat, Sir«, unterbrach ihn einer der O'Rileys.

»Was?«

»Staat. Entschuldigen Sie, Sir, aber es ist jetzt ein Staat, keine Kolonie mehr. Wir stammen von dort.«

»Ruhe!« brüllte Duncan und erstickte damit beinahe sogar Mister Tidys Pfeife.

»Im Staat South Carolina«, berichtigte Dalton sich. »Sie haben alle unsere Ladung gesehen. Sie besteht unter anderem aus fünf Kanonen. Jetzt, da ein Zustand der Rebellion herrscht ...«

In der hintersten Reihe wurde eine Hand gehoben.

Dalton hielt inne. »Mister Romart?«

»Entschuldigung, Sir. Aber es wird als Kriegszustand angesehen. Nur die Briten nennen es Rebellion.«

Victory Locke am Ruder konnte sich nicht beherrschen. »Der Kapitän *ist* Brite, Tölpel! Die meisten von uns sind es. Außerdem ...« Seine Stimme brach ab, und sein Gesicht rötete sich. »Verzeihung, Sir. Es wird nicht wieder vorkommen.«

Dalton seufzte. »Es war aber ein angemessener Gesichtspunkt, den ich ebenfalls ansprechen wollte.« Er straffte die Schultern und wandte sich wieder an die Versammelten. »Denken Sie ein für allemal daran: Die *Mystery* ist in bezug auf den gegenwärtigen Stand der ... Feindseligkeiten nicht parteiisch. Wir sind weder auf Seiten der Kolonisten, noch auf Seiten der Krone. Unser Zweck ist es, für einen Privatkunden Ladung an seine privaten Adressaten zu liefern, nicht mehr und nicht weniger. Ich beabsichtige, dies so unauffällig und so rasch wie möglich zu tun ...«

»Wadd 'äd 'e sägg'?« fragte Pitacoke sich laut. »Üss näch Inglish, üss näch, wadd?«

»... und hoffentlich ohne Konfrontationen jeglicher Art. Die meisten von Ihnen haben auf Kriegsschiffen gedient. Sie sollten im besonderen erkennen, daß die *Mystery* in keinem Sinn ein Kriegsschiff ist. Wir sind ein Händler ... und zudem ein eher kleiner und schwerfälliger. Daher werden wir alles in unserer Macht Stehende tun, alle Konfrontationen aus welchen Gründen auch immer zu meiden. Wir sind natürlich mit einigen kleineren Geschützen bestückt, aber nur zum Zweck der Selbstverteidigung im Notfall.«

Eine Hand wurde gehoben. »Sir?«

»Ja, Mister Crosby?«

»Ich kann nicht umhin festzustellen, daß diese«, er deutete auf die große Kanone auf ihrem Gestell, »für ein Stück Ladung recht fest abgestützt ist.« Wie als Antwort erschien erneut der Bohrer von unten, gefolgt von einer Plankensäge, die ein Loch ins Deck zu schneiden begann. »Im Notfall würden ich und mein Kamerad das Monstrum sozusagen gern ausprobieren.«

Das pockennarbige Gesicht von Cadman Wise nahm einen entsetzten Ausdruck an. »Du bist verrückt, Kamerad. Feuer das Ding ab ... Gott, diese Nußschale würde sich wie eine Quetschkommode falten.«

»Aufhören damit!«

»Danke, Mister Duncan. Ich will im Moment nicht über Eventualitäten diskutieren. Nun hören Sie alle Folgendes: Ich bin Kommandant dieses Schiffes und werde an Bord mit Kapitän angesprochen. Mister Duncan ist Ihr Erster Offizier. Mister Tidy und Mister Wise sind Bootsleute, im Wachwechsel. Maate werden nur ernannt, wenn es notwendig ist. Mister Tower ...«

Die Säge vollendete ihre Arbeit, und eine rechteckige Öffnung erschien im Deck, hinter dem Gestell der großen Kanone. Ein Gesicht tauchte in der Öffnung auf. »Sir?«

»Machen Sie weiter, Mister Tower.«

»Aye, Sir.«

Das Gesicht verschwand wieder, und ein schwerer Balken ersetzte es, der gegen den Kanonenschlitten stieß.

»Mister Tower ist offensichtlich Schiffszimmermann. Mister Gerald O'Riley ist Schiffskoch, Mister Hoop ist Profos. Mister ... äh, Korporal Wesselmann ist ...«

»*Jawohl, mein Herr*?« schnarrte dieser in seiner eigenen Sprache.[1]

---

1 Um zu verdeutlichen, daß die Muttersprache der Hessen an Bord als Fremdsprache wahrgenommen wird und das babylonische Sprachengewirr noch vergrößert, wurden diese Dialogteile kursiv gesetzt. (Anm. d. Ü.)

Dalton winkte ab. »Mister Tidy, bitte übersetzen Sie dies für die Hessen, sobald wir fertig sind. Die fünf deutschen Gentlemen dort sind als Seesoldaten anzusehen und stehen bei ihren Pflichten an Bord unter der Aufsicht von Mister Hoop.«

»An Deck!« erklang eine drängende Stimme von oben.

»Ja, Mister Mallory?«

»Segel gesichtet, Sir! Zwei Kabellängen entfernt, dwars Steuerbord!«

»Versammlung aufgehoben!« grummelte Dalton an Duncan gewandt. »Alle Mann auf ihre Plätze. Mister Mallory, welche Farben zeigen sie?«

»Keine, Sir. Aber wir natürlich auch nicht.«

»Was tun sie?«

»Nichts, Sir. Laufen querab, schauen zu uns zurück.«

»Der Nebel sinkt ab, Käpt'n!« rief Bean vom Besantopp. »Es ist dasselbe Segel, das ich schon vor einiger Zeit gesichtet habe, aber jetzt sind sie direkt dort draußen neben uns. Es ist eine Schnau, Sir, aber schlecht getrimmt, wie mir scheint.«

Eine Schnau! Die tödlichste Abwandlung britischer Kreuzerentwürfe, die jemals in den Kolonien entstanden war ... zwei Kabellängen querab! Das ganze Deck entlang eilten Männer auf ihre Posten, bereit, die Segel der Ketsch zu handhaben oder mit allen verfügbaren Mitteln zu kämpfen, oder beides.

Dalton wirbelte zu Locke herum. »Ich übernehme das Ruder, Mister Locke. Nehmen Sie zwei Burschen und holen Sie die Gewehre. Mister Hoop: Seesoldaten nach mittschiffs, Steuerbordreling! Stückführer nach Steuerbord, Zündpulver und Lunte!«

Vor ihm schwärmten Männer über beide Großwanten aus. Er bemerkte anerkennend, daß einer der führenden

Leute Charley Duncan war. Sein Erster Offizier ging dahin, wo man den Feind sehen konnte, falls es sich um einen Feind handelte. Der Nebel verhüllte die Sicht an Deck noch immer, und Dalton konnte nichts erkennen, was auch nur eine Kabellänge entfernt war, geschweige denn zwei.

»An Deck!«

»Berichten Sie, Ausguck!«

»Sie gibt Signal, Sir!«

»Farben, Ausguck?«

»Keine Farben, Sir. Aber man signalisiert.«

»Können Sie die Signale ausmachen, Ausguck?«

»Einen Moment, Sir!« Dann: »Aye, Sir. Man erklärt sich für neutral. Außerdem läuft man an uns vorbei, Sir. Man läuft drei Strich seitlich von uns und gewinnt an Fahrt.«

»Das überrascht mich nicht. Um zu verhindern, eine dahinschleichende Ketsch zu passieren, müßte eine Schnau ihre Segel schon bei geringstem Wind auf Klüver und Besan reduzieren. Mister Caster, setzten Sie bitte Signal. Heißen Sie unsere Handelsfarben und wünschen Sie der Schnau eine sichere Passage.«

»Aye, Sir.«

»Heilige Mutter Gottes«, erklang Duncans Stimme von oben, »es ist dieselbe Schnau, Sir. Jene, die wir entdeckt haben, als sie ausgerüstet wurde. Aber sie lahmt, Sir. Die Segel sind schlecht getrimmt, und sie hat ein wenig Schlagseite.«

Dann, als hätte ihn eine riesige, kalte Hand abwärts und fort gedrängt, klärte sich der Nebel in einer Sichtrinne, und Dalton konnte das fremde Schiff sehen. Er betrachtete es und sog zischend den Atem ein. Es war eine Schönheit ... eine tanzende Lady, ein hübscher

Kreuzer, mit einem kompletten Satz neuer Segel, mit mindestens sechzehn Kanonen bestückt, obwohl ihre Segel tatsächlich luvten und ihre Kanonen nicht sauber ausgerichtet waren. Welche Hand lag an ihrem Ruder, welches Kommando führte sie, daß sie sich in einem solchen Zustand voranquälte?

Obwohl sie zwei Strich dwars kam und auf den wartenden Nebel zuhielt, konnte er dennoch die Gesichter an Bord sehen und die Namensschilder der Schnau lesen.

Ihr Name war *Fury.*

»An Deck!«

Es war Duncan, dessen Stimme fern klang. Dalton spähte aufwärts. Duncan war nach oben in Richtung Mastbacken gestiegen und klammerte sich an die Oberbramstenge.

»Segel voraus, Sir!« rief er. »Ein kleines Schiff mit einem Mast an Backbord achterlich und ein größeres Schiff vielleicht drei Meilen davor. Könnte eine Verfolgung sein, Sir.«

X

Auffrischender Wind hatte den Morgennebel in lange, wogende Furchen zerpflückt, die über das weite Wasser der Chesapeake Bay zogen, und die Furchen wurden zu rollenden Nebeldämmen, die südwärts davontrieben. Dalton behielt die Schnau im Blick, bis sie in einer Nebelbank verschwand. Dann richtete er die *Mystery* leicht nach Steuerbord aus und hielt auf das ferne westliche Ufer zu. Für eine schwer beladene Ketsch mit unzureichender Takelage und nur wenigen Sechspfündern zur Selbstverteidigung war das Wasser in der Mitte der Fahrrinne für seinen Geschmack zu bewegt. Nach einiger Zeit brachen die voraus treibenden Nebeldämme in wirbelnde Schwaden unter einer dunstverschleierten Sonne auf, und die Schnau war erneut zu sehen ... jetzt Meilen voraus und nahe der Wildnis im Westen dicht an der Küste. Ein hübsches Schiff, das schlecht geführt wurde, schien zu versuchen, sich während der Fahrt vor der Küstenlinie so unsichtbar wie möglich zu machen.

Dalton rief Michael Romart zum Heck und deutete in Richtung der Schnau. »Wie sind diese Gewässer beschaffen, in die die Schnau gelaufen ist?«

Romart blinzelte. »Überwiegend Sandbänke und Untiefen. Und soweit ich mich erinnere, gibt es dort Fischgründe. Tidenrinnen, aber sie sind veränderlich und trügerisch. Treibsand aus den Flüssen verändern sie.«

Also keine angemessene Route für ein Schiff, dessen Ziel außerhalb der Bucht lag, dachte Dalton. Entweder suchte die Schnau ein Versteck, oder es gab in der Bucht etwas, was der Kapitän unbedingt meiden wollte. Hatte es mit den anderen Segeln zu tun, die Duncan im Topp erspäht hatte? Möglicherweise. Es herrschte auf jegliche Entfernung noch immer nur unregelmäßige Sicht.

Dalton beschloß, auf Verdacht zu handeln. Die Schnau hatte keine Feindseligkeit gezeigt, obwohl sie die *Mystery* dicht querab passiert hatte. Er richtete die *Mystery* weiter nach Steuerbord aus und rief Duncan aus den Mastbakken herab.

»Übernehmen Sie das Deck, Mister Duncan«, befahl er ihm. »Setzen Sie einen Mann vorn auf die blinden Rahen, der für Sie ausloten soll, und versuchen Sie dem Kurs dieser Schnau zu folgen. Ich glaube, die wissen mehr als wir über das, was voraus liegt. Vielleicht gibt es dort Sandbänke, aber es sollte auch Fahrrinnen geben. Steuern Sie nach dunklem Wasser und Leine, und ich werde Ihnen aus den Topps beistehen.«

Er trat bei den Großmastwanten auf die Nagelbank und das Schandeck und schwang sich außenbords, um die Webeleinen zu erklimmen.

Im Großmars grüßte Claude Mallory ihn ruhig und berichtete: »Der Nebel ist noch immer hoch und dicht voraus, Sir, aber er verlagert sich. Bei der letzten Sichtung dieser Segel hielt das kleine Schiff aufs ferne Ufer zu, und das große schien es verfolgen zu wollen.«

»Wir werden uns bemühen, beide zu meiden, wer auch immer sie sind«, sagte Dalton. Er schwang sich auf die Marsstengenwanten und hielt auf die darüber liegende Saling zu. »Halten Sie sich bitte bereit, Rufe weiterzugeben, Mister Mallory.«

»Aye, Sir.«

Auf der Saling stehend, wo die Marsstenge endete und

die Bramstenge begann, klammerte sich Dalton an die verkürzten oberen Wanten und spähte über die nebelumwogte Strecke vor ihnen. Hier, siebzig Fuß über dem Deck der *Mystery*, war das leichte Rollen des Schiffes deutlicher zu spüren. Der Mast schwang träge vor und zurück, zehn Fuß in jede Richtung, und die Wirkung war ein schwindelerregendes Gefühl, das Dalton oft genossen hatte, wenn er als Junge in den Topps von Kadettenkreuzern gearbeitet hatte. Jetzt empfand er es jedoch als beunruhigend. In Verbindung mit dem hellen Nebel, der sich schwach vor ihnen erhob, erschwerte die Bewegung die Sicht sogar noch. Der Nebel täuschte die Augen, und der Nebel täuschte den Geist, und Dalton schalt sich selbst, während er sein Fernrohr aus einer Rockschoßtasche nahm, und erinnerte sich mit wenig Vergnügen an einen dunklen Morgen, als er den Kurs eines Schiffes aus dieser Höhe bestimmt und es durch eine schmale Fahrrinne geführt hatte, während er einen Verfolger längsseits aufkommen ließ, um sich das Feuer eines Kutters einzufangen, der wartend dalag. Das Manöver eines Narren, dachte er jetzt. Verzweiflung und zuviel Rum. Und doch war der Himmel da offensichtlich noch nicht bereit für ihn gewesen, weder für ihn noch für die übrigen an Bord dieses vom Schicksal benachteiligten Schiffes. Es war gutgegangen.

Er spähte durch sein Fernrohr, sah die Nebelbank als fliegende Mähne eines weißen Rennpferdes, mit einer Vorstellung von Weite jenseits davon. Die Schnau war dort draußen, jetzt achteraus, während die *Mystery* auf seinen Kurs zuhielt und ihre Mastspitzen aus dem verwirrenden Nebel herausragten. Er nahm an, daß die Schnau tief im Wasser liegen würde. Sie war für den Druck von Segeln gebaut und mochte vielleicht zweieinhalb bis drei

Faden Tiefgang haben. Die Ketsch konnte selbst mit ihrer schweren Ladung überall dort hinlaufen, wo die Schnau die Fahrrinnen fand. Vieles würde von dem Mann auf dem Klüver abhängen, der mit der Lotleine über den blinden Rahen kauerte. Nebelschwaden klebten dicht über dem Wasser und machten Sichtungen aus den Topps unwahrscheinlich.

Er betrachtete eine Weile das Deck unter sich, das vom treibenden Nebel verschleiert war. Cadman Wise war draußen auf dem Klüverbaum, direkt an seiner Dopplung, wo die blinden Rahen sich erstreckten, die die Wantenleinen des Bugspriets hielten. Sich kräuselnde Schatten der Fledermaussegel über ihm berührten den Nebel längsseits, während er die Lotleine schwang und auswarf, sie dann wieder aufspulte und zwischen Ellenbogen und Daumen aufrollte. Auf dem Vorderdeck hinter ihm standen oder arbeiteten Männer, einige noch immer Fässer und Kisten in bessere Positionen rückend, zwei oder mehr die eilig angebrachten Leinen der dort als Buggeschütz aufgestellten langen Sechs sichernd, andere die überplankte Fläche beobachtend, wo Titus Wilton grollend mit gekreuzten Beinen saß und Segel nähte. Ein unangenehmer *patrón,* gab Dalton zu, aber die Hände des kleinen Mannes flogen geschickt über den Stoff, während er Segeltuch zusammennähte, um daraus ein Großsegel zu formen.

Zwei Decksgasten halfen dem Segelmacher, holten Segeltuch für ihn auf, verlagerten das Segeltuch, während er nähte, und befestigten nach seinen Anweisungen das Liek.

Direkt darunter, an der kauernden Gestalt Mister Mallorys im Mars vorbei zu sehen, standen Männer bei der Großfünferbank vor dem Mast und andere an den Nagelbänken zu beiden Seiten. Die kurzen Sechsen waren auf dem Mitteldeck gesichert, und die beiden Stückführer reinigten eine davon, während Mister Hoop und die Hessen Leinen an der anderen befestigten. Fünf Musketen waren vor dem Deckshaus zu einer ordentlichen Pyramide aufgestapelt.

Während Daltons Blick nach achtern schweifte, dachte er über den drahtigen John Tidy nach, der ruhelos auf und ab ging und ein Auge auf alles hielt. Billy Caster und Michael Romart beugten sich über eine Karte, während ihnen die beiden Indianer über die Schultern schauten. Dalton fragte sich, ob jemand auf die Idee gekommen war, die Indianer zum Ausspähen von Landmarken an der Küste einzusetzen. Wer wäre damit wohl vertrauter?

Joseph Tower tauchte mit einem der Brüder O'Riley auf den Fersen am Niedergang auf und schüttelte drohend eine Faust. Der Schiffszimmermann ignorierte ihn, legte seine Armladung Material ab und kniete sich an das hintere Ende der großen Kanone, die neben dem Deckshaus lagerte. Er spähte kurz darunter und machte sich dann an die Arbeit, eine weitere Stütze zu bauen.

Purdy Fisk war jetzt am Ruder, mit einem der neuen Männer – einem der Fanshaws –, der neben ihm stand. Unmittelbar hinter ihnen stand Charley Duncan und schaute in Erwartung von Befehlen oder einem Bericht zu Dalton hinauf.

Alles in allem ein recht gut bemanntes Schiff, dachte Dalton. Kein hübsches Schiff. Das würde sie niemals sein. Sie war nur eine Ketsch. Aber für eine Ketsch war sie nicht so übel.

Verschleiertes Sonnenlicht wärmte seinen Kopf, und er hob erneut sein Fernrohr, blickte voraus und hielt dann inne. Der Nebel lichtete sich, Schwaden stiegen auf und tanzten auf dem Wind, und dieser unstete Wind gewährte etwas Sicht. Er konnte einen Moment lang Meilen voraus sehen, konnte sogar tief an der Kimm das östliche Ufer der Bucht erkennen, und dort waren Segel. Eine Sekunde lang schien es ihm, als sei die Bucht voll davon, als hätte sich eine Flottille im Nebel verirrt. Er ergriff sein Fernrohr und beobachtete gründlicher.

Knapp zwei Meilen voraus schlich die Schnau mit schlecht gesetzten Segeln am Ufer entlang, für alle Welt sichtbar ein großes beflügeltes Wesen, das jetzt verletzt war und sich zu verbergen versuchte. Jenseits und weiter draußen, mehrere Meilen entfernt, lief ein ziemlich großes Schiff langsam nordostwärts, mit dem Bug auf einen winzigen Segelfleck weit jenseits der Bucht, fast am entgegengesetzten Ufer, zuhaltend. Er konnte selbst auf diese Entfernung das Flickwerk an den Segeln des größeren Schiffes erkennen, das Schimmern von Kanonen auf seinem Deck, und er betrachtete verwundert seine Takelage. Es war Jahre her, seit er zuletzt eine Brigantine gesehen hatte, aber dort draußen war eine, und sie hatte ein Gefecht bestritten und verfolgte ein Schiff.

Und ein weiteres Segel stand jenseits des Kurses der Brigantine – festes, helles Segeltuch eines kürzlich überholten Kriegsschiffes, eine große Brigg, die südwärts hielt, jetzt aber gerade Anstalten machte zu wenden. Sie hatte geflaggt, und es waren nicht die Farben des Königs. Also ein Freibeuter, und er hatte ein Ziel erspäht. Die Brigantine? Wahrscheinlich, dachte Dalton. Der Nebel hatte gerade erst ein kleines Sichtfenster gewährt, und er bezweifelte, daß die Brigantine die Schnau oder ihn selbst entdeckt hatte ... noch nicht.

Als sich der Nebel wieder schloß, erhaschte er einen

kurzen Blick auf noch weitere Segel – eines weit entfernt und kaum sichtbar, das gerade um eine kleine Insel herumlief, das andere das eines kleinen Schiffes, das am östlichen Ufer zu stehen oder gerade auszulaufen schien.

Die Bucht war riesig, aber er erkannte jäh, daß sie stark frequentiert war.

»Mister Mallory«, rief er hinab, »geben Sie an Deck Bescheid, daß wir uns so nahe am Ufer halten wollen, wie die Peilung es erlaubt, und stellen Sie noch einige der Männer als Helfer für Mister Wilton ab. Wir werden bald anständige Segel brauchen.«

Die Nachricht wurde weitergegeben, und von unten erklang eine Antwort.

Mallory hob den Kopf. »Sir? Mister Duncan sagt, verzeihen Sie, Sir, aber würde es Ihnen etwas ausmachen, jemandem zu sagen, was, zur Hölle, Sie dort draußen gesehen haben? Mit allem Respekt, Sir, das hat er gesagt.«

»Segel, Mister Mallory. Sagen Sie dem Deck, daß in der Bucht in diesem Moment eine Menge Betrieb ist. Da sind eine lahmende Schnau, eine Freibeuterbrigg, ein bestücktes Relikt, das wie eine zerschlagene Brigantine aussieht, und es gibt mindestens drei weitere Schiffe in Sichtweite des Fernrohrs. Geben Sie an Deck Bescheid, daß alle Kanonen geladen und Lunten bereitgehalten werden und daß die Männer darauf vorbereitet sein sollen, in dem Moment die Segel zu heißen, in dem Mister Wilton sie fertigstellt. Ich komme sofort hinab.«

»Aye, Sir.«

Die Sicht war erneut verhangen, wenn auch nicht so stark wie zuvor. Die Schnau war noch immer voraus zu sehen, und einen Moment lang konnte Dalton das weit entfernte kleine Schiff jenseits der Bucht deutlicher erkennen. Ein Einmaster. Eine Handelsschaluppe, dachte Dalton, die gerade jetzt für eine lange Wende auf diese Seite der Bucht herumkam. Er prüfte den Wind, schätzte die Möglichkeiten der Schaluppe ein und berechnete im Kopf die Richtung ihrer Wende. Sie würde die Untiefen der Westküste vor der *Mystery* erreichen. Ihr Kurs würde mit dem der Schnau zusammentreffen. Sie liefen einen Kurs, auf dem sie sich wenige Meilen voraus begegnen würden, was nicht beunruhigend war. Die Schnau hatte keine Feindseligkeit gezeigt, und eine Handelsschaluppe würde wahrscheinlich auch nicht über reine Neugier hinaus an der *Mystery* interessiert sein.

Aber Dalton hatte auch den Kurs der Brigantine gesehen und bezweifelte nicht, daß sie auf Verfolgungsjagd war. Wo die Schaluppe hinlief, würde auch die Brigantine hinlaufen, und sie wirkte bedrohlich. Ihr hafteten die Merkmale des Räubers an.

Eine Zeitlang hatte klare Sicht geherrscht, und Hibley Speakes hatte den Räuber auf seinen Fersen beunruhigt durchs Fernrohr beobachtet, während er eine weitere, diesmal westwärts gerichtete Wende über die Bucht durchführte. Zuerst war er sich sicher gewesen, dem größeren Schiff davonlaufen zu können, wenn er die großen Stagsegel zu seinem Vorteil nutzte, während er gegen den heftigen Wind kreuzte. Aber er hatte wahrnehmbar nichts dabei gewonnen, selbst nicht mit dem Verholen während der nebelverhüllten Windstille. Und jetzt sah er warum. Der Verfolger war eine Brigantine, alt und zerschlagen, aber noch immer mit einem vollem Satz Segel, und sie besaß auch selbst ansehnliche Stagsegel. Weiterhin hatte er, wendend und wieder raumschots laufend, bei jedem seiner langen Kurswechsel hin und zurück über die

Bucht volle Distanz gehen müssen, um so weit nordwärts wie möglich zu gelangen. Aber die Brigantine hatte etwas kürzere Kehren als seine durchgeführt und das nördliche Vorankommen der zunehmenden Nähe geopfert. Und das verstand er jetzt auch, während er sie sah. Die Brigantine trug mindestens zwölf Kanonen, und er schätzte, daß einige oder sogar alle weitreichende Geschütze waren. Sie mußte ihn nicht vollständig einholen. Es würde genügen, querab in Reichweite der Breitseite zu gelangen. Wenn der Verfolger diese Position erst erreicht hatte, würden keine Möglichkeiten bleiben. Speakes konnte sein Schiff entweder übergeben oder vom Wasser geschossen werden, und seine kleinen Verteidigungskanonen hätten bei dieser Konstellation keinerlei Bedeutung.

Seine größte Hoffnung hatte letztendlich darin bestanden, eine bestimmte Bucht an der Ostküste zu erreichen – einen Ort, den er kannte, wo das Fahrwasser über versandeten Untiefen bei diesem Gezeitenstand vielleicht nur seiner Schaluppe die Passage ermöglichte und wo der Pirat hinter ihm ihn vielleicht nicht länger verfolgen konnte. Er hatte es bis zu der Bucht geschafft und bereits aus einiger Entfernung das Schiffswrack gesehen, das seine Einfahrt blockierte, ein Souvenir des kürzlichen britischen Abstechers. Jetzt floh er erneut über die Bucht, diesmal nach Westen, und ihm war nur noch eine Chance verblieben. Er hatte im Morgennebel geisterhaft irgendwo voraus ein anderes Schiff erspäht, das die Bucht herabkam. Ob Freund oder Feind, wußte er nicht, aber er hatte die Gerüchte über McCalls Freibeuter in diesen Gewässern gehört, und er betete jetzt, daß irgendwo dort draußen vielleicht einer von ihnen wäre, ein bewaffnetes Schiff mit der Kraft und dem Willen, ein friedliches Handelsschiff zu beschützen. Der Nebel hatte sich wieder verdichtet, aber er hatte eine Richtung im Sinn und behielt sie bei, während sein Maat die Handelsfarben und das Flaggentuch heißte, das »Feind verfolgt uns« und »Hilfe erbeten« bedeutete.

»Eine Handelsschaluppe«, höhnte Don Geraldo, als er sein Fernrohr senkte. »Sie haben einen Tag für nichts verschwendet, Pinto. Sie ist das Aufbringen nicht wert.«

»Vielleicht«, sagte Enrico Pinto, zuckte die schweren Schultern und glättete den eleganten Stoff seiner schweißfleckigen Kapitänsjacke. Er trat an die Steuerbordheckreling und spie aus, bewußt in Windrichtung des Aristokraten, und wandte seine Aufmerksamkeit dann wieder nach vorn. »Vielleicht gibt es hier für uns nur die kleine Schaluppe. Oder vielleicht glauben Sie das nur, weil Sie meinem Mann im Mars nicht zuhören.«

»Der Mann ruft seine Meldungen in einer Bastardsprache. Ein Gentleman lernt solche Sprachen nicht, *mi capitán*.«

»Lernt ein Gentleman überhaupt jemals etwas, *señor*? Das habe ich mich in letzter Zeit häufig gefragt.«

»Was hat Ihr Ausguck Ihnen also mitgeteilt?«

Pinto wandte sich um, den harten Blick überheblich auf den Aristokraten gerichtet. »Er teilt mir mit, was ich wissen muß. Dafür sind Ausgucks da. Sagen Sie mir, Don Geraldo, haben Sie niemals einen Haken mit einem Köder belegt, um einen Fisch zu fangen? Oder ist das auch etwas, was Gentlemen niemals lernen?«

»Ich habe gefischt. Natürlich habe ich gefischt.«

»Ah. Möglicherweise mit Ihren eigenen zarten Händen? Falls Sie das getan haben, dann wissen Sie, daß man einen großen Fisch mit einem kleinen Fisch ködert.«

»Und welchen großen Fisch, glauben Sie, kann man hier fangen?«

»Wir werden es vermutlich bald wissen. Es sind heute noch viel mehr Segel in dieser Bucht als nur unsere und die des Händlers dort. Das wissen sogar Sie. Und jetzt hat der Köder den großen Fisch wohl gesehen.«

»Warum glauben Sie das?«

»Warum sonst sollte er seine Farben heißen und um Hilfe bitten?«

»Er hat seine Farben geheißt? Welche?«

»Private. Koloniale.«

»Keine englischen?«

»Nein.«

Lostrato fuhr zu dem größeren Mann herum. »Warum verfolgen wir sie in diesem Fall noch, Sie Idiot? Meine Bevollmächtigung gestattet mir nicht, in diesen Gewässern koloniale Schiffe einzunehmen.«

»Wir nehmen ein, was immer wir wollen, *señor.* Ich dachte, darauf hätten wir uns geeinigt.«

»Wenn wir das in aller Stille tun können, ja. Aber Sie sagten, es seien noch andere Schiffe da. Es wird Zeugen geben. Was Sie vorhaben, ist ...«

»Piraterie? Natürlich ist es das. Aber Sie wissen nicht, was ich weiß, *señor.* Daher mischen Sie sich bitte nicht in meine Pläne ein.«

»Sie planen, die Schaluppe einzunehmen, um damit noch eine wertvollere Prise zu bekommen. Ich verstehe.«

»Sie verstehen nicht, *señor.* Ich habe nicht die Absicht, die Schaluppe ›einzunehmen‹. Ich denke, wir werden sie nicht brauchen.«

Dann verging eine Stunde, während der Lostrato mürrisch schweigend auf dem Deck auf und ab schritt, während der Pirat Pinto sein Schiff dirigierte. Eine Stunde und ein Teil einer weiteren, und plötzlich war der lichter werdende Nebel unterbrochen, und eine Küstenlinie lag unmittelbar voraus, von der sich zwei Schiffe abhoben. Lostrato zischte überrascht. Das kleinere Schiff war die Schaluppe, der sie gefolgt waren und die gerade in den Untiefen wendete. Aber keine Kabellänge von ihr entfernt, befand sich ein Kriegsschiff. Lostrato hob sein Fernrohr. Von der Größe einer Brigg, glänzte sie unter frischem Trimm, und ihre luvenden Segel schimmerten im jähen Licht golden. Stückpforten säumten die Relings, und Flaggentuch flatterte über ihren Stagen – Flaggentuch, das rasch herabgeholt wurde, noch während er hinsah. Eine Nachricht war zwischen den beiden Schiffen ausgetauscht worden, und jetzt kam das kleine Schiff herum, anstatt zum Schutz hinter das große zu laufen.

»Backbordstücke bereitmachen«, befahl Pinto seinem Stellvertreter. Und zum Ruder hin: »Stetig voraus, aber bereitmachen, vor den Wind zu gehen. An die Schoten, zur Halse bereitmachen!«

»Was tun Sie?« fragte Lostrato. »Das Kriegsschiff kommt an Backbord auf, nicht an Steuerbord.«

»Halten Sie den Mund!« brüllte Pinto. »Bereit zur Halse! Backbordkanonen ausrennen für Breitseite! Bereithalten!«

Das große Schiff vor ihnen – fast eine Brigg, aber nicht ganz, ein Schiff, das für mehr Segel gerüstet war, als eine Brigg tragen konnte – schlich unter schlecht gesetzten Segeln südwärts, während die Schaluppe ihre Wende vollendete, krängte, im Winkel auf die *Columbine* zuglitt und den Wind in die Segel bekam, als sie nach rechts davonzog.

»Halsen!« brüllte Pinto. »Schaluppe anvisieren! Feuern, wenn sie aufkommt!«

Lostrato sah mit geweiteten Augen zu. Was tat der Mann? Unmittelbar dort drüben lag die Art Prise, die zu finden er aufgebrochen war – ein hübscher, gut bestückter und schlecht bemannter Kreuzer, reif zur Übernahme. Ein Schiff, das diese jämmerliche Brigantine *Columbine* beschämen würde. Ein Schiff, mit dem sie vorpreschen und Prisen nehmen könnten, die ihnen Reichtum bringen würden, ein Schiff, das englischen Fahrzeugen, die auf den Handelsrouten patrouillierten, entweder davonlaufen oder sie erfolgreich bekämpfen könnte. Und nun wandte sich Pinto von der wahren Prise ab und verfolgte die schäbige kleine Handelsschaluppe. Der Aristokrat zog in zorniger Entschlossenheit sein Rapier und hielt dessen Spitze einen Zoll vor die Kehle des Rudergängers.

»Mißachten Sie die Befehle«, knurrte er. »Ich übernehme das Kommando über dieses Schiff.«

Er sah die schwere Faust nicht, die ihn von hinten an der Schläfe erwischte, und er spürte auch nicht, wie das Deck auf ihn zukam. Aber nach einer schmerzerfüllten und verwirrten Zeitspanne wurde er sich Pintos bewußt, der über ihm stand, und er spürte den Stiefel des Mannes in seinen Rippen.

»Ich sollte Sie jetzt töten, *señor*«, drang die schwere Stimme durch den Schmerznebel. »Aber ich werde noch eine Zeitlang warten. Sie können mir noch nützlich sein.«

Dann trat Pinto neben das Ruder, und als sich Lostrato mühsam auf zitternden Hände aufrichtete, sah er die kleine Schaluppe kaum eine Kabellänge vor der Backbordseite. Er sah die Gesichter der Männer an Bord, weiße, erschreckte Gesichter, die über das Wasser zu ihm herüberstarrten. Dann schwand die Sicht, von plötzlichen Wolken ausgelöscht, die weitaus dichter waren, als es der

Morgennebel je gewesen war, und sechs der Kanonen der *Columbine* dröhnten bei einer unregelmäßigen, direkten Breitseite. Er hörte sogar noch im Echo das krachende, rasselnde Chaos dort, wo das kleine Schiff gewesen war – einen erstickten Schrei und das Geräusch von Geschirr und Taljen, die auf ein zerstörtes Deck herabstürzten.

Als sich der Rauch verzogen hatte, richtete er sich auf die Knie auf und klammerte sich an die Reling. Das Wasser war aufgewühlt und mit den Resten des kleinen Handelsschiffes übersät, dessen stumpfartige Nase erbebte und himmelwärts schwang, während das Heck versank. Zwischen den umhertreibenden Trümmern war Bewegung zu sehen, ein Mann, der im Wasser kämpfte. Dann dröhnten irgendwo in der Nähe Musketen, und rot-weiße Gischt sprühte um den Schwimmer auf. Er schlug einen Moment um sich, rollte dann herum und versank.

Lostrato kam zitternd auf die Beine und wandte sich um. Pinto schaute nicht zu dem schwimmenden Treibgut, das eine Schaluppe gewesen war. Er hatte sein Fernrohr angehoben und beobachtete das eine halbe Meile entfernte, dahinschleichende Kriegsschiff. Er senkte das Fernglas und grinste, ein brutales Grinsen, bei dem schwarze Zähne sichtbar wurden.

»Wie ich es mir dachte«, sagte Pinto zu sich selbst. »Das Schiff ist kampfunfähig. Es hat keine richtige Mannschaft und keinen Kommandanten.« Er warf Lostrato zum erstenmal einen bösen Blick zu. »Ich habe Ihnen gesagt, daß ich ein Schiff für uns finden würde, *señor patrón.* Ich habe ein Schiff gefunden. Für mich. Sie mit Ihrem Kaperbrief werden an Bord meines Schiffes Passagier sein, nicht mehr.« Er deutete mit dem Kopf auf die Stelle an Deck, wo Lostratos Rapier lag. »Behalten Sie Ihre Klinge. Befestigen Sie sie an Ihrem Gürtel, und jedesmal, wenn Ihnen danach zumute ist, ziehen Sie sie erneut. Ich werde mit Freuden darauf warten, daß Sie es tun. Ich lasse Sie dieses Mal am Leben. Das nächste Mal werde ich Sie langsam töten.«

Er wandte ihm wieder den Rücken zu und erteilte seine Befehle. »Hart Ruder legen und verfolgen.«

Minuten später stand die *Columbine* querab von dem luvenden Freibeuter, ihre Steuerbordkanonen auf das Schiff gerichtet, während einer von Pintos Meuchelmördern – einer, der Englisch sprach – die Männer an Bord grüßte und anwies, alle Flaggen zu streichen und sich bereitzumachen, geentert zu werden. »*Mi capitán*«, rief der Mann, »ist ein barmherziger Mann. Er übernimmt Ihr Schiff, aber Sie werden sicher an Land gesetzt werden, wenn Sie sich nicht widersetzen.«

Über das seichte Wasser hinweg wurden Segel beschlagen und die Transportflagge gestrichen. Die Schnau lag regungslos im Wasser.

»Entergruppe«, sagte Pinto. »Keulen und Entermesser. Setzt diese Leute in eine Barkasse und bringt sie an Land. Tötet sie dort. Sie, Torero, bereiten alles vor, um die Hauptvorräte und Kanonen auf dieses Schiff zu verladen. Bringen Sie mein Seezeug in die Kapitänskajüte, und stellen Sie *señor* Lostrato an Bord unter Bewachung. Er kann sein Rapier behalten, aber wenn er es zieht, soll er getötet werden.«

Innerhalb einer Stunde war der Transfer erfolgt, und Pinto stand in hämischer Freude auf dem Deck der *Fury*. Die Landegruppe war zurückgekehrt, blutbespritzt und grinsend, vier der zwölf Kanonen der *Columbine* – ihre besten – standen jetzt mit den vierzehn Kanonen an Bord der Schnau zusammen an den Stückpforten, und die *Columbine*, die in einer gewissen Entfernung lag, mit

Torero und einer Besatzung von fünf Mann an Bord, sollte mit der *Fury* mitlaufen, wohin immer die lief, und Beschädigungen wenn möglich meiden.

»Segel setzen«, befahl Pinto seinen Mannschaftsführern. »Es ist an der Zeit, daß wir auf die Jagd gehen.«

XI

Daltons Männer hatten das Dröhnen der Kanonen gehört, konnten aber nur vermuten, was es bedeutete. Dalton war nach seinem kurzen Blick auf die Verfolgungsjagd jenseits der Chesapeake Bay zu der Überzeugung gelangt, daß die Westküste entschieden zu belebt war. Also hatte er die *Mystery*, als er wieder an Deck war, drei Strich nach Backbord ausgerichtet, hatte sich am Wind orientiert und hoffte nun, daß dieser andauerte.

Vor einer Stunde war vom Großmars eine Sichtung gemeldet worden. Mallory hatte voraus Segel erblickt, die ihren Kurs kreuzten, und Dalton hatte vermutet, daß es sich um die Brigantine handelte. Sie waren weitergelaufen, waren ein kleines Stück nach Steuerbord ausgewichen, um der Mitte der Fahrrinne fernzubleiben, wo sie auf andere Schiffe treffen konnten. Die *Mystery* lief stetig mit vier Knoten voran, rührte kaum Gischt auf, und als der Klang der Kanonen zu ihnen herüberrollte, wußten sie anhand der Richtung, daß alles, was auch immer geschehen war, hinter ihnen stattgefunden hatte. Es war natürlich nicht die kleine Schaluppe gewesen, die gefeuert hatte. Sie hätte niemals so viele Kanonen tragen können. Daher mußte es die Brigantine oder die Schnau gewesen sein, und auf der Ketsch wurde viel spekuliert, während sie in einer heller werdenden Welt langsam südwärts hielten. Die Vormittagswache kam und übergab an die Nachmittagswache, und die Sicht betrug beständig eine halbe Meile. Gerald O'Riley brachte eine Art Mahlzeit zustande, und alle aßen in Schichten an Deck, während O'Riley in der Kombüse schimpfte und fluchte und dabei um eine baumstammähnliche Kniestütze herum zu arbeiten versuchte, die jetzt dauerhaft in seinem Heiligtum installiert war. Kormorane tauchten und flogen um die Ketsch herum, und Möwen segelten im perlmuttartigen Himmel über ihnen.

»'ör too, Macker«, sagte Pitacoke zu Charley Duncan. »Wänn dadd upklard, künn dä Schädd'rs üss sei'n.«

»Er sagt«, gab Duncan an Michael Romart weiter, »wenn es bald aufklart, werden uns diejenigen, die dort hinten feuern, gewiß sehen.«

»Ünn anners too«, fügte Squahamac hinzu.

»Und auch andere, sagt er.«

»Es wird nicht lange dauern«, bemerkte ein anderer. »Der Nebel weicht.«

»Nun, bis wir vernünftige Segel angeschlagen haben, können wir bestenfalls hoffen, daß kein Schiff, dessentwegen wir uns Sorgen machen müssen, nahe genug ist, wenn sich der Nebel hebt.«

Titus Wilton und ein halbes Dutzend bereitwillige Helfer arbeiteten beständig auf der überplankten Ladeluke, nähten und falteten, und der größte Teil eines Großsegels lag jetzt an der Seite aufgehäuft, während die dort mit gekreuzten Beinen sitzenden Freiwilligen Taukränze befestigten und Legel für die Schotleinen einarbeiteten, mit deren Hilfe das große Segel bewegt werden konnte, wenn es geheißt war. Wilton und zwei weitere Männer arbeiteten an einem Marssegel.

Am Heck schritt Dalton ruhelos auf und ab. Er hatte es nie geschätzt, in engen Gewässern blind zu segeln, und die Geräusche eines nahen Gefechts verschlimmerten die Dinge noch. Mit einem vollen Satz Segel und stetigem

Wind könnte er die Chesapeake Bay in zwei Tagen hinter sich lassen. Mit den jetzt verfügbaren Segeln würde es drei oder mehr Tage dauern.

Es war im übrigen nicht vorauszusehen, was der *Mystery* auf offenem Meer bevorstand, wenn sie sich südwärts in Richtung Hatteras wandte. Dort draußen konnten Räuber lauern, es konnten aber ebenso Freibeuter dort liegen wie Blockadeschiffe der Krone. Einfach auf die trügerische See vor Hatteras zu vertrauen, um den Bogen der Küstenlinie zu erreichen, der die südliche Front des Atlantik hinabführte, wäre in dieser Jahreszeit eine gewagte Angelegenheit. Aber diese Sorgen waren im Augenblick noch verfrüht, und man mußte damit umgehen, wie ein Seemann mit dem Meer umging. Diese letzten Ereignisse – die langen Wochen des Versteckens in der Wildnis, die waghalsige Übernahme einer Ladung großer Kanonen auf ein schlecht bestücktes und unbegleitetes Schiff, das mit Männern bemannt war, die sich auf der Flucht befanden ... Dalton sehnte sich nach der Gelegenheit, John Singleton Ramsey an seinen edlen Rockaufschlägen zu packen und zu schütteln, bis seine Zähne klapperten ... Und jetzt dieses beunruhigende Versteckspiel in einer Bucht, in der kein freundlich gesinntes Segel zu sehen war – alles das forderte von Daltons Nerven Tribut.

Ramsey! Der Mann hatte überall in diesem Land Freunde – wahrscheinlich auch Feinde, aber gewiß eine Menge Freunde. Er hätte einen angemessenen Transport für seine Batteriegeschütze arrangieren können – auf einem robusten, großen Frachtschiff samt ein oder zwei bewaffneten Begleitschiffen. Warum hatte er das nicht getan? Es gab nur eine logische Antwort darauf, und Dalton kannte sie. Die Kanonen waren Schmuggelware.

Ramsey konnte es sich nicht leisten, daß jemand davon erfuhr, zumindest niemand, der vielleicht in der Lage war, darüber zu reden. Ein verzerrtes Lächeln überzog Daltons Gesicht. Wenn das der Fall war, hätte es kaum bessere Lieferanten geben können, denen man diese Aufgabe aufs Auge drücken konnte.

Im Grunde genommen war jedermann an Bord der dahinschleichenden Ketsch ein Flüchtiger der einen oder anderen Art: entlaufene Sträflinge, Verbrecher, Deserteure, Männer, die ihren Landurlaub benutzt hatten, um sich abzusetzen – vom Kapitän, dem die Verhaftung wegen Verrats drohte, bis hinab zu den fünf hessischen Deserteuren, die seine Seesoldaten waren, war kein Mann an Bord, der es sich erlauben konnte, in irgendeiner Hafenschenke der Region ein Plauderstündchen abzuhalten. Zumindest nicht in nächster Zeit.

Und das brachte Dalton wieder zu einem Problem, das er zuvor unter dem Druck der Ereignisse beiseite geschoben hatte. »Mister Tidy, wenn sich das Wetter klärt, wird jedermann, der ein Fernrohr hat, diese Kanone hier am Heck liegen sehen können. Sehen Sie zu, ob Sie sie mit Segeltuch oder etwas anderem abdecken können.«

»Was halten Sie von Hängematten, Sir? Wir haben sie noch nicht angeschlagen, und entlang der Reling würden sie diesen Teil unserer, äh, Ladung abschirmen.«

»Eine ausgezeichnete Idee«, bestätigte Dalton. »Bitte kümmern Sie sich um das Anschlagen der Hängematten entlang der achternen Reling. Und Sie könnten am hinteren Teil einige Fässer und dergleichen aufstellen, was jeden verwirren wird, der uns vielleicht beobachtet.«

»Aye, Sir. Wasserfässer längsseits, und wir haben jetzt einige leere Pulverfässer, die wir obenauf verstauen könnten.«

»Dann kümmern Sie sich bitte darum, Mister Tidy.« Er wandte sich mit erhobenem Fernrohr zur Reling um und beobachtete den treibenden Nebel. Er würde sehr bald schwinden. Dann würden sie klar sehen. Jäh senkte er das Fernrohr und wandte sich erneut um. »*Leere* Pulverfässer, Mister ...?«

Aber Tidy war bereits nach vorn entschwunden und kümmerte sich um das Anschlagen der Hängematten. Aber einer der Stückführer schlenderte untätig jenseits des Deckshauses umher, und Dalton rief ihn zu sich.

»Mister Pugh, kommen Sie bitte her.«

»Aye, Sir.«

Als der junge Stückführer bei ihm war, fragte Dalton: »Mister Pugh, wieviel Schießpulver haben wir verteilt?«

Pugh rechnete kurz. »Sechzig Pfund, Sir. Ungefähr. Eine Ladung plus eine Reserve.«

»Sechzig Pfund? Dreißig Pfund pro Ladung?«

»Aye, Sir. Ungefähr. Drei Pfund pro Stück in den Sechspfündern und ungefähr ein Pfund für die Drehbasse. Ethan und ich haben die Zündlöcher ordentlich abgedeckt, so daß die Ladungen gut halten werden, bis Sie sie brauchen, Sir. Falls Sie sie brauchen, meine ich.«

»Das ist alles schön und gut, Mister Pugh. Aber wo sind die übrigen siebzehn Pfund Pulver?«

»Sir?«

»Sie haben über dreizehn von dreißig Pfund Pulver Rechenschaft abgelegt. Wo sind die übrigen siebzehn Pfund der Ladung?«

»Nun, gleich hier, Sir. Der Befehl lautete: ›Stücke laden‹. Wir haben sie geladen.«

Dalton starrte auf den Achtundvierzigpfünder, der sich über das Deck erstreckte, die Mündung im Wind.

»Tatsächlich war ein wenig mehr nötig, Sir«, gestand Pugh ein. »Siebzehn Pfund reichen für die meisten Zwekke bei einem Zweiundvierzigpfünder, aber da es ein Achtundvierzigpfünder ist, haben wir einige Pfund mehr geladen. Niemand von uns hat je mit einem Achtundvierzigpfünder zu tun gehabt, Sir, aber wir wollten keine zu schwache Ladung riskieren.«

Dalton biß sich auf die Lippen. »Dann versichern Sie sich bitte, daß auch dieses Zündloch gut abgedeckt ist, Mister Pugh. Und wir sollten keine Laternen oder Kerzen in die Nähe des hinteren Teils des Geschützes bringen. Sollte dieses Monstrum sich von selbst entladen, könnte die *Mystery* vielleicht unter uns allen explodieren.«

»An Deck!«

»Berichten Sie, Mister Mallory!«

»Der Nebel schwindet, Sir. Ich habe Sicht!«

Ishmael Beans Stimme vom Besantopp klang überrascht. »Bei allen haarigen Riesenkobolden – ich auch!«

»Was sehen Sie, Ausguck?«

»Segel, Sir! Gütiger Gott, sehen Sie sich das an! Dwars Steuerbord, vielleicht eine Meile ... und ein weiteres drei Strich achtern ... zwei voraus, eines nur zwei Meilen entfernt, das andere einen oder zwei Strich Backbord ... dort ist noch eines, ein kleines, das gerade von der Ostküste aufkommt ... Jesus!«

Und vom Besan: »Sie werden sie gleich sehen, Sir. Wir laufen aus dem Nebel.«

Dalton rief: »Mister Duncan!«

Eine Sekunde später stand Duncan vor ihm.

»Mister Duncan«, sagte Dalton und deutete voraus. »Ich vertraue darauf, daß wir genügend Großsegel zum Anschlagen haben. Bitte lassen Sie sie jetzt anschlagen. Wir brauchen sie.«

»Aye, Sir. Mister Wilton …«

»Wenn Mister Wilton noch nicht fertig ist, schicken Sie ihn mit hinauf. Er kann den Wind mit einfangen, während er näht.«

»Aye, Sir.« Duncan wandte sich nach vorn und wölbte die Hände vor den Mund. »An Großmast! Toppsgasten hinauf zum Segelsetzen!«

Einer der deutschen Seesoldaten sprang auf einen Schandeckel, stützte sich an einer Wante ab, deutete in eine bestimmte Richtung und sagte in seiner Sprache: *»Ich sehe ein Segel … da drüben!«*

Dalton wandte sein Fernrohr in die angegebene Richtung und sah sie auch, eine Meile querab an Steuerbord. Die Schnau, jenes Schiff namens *Fury* – aber selbst bei der schlechten Sicht bemerkte er, daß sich etwas an ihr verändert hatte. Jetzt lahmte sie nicht mehr.

»Zwei Segel«, meldete ein weiterer deutscher Seesoldat, deutete ebenfalls in eine Richtung und wandte sich Korporal Wesselmann zu. *»Was sollen wir tun, Korporal?«*

Jenseits des Großmasts sprang Squahamac auf die überplankte Luke des großen Laderaums und verstreute in seiner Aufregung die Werkzeuge des Segelmachers. »'ör too, Macker, dadd 'äw ik näch wullt.«

Pitacoke drängte an ihm vorbei und eroberte das Schandeck neben dem sich festklammernden Seesoldaten. Sein Erscheinen schickte den Hessen fast außenbords, als sie sich beide an dasselbe Wantenseil klammerten. »Gei mi ud'n Wägg, Macker!« fauchte der Indianer. »Dadd'üss mien Siil, kloar?«

»Ach du lieber Gott. Es ist ein Segel … zwei Segel.«

Bevor sie am Steuerbordschandeck aneinandergeraten konnten, hatte John Tidy sie beide bereits am Kragen gepackt, aufs Deck zurückgehievt und getrennt.

Der Hesse starrte den Indianer an. »*Vernünftig mit Indianern zu reden ist genau so schwierig, wie vernünftig mit Engländern zu reden. Sie sind einander sehr ähnlich!*«

»Ruhe!« brüllte Tidy. »Beide! Wir haben schon ohne das genug um die Ohren!«

Ob beide Männer ihn verstanden hatten oder nicht – jedenfalls folgten sie Tidys Aufforderung und wichen zurück.

Duncan war stehengeblieben. »Was hat er gesagt?«

Tidy schüttelte den Kopf. »Er sagte, mit Indianern vernünftig umzugehen sei genauso schwierig, wie mit Engländern vernünftig umzugehen. Sie seien beide gleich.«

Dalton betrachtete durchs Fernrohr den sich zerstreuenden Nebel. Die *Fury* lief in einer Meile Entfernung und Richtung Süden parallel zum Kurs der *Mystery*. Hinter ihr folgte in einiger Entfernung die Brigantine. Jetzt wußte er, was im Nebel geschehen war. Die Brigantine hatte die Schaluppe verfolgt und die Schnau eingenommen. Er konnte selbst auf diese Entfernung weit mehr Aktivität an Deck der Schnau sehen als zuvor, ferner bemerkte er ein merkwürdiges Aufblitzen greller Farben am Heck. Das Schiff lief jetzt unter einer neuen Führung, und Dalton sah nichts, was auf einen Beschuß des Rumpfes oder der Takelage hinwies. Von der Schaluppe war weit und breit nichts zu sahen.

Die Männer der *Mystery* schwärmten über die Fußpferde der Großsegelspiere aus und senkten Leinen von Taljenblöcken herab, um die neuen Rahsegel an ihren Platz zu heißen, während andere an Deck die Bulinen an den Legeln entlang der Liekseiten sicherten und Titus Wilton umhertanzte und kochte.

»Es ist noch nicht zum Heißen bereit!« protestierte er.

»Es sollte noch eine zweite Reihe Reffzeisinge angebracht werden, und das Unterliek ist noch nicht richtig gebunden. Ich gebe Segel in solchem Zustand nicht frei. Sie würden einer Überprüfung niemals standhalten!«

»Ich glaube nicht, daß der Kapitän uns gerade jetzt für eine Überprüfung ausrüstet, Doktor Franklin«, erklärte Michael Romart, der ihn zu beruhigen versuchte. »Ich glaube, er ist ...«

»Wilton!« brüllte Wilton.

»Was?«

»Mein Name ist Wilton! Ich kenne Doktor Franklin nicht einmal!«

»Ja, Sir. Tut mir leid, Sir. Aber ich glaube wirklich, der Kapitän ist jetzt im Moment mehr daran interessiert, Segel an sein Schiff zu bekommen, damit wir der Gefahr entrinnen können.«

»Welcher Gefahr?«

»Dieser Gefahr.« Romart deutete auf die anderen Schiffe.

Die bewaffnete Schnau in einer Meile Entfernung hatte die *Mystery* bemerkt und trimmte auf einen neuen Kurs, um ihnen den Weg abzuschneiden. Hinter ihr segelte auch die Brigantine bereits auf neuem Kurs.

»An Deck!«

»Ja, Mister Mallory?«

»Sie ändern beide den Kurs, Sir. Sie laufen in unsere Richtung.«

»Ich sehe sie, Mister Mallory. Aber nicht die Schiffe vor uns. Was ist damit?«

»Das führende Schiff ist ein Schoner, Sir. Er kreuzt wie ein Tänzer. Das hintere Schiff ist anscheinend eine Brigg.«

»Farben?«

»Ich habe ihre Farben nicht gesehen, Sir.«

»Behalten Sie sie genau im Auge, Mister Mallory. Wir haben die anderen beiden im Blick. Mister Tidy! Wie geht es mit dem Großsegel voran?«

»Bereit zum Heißen, Käpt'n. Die Hebeleinen sind festgemacht.«

»Dann Bewegung.«

Dalton wandte sich erneut um und schaute durchs Fernrohr steuerbords in die Ferne. Er registrierte trotz seiner Besorgnis die anmutigen Linien, die wuchtige Ausbreitung der Rahen und die eleganten Bewegungen der Schnau. Duncan hatte ihm von der Schnau erzählt, die er in einer kleinen Bucht in der Wildnis entdeckt hatte, und er wußte, daß es sich um dieses Schiff handelte. Aber das Kriegsschiff war jetzt zum Leben erwacht. Er vermutete, daß es sich auf Überführungsfahrt befunden hatte – vielleicht von einer verborgenen Werft zur anderen –, als er den ersten Blick darauf geworfen hatte. Es war zu jenem Zeitpunkt schlecht geführt worden, fast als würde es von Männern gesegelt, die sich mit der Takelage und der Führung eines Kriegsschiffes nicht recht auskannten. Aber jetzt war es lebendig, eine todbringende Lady der Meere mit Gischt am Bug, und die hohen Segel waren bereit, den Wind einzufangen.

»Wie leicht und anmutig sie läuft«, murmelte er. »Ein bemerkenswertes Schiff und der Beachtung durchaus wert.«

Dalton hatte schon gegen mehrere Schnauen gekämpft. Er wußte, wie todbringend ein solches Schiff sein konnte. Nach dem Vorbild einer englischen Brigg gebaut und getakelt, unterschied sich die Schnau nur in wenigen Details davon – aber diese Unterschiede waren furchteinflößend. Zweimastig wie eine Brigg, besaß die Schnau eine zusätzliche Besonderheit, die eine rein amerikanische Erfindung war. Unmittelbar hinter dem hinteren Mast befand sich ein kleinerer, separat stehender Mast, der beinahe als Teil des hinteren Mastes angesehen werden konnte. Das große Treibersegel und ein aufsteigendes Gaffelsegel waren an diesem Hilfsmast angebracht, kaum zwei Fuß hinter dem Großmast. Manche nannten diesen Hilfsmast Schnausegelmast. Für andere war es schlicht der Schnaumast. Wie auch immer man ihn nannte – er ermöglichte es, ein Segel an der unteren Rah des Großmasts zu heißen, so daß die Schnau entweder als Rahsegler oder als Stagsegler operieren konnte.

Und diese hier, die *Fury*, war sogar noch weiter abgewandelt worden. Die oberen Mastbacken reckten sich in die Wolken über ihnen, und oberhalb der Bramsegel gab es weitere Spieren. Man konnte somit an beiden Masten Oberbramsegel heißen. Und alle Rahen unterhalb davon waren für das Anbringen von Leesegeln getakelt, um den Zugriff auf den Wind zu verbessern. Die *Fury* hatte sogar Rahen für die Befestigung eines Ringelfalks am Besan und konnte ein Sprietsegel unter ihrem Klüver tragen, wenn ihr Kommandant es wollte.

»Wer hat sie jetzt in der Hand?« fragte sich Dalton halblaut, während er sie in sauberem Plankengang krängen sah, um ihren Annäherungswinkel zu vergrößern. »Anscheinend nicht die ursprünglichen Besitzer. Sie ist ein aufgebrachtes Schiff, aber der Mann, der sie befehligt, weiß, wie er sie führen muß.«

Etwas an der Art ihrer Manöver weckte in ihm Erinnerungen – etwas Besonderes im Rhythmus jener, die ihre Segel und ihr Ruder handhabten, eine Art von synchronem Eilschritt, der einfach nicht dem Drill entsprach, den er – und faktisch jeder andere Seekadett auf britischen und amerikanischen Schiffen – gelernt hatte. Er grub in seiner Erinnerung und wurde fündig. Der geringfügige, verwirrende Unterschied war der zwischen britischer Schulung in der Nordsee und vor den heimatlichen Inseln und jener anderen Schulung, die sich aus der Ausbildung von Schiffsmannschaften im Mittelmeer und vor der afrikanischen Küste entwickelt hatte.

Spanier? Er rätselte darüber. Was sollten Spanier hier zu suchen haben? Spanische Freibeuter wurden manchmal in den warmen Strömungen vor Ostindien gesehen, Schiffe, die in den spanischen Häfen New Orleans und Antigua Zuflucht fanden. Aber hier oben?

Dann kam ihm der Verdacht: Piraten. Und während er diesen Verdacht hypothetisch verfolgte, nahm er Gestalt an. Spanische Piraten auf der Suche nach Beute, weit von ihren üblichen Jagdgebieten entfernt. Das würde die angeschlagene Brigantine erklären. Sie hatten ein besseres Schiff gebraucht. Sie waren in die Chesapeake Bay gekommen und hatten eines gefunden. Und jetzt wollten sie sehen, was seine Ketsch geladen hatte ...

Das breite Großsegel kroch schlaff auf die wartende Spiere zu und straffte sich langsam, als die Taljen es anhievten. Über ihnen machten sich sechs Toppsgasten an die Arbeit, es zu sichern und an die Spiere zu schlagen. Dalton zählte die Sekunden, während sie arbeiteten. Dieses eine Segel würde sie nicht vor der Gefahr retten. Selbst unter vollen Segeln könnte die *Mystery* einer schnellen Schnau niemals davonlaufen, in keinem Wind und bei keinerlei Strömungsverhältnissen. Aber das neue Segeltuch würde ihnen einen oder zwei Knoten mehr verschaffen und ebenso viel Zeit.

Mit vor Anstrengung tränenden Augen versuchte er erneut, die Kanonen an Bord der Schnau zu zählen. Mindestens sechzehn, erkannte er. Vielleicht mehr. Und weitaus größere Kanonen als die kurzen und langen Sechsen der *Mystery.* Die Schnau schien Zwölfer und Achtzehner auf ihrem Schandeck befestigt zu haben, vielleicht sogar eine oder zwei Vierundzwanziger. Er sah sich zu dem mit Fässern und Segeltuch abgedeckten Monstrum um, das neben dem Ruder ruhte. Er konnte den Angreifern, wenn es soweit kam, etwas zeigen, das ihnen Spaß bereiten würde. Aber nur einmal.

Und noch während er das dachte, schreckte etwas in ihm vor dem Gedanken zurück, dieses Monstrum gegen die stolze Schnau einzusetzen. Sie war ein wunderschönes Schiff. Sie zeigte selbst in den Händen spanischer Piraten ihre Anmut und verdiente etwas Besseres als das, was eine Kugel aus einem Batteriegeschütz ihr mindestens antun würde, wenn sie vorn einschlug.

»An Deck! Voraus klart es auf. Können Sie sie schon sehen, Sir?«

Er wandte sein Fernrohr schweren Herzens nach vorn. Dort draußen waren wahrhaftig zwei weitere Schiffe, die aufkamen, im Aufwind liefen, um ihnen den Weg abzuschneiden, und jetzt zeigte der geschmeidige Schoner in Führung seine Farben. Der Union Jack entfaltete sich am Heckfall, flatterte bunt im Wind, und eine Signalflagge wurde am Großmast gehißt, ein Signal, das Dalton auswendig kannte. Es war der Befehl, beizudrehen und sich zum Aufentern bereitzuhalten.

Und weit jenseits, in der dunstigen Ferne, kamen weitere Segel auf.

Duncan trat zu ihm ans Ruder. »Was halten Sie von alledem, Kapitän?«

»Ich vermute, daß bestenfalls eine allgemeine Rauferei bevorsteht«, sagte Dalton kopfschüttelnd. »Wenn ich nicht falsch liege, sind die Schnau dort draußen und die

Brigantine spanische Piraten ... möglicherweise Freibeuter mit Kaperbrief, aber wenn sie sich in diesen Gewässern aufhalten, macht sie das zu gewöhnlichen Piraten. Der Schoner vor uns ist ein Schiff der Krone auf Patrouille oder Verfolgungsjagd. Das weiter entfernt aufkommende Schiff könnte vielleicht eine Brigg sein, möglicherweise ein zweites Schiff der Krone, obwohl wir seine Farben vermutlich noch eine Weile nicht werden erkennen können. Aber es ist entweder eine Brigg der Krone oder ein amerikanischer Freibeuter. Auf jeden Fall kommen genügend feindliche Geschütze in diesem Abschnitt der Bucht vor uns auf, um alles zu versenken, was Sie hier draußen sehen – uns eingeschlossen.«

»Der Schoner befiehlt uns beizudrehen. Sollen wir der Aufforderung nachkommen? Mister Caster hält die Flaggen und Signale bereit.«

Dalton wandte sein Fernrohr nach Steuerbord. Die Schnau und die Brigantine befanden sich jetzt querab, drei Kabellängen voneinander entfernt, aber auch sie hatten die herannahenden Segel und das Signal des Schoners gesehen. Während Dalton beobachtete, wurden auf der Schnau an die Brigantine gerichtete Signalflaggen geheißt. Die Brigantine reagierte, und die Schnau änderte ihren Kurs einen oder zwei Strich und vergrößerte die Entfernung zwischen ihnen.

»Ah.« Dalton deutete die Signale. »Der Spanier hat die Schnau aufgebracht und nur eine kleine Mannschaft auf dem anderen Schiff zurückgelassen. Er will den Schoner dort drüben herausfordern, während sein zweites Schiff es uns zeigen soll. Haben wir einen vollständigen Satz Flaggen, Mister Duncan?«

Bevor Duncan antworten konnte, kam Billy Caster mit der Flaggenkiste heran. »Es ist alles hier, Sir. Ich habe eine Bestandsliste erstellt. Squire Ramsey hat uns mit der Möglichkeit ausgestattet, jede gewünschte Nationalität anzunehmen. Wir haben sogar eine holländische Flagge. Wären Sie gern ein Holländer, Sir?«

»Im Moment nicht, Mister Caster, aber ich glaube, es ist an der Zeit, ein wenig anzugeben. Haben wir das Flaggentuch einer Handelsreederei dabei?«

»Aye, Sir. Zumindest glaube ich, daß die blaue Flagge mit dem Hecht in der Ecke eine solche ist.«

»Gut. Mister Duncan, Gasten an die Gaffel- und Großmastfalls. Bitte zeigen Sie dem Schoner an, daß wir loyale Siedler der Neuen Welt sind, die sich auf einer Handelsfahrt befinden, und daß die beiden querab herannahenden Schiffe Piraten sind. Bitten Sie um Beistand.«

»Wenn wir das tun und sie uns inspizieren, werden sie auf uns schießen lassen«, erklärte Duncan.

»Sehr wahrscheinlich, Mister Duncan. Es sei denn, das entferntere Schiff dort drüben ist ein Amerikaner, in welchem Falle vielleicht ausreichend Verwirrung entsteht, uns aus dieser Falle zu befreien ... wenn wir genügend Segel hätten, um eilig zu entkommen, während alle beschäftigt sind.«

John Tidys Pfeife durchschnitt die Luft. »Das Großsegel ist angeschlagen, Sir. Erlaubnis, die Schoten anzuholen?«

»Unbedingt, Mister Tidy. Schoten sofort anholen.«

Die Talje sang, das helle neue Segel bauschte sich unterhalb des Großmars und entfaltete sich dann im auffrischenden Wind ruckartig ganz, während alle Farbe aus Titus Wiltons Gesicht wich. Es knatterte ... und hielt. Und die *Mystery* erklomm die kurzen, unregelmäßigen Wellen und wühlte eine Menge Gischt auf. Bescheidenes Kielwasser bildete sich hinter ihr, und der Rudergänger fluchte, als ein neuerdings eigensinniges Ruder gegen seine Kontrolle ankämpfte. Es war der Fluch der Ketsch mit ihren weit nach hinten ausgebreiteten Segeln, damit genug Raum für maximale Beladung blieb, daß dieser Schiffstyp ein schwergängiges Ruder hatte.

Von vorn erklang der Ruf: »Wir machen jetzt fünf Knoten, Sir. Bei anhaltendem Wind erreichen wir vielleicht sechs.«

»Nicht gerade das, was man ›mit dem Rumpf über dem Wasser laufen‹ nennen könnte, nicht wahr, Sir?« bemerkte Duncan ironisch.

»Wir sind verwöhnt worden«, stellte Dalton achselzuckend fest. »Die *Faith* hat uns verwöhnt. Wir haben hier kein Rennpferd, sondern nur einen dahintrottenden Ochsen.«

»An Deck!«

»Ja, Mister Bean?«

»Das eine Schiff versucht noch immer, zu uns aufzuschließen, Sir. Man hat unsere Farben gesehen und fordert uns auf, die Segel zu streichen.«

Dalton beobachtete die Brigantine und fragte sich, ob er richtig vermutet hatte. »Mister Duncan, sehen Sie sich diesen Burschen bitte an. Welche Art Kanonen hat er Ihrer Meinung nach an Bord?«

Duncan spähte durch das Fernrohr. »Ich bin nicht sicher, Sir. Sechser oder Neuner, denke ich. Vielleicht eine einzelne Neun im Bug. Wenn es eine Neun ist, werden sie bald auf Schußweite herangekommen sein.«

Dalton trat zur Heckreling. Die Barkasse im Schlepptau tanzte in ihrem Kielwasser dahin, ihre stolzen neuen Geschütze an Bug und Heck nach oben weisend. »Mister Duncan, würden Sie gern die Schrotflinten ausprobieren, die Sie für unsere Barkasse beschafft haben?«

»Ja, Sir! Ah, ja, Sir, das würde ich gern.«

»Dann denke ich, daß Sie das Kommando über diesen Einzeleinsatz übernehmen sollten, Mister Duncan. Ich glaube, eine so hübsche Ablenkung würde zu diesem Zeitpunkt wahrscheinlich jedermann amüsieren, der in diese Angelegenheit verwickelt ist.«

XII

Während Domingo Torero, einst als Leichtmatrose im Dienste Seiner Allerkatholischsten Majestät und jetzt im Dienst des Piraten Enrico Pinto, die *Columbine* in Schußweite der fliehenden, nur halb getakelten Ketsch brachte, betrachtete er das kleine Frachtschiff durch sein Fernrohr, ohne von dort eine besondere Bedrohung zu erkennen. Die Ketsch hatte jetzt ein Großsegel, das den Wind einfing – es war seit der ersten Sichtung angeschlagen worden –, aber es fehlten noch immer drei Segel an einem vollen Satz. Weiterhin hatte es eine Barkasse im Schlepp gehabt, und jetzt war die Barkasse fort. Er betrachtete mit dem Fernrohr das Deck und die Wanten und zählte. Ein Mann befand sich im Großmars, drei weitere arbeiteten an Deck – zwei davon schienen Indianer zu sein –, und ein Mann ohne Hut und in einer blauen Jacke stand am Ruder.

Es waren zuvor mehr Leute an Bord gewesen, aber das war nicht verwunderlich. Die übrigen Mitglieder der Mannschaft hatten die Barkasse beigeholt und waren auf sein Signal hin, die Flaggen zu streichen, mit ihr geflohen. Es schien ihm offensichtlich, weil es etwas war, was auch er unter solchen Umständen getan hätte.

In der Ferne, die Bucht hinab, testete *el capitán* Pinto die neue Prise, wendete, um in eine bessere Position zu gelangen, und versuchte, in Aufwindreichweite des Ingles-Schoners zu gelangen. Torero war mit der trägen Ketsch sich selbst überlassen, und er stellte erfreut fest, daß das Frachtschiff tief im Wasser lag. Es hatte mit Gewißheit etwas geladen, und er würde einen Prisenanteil von dessen Wert fordern, wenn er das Schiff allein und ohne *el capitáns* Hilfe einnahm. Selbst Pinto könnte dem nichts entgegensetzen – nicht ohne eine ernsthafte Meuterei zu riskieren.

Acht Kanonen waren an Bord der *Columbine* verblieben, aber außer ihm selbst waren nur fünf Mann Besatzung an Bord. Doch das war unwichtig. Er würde wahrscheinlich nur einen Schuß brauchen, um die *Mystery* aufzubringen. Während er aufkam, ließ er zwei Neunpfünder laden und an Backbord ausrennen, mit nur einer Stückmannschaft, um das erste Geschütz abzufeuern und dann, wenn nötig, auch das andere.

Er betrachtete erneut die Handvoll Männer, die an Bord der Ketsch zu sehen waren. Diese waren zurückgelassen worden, als die anderen in ihrer Barkasse das Weite suchten. Bedeutete das, daß sie aus Platzmangel zurückgelassen worden waren, oder war einer von ihnen der Master des Schiffes und die anderen jene, die ihm treu geblieben waren, als ihre Kameraden flohen? Konnte irgend jemand der Männer an Bord seine Forderung erkennen, die Flagge zu streichen? Wußten sie, daß sie sich jetzt ergeben mußten?

Während sich die *Columbine* auf eine Kabellänge näherte, achterlich an die Steuerbordseite der Ketsch herankam, erteilte er seiner Stückmannschaft Befehl, und der erste der Neunpfünder dröhnte. Sofort erschien ein Loch in dem neuen Großsegel des Schiffes, und er sah die vor Angst bleichen Gesichter der an Bord Zurückgebliebenen sich ihm zuwenden. Einer der Männer eilte zum Heck und begann die dort befindliche Flagge zu streichen. Zwischen diesem Mann und dem, der ohne Hut am

Ruder stand, entbrannte ein Streit, und dann wurde die Flagge ganz gestrichen.

»Kanone auf den Großmast gerichtet halten«, befahl Torero. »Alle Mann mit Pistolen und Entermessern bewaffnen. Wir werden längsseits gehen und entern.«

Die Brigantine glitt neben die Ketsch, und Leinen wurden geworfen. Torero blickte von der Reling auf das Deck des stämmigen Schiffes hinab. Der vordere Frachtraum war überplankt worden, und verschiedene Fässer und Ballen waren an Deck hier und da aufgestapelt, einschließlich eines langen, flach abgedeckten Stapels neben dem Ruder, der vom Deckshaus bis zur Heckreling reichte. Auf Toreros Zeichen hin kletterten fünf Männer auf die Reling und machten sich bereit, sich auf das tiefer gelegene Deck zu schwingen. Doch in diesem Moment erklangen hinter ihnen Myriaden von scharrenden, polternden Geräuschen, und sie wandten sich um und fanden sich den Mündungen einer Reihe von Musketen und Gewehren gegenüber, hinter denen ein Dutzend oder mehr grinsende Seeleute und finster dreinblickende hessische Seesoldaten standen.

Ein junger Mann mit sandfarbenem Haar trat aus der Reihe und verbeugte sich übertrieben. »Wenn Sie alle bitte Ihre Waffen senken wollen«, sagte er grinsend, »dann werden wir Ihnen vielleicht nicht die Schädel wegpusten. Ihr Schiff wurde eingenommen.«

Noch während Torero und seine fünf Männer der Aufforderung nachkamen, enterten weitere Männer von der an der Steuerbordseite der Brigantine festgemachten Barkasse über die Reling.

Achtern wie eine Herde zusammengetrieben und von bedrohlich wirkenden Hessen bewacht, sahen Torero und seine Männer hilflos zu, wie Männer über die Wanten der

Brigantine ausschwärmten und ihr alle brauchbaren Segel nahmen. Andere durchstöberten die Räume unter Deck, und wieder andere brachten Hebezeug an ihren Kanonen an, um sie zur Ketsch hinüber zu schwenken – und ein junger Mann, der kaum mehr als ein Junge war, machte sich währenddessen Notizen.

In der Ferne dröhnten Geschütze, und Rauch rollte über das Wasser, als die Schnau und der Schoner in gegenseitige Schußweite gelangten und das Feuer eröffneten. Ein schnelles Vorüberziehen, und sie trennten sich wieder, jeder um seinen Vorteil bemüht. Weit jenseits von ihnen bahnte sich ein weiteres Schiff langsam den Weg auf sie zu, und Toreros Herz sank. *el capitán* konnte den englischen Schoner allein einnehmen oder versenken, aber es würde Zeit brauchen. Die Schnau war das mächtigere Schiff, aber der Schoner war schnell und gut bestückt, und es würde zu einem regelrechten Kampf kommen. Aber das ferne, herannahende Schiff würde die Lage ändern. Und *el capitán* würde ausbrechen und davonlaufen. Er würde nicht zurückkehren, um seinen Ersten Offizier und seine Männer zu retten.

Torero war sich dessen sicher, weil es das war, was er selbst unter den gegebenen Umständen getan hätte.

Der Mann ohne Hut, den er am Ruder der Ketsch gesehen hatte, kam an Bord der *Columbine* und sah sich naserümpfend um. »Piraten«, sagte er. »Das Schiff stinkt nach Blut.« Er näherte sich den Gefangenen. »Wer spricht hier Englisch?«

»Ich, *señor*«, sagte Torero. »Ein wenig.«

»Gut, *señor*, dann können Sie mir sagen, wer Sie sind und wer an Bord der Schnau ist. Sie werden mir alles erzählen, was ich wissen will.«

»Aber *señor*, ich …«

»Anderenfalls«, sagte der Mann, »werden wir Sie alle an den Mast binden und dieses stinkende Schiff unter Ihnen verbrennen.«

Torero seufzte. »*Si, señor*. Ich sage Ihnen, was Sie wissen wollen.«

Noch während er das tat, wurden die Vorsegel der Brigantine auf den Mars- und Bramsegelspieren an Bord der Ketsch angeschlagen, und ein stämmiger Mann mittleren Alters auf dem Vorderdeck der Ketsch schätzte am großen Besan die Maße ab, indem er seine Ellenbogen zu Hilfe nahm.

Als das Piratenschiff aller Segel, Vorräte, Kanonen, Fässer und allem anderen, was nützlich sein könnte, beraubt war, kehrte dic Mannschaft der *Mystery* auf ihr eigenes Deck zurück, schnitt die Enterhaken frei, heißte ihre schlecht zusammenpassenden Segel und ließ sechs Spanier mit der Aufgabe zurück, die Lage der treibenden Brigantine zu verbessern, wobei die mit den nackten Spieren verbundenen Schotleinen ihre einzig verbliebene Möglichkeit darstellten, den Wind einzufangen.

»Es war keine Gelegenheit, die Puntgeschütze abzufeuern«, stellte Charley Duncan mit leichtem Bedauern fest. »Sie waren so sehr damit beschäftigt, unser Schiff einnehmen zu wollen, daß wir niemanden mit irgend etwas beschießen mußten.«

»Ein anderes Mal, Mister Duncan«, versicherte Dalton ihm und blickte nach vorn, wo erneut Rauch auf dem Wasser rollte. »Was sagen uns Lot und Leine jetzt?«

»Fast acht Knoten, Sir. Mister Wilton sagt, er schäme sich, derart zusammengewürfelte Segel über sich zu haben, aber sie ermöglichen es uns, den Wind zu nutzen. Werden wir uns an dem Gemenge dort drüben beteiligen,

Sir? Ich glaube, wir haben jetzt ausreichend viele Kanonen, um selbst eine Rechnung aufzumachen.«

»Gäw dä vördammig Kirls wadd upp dä Gosch«, unterstützte ihn einer der Indianer, der auf der abgedeckten großen Kanone neben dem Ruder hockte.

Dalton betrachtete den Wilden und versuchte, den Blick aus den unergründlichen ebenholzfarbenen Augen zu interpretieren, der seinen Blick erwiderte. Es gab, so beschloß er, eine Grenze, wieviel Disziplin man einer gemischten Mannschaft beibringen konnte. Die Grenze lag offensichtlich dort, wo Pitacoke und Squahamac betroffen waren. Sie hatten absolut keine Vorstellung von Formalitäten oder Respekt. Er zuckte die Achseln und wandte seine Aufmerksamkeit wieder dem Vorschiff zu. Keine zwei Meilen voraus umkreisten sich die beiden Kriegsschiffe und versuchten einander den Weg abzuschneiden, während jenseits von ihnen die hohen Segel der Brigg scharf quer gestellt wurden und auf sie zuhielten.

»Auf wessen Seite, Mister Duncan?«

»Nun, ich denke, wir könnten diesem Schoner ein wenig Hilfe zukommen lassen«, sagte Duncan. »Immerhin sind das brave englische Burschen, und diese anderen sind nur ein Haufen stinkender Spanier.«

»Und das Schiff dahinter?«

»Scheint eine Brigg zu sein, Sir. Aber wir könnten eingreifen, bevor sie es tut.«

Dalton lächelte grimmig, denn er erkannte die Erregung, die Duncan empfand, weil er sie selbst auch spürte. Die Geschütze dröhnten, und es lag dem Kämpfer im Blut, anzugreifen und mitzumischen.

»Die Brigg ist ein koloniales Schiff«, sagte Dalton. »Das heißt, daß dort drüben nicht zwei Ansichten ausgetauscht werden, sondern drei.«

»Woher wollen Sie wissen, daß die Brigg ein koloniales Schiff ist? Sie zeigt keine Farben.«

»Ein Freibeuter«, sagte Dalton. »Ramsey hat sie erwähnt. Sie gehört einem Kolonisten, Ian McCall. Ich vermute, daß er noch andere Schiffe besitzt. Man ist auf der Jagd nach britischen Prisen. Sehen Sie dort, Mister Duncan … Der Spanier zieht sich zurück. Er hat bekommen, weshalb er gekommen ist – ein gutes, schnelles Schiff. Jetzt wird er wohl eher aufs Meer zuhalten, als in engen Gewässern eine Begegnung mit zwei Feinden zu riskieren.«

Die Schnau hatte sich tatsächlich zurückgezogen und mit achterlichem Wind südwärts gewandt, um die Brigg außerhalb der Schußweite zu passieren.

»Also bleiben nur wir übrig, mit denen er sich auseinandersetzen könnte«, stellte Duncan fest.

»Aye. Wenn er dreht und uns bemerkt, bevor wir fort sind.«

Der Schoner war herumgekommen und wollte die Schnau verfolgen, aber die Brigg machte Anstalten, ihm den Weg abzuschneiden, wie Dalton es erwartet hatte. Der Kapitän dieses Freibeuters konnte nicht wissen, wer die Schnau befehligte. Aber er erkannte einen Union Jack, wenn er ihn sah, und der Schoner war für ihn die Hauptbeute. An seinem Fall stiegen Farben auf, die Farben eines Freibeuters aus Virginia – dreizehn abwechselnd rote und weiße Balken. Und als die Flagge der Brigg an ihrer Gaffel anlag, wurde an Bord der flüchtenden Schnau eine gleichartige Flagge geheißt. Der Spanier hatte das Schicksal des britischen Schoners mit einer einfachen Lüge besiegelt – und damit seine eigene Flucht aus der Chesapeake Bay gesichert.

Der Schoner suchte westwärts Gegenwind, und die

Brigg blieb zurück, lief parallel zu seinem Kurs und blokkierte ihn. Innerhalb von Minuten waren beide Kriegsschiffe eine Meile oder mehr entfernt, jenseits der Mitte der Fahrrinne, und die *Mystery* schleppte sich mühsam voran. Die Schnau strebte in der Ferne stetig dem offenen Meer zu ... Dann schwenkte sie herum, verlor an Fahrt und luvte die Segel an. Dalton hob das Fernrohr. Das kleine Paketboot, das von Ost nach West zu laufen versucht hatte, befand sich dort, und die Schnau stand direkt darüber, wobei ihr hoher Schatten das Sonnenlicht auf den beiden Segeln des kleinen Schiffes verdunkelte. Ein Boot wurde zu Wasser gelassen ... Der Pirat hatte beim Davonfahren lange genug gezögert, sich eine minderwertige Prise anzueignen, die sich zufällig selbst anbot. Die Entfernung war zu groß, um zu erkennen, was dort geschah, selbst im klaren Licht der schräg von achtern kommenden Sonne, die den letzten Tagesnebel zerstreut hatte.

Die *Mystery* kreuzte mit beständigen acht Knoten durch die Bucht, noch immer viele Meilen vom offenen Meer entfernt, aber gegenwärtig ohne sichtbare Hindernisse. Widerhallendes Dröhnen rollte über die Bucht, und die Männer schauten zurück. Dort tanzten und spien und umkreisten einander zwei flinke Schiffe, und Dalton hielt den Blick auf die anmutigen Segel des Schoners gerichtet. Einer Brigg weit überlegen, bewährte er sich noch immer gut, und Daltons irisches Herz krampfte sich beim Gedanken an die Ironie zusammen, daß hier gute Seeleute auf guten Schiffen – Männer, die die gleiche Sprache sprachen und vielleicht sogar die Vorfahren teilten – wild darauf erpicht waren, einander zu vernichten, und daß nichts sonst für sie wichtig war. Aber andererseits wurden solche Schiffe für solche Auseinandersetzungen gebaut.

Und vielleicht wurden darum auch solche Männer geboren.

Er schaute zu dem neben ihm stehenden Charley Duncan. Die Augen des Seemanns mit dem sandfarbenen Haar schimmerten vor unterdrückter Erregung, während er das Geplänkel in weiter Ferne beobachtete. Und unmittelbar dahinter stand Michael Romart, dieselbe aufgewühlte, wilde Intensität im Blick wie Duncan. Ein Engländer und ein Amerikaner, in ihrer Art so ähnlich wie zwei Erbsen in einem Topf und von derselben Art wie jene Männer dort hinten. Wären die beiden in diesem Moment auf jenen Schiffen, dachte Dalton, auf getrennten Schiffen, würden sie ebenso fröhlich aufeinander losgehen wie jene Männer dort. Sie waren sich zu ähnlich, um es nicht zu tun. Und wenn ich auf einem der beiden Decks wäre – was würde ich tun? Alles in meiner Macht Stehende, um das andere Schiff zu vernichten oder aufzubringen, und ich würde niemals einen zweiten Gedanken an einen Zweifel verschwenden.

Vielleicht liegt es uns im Blut, sagte er sich. Vielleicht sind wir alle verrückt.

»An Deck!«

Er schaute hinauf. »Ja, Mister Mallory?«

»Treibgut voraus, Sir. Wrackteile eines Schiffs und möglicherweise jemand, der sich daran festklammert.«

Dalton spähte erneut durch sein Fernrohr und legte es dann beiseite. »Steuermann, bringen Sie uns einen Strich nach Steuerbord. Wir werden uns das ansehen.«

Der Mann, den sie zwischen all den Wrackteilen eines kleinen Schiffes aus dem Wasser zogen, lag im Sterben. Sein Bauch war von einem Entermesser oder einem Säbel aufgeschlitzt worden. Sie legten ihn aufs Deck und wußten, daß sie nichts mehr für ihn tun konnten. Aber nach einiger Zeit regte er sich, schaute zu ihnen hoch und sagte etwas auf Französisch.

Dalton kniete sich neben ihn, stellte aber fest, daß sein eigenes Französisch zu wünschen übrig ließ. »Sprechen Sie Englisch, Sir?«

»Ah ...« Die Stimme war nur ein Keuchen. »Ah, ja. Ein wenig, M'sieur. Meine ... meine Töchter ... Der Spanier hat sie gefangengenommen. Bitte, M'sieur ... Bitte helfen Sie ihnen. Sie sind so jung ... hilflos ... Sie zählen auf mich.«

»Wer sind Sie, M'sieur?«

»Ich bin Jean-Luc Toussaint, Chevalier du Canille ... M'sieur.« Sein Blick verzerrte sich vor Schmerz, und sie glaubten einen Moment, er sei gestorben. Dann atmete er wieder. »Der Spanier ... ich habe ihn gesehen. Ich habe ihn gesehen ... Oh, meine Eunice! Er ... mit seiner Klinge, er ... Sie war eine gute Ehefrau, M'sieur. Stets. Er ... ah, *mon dieu*, Eunice! Ich komme, Eunice. Warte auf mich, ich komme. M'sieur, meine Mädchen ... meine Eugenie und Lucette ... Der Spanier hat sie ... Im Namen Gottes, M'sieur, bitte ...«

Dalton blieb noch einen Moment knien und erhob sich dann. Für den Franzosen konnte nichts mehr getan werden.

»Mister Tidy, bitte suchen Sie Mister Wilton und lassen Sie ihn ein Leichentuch nähen. Mister Caster ... Oh, da sind Sie. Bitte ...«

Billy starrte ihn mit betroffenem Blick an. »Kapitän«, begann er und mußte dann erneut beginnen. »Der Mann ... Er hat Sie um etwas ersucht, Sir. In Gottes Namen, hat er gesagt.«

»Ich habe gehört, daß er mich um etwas ersucht hat, Mister Caster.« Er stand aufrecht da, das Kinn hoch emporgereckt, und blickte in die Ferne, wo die hellen Segel der Brigg jetzt nur noch ein Fleck auf dem fernen Wasser waren. »Aber was zu tun?«

Billy schüttelte den Kopf. »Ich weiß es nicht, Sir. Ich weiß es ganz gewiß nicht.«

Pinto war erfreut über sein neues Schiff. Er beschritt die Decks wie ein ausgelassener Stier, hetzte seine mürrischen Mannschaftsmitglieder umher, scheuchte sie und ließ sie gnadenlos hart arbeiten, während er das Schiff ausprobierte. Selbst mit dem Verlust des *teniente* Torero und fünf Seeleuten hatte Pinto noch immer mehr als vierzig Mann zur Verfügung – Abschaum aus den Barrios und Festungsgefängnissen eines halben Dutzend von Spanien besetzter Häfen, Halsabschneider und Diebe, arbeitslose Lohnarbeiter, Taschendiebe und Räuber, Mörder und regelrechte Tollwütige, aber jeder einzelne ein fähiger Seemann und alle durch die nackte Gewalt und Blutgier, die ihr Kapitän regelmäßig zeigte, ernsthaft eingeschüchtert. Vierzig Männer – dreimal so viele, wie für das Segeln eines Schiffes erforderlich war, aber alle für das Entern und Einnehmen von Prisen von Nutzen.

Der Schußwechsel mit dem englischen Schoner war für ihn kaum mehr als ein Ausprobieren der Kanonen gewesen, eine Klärung der Positionen der Mannschaft an Bord eines unvertrauten Schiffes. Hätte es keine Einmischung gegeben, hätte er den Schoner zerstört. Aber da waren noch andere Schiffe gewesen, die von Süden aufkommende Brigg und diese plumpe Ketsch, die Torero und die *Columbine* irgendwie überlistet hatte. Sie hatten ihre Segel genommen! Er hatte das gesehen, noch während er mit dem Engländer kämpfte. Als ruhendes Ziel hatte die Ketsch Torero längsseits kommen lassen, hatte die Brigantine dann geentert und ihr Kanonen und Segel genommen. Er hatte die mit Schoten versehenen Spieren gesehen, hatte das alte Schiff nackt und hilflos treiben sehen, während die Ketsch die schlecht zusammenpassenden Segel heißte und aufkam, als sei nichts geschehen.

Lostrato hatte getobt, aber es war kein großer Verlust. Mit diesem neuen Schiff – diesem hübschen, kräftigen Stier von einem Kriegsschiff – würde Pinto alle Prisen einnehmen, die er wollte. Mit der *Fury* konnte er die Fregatten umgehen und sich unter allen die Handelsrouten befahrenden Schiffen die besten herauspicken.

Das kleine Paketboot, das er bei der Überquerung der Bucht erwischt hatte, war einer momentanen Laune zum Opfer gefallen, aber auch einträglich gewesen. Der Franzose hatte eine dicke Geldbörse bei sich gehabt, und die Frau hatte Schmuck getragen, der einen guten Preis erzielen würde. Er hatte sie getötet, während seine Enterer die beiden Bootsführer niederstachen. Die beiden jungen Mädchen – zarte französische Dingelchen und eine von ihnen kaum alt genug, einem Mann dienlich zu sein – hatte er in einer Heckkajüte mit dem alten Vasco als Wächter eingesperrt, um die Mannschaft von ihnen fernzuhalten, bis er selbst mit ihnen fertig war. Es war ihm wie ein großartiger Spaß vorgekommen, Vasco eine solche Aufgabe zu übertragen.

»Ich erweise dir eine große Ehre, Vasco«, hatte er gespottet. »Ich vertraue darauf, daß du diese kleinen Schätze sicher für mich aufbewahrst.« Und dann hatte er auf die Stelle gezeigt, wo sich Vascos *pantalones* gabelten, und gelacht. »Dein Unglück erlaubt es mir, dir bei solchen Angelegenheiten mehr als allen anderen zu vertrauen.«

Er hatte erneut gelacht, und andere Umstehende hatten mit ihm gelacht. Es war ein hübscher Spaß. Alle wußten von Vascos Unglück. Ein Kartätschenschuß hatte sein Interesse an Frauen beseitigt.

Wie als Nachgedanken, hatte er den Aristokraten Lostrato zum Niedergang gerufen. »Ich denke, ich werde Ihnen auch vertrauen, Don Geraldo, weil ich festgestellt habe, daß Sie selbst mit dem Schwert an Ihrer Seite nicht mehr *pelotas* haben als dieser elende Vasco. Daher möchte ich, daß Sie mit den beiden französischen *doncellitas* reden. Versuchen Sie herauszufinden, ob es irgend jemanden gibt, den man davon überzeugen könnte, mir ein Lösegeld für sie zu zahlen.«

Der Ausdruck puren Hasses in den hellen Augen des Aristokraten ähnelte dem Vascos so sehr, daß er erneut lachen mußte. »Zwei tapfere Piraten! Zwei Piraten ohne Eier!«

Einen Moment schien es, als würde Lostrato seine Klinge ziehen. Aber der Aristokrat sah ihn nur finster an und wandte sich dann ab, und Pinto kehrte noch immer lachend auf sein Deck zurück.

Die *Fury* war wirklich ein hübsches Schiff. Kanonen an jeder Stückpforte, weitreichende Kanonen an Bug und Heck, ein ausreichend mit Proviant ausgestattetes und voll ausgerüstetes Schiff, das ihn überall dort hinbringen würde, wo er hinwollte. Wuchtige Segel ... Er hatte noch niemals erlebt, daß ein so kleines Schiff für so viele Segel aufgeriggt war, und er hielt Decks- und Toppsgasten in Atem mit dem Zusammen- und Auseinanderrollen, dem Reffen und Anholen aller Segel, dem Ausrennen und Einrennen der Kanonen, dem Heißen, Prüfen und Herablassen der einzelnen Segel.

Untere große Segel an Vor- und Großmast, Marssegel, Bramsegel und Oberbramsegel ... und drei der Rahen an jedem Mast für den Druck von weitflügeligen Leesegeln aufgeriggt! Selbst ein zweites Gaffelsegel nebst -baum am Besanmast für das, was die Amerikaner einen Ringelfalk nannten! Als Cape Henry und das offene Meer in Sicht kamen, war Pinto die Reaktion der Schnau vertraut, und er hatte mit Drills begonnen, um auch seiner Mannschaft alle Kniffs beizubringen.

Und in dieser Nacht feierte er in seiner Kajüte in alleiniger Herrlichkeit und trank goldenen Rum, bis er die Besinnung verlor.

Der Schoner der Krone *Swift* hätte dem Freibeuter *Porphyry* vielleicht davonlaufen können, aber Kommandant Curtis Hedgely war nicht geneigt davonzulaufen. Dennoch, und trotz der überlegenen Feuerkraft der Brigg, hätte die *Swift* das schwerere Schiff vielleicht an purer Bissigkeit übertreffen können ... wäre der Master des kolonialen Schiffes jemand geringerer als Solon Hays gewesen.

Und so tanzten die beiden Schiffe eine Zeitlang umeinander herum und drangsalierten sich gegenseitig, wobei beide versuchten, dem jeweils anderen an die Kehle zu gehen und ihm den Garaus zu machen, und jeden Vorteil nutzten, auf dem anderen herumzuhacken, bis eine Meile in der Mitte der Chesapeake Bay mit schwelendem Pulverrauch bewölkt war und vor Dröhnen widerhallte, und zwei zerschlagene und stolze Schiffe – eines mit dem Union Jack und eines mit den Streifen von Virginia – sich, durch fünfzig Yards mit Trümmern übersäter Wellen voneinander getrennt, längsseits gegenüberlagen.

Als das Gefecht beendet war, strich Hedgely persönlich die Flagge, um seine Niederlage einzugestehen, und Solon Hays stand an seiner Reling und grüßte einen tapferen Gegner.

Patrioten von der Westküste fuhren in Punts und Barkassen hinaus, um die zerschlagenen Schiffe zu den wieder eingenommenen Docks am Lancaster Court House zu bringen, und die beiden Master teilten sich in der dortigen Schänke einen halben Liter Grog, während Milizsoldaten bereitstanden, um den Engländer und seine verbliebene Mannschaft in die Palisade von Buckingham zu bringen.

»Ich fürchte, Sie werden dort nicht viele Bequemlichkeiten vorfinden«, teilte Hays dem Briten mit. »Der Ort ist seit den Kämpfen rund um Philadelphia mit Gefangenen überfüllt. Aber man hat mir versichert, Sie würden mit einem gewissen Anstand behandelt werden. Es heißt, es sei dort besser als in den Gefängnissen von Fairfax.«

»Dann ist es gewiß bequemer als das, was ich Ihnen hätte anbieten können, fürchte ich«, sagte Hedgely achselzuckend. »Beim letzten Freibeuter, den ich vor Delaware einnahm, habe ich zu vermitteln versucht, aber ich konnte nichts tun. Kapitän und Mannschaft wurden an Bord des Linienschiffes *Cabot* verbracht und nach England transportiert. Ich ging noch an Bord, bevor sie ablegten, und ich bedaure, daß ich es getan habe. Sie hatten ihre achtundsiebzig Gefangenen alle in den unteren Laderaum gepfercht ...«

»Wie hieß das Freibeuterschiff?«

»Ich habe gesehen, wohin man sie gebracht hat, Kapitän. Dieser Laderaum maß zwölf mal zwanzig Fuß und war drei Fuß hoch. Achtundsiebzig bedauernswerte Personen auf solch kleinem Raum, den ganzen Weg nach England. Wollen Sie wirklich wissen, zu welchem Schiff sie gehörten?«

Hays schüttelte den Kopf. »Nein. Ich glaube, das möchte ich lieber doch nicht wissen.«

»Das dachte ich mir. Es gibt Zeiten, da denke ich, daß Ihre Burschen gut daran tun, uns bis aufs Blut zu bekämpfen, Kapitän. Es gibt Schlimmeres als den Tod.«

Hays betrachtete den Engländer. Der junge Offizier schien kaum den Kinderschuhen entwachsen, aber er hatte das Kommando über sein Schiff makellos geführt. Und er hatte im Kampf erhebliche Wildheit an den Tag gelegt. »Sie sind ein guter Mann, Curtis Hedgely. Was haben Sie da oben allein in der Chesapeake Bay gemacht? Sie haben doch keine bewaffneten Briggs und Schnauen gesucht?«

»Ich hätte es mir noch einmal überlegt, wenn ich gewußt hätte, was ich dort oben vorfinden würde«, antwortete Hedgely kläglich grinsend. »Tatsächlich verfolgte ich spanische Piraten. Ich habe sie aus dem Schutz einer Insel heraus gesehen.«

»Diese Brigantine? Spanier?«

»Aye. Die Brigantine. Obwohl sie jetzt ein besseres Schiff haben. Die amerikanische Schnau ist nicht mehr amerikanisch, Kapitän. Diese Spanier haben sie jetzt.«

»Das erklärt einiges. Ich habe mich schon gewundert. Nun, es heißt, die Brigantine sei in der Nähe von Cross Pass gestrandet aufgefunden worden. Niemand an Bord, und alle Segel und Kanonen fehlten. Ein Mysterium also?«

»Mehr als ein Mysterium.« Hedgely grinste jetzt breit. »Eine *Mystery.* Das war der Name der trägen Ketsch, die sich mit allem bedient hat, was sie von der Brigantine haben wollte.«

»Eine Ketsch. Ja, ich habe sie wohl gesehen. Ich habe mich gefragt, ob es das in Dienst gestellte Schiff eines alten Freundes von mir sein könnte. Es hieß, er hätte irgendeinen wilden irischen Seemann gezähmt. Derselbe, der den Schaden in New York angerichtet hat, heißt es.«

»Dalton?«

»Wenn er so heißt, ja.«

»Wäre das nicht etwas«, sann Hedgely, »wenn Patrick Dalton sich wieder frei bewegen könnte ... und an Bord einer Ketsch wäre.«

Einige Zeit, nachdem sie gegangen waren, erhob sich ein kleiner grauhaariger Mann in der nächstgelegenen Ecke und setzte seinen Hut auf. Er hatte für seine Zwecke genug gehört. Eine Ketsch. *Mystery.* Und er hegte keinerlei Zweifel darüber, wer sie befehligte.

Felix Croney wartete an einem nahe gelegenen dunklen Ort, und als sein Verbindungsoffizier eintraf, sagte er: »Informieren Sie bitte die Flotte für mich. Flüchtiger Offizier und Schmuggelware, ein wie eine Ketsch getakeltes Schiff, beladen und auf dem Weg aus der Chesapeake Bay hinaus. Der Name ist *Mystery.*«

XIII

»Stetig vier Faden, Sir.« John Tidy stand in Habachtstellung, um Bericht zu erstatten, und das dünne graue Haar, das unter der Krempe seines Teerhutes um sein Gesicht wippte, schimmerte in der Morgensonne hell silbern. Dann, als die angemessene Förmlichkeit Beachtung gefunden hatte, entspannte er sich sichtlich. »Sieben Glasen der Morgenwache, Sir. Werden der Kapitän und alle anderen bald das Frühstück einnehmen? Mister O'Riley würde gern seinen Topf schrubben.«

Dalton blickte von den Papieren auf dem Schragentisch auf, wo er und Billy Caster Bestandslisten durchsahen, und sah sich um. »Sind alle Männer versorgt worden?«

»Aye, Sir. Alle außer Ihnen selbst, Mister Caster und Mister Duncan, Sir. Aber der Koch regt sich auf, Sir. Er sagt, der Rest seiner Brühe wird zu einem feuerfesten Backstein werden, wenn sie nicht bald jemand ißt.«

»Gut, Mister Tidy. Meine Empfehlung an den Koch, und bitten Sie ihn, etwas Brühe hier herauf zu schicken. Wir werden an Deck essen.«

»Aye, Sir.« Tidy verschwand den Verkehrsgang hinab.

Der Schragentisch mit seinen reich verzierten Beschlägen hatte zum Inventar der Brigantine gehört, wie auch die vier Stühle, die jetzt hinter dem Ruder um ihn herumstanden. Billy Caster saß an der Längsseite und erledigte seine Logbucheintragungen vom Vortag »in Schönschrift«, zur Kenntnisnahme durch den Kapitän, während Dalton und Duncan lange, in der peniblen Schrift des Jungen erstellte Listen von Ausrüstungsgegenständen prüften.

»Hier gibt es Dinge, von denen ich keine Ahnung hatte, daß wir sie an Bord genommen haben«, sagte Dalton bereits zum zweiten oder dritten Mal. »Hier heißt es zum Beispiel: ›Viereinhalb Teile Talgseife‹. Was ist das?«

»Die Seife hat die Form von Herdplatten, Sir«, erklärte Billy. »Einer der Fanshaw-Brüder hat sie im hinteren Laderaum gefunden, unter etwas verstreutem Heu. Es waren fünf Platten, aber die Fanshaws haben es für Ingwerkonfekt gehalten und einen Teil einer Platte gegessen.«

»Es überrascht mich, daß diese stinkenden Spanier Seife an Bord ihres Schiffes hatten«, sagte Duncan. »Ich habe keinen Hinweis darauf bemerkt, daß sie auch nur wußten, wofür Seife gedacht sein könnte.«

»Sie wußten wahrscheinlich nicht einmal, daß sie sie hatten, Sir«, sagte Billy. »Auf dieser Brigantine herrschte unter Deck ein heilloses Durcheinander.«

»Die Fanshaws haben Seife gegessen?« Dalton zog eine Augenbraue hoch. »Wie geht es ihnen denn jetzt?«

»Oh, es geht ihnen gut, Sir. Sie haben einen Großteil der Nacht damit verbracht, über die Reling zu speien, und dann eine oder zwei Stunden auf den Kranbalken gehockt, aber sie sind jetzt nur noch leicht angeschlagen. Nur ein wenig blaß, aber das geht vorbei, jetzt wo sie richtig entleert sind.«

»Das kann ich mir vorstellen. Und dieser Punkt: ›Leinen, zwei Ballen‹. Ist das gutes Leinen?«

»Aye, Sir«, antwortete Duncan. »Mister Romart hat es in der Segelkammer gefunden. Es sollte einiges wert sein.«

»Und dies: ›Verschiedene Säbel, Entermesser, Gürteläxte, Messer und Dolche, alles in allem einhundertundvier Stück‹.«

»Die Kerle sind Spanier, Sir«, sagte Duncan achselzukkend.

Dalton fuhr mit dem Daumen weiter die Liste entlang und hielt dann inne. »Stiefel?«

Billy sah ihn über den Tisch hinweg an. »Aye, Sir. Vierzehn Paar Reitstiefel, verschiedene Größen, alle neu.«

Dalton blickte auf seine eigenen abgetragenen Stiefel hinab und wandte sich dann wieder der Bestandsliste zu. »Neun spanische Reals, Gold. Haben sie die Goldmünzen einfach herumliegen lassen?«

»Nicht in dem Sinne, wie Sie es meinen, Sir.« Duncan wirkte verlegen. »Sie befanden sich in der Geldbörse dieses Spaniers.«

»Wir sind keine Piraten, Mister Duncan.«

»Oh, nein, Sir! So war es auch nicht, Sir. Ich habe höflich um die Erlaubnis des Gentleman gebeten, bevor ich ihm sein Gold nahm.«

»Und hat er es Ihnen höflicherweise überlassen?«

»Ich kann es nur annehmen, Sir. Ich spreche kein Spanisch.«

Gerald O'Riley, mit von der Hitze der Ofenrohre in der kleinen Kombüse gerötetem Gesicht, tauchte mit Holztellern an Deck auf, die mit etwas gefüllt waren, was wie verhärteter Leim aussah. Er stellte die Teller vor sie hin und ging dann wieder nach unten, um Tee zu bringen.

»Brühe«, sagte Duncan stirnrunzelnd.

»Essen«, berichtigte Dalton ihn und stach in das breiige Zeug.

Es bestand hauptsächlich aus gekochten Haferflocken,

war aber mit Stücken anderer Substanzen durchsetzt. Er beschloß, lieber nicht wissen zu wollen, was es war.

»An Deck!«

Dalton schaute von seinem Frühstück auf. »Ja, Mister ... äh, Mister Duncan, wer ist das im Großmars?«

»Einer der Fanshaws, Sir. Toliver, glaube ich.«

»Wir haben einen entleerten Mann im Mastkorb?«

»Beide Fanshaws sind in den Mastkörben, Sir. Sie haben sich freiwillig gemeldet. Sie wollten gerade jetzt den Geruch des Frühstücks meiden.«

»Ich verstehe. Ja, Mister Fanshaw?«

»Das Land verengt sich an Backbord, Sir. Jenseits ist Wasser zu sehen und dort drüben eine Stadt.«

»Danke, Mister Fanshaw. Bleiben Sie auf Wache.« Zu Duncan sagte er: »Das werden The Horns sein. Wir werden heute nachmittag aufs Meer hinaussegeln, und ich bin dankbar, diese engen Gewässer verlassen zu können.«

»Wir haben gewiß nicht viele Freunde hier in dieser Gegend«, stimmte Duncan ihm zu.

»An Deck!«

»Aye, Mister Fanshaw?«

»Depeschenreiter auf der Straße dort drüben, Sir. Reiten im Galopp auf das Ende der Landzunge zu.«

»Danke, Mister Fanshaw. Wie fühlen Sie sich?«

»Wohlauf, Sir.«

Titus Wilton näherte sich von vorn, den Dreispitz fast bis auf die Ohren herabgezogen. »Kapitän Dalton, wissen Sie, wo wir sind?«

»Recht genau, Mister Wilton. Wir bewegen uns auf der Chesapeake Bay südwärts voran, haben Cape Charles an Backbord und Cape Henry hart voraus in Sicht. Warum?«

»Sie sagten, Sie würden mich an Land setzen, wenn

dieses Schiff einen vollen Satz Segel besäße.«

»Ich sagte, wenn Sie die Ausstattung des Schiffes beendet hätten, Mister Wilton. Sie haben mir noch kein Großbramsegel und kein Besan-Marssegel genäht.«

»Aber Sie haben einen vollen Satz Segel!«

»Wir behelfen uns mit dem, was wir jenen spanischen Gentlemen abgenommen haben, Sir. Das ist wohl kaum dasselbe, wie einen eigenen robusten Satz zu haben.«

»Aber bald können Sie mich nicht mehr an Land setzen!«

Dalton seufzte, erhob sich und streckte sich, wobei seine von zu vielen Stunden des Sichtens von Bestandslisten verkrampften Schultergelenke knackten. »Hatten Sie an einen bestimmten Ort gedacht, wo Sie an Land gehen wollen, Mister Wilton?«

»Gewiß habe ich das! Chestertown wäre passend gewesen oder sogar St. Mary's.«

»Diese Orte haben wir schon vor Meilen passiert«, erklärte Dalton.

»Das weiß ich! Können Sie sich die Schwierigkeiten vorstellen, die ich bekommen werde, wenn ich von hier aus nach Hause zu gelangen versuche?« Er deutete mit einem Finger ungehalten auf die Küste. »Was ist das dort drüben?«

»Cape Charles.«

»Ich meine diesen Ort. Diese kleine Stadt. Ist das dort keine Stadt?«

»Anscheinend, obwohl die Karten sie nicht erwähnen. Aber dieser Teil des Cape wird The Horns genannt. Und ich habe nicht die Absicht, dort anzulegen.«

»Warum nicht?«

»Weil Depeschenreiter auf der Straße dort drüben sind und die Wahrscheinlichkeit groß ist, daß ihre Nachrichten dieses Schiff betreffen könnten.«

»Was ist dann mit Yorktown? Das ist von uns aus gesehen irgendwo dort drüben. Oder Hampton? Das heißt, wenn die verdammten Briten es nicht in Schutt und Asche gelegt haben.«

Dalton schüttelte den Kopf. »Mister Wilton, wenn Sie die verbleibende Zeit zwischen hier und Hampton wenigstens dazu nutzen wollen, ein Besan-Bramsegel als Ersatz für diesen geflickten Lappen zu fertigen, den wir im Moment dort haben, dann werde ich alles in meiner Macht Stehende tun, sie in Hampton an Land zu setzen. Mehr kann ich nicht versprechen.«

»An Deck!«

»Ja, Mister Fanshaw?«

»Die Leute in dieser Stadt dort drüben heißen Signalflaggen, Sir. Und an einem Dock sind Masten zu sehen.«

»Können Sie die Signale lesen, Mister Fanshaw?«

»Nein, Sir. Offenbar benutzen sie einen Code, Sir.«

»Können Sie die Masten erkennen, Mister Fanshaw?«

»Ein kleines Schiff, Sir. Ein Zweimaster. Oder vielleicht zwei Schiffe mit jeweils einem Mast. Soll ich weiter beobachten, Sir?«

»Auf jeden Fall, Mister Fanshaw. Genau das wollte ich gerade vorschlagen.« Dalton zuckte die Achseln und wandte seine Aufmerksamkeit wieder dem Deck zu. »Er ist wieder putzmunter.« Er schob die faustgroße Eisenkugel fort, die er als Briefbeschwerer benutzt hatte, und sammelte die Bestandslisten ein. »Nun, zumindest haben wir jetzt vierzehn Geschütze anstatt fünf – wenn man Drehbassen als richtige Geschütze mitzählt – und genügend Kabel, Ketten und Riggschoten für jeden erdenklichen Zweck. Noch etwas, Mister Caster: Was bedeutet dieser Punkt hier, direkt unter den einundachtzig Enterhaken?«

Billy betrachtete blinzelnd die Liste. »Federn, Sir. Vier Ballen.«

»Federn?«

»Aye, Sir. Gefärbte Federn. Ich habe gehört, daß sie in einigen europäischen Ländern sehr gefragt sind. Sie werden als Dekoration für Hüte und ähnliches benutzt. Mister Sidney glaubt, die Spanier hätten sie wahrscheinlich einem portugiesischen Handelsschiff abgenommen, Sir.«

»Federn.«

»Aye, Sir.«

»O je.« Als Dalton sich umdrehte, prallte er fast mit dem mürrischen Segelmacher zusammen. Er hatte vergessen, daß der Mann dort stand. »Nun, Mister Wilton?«

»Nun was, Kapitän?«

»Können Sie mir ein neues Besan-Bramsegel nähen, bevor wir in die Nähe von Hampton kommen?«

»Ich beabsichtige, mich über meine Behandlung zu beschweren, wenn ich wieder in die Zivilisation komme, Kapitän.« Wilton wandte sich um und schritt das Deck entlang davon, wobei er an Pitacoke und Squahamac vorbeirauschte, die sich gerade beide mit Büscheln bunter, in ihr rabenschwarzes Haar gebundener Federn vergnügten.

»Wissen wir, wer Hampton besetzt hält, Sir?« fragte Duncan.

»Ich habe nicht die leiseste Ahnung, Mister Duncan. Wir werden einfach abwarten und zusehen müssen.« Er blickte über das helle Mosaik kleiner Wellen an Backbord hinaus. »Ein schöner Morgen. Ein heller Himmel und ein lebhafter Wind. Gutes Wetter, um ein Schiff auszuprobieren, nicht wahr?«

Duncan grinste. Er hatte schon früher erlebt, was Patrick Dalton unter dem »Ausprobieren« eines Schiffes verstand. Er hatte versucht, es John Tidy zu erklären, eines Abends an ihrem Lagerfeuer im Wald.

»Der Kapitän hat eine spezielle Art«, hatte er gesagt. »Geben Sie ihm eine gute Klinge in die Hand, und er wird sie höchstwahrscheinlich biegen, um zu sehen, wo sie bricht, sie dann schweißen lassen und an dieser Stelle mit ihrer Verstärkung neu härten lassen. Geben Sie ihm ein Schiff und guten Wind, und er wird es sofort ausprobieren. Vielleicht werden einige Reparaturen nötig, wenn er fertig ist, aber bis dahin wird er jede Stimmung und Laune des Schiffes kennen, und es wird ihm von jener Stunde an gehorchen und ihn niemals im Stich lassen.«

»So, als würde man den Willen eines Pferdes brechen?«

Tidy hatte bei dem Gedanken die Stirn gerunzelt. »Ich halte nicht viel von Männern, die ein gutes Pferd verkrüppeln, um es dem Sattel gefügig zu machen.«

»Ich spreche nicht von Pferden«, hatte Duncan, ebenfalls die Stirn runzelnd, geantwortet. »Ich spreche von Schiffen. Pferde haben nichts damit zu tun.«

»Nun, noch vor einem Moment haben Sie über Klingen gesprochen. Warum sollte ein Mann ein gutes Schwert zerbrechen?«

»Er würde es nicht tun.«

»Sie haben gerade eben gesagt, er würde es tun.«

»Ich habe nur versucht, einen Vergleich zu ziehen!«

»Nun, ich halte nicht viel von Männern, die eine Klinge zerbrechen oder ein Pferd verkrüppeln. Und mir scheint, daß Kapitän Dalton ein weitaus zu vernünftiger Mann ist, um so zu handeln.«

»Das ist er.«

»Warum sagen Sie dann solche Dinge über ihn?«

Duncan hatte aufgegeben. Aber jetzt schürzte er die Lippen, während er nach vorn schaute, wo Tidy die Leinen an der Nagelbank inspizierte. Du starrköpfiger Bootsmann, dachte er, wenn der Kapitän es sich in den Kopf setzt, den Gesang dieses Schiffes zu erlernen, dann wirst du verstehen. Aber er hegte insgeheim doch Zweifel. Dalton konnte einen eleganten Schoner tatsächlich zum Singen bringen. Duncan hatte das schon erlebt. Das wendige Schiff hatte gesungen und getanzt, war vorangeschossen und hatte alles übertroffen, hatte Dinge getan, daß man vor Verwunderung nach Luft schnappte.

Aber die *Mystery* war kein Schoner. Die *Mystery* war nur eine Ketsch. Duncan beschloß, Ruhe zu bewahren. Das Ausprobieren des Schiffes war immerhin das Vorrecht des Kapitäns.

Dalton ging nach vorn, um seine Runde übers Deck zu ziehen – und, wie Duncan vermutete, um einen Blick auf die neuen, von dem Piratenschiff übernommenen Stiefel zu werfen. Nur wenige Männer an Bord der Schiffe wählten jemals Stiefel für ihre Füße. Die meisten bevorzugten Schnallenschuhe mit langen Strümpfen. Aber Stiefel waren ein Teil der Natur ihres dunkelhaarigen jungen Kapitäns, ebenso wie die Niedergeschlagenheit, die ihn manchmal überfiel, die Einsamkeit eines Menschen, dessen Erinnerungen ihn zu sehr bedrängten.

Für uns andere ist es nur allzu leicht, dachte Duncan. Kaum einer unter uns hat noch nicht für begangene Verbrechen das Innere eines Festungsgefängnisses gesehen. Wir sind ein Haufen Diebe und Taugenichtse, Deserteure und Überläufer, Gesindel aller Art, und jeder einzelne von uns hat die gegen ihn erhobenen Beschuldigungen verdient. Alle außer ihm. Sein einziges Verbrechen besteht darin, einst einen Mann gekannt zu haben, der gegen den König rebellierte. Und darum ist er ein Flüchtling. Darum und weil er Ire ist.

Es ist für uns andere leichter, entschied er. Jeder von uns könnte zurückkehren und neu anfangen, wenn wir es wollten. Den Namen ändern, ein wenig lügen und an Bord eines Schiffes anheuern – wer sollte davon erfahren, und wen kümmert es? Aber das galt nicht für Patrick Dalton. Er trug den düsteren Fluch der schwarzen Iren in sich, und es würde für ihn keinen leichten Weg geben. Kein Ändern des Namens – und welche Chance bestand, daß er seinen Namen jemals reinwaschen könnte? Und trotz alledem blieb er loyal ... dem König und dem Land treu ergeben.

»Stolz«, sagte er laut.

»Wie bitte?« Billy Caster schaute von seiner Arbeit auf.

»Der Kapitän. Stolz ist sein Verderben. Reiner, eigensinniger Stolz.«

»Oh.«

»An Deck!«

Duncan schaute aufwärts, blinzelte gegen den hellen Himmel an. »Aye, Mister Fanshaw?«

»Diese Masten dort drüben gehören zu zwei kleinen Schiffen, Sir. Sie setzen Segel. Und dort sind überall Menschen, die zu uns herüberschauen.«

Duncan hob sein Fernrohr. Das Dorf lag jetzt querab, weniger als eine Meile an Backbord, und in seinem Uferbezirk war rege Aktivität zu erkennen. Die beiden kleinen Schiffe waren kaum größer als Barkassen, aber sie waren vorn und hinten mit Geschützen bestückt und wiesen hohe Masten und große Segel auf.

»Harrier«, sagte er. »Britische Schiffe. Sie wollen vermutlich herauskommen und einen Blick auf uns werfen. Auf allen Posten bereithalten! Mister Tidy, bitte geben Sie Pfeifsignal an alle!«

Patrick Dalton tauchte mit einem Paar neuer Stiefel an den Füßen aus der Vorratskammer auf, und Billy Caster korrigierte seine Bestandsliste. Dalton trat an die Reling, betrachtete einen Moment die Aktivitäten an Land und schritt dann nach achtern.

»Harrier, Mister Duncan. Es scheint, als wären Kriegsschiffe in der Nähe. Wie lauten die letzten Meldungen?«

»Wir laufen mit ungefähr acht Knoten, Sir, ein Drittel gerefft. Windstärke zwölf bis fünfzehn, drei Strich dwars Backbord. Peilung stetig bei vier Faden, obwohl es flacher werden könnte, bevor wir das Cape umrunden.«

»Gut, Mister Duncan. Ich übernehme jetzt das Deck. Bitte helfen Sie vorn aus, und lassen Sie Mister Hoop und seine Seesoldaten alle kurzen Stücke nach Backbord bringen. Stückführer mit Lunten bereithalten. Wenn diese Leute dort drüben herauskommen, um uns zu überprüfen, wäre eine Begrüßung vielleicht angemessen. Andernfalls würden sie einen großen Teil ihrer und unserer Zeit verschwenden. Steuermann, wie läßt sich die *Mystery* mit den derzeit stehenden Segeln führen?«

»Steif, Sir«, sagte Cadman Wise. »Sie ist ein Schiff mit schwerem Ruder, und die oberen Segel verstärken diese Wirkung noch.«

»Lassen Sie mich das Ruder ausprobieren, Mister Wise. Aber bleiben Sie zum Assistieren hier. Toppsgasten nach oben! Volle Segel setzen, bitte! Decksgasten, an die Schoten! Mister Tidy, fester Trimm für den gegenwärtigen Steuerkurs, dann an den Leinen bereithalten!«

»Aye, Sir.«

Die Pfeife schrillte, und das Mittschiffsdeck wurde von Männern bevölkert. Jenseits von ihnen, auf der Überplankung des Hauptfrachtraums, blieb Titus Wilton mit einem zur Hälfte fertigen Besan-Marssegel plötzlich allein.

»Hierher!« rief er. »Kommt wieder hierher, ihr Flegel!« Und dann: »Der Teufel soll euch holen! Sie da! Und Sie! Kommen Sie her und helfen Sie mir! Ja, Sie! Kommen Sie sofort her!«

Gerefftes Segeltuch über ihnen entfaltete sich wie vorgesehen und knatterte, als es den Wind einfing. An Deck holten kräftige Fäuste Schotleinen an, als John Tidy die Befehle orchestrierte, und die Segel über ihnen streckten sich zu festen, gerundeten Trommelfellen, die den Wind hielten und ihn so dirigierten, daß er ihren Spieren und so dem Schiff einen nach vorn gerichteten Schub gab. Das Gaffelsegel am Großmast wurde abgesenkt und das neue Großsegel entfaltet, ein stolzes, aus zwölf Streifen gefertigtes Segeltuch von sechsunddreißig Fuß Breite und vierundzwanzig Fuß Höhe. Seine Schothornblöcke rasselten, und die Leinen sangen, als schnaufende Decksgasten die Schoten anholten und die Leinen an den Belegnägeln festmachten.

Die *Mystery*, die den Wind zum ersten Mal voll einfing, preschte nur widerwillig jäh voran, aber der Gesang des Wassers entlang ihrem Rumpf stieg an, wurde zu einem starken, tenorhaften Summen, und das helle Wasser kräuselte sich unter ihrem Vordersteven.

Dalton probierte das Ruder aus, einen Strich hierhin und dorthin, wobei sich seine Schultern unter der Jacke anspannten. Der Fluch der Ketsch, dachte er erneut. Um vorne, an Deck und in den großen Frachträumen Platz zu schaffen, hatte man diesen Schiffstyp mit weit hinten angeordneten Masten konstruiert. Der Großmast befand sich deutlich mittschiffs und der Besan weit achtern. Bis auf die Fledermausflügel der vorderen Stagsegel und Klüversegel, die über ihrem Vordeck knatterten, hatte das Schiff nur sein Ruder, um dem wechselnden Schub des auf die Rückseite einpeitschenden Windes zu begegnen.

»Männer auf Vordeck!« rief Dalton. »Heißt den Außenklüver!«

Ein drittes dreieckiges Segel stieg von dem vorstehenden Bugspriet auf und erklomm das Bramsegelstag. Nur die oberste Ecke des neuen Segels befand sich tatsächlich über dem Vordersteven des Schiffes. Sein äußeres Schothorn, nahe der Spitze des Bugspriets, ragte mehr als dreißig Fuß über den Rumpf des Schiffes hinaus. Als es angeholt war, stieg der Gesang des Wassers entlang ihrem Rumpf erneut an, und die Nase der *Mystery* hob sich ein wenig. Gischt von den ausgedehnten Wasserwirbeln darunter zeigte sich jetzt an ihrem Vordersteven. Dalton probierte das Ruder erneut aus, fand es nur eine Spur lenkbarer.

»Zehn Knoten, Sir!«

»An Deck! Die zwei Schiffe laufen aus, Sir! Wollen uns den Weg abschneiden!«

Billy Caster hatte seine Listen mit unter Deck genommen, und jetzt kehrte er zurück und beschattete seine Augen, um blinzelnd zur vorübergleitenden Küstenlinie zu schauen. »Sir, vermuten Sie, daß sie nicht wissen, wie wir bewaffnet sind?«

Dalton hielt einen Strich nach Backbord und spürte das widerspenstige Vibrieren des Ruders durch die Spaken des Steuerrads. »Das ist durchaus möglich, Mister

Caster. Mit allem, was auf unserem Deck aufgestapelt ist, bemerkt man die Kanonen vielleicht erst, wenn man näher herankommt.«

»Diese Depeschenreiter, Sir ... Glauben Sie, ihre Nachricht betraf uns?«

»Vielleicht. Aber wenn alles, was sie haben, diese Harrier sind, brauchen wir nicht allzu besorgt zu sein.«

»Sie könnten uns einholen, Sir.«

»Und eine Hauskatze kann einen Ochsen einholen, aber was soll sie mit ihm anfangen, wenn sie ihn erwischt?«

»Aye, Sir.«

»Was das betrifft, könnte unsere eigene Barkasse uns bei gutem Wind einholen. Aber ich glaube, sie werden nicht nahe herankommen ... nicht wenn wir sie auffordern fernzubleiben.«

»Sollen wir sie dazu auffordern, Sir?« Die Zähne des Jungen schimmerten, als er breit grinste. Er wußte, warum die Kanonen der Ketsch an der Backbordseite massiert waren.

»Wenn sie uns bedrängen, Mister Caster.«

»An Deck! Die beiden Schiffe trennen sich, Sir. Eines hält südwärts, in unsere Richtung. Das andere will uns noch immer den Weg abschneiden!«

»Zur Hölle!« keuchte Dalton.

Wenn einer der Harrier eine Warnung südwärts bringen wollte, dann gab es da jemanden, zu dem sie gebracht wurde. Ein Kriegsschiff? Vielleicht sogar ein Geschwader? Delaware war nicht weit entfernt, und ein Großteil von Admiral Lord Howes Flotte war dort in den letzten Wochen zusammengezogen worden.

»Ausguck!« rief er. »Mister Fanshaw!«

»Aye, Sir?« Die Antwort erklang fast unmittelbar über

ihm, und Dalton schaute hoch. »Der andere Mister Fanshaw, bitte! Mister Fanshaw auf dem Großmast!«

»Aye, Sir! Toliver, der Käpt'n ruft dich!«

»Aye, Sir?«

»Werfen Sie einen Blick unmittelbar voraus, Mister Fanshaw!«

»Aye, Sir!« Es folgte eine Pause, und dann: »Küstenlinie hart voraus, Sir. Am Ende des Bugpriets vorbei an Backbord!«

»Segel, Mister Fanshaw?«

»Ich sehe keine, Sir! Nur Land dort! Etwas Rauch ... Ich glaube, da ist eine Ortschaft oder so etwas!«

»Danke, Mister Fanshaw!«

»Aye, Sir!«

An Backbord schnitt der nächstfahrende Harrier seitlich voraus mit breitem Kielwasser durch die kurzen, unregelmäßigen Wellen, um der *Mystery* den Weg abzuschneiden. Sie würden innerhalb von Minuten zusammentreffen. Dalton runzelte die Stirn. Er hatte seine ersten Dienstmonate bei der Königlichen Marine an Bord eines kleinen Harrier, der mit diesem hier zu vergleichen war, abgeleistet – ein launisches, schnelles, kleines Schiff mit Segeln und gerade genügend Feuerkraft, um einem Feind, der in der Nähe der Küste mit einem Kriegsschiff focht, lästig zu werden. Dies und das Überbringen von Nachrichten waren die Aufgaben des kleinen Schiffes gewesen. Aber er erinnerte sich gern an die tanzende kleine *Lark*, und dieses Schiff, das auf sie zukam, trug die Farben der Krone, wie auch jenes sie getragen hatte, und Dalton wünschte ihm nicht, daß es wirklich Schaden nahm.

»Bringen Sie die Farben aus, Mister Caster«, sagte er.

»Aye, Sir. Ich habe sie gleich hier. Welche Farben wünschen Sie, Sir?«

Es war nicht allzu wichtig. Zu diesem Zeitpunkt würde der Harrier ihnen nichts glauben, egal was sie behaupteten.

Ein andeutungsweises Lächeln verzog Daltons Lippen. »Heißen Sie die holländischen Insignien, Mister Caster. Das könnte ihn zumindest amüsieren. Und dann heißen Sie ›Beidrehen und in den Hafen zurückkehren‹.«

Die holländische Flagge wurde geheißt, wie auch die Flaggenzeichen. Billy Caster hob Daltons Fernrohr an.

»Sie haben unser Signal gesehen, Sir. Der Gentleman am Ruder dort drüben hat gerade eine sehr ungehobelte Geste in unsere Richtung vollführt. Sie rennen vorn und achtern die Kanonen aus, Sir.«

»Oh, gut. Mister Duncan, sagen Sie den Burschen an den Backbordkanonen, sie sollen das Schiff dort draußen begrüßen.«

»Aye, Sir. Durchlöchern oder hinwegfegen?«

»Keins von beidem, Mister Duncan. Feuern Sie nur um der Wirkung willen. Ich will nur die Aufmerksamkeit des Mannes erringen.«

»Aye, Sir.«

Während Decksgasten die Kanonen sorgfältig richteten, drei kurze Sechser und eine kurze, dicke, uralte Neuner, knieten sich die Stückführer an die Keepen, senkten die Lunten und feuerten zwei und zwei. Sprühwasser trieb über das Deck des aufkommenden Bootes, und Gischt brach davor und dahinter auf. Der Harrier krängte jäh und unbeholfen über, kam scharf nach Steuerbord, und sein Heck geriet in den kurzen, unregelmäßigen Wellen in Unruhe, um dann seinen Steven herumzuschwingen. Dann lag es, den Wind von achtern, reglos im Wasser.

»Mister Duncan!«

»Aye, Sir?«

»Ich sagte, es sollte um der Wirkung willen gefeuert werden, Mister Duncan.«

»Das haben die Burschen getan, Sir. Sie haben sie vorn und achtern begrüßt, ihnen dann eine Dusche verpaßt und ihr Ruder fortgeschossen, um sie aus Schwierigkeiten herauszuhalten.«

Die *Mystery* lief in drei Kabellängen Entfernung mit knatternden Segeln am tanzenden Heck des Bootes vorbei, und eine Wolke bildete sich am hinteren Teil des kleinen Schiffes, Pulverrauch, der im Wind verwehte. Unmittelbar querab der Ketsch brach Wasser auf, als eine Kugel in einen Wellenkamm schnitt und auf das Schiff zusprang, was wie ein über einen Teich hüpfender Stein aussah. Die Kugel ließ erneut Wasser aufbrechen und noch einmal, keine zehn Ellen entfernt. Ihr Anprall gegen den Rumpf, als sie den Kiel streifte und versank, war kaum hörbar.

»Ich glaube, wir haben seine Aufmerksamkeit errungen, Sir«, rief Duncan.

»An Deck!«

»Aye, Mister Fanshaw?«

»Sir, das zweite Schiff hält auf die ferne Landspitze zu, und es läuft wie ein ... Pardon, Sir. Es läuft schnell. Und es signalisiert jemandem etwas!«

»Sichten Sie scharf voraus, Mister Fanshaw!«

»Aye, Sir!«

»Mister Tidy, Hände an die Schoten. Aufriggen für Wind direkt von achtern.«

Einige der Männer sahen sich verwundert um. Der Wind war aus Nordost gekommen und würde ihnen auf einem Südkurs kaum nützen, wenn die Segel rechtwinklig der Backbord-Steuerbord-Linie geschotet waren. Aber Tidys Pfeife erklang, die Belegnägel wurden gelöst, die Schotleinen angeholt, und die oberen Spieren ächzten, als der Trimm erfolgte. Segel flatterten und luvten, und die *Mystery* wurde merklich langsamer.

»Mister Wise, helfen Sie mir bitte mit dem Steuerrad. Bringen wir sie forsch nach Steuerbord, damit der Wind von achtern kommt.«

»Aye, Sir.« Sie drehten das Steuerrad, nutzten ihre vereinte Kraft, um das störrische Ruder zu bezwingen und das Schiff in einer plötzlichen, unvorbereiteten Drehung seitwärts krängen zu lassen. Alle ihre Segel nahmen jäh den Wind auf, und die *Mystery* schoß vorwärts, als hätte sie von hinten einen Schlag bekommen. Die gequälten Stage sangen, die Takelage klagte, und eine Schotleine querab teilte sich mit einem Krachen wie ein Gewehrschuß. Unter Deck wurde ein unheilvolles Poltern lauter, als die Spurfüße der großen Masten die Erschütterung abfingen. Plötzlich krachte ein Donner über ihren Köpfen, und Talmadge Fanshaw im Besantopp schrie: »Heiliger Jesus!«

Dalton übergab Wise das Steuer und trat um den Ruderkasten herum, um nach oben zu schauen, während sich andere versammelten und es ihm gleichtaten. Oben am Besan, über den Salingen flatterte ein von oben bis unten so stark zerrissenes Segel im Wind, daß Teile davon wie kleine Fähnchen wehten.

John Tidy trat nahe an Charley Duncan heran. »Ist es das, worüber Sie neulich sprachen?«

»Genau das«, antwortete Duncan grinsend. »Jetzt weiß der Kapitän, inwieweit er seinem Schiff vertrauen kann und inwieweit nicht.«

Ohne sich umzusehen, sagte Dalton: »Mister Tidy, dort drüben muß eine gerissene Leine gespleißt werden, und ein zerstörtes Segel muß heruntergenommen werden. Aber lassen Sie die Männer bitte zuerst wieder sauber auf Kurs trimmen. Wir wissen jetzt genug über sie.«

»Aye, Sir.«

»Mister Romart, sagen Sie Mister Wilton bitte, er soll mit dem neuen Besan-Marssegel nicht warten. Wir haben dafür kein Behelfssegel mehr.«

»Aye, Sir.«

Als die *Mystery* wieder für raumschots-seitlichen Wind getrimmt und die Westküste deutlich sichtbar war, ließ Dalton Wise sie herumbringen, und sie hielten wieder auf das der See zugewandte Ende der Chesapeake Bay zu.

Romart kehrte zurück und sagte: »Mister Wilton sagt, sie werden ihr verdammtes ... pardon, aber das hat er gesagt, Sir ... Ihr verdammtes Segel innerhalb einer Drehung des Stundenglases haben, und er sagt, er hofft, daß der Kapitän Girlanden liebt.«

»Girlanden, Mister Romart?«

»Aye, Sir. Er hat die Indianer drangesetzt, und sie haben es recht üppig mit bunten Federn geschmückt, Sir.«

»An Deck!«

»Aye, Mister Großmast Fanshaw?«

»Segel, Sir! Jenseits des Punktes, auf den wir Kurs nehmen.«

»Können Sie etwas Genaues erkennen, Mister Fanshaw?«

»Aye, Käpt'n! Klar wie der Tag! Es ist ein Vollschiff, ein Kriegsschiff, Sir, ein Linienschiff. Und es läßt den Union Jack flattern.«

XIV

Die *Fury* lag in Rufweite der zerklüfteten Inselbarriere oberhalb des Albemarle Sound vor Anker, wobei ihr tiefer Kiel bei Ebbe fast Grundberührung hatte. So hatte sie den größten Teil einer Nacht gelegen, seit ihre Ausgucks die passierenden Lichter nordwärts laufender Schiffe in den tieferen Fahrrinnen vor der Küste entdeckt hatten. Da sich Kapitän Pinto in trunkener Betäubung unter Deck befand, *teniente* Torero nicht mehr an Bord war und der *patrón*, Don Geraldo Lostrato, entrechtet und auf Befehl des Kapitäns unter eine Art Arrest gestellt war, war niemand sonst fähig – oder bereit – zu entscheiden, was zu tun war.

Also lag die Schnau einige dunkle Stunden unbeleuchtet vor Anker, während oben Ausgucks kauerten und die unheilvollen Lichtflecke im Osten beobachteten, wo Schiffe eng am störrischen Gegenwind dahinkrochen. Beim ersten Licht waren ihre Segel noch immer in Sicht, jetzt weit nördlich und noch immer nordwärts haltend. Ein englisches Geschwader mit Fregatten dazwischen segelte in Formation dahin.

Durch Glück oder die Gnade Gottes war die Schnau nicht bemerkt worden, aber es war die richtige Zeit, sich bedeckt zu halten und zu beobachten – und darauf zu warten, daß Kapitän Pinto sich erholte und das Kommando wieder übernahm.

Die schwindenden Schiffe waren in der Ferne gerade noch sichtbar, als einer der Ausgucks rief: »Ein Schiff hat sich abgesetzt. Es läuft nach Backbord ab!«

Andere gingen nachsehen. Tatsächlich hatte sich eines der weiter entfernten Segel von den übrigen abgesondert und lief nach Backbord auf das Land zu. Die Männer auf der *Fury* beobachteten es eine Zeitlang, befürchteten, daß dieses Schiff zurückkehren und am Wind die Bucht herabkommen und sie finden könnte. Aber es lief einfach gerade aufs Land zu, ein heller Fleck im Morgensonnenschein, und geriet schließlich außer Sicht, als es eine Ausbuchtung der Küstenlinie umrundete. Die übrigen Schiffe setzten ihren langsamen Kurs gen Norden fort, an der Küste und weiter draußen, und kämpften gegen einen Wind an, der noch immer mehr von Norden als von Osten wehte.

Lostrato hielt sich eine Zeitlang an Deck auf, aber er blieb für sich und hielt sich von dem Pöbel fern, der Pintos auserwählte Mannschaft war. Er hätte leicht das Kommando übernehmen können, ungeachtet der Angst der Männer vor Pinto. Es wäre mit so viel Platz jetzt leicht, Segel zu setzen, die Anker zu lichten und die Nase des Schiffes aufs Meer zu richten, dann mit treibendem Wind südwärts zu laufen und die Engländer hinter sich zu lassen. Aber er tat nichts dergleichen. Pinto hatte seinen Status deutlich gemacht, und ein kaum wahrnehmbares, grimmiges Lächeln erschien auf Lostratos scharfgeschnittenem Gesicht ... fast ein zufriedenes Grinsen. Dummköpfe, die Dummköpfe befehligten. Sollte er doch aufwachen und sein Schiff so vorfinden, in trügerischen Untiefen fast auf Grund gelaufen. Und sollten diese Dummköpfe ihm doch Antworten geben, wenn das geschah.

Lostrato gingen andere Dinge durch den Kopf. Er hatte mit den französischen Damen unter Deck gesprochen und interessante Dinge erfahren. Ein Vermögen an Lösegeld spukte ihm im Kopf herum, Lösegeld, von dem kein barbarischer Pirat wüßte, wie er es erlangen sollte. Sollte Pinto auf seinem kraftvollen Schiff umherstolzieren und prahlen ... Er, Don Geraldo Lostrato, wäre es, der das Kommando innehaben würde, wenn die Zeit der Bezahlung kam. Es würden Kontakte nötig, sein, Verhandlungen, Vorkehrungen für garantierte Sicherheiten ... Angelegenheiten, mit denen ein Gentleman umzugehen wußte. Und Pinto hatte niemand anderen, an den er sich wenden konnte, wenn es soweit wäre. Er dachte an die vielen kleinen Erniedrigungen, die er dem Piraten antun würde. Es würde höchst befriedigend sein. Und dann, wenn die Aufgabe vollbracht wäre, würde er ihn töten. Mit einem Schiff wie diesem und seinem Kaperbrief brauchte er Pinto nicht mehr. Der ungeschlachte Mensch würde bald die Klinge zu spüren bekommen und dann erkennen, wer sein Meister war.

Die Sonne stieg über dem Meer höher, und das rhythmische Wiegen der *Fury* an den Ankerleinen wurde plötzlich unregelmäßig. Der leichte Wellenschlag unter ihr verlor seine Synchronität, und ein gerade noch hörbares seltsames, zischendes, polterndes Geräusch drang durch ihre Planken.

Da grinste Lostrato offen und ging zum Niedergang zurück. Unter Deck lauschte er einen Moment am Eingang von Pintos Kajüte und trat dann zu der anderen Kajüte hinüber.

»Ah, Vasco«, sagte er leise. »Guter Vasco, hör mir zu. In dieser Kajüte, die du bewachst, befindet sich etwas weitaus Wertvolleres als alle Prisen, an denen du durch normale Piraterie jemals Anteil haben könntest. Du schuldest diesem betrunkenen Dummkopf Pinto nichts. Stell dich auf meine Seite, und ich verspreche dir großen Reichtum.«

Der Mann starrte ihn nur an, aber sein rascher Blick zur geschlossenen Kajütentür des Kapitäns zeigte Lostrato alles, was er wissen mußte. Er ging an dem Wächter vorbei und löste den Riegel der kleinen Zelle der Gefangenen.

»Ich werde hier drinnen sein, Vasco. Bewache diesen Eingang gut und vertraue mir. Wir steuern auf ein Lösegeld in Gold zu, Vasco, und ich werde dich großzügig entlohnen. Wir haben beide Grund, unseren Kapitän zu hassen.«

Fast eine Stunde später hörte er Pintos ferne, vor Zorn bebende Stimme. Und das Schiff lag noch immer auf dem Sand fest, erzitterte, wenn die Brandung peitschte, und würde sich erst regen, wenn die Flut zurückkehrte.

Die *Mystery* umrundete Hampton, Toppsgasten in ihrer Besan-Marsstenge, wo sie ein helles neues Segel anschlugen, das durch das kunstvolle Verweben gefärbter Federn entlang der Lieks und an den Reffzeisigen leuchtete. Aber in der Krümmung der Küstenlinie unterhalb The Horns blieb das Segel eingeholt, und andere waren erschlafft. Die Ketsch wirkte winzig in dem breiten Gewässer, während die Männer an Bord mit geweiteten Augen auf das starrten, was zwischen ihnen und dem offenen Meer lag. In der Mündung der Bucht, sehr nahe der Küste und unter guten Segeln, lief ein Linienvollschiff, und ein wuchtiger Vierundsiebzigpfünder beherrschte die Bucht von Cape Charles im Norden bis Cape Henry im Süden.

Die *Mystery* kam im Wasser jäh zum Stillstand, und Patrick Daltons Mut sank. Die Möglichkeit hatte stets bestanden, hier auf ein Blockadeschiff zu treffen, und einem kleineren Schiff hätte man vielleicht entrinnen können. In einer an der Mündung zehn Meilen breiten Fahrtrinne könnte selbst eine träge Ketsch einer Brigg oder ähnlichem – möglicherweise sogar einer kleinen Fregatte – entrinnen, wenn für einen Ausweichkurs ein günstiger Wind wehte.

Aber keinem Vierundsiebzigpfünder. Mit einem Vierundsiebzigpfünder konnte man es einfach nicht aufnehmen.

Dalton gab auf einem totenstillen Deck seine letzten Befehle. »Mister Caster, setzen Sie bitte die Farben. Handelsschiff, Privatbesitzer, die Flaggen, die der Wahrheit über uns am nächsten kommen. Und signalisieren Sie ›Erbitten Erlaubnis zu passieren‹. Mister Duncan, ich bin unserem Segelmacher gegenüber eine Verpflichtung eingegangen. Bitte bringen Sie ihn an Bord der Barkasse: Sie selbst und alle anderen sollen sich anschließen, die der Tatsache ins Auge blicken müssen, daß ihnen nach einer Gefangennahme vielleicht mehr als nur die Einkerkerung bevorsteht. Nehmen Sie auch Mister Caster mit und ...«

»Bitte, Kapitän, ich ...«

»Belegen Sie das, Mister Caster. Sie werden genau das tun, was ich Ihnen befehle. Mister Duncan, nehmen Sie so viele Männer an Bord der Barkasse wie möglich, und sehen Sie zu, ob Sie Mister Wilton in Hampton absetzen können. Ich glaube, das Dorf, das Sie dort drüben sehen, ist Hampton. Gehen Sie jetzt, Mister Duncan, solange noch Zeit ist.«

»Kapitän ...«

»Tun Sie es, Mister Duncan. Das ist ein Befehl.«

»Aye, Sir.«

Peter Selkirk hatte mit seinen vierundfünfzig Jahren im dritten Jahr das Kommando des Schiffes Seiner Majestät *Cornwall* inne, ein Veteran mit fast vierzig Jahren im Dienst der Krone. Einst als Akademiemitglied behaglich und bequem niedergelassen, war er auf Geheiß Admiral Lord Howes wieder in den aktiven Dienst berufen worden, noch vor der Stationierung der Weißen Flotte in amerikanischen Gewässern. Als bedächtig und gewissenhaft bekannt, eilte ihm bezüglich der Gefechte der Ruf voraus, ein sorgfältiger Stratege, bis ins Detail absolut gewissenhaft und von unerbittlichem Temperament zu sein, wenn der Feind erst einmal im Spiel war. Gleichrangige wie Untergebene erzählten, daß »Hawser« Selkirk die ungewöhnliche Fähigkeit besaß, detailliert die Position jedes Schiffes in jedem Gefecht benennen zu können, an dem er je teilgenommen hatte, ebenso wie die Bestükkung dieser Schiffe, die Beglaubigungsschreiben ihrer Kapitäne und die Taktiken, die jeder Flottenoffizier beider Seiten angewandt hatte. Er kannte auch die Namen, Stärken und Schwächen, persönlichen Vorlieben und das Temperament – ebenso wie die Situation zu dem Zeitpunkt – jedes Seekadetten, den er jemals ausgebildet hatte, einschließlich mehrerer Männer, die es bis zum Admiral gebracht hatten und so seine Vorgesetzten geworden waren – zumindest dem Rang nach.

Selkirk waren Zwickmühlen nicht fremd, und das Dilemma, dem er jetzt gegenüberstand, faszinierte ihn. Als die *Cornwall* die Capes Charles und Henry passierte und ihren gewaltigen Vordersteven auf Gloucester Point an der Westküste ausrichtete, las er die Depeschen erneut, die ihm vor einer Stunde vom Master des Harrier übergeben worden waren. Eine war die Kopie einer Befugnis eines Felix Croney, eines Captains der Hafengarde, der die Arrestierung Patrick Daltons aufgrund eines Haftbefehls wegen Flucht verlangte, sowie die Einnahme seines Schiffes wegen Schmuggelei. Die zweite war eine brandneue Depesche vom Offizier der Acomack Patrouille, die ein wie eine Ketsch getakeltes Schiff als Daltons Domizil auswies.

Signale von Land hatten Selkirk von seinem Nordkurs in Küstennähe gebracht, und diese Depeschen hatten auf ihn gewartet. Er war wütend. Ein 74-Pfünder-Linienschiff mit zweihundertdreißig Mann an Bord, von seiner eigentlichen Mission aufgrund der Botschaft eines Narren abgehalten ... Das war der Preis, den ein stolzes Empire dafür zahlte, Narren in seine politische Hierarchie integriert zu haben, viele Narren in der Fremdengarde und, durchaus möglich, ein Narr auf dem Thron des Regenten.

Selkirk hatte die Berichte schon vor Monaten gehört – über die Umwälzungen in Irland und die daraus folgenden Vergeltungsmaßnahmen der Krone gegen eine Handvoll der dortigen Anführer. Und da Selkirk mehr wußte als einige der auf beiden Seiten Betroffenen, war er es zufrieden, daß zumindest gegen einige Teilnehmer der »Verschwörung von Dublin« Haftbefehle wegen Hochverrat ausstellt worden waren. Das galt aber nicht für alle.

Jetzt stand die *Cornwall* in der Mündung der Chesapeake Bay, und Peter Selkirk richtete sein Fernrohr auf die seltsam getakelte kleine Ketsch voraus. Er sah, wie sich das Beiboot seinen Weg südwestwärts zur Küste bahnte, und begriff schnell, was da vor sich ging. Er sah jene, die an Bord der Ketsch verblieben waren, Gesichter, die aus der Ferne nicht zu erkennen waren. Sie gehörten zu Männern, die ausdruckslos ihrem Schicksal entgegenblickten und nirgendwohin fliehen konnten. Selkirk betrachtete den großen, dunkelhaarigen jungen Mann, der neben dem Steuerrad der Ketsch stand – ein Mann, der bis zur Wade reichende Stiefel trug und mit der Sicherheit des geborenen Seemannes auf seinem Deck stand.

»Wir bleiben eine Kabellänge entfernt«, sagte er. »Bereithalten zum Ausbringen einer Barkasse.«

Dalton beobachtete, wie die *Something* davonfuhr. Als die Barkasse weit genug von der *Mystery* entfernt war, setzte sie an ihrem kurzen, dicken Mast Segel, krängte in den Wind und hielt auf die nur wenige Meilen entfernte Küste zu – eine hübsche kleine Barkasse mit häßlichen Schrotflinten an beiden Enden und einem Gedränge verwegener Männer dazwischen. Charley Duncan stand das Erhängen bevor, falls die Briten ihn jemals gefangennahmen, so daß Dalton auch ihn fortgeschickt hatte. Mit ihm gingen der Segelmacher Titus Wilton und die übrigen Amerikaner – Michael Romart, Tobias Quinn, Joseph Tower, die Brüder O'Riley, Sam Sidney – und Billy Caster, der mit flehender Miene zu der Ketsch und seinem Kapitän zurückblickte, dem er Loyalität geschworen hatte. In der Barkasse befanden sich auch die fünf hessischen Deserteure, Korporal Heinrich Wesselmann, Klaus Doste, Jacob Tiehl, Wolfgang Mitter und Rudolph Waltz – junge Männer, die in der neuen Welt untertauchen und Bauern werden wollten. Für sie würde eine Gefangennahme den sofortigen Tod durch die Hände ihrer eigenen Offiziere bedeuten.

Bei Dalton an Bord der *Mystery* verblieben waren elf Engländer und zwei Indianer. Die Teerjacken bekamen, wenn sie gefangengenommen wurden, vermutlich die Peitsche zu spüren, und die Indianer würden vielleicht an Bord irgendeines Küstenschiffes gepreßt. Aber sie würden überleben.

Dalton seufzte und wandte den Blick zu dem wuchtigen Rumpf des herannahenden Kriegsschiffes. Victory Locke am Ruder blinzelte mit feuchten Augen.

»Wir haben ihnen ein gutes Rennen geliefert, Sir«, sagte er.

Das große Schiff stand unter dem Licht der hochstehenden Sonne eine Kabellänge entfernt, aber sein Schatten erreichte schon fast die Ketsch. Die Bootsdavits schwangen mittschiffs außenbords, und ein Boot wurde abgefiert. An Bord waren ein Offizier in einer blauen Jacke und neun mit gestreiften Hemden bekleidete Teerjacken, sowie eine Wache von vier Seesoldaten in roten Jacken. Das Boot tauchte ins Wasser ein, legte ab und hielt auf die *Mystery* zu.

»Ja, in der Tat, Mister Locke«, sagte Dalton. »Wirklich ein sehr gutes Rennen.«

In einer Entfernung von dreißig Yards wurde das Rudern eingestellt, das Boot dümpelte auf dem Wasser, und der Offizier stand auf – es war ein rotgesichtiger junger Mann, nicht älter als Dalton selbst. Er benutzte ein blitzendes Sprachrohr und rief: »Ahoi die Ketsch!«

Dalton trat an die Reling und hob grüßend eine Hand. »Ahoi das Boot! Dies ist das Handelsschiff *Mystery*, auf privater Handelsfahrt!«

»Die Empfehlungen meines Kapitäns, Sir, aber er weiß genau, wer Sie sind, und ersucht um Ihre Anwesenheit an Bord der *Cornwall*, Sir.«

»Sagte er ›ersuchen‹, Sir?«

»Aye, Sir, das hat er gesagt. Wenn ich einen Vorschlag machen dürfte, Sir – wenn ich Sie wäre, würde ich das als sehr dringliches Ersuchen interpretieren.«

»Dann kommen Sie längsseits. Sie wollen doch vermutlich an Bord kommen?«

»Der Kapitän hat mir nicht befohlen, an Bord zu gehen, Sir. Er hat mich nur geschickt, um Sie an Bord der *Cornwall* zu bringen.«

Dalton wandte sich ab und sah, daß sich alle an Bord der *Mystery* verbliebenen Männer jetzt an Deck zusammendrängten und ihn ansahen. Er überlegte, ob er etwas sagen sollte, entschloß sich dann aber dagegen. Statt dessen grüßte er jeden einzelnen und dann alle zusammen. »Es ist Ihr Deck, Mister Tidy«, sagte er schließlich zu dem alten Bootsmann. »Ich wünsche Ihnen alles Gute.«

Das Boot kam längsseits, und Dalton stieg forsch hinab, wollte nicht zu den Männern zurückschauen, die darauf vertraut hatten, daß er sie vor allem Ungemach bewahren würde.

Der rotgesichtige junge Offizier begrüßte ihn. »Harrington, Sir. Leutnant, Offiziersanwärter auf Seiner Majestät Schiff *Cornwall*. Nein, bitte, Sir. Der Kapitän hat mich angewiesen, nicht nach Ihrem Namen zu fragen. Wenn Sie es sich einfach hier bequem machen wollen, Sir. Mister Forbes! Wenden Sie und bringen Sie uns zum Schiff zurück.«

»Aye, Sir.«

Nach zehn Ruderschlägen tauchten sie in den Schatten des großen Schiffes ein, und Dalton fühlte ein Frösteln wie jemand, der die Sonne vielleicht niemals wiedersieht. Dennoch empfand er, als er an Bord des Vierundsiebzigers gepfiffen wurde, die alte erregende Ehrfurcht. Konnte irgendein Mann, auch unter solchen Umständen, dieses Gefühl leugnen, wenn er den Fuß auf das Deck eines guten Schiffes setzte, fragte er sich.

Die Seesoldaten standen hinter ihnen, als Harrington ihn nach achtern führte, an einer Gasse neugieriger Gesichter vorbei, zum Quarterdeck hinauf und zu der kurzen Leiter, die zum Achterdeck führte. Hier blieb Harrington stehen.

»Der Kapitän wird unter vier Augen mit Ihnen sprechen wollen, Sir«, sagte er.

Der Mann, der allein an der geschnitzten Reling stand und in eine andere Richtung schaute, war untersetzt und hatte eine breite Taille wie jemand, der schon lange auf See und stets in einer Befehlsposition war. Sein Haar unter dem Hut war eisengrau, und er trug die Doppelepauletten des Kapitänsranges und des Dienstalters.

Dalton näherte sich ihm, blieb stehen und grüßte. »Sie haben um mein Kommen ersucht, Sir?«

»Hallo, Patrick.« Der andere wandte sich um. »Noch immer mit dem schwierigen Glück des Iren gesegnet, wie ich sehe.«

Ein Gesicht aus der Vergangenheit. Ein Gesicht, das Daltons Erinnerungen an Klassenräume, Vorträge über Taktik und Rundgänge mittschiffs beherrschte. Hawser! Hawser, ein Mann von unerbittlicher Disziplin und eisernem Willen, Hawser, der ebenso für sein scharfes Image wie für seine Unnachgiebigkeit mit einer fest gespannten Trosse verglichen und Hawser genannt wurde ... und der den Namen Hawser niemals persönlich von einem Untergebenen zu hören bekommen hatte.

»Sie sehen aus, als ob Ihnen ein Geist erschienen wäre, Patrick. Es ist nicht so lange her. Also schließen Sie den Mund und antworten Sie angemessen, bevor ich meine gute Meinung über Sie ändere.«

»Aye, Sir!« Dalton straffte die Schultern und salutierte, während er in der beiläufigen Erwiderung tausend vergangene Erwiderungen sah, eine Halle voller Spiegelreflektionen aus lange vergangenen Zeiten.

»Sie haben sich in eine schwierige Lage gebracht, soweit ich gehört habe«, sagte Selkirk. »Oh, stehen Sie bequem! Sie haben sich ihre Abzeichen rechtmäßig verdient, und dies ist kein Paradeexerzieren.«

»Ja, Sir. Ah ... es ist schön, Sie wiederzusehen, Kapitän Selkirk.«

»Tatsächlich? Ich kann mir nicht vorstellen, wie Sie an diesen Umständen Geschmack finden sollten.« Der rangältere Kapitän deutete in eine bestimmte Richtung. »Und was ist das genau?«

»Eine Ketsch, Sir. Ich ... wir haben sie verlassen vorgefunden und einige Reparaturen durchgeführt. Ich dachte, wir könnten eine oder zwei Ladungen übernehmen.«

»Und Sie haben offensichtlich eine Ladung an Bord. Nein, kein Kommentar dazu. Wenn ich mich entschließe, darüber näheres zu erfahren, werde ich mir alles selbst ansehen.«

»Ja, Sir.«

»Ich habe eine ungeheure Geschichte über Sie gehört, Patrick. Es heißt, Sie hätten der Flotte im Hafen von New York erheblichen Schaden zugefügt.«

»Ich hatte kaum eine Wahl, Sir. Ich wurde beschuldigt ...«

»Ja, ich weiß. Hochverrat, heißt es. Weil Sie einst mit Fitzgerald bekannt waren. Das ist natürlich kompletter Unsinn. Ich kannte den alten Teufel mehrere Jahre lang persönlich. Aber andererseits bin ich kein Ire.«

»Nein, Sir.«

»Es heißt, Sie hätten sich nicht allzu ruhig verhalten und nicht versucht, wieder Tritt zu fassen. Wie sieht Ihre Bilanz zur Zeit aus? Bezogen auf Schiffe der Krone, Patrick? Zwei Briggs, soweit ich gehört habe, beide eher schwer beschädigt, ein Kanonenboot ...«

»Zwei, Sir.«

»Zwei?«

»Zwei Kanonenboote. Verzeihen Sie, Sir, aber ich hatte wirklich keine andere Wahl.«

»Natürlich nicht. Was noch?«

»Nun, Sir, da war eine Fregatte.«

»Oh? Ich habe keine Berichte über eine Fregatte gehört.«

»Es war Jonathan Harts *Courtesan*, Sir. Wir ... äh ... wir haben sie versenkt.«

»Sie haben eine Vierundvierziger versenkt? Mit einem zivilen Schoner? Großartig. Warten Sie, bis ich das in der Flotte erzähle.«

»Dieser Fall lag anders, fürchte ich, Sir.« Dalton seufzte und sah auf seine Füße. »Ich fürchte, ich habe die *Courtesan* gejagt, Sir. Es war eine persönliche Angelegenheit.«

»Nun, Sie werden sich freuen zu hören, daß zumindest das bei der Admiralität nicht gegen Sie ausgelegt wird. Es heißt, Hart sei jetzt ein Geächteter. Sein Patent wurde für ungültig erklärt, und sein Schiff befand sich natürlich in Privatbesitz, so daß ... Aber eine Vierundvierziger, Patrick? Mit einem Schoner?«

»Ja, Sir. Ich fürchte, es stimmt.«

»Ich kann es kaum erwarten, es allen zu erzählen. Das muß man sich vorstellen!«

»Sir, die Männer an Bord der Ketsch sind gute Seeleute, Sir, und wirklich nicht verantwortlich für ...«

»Habe ich Sie danach gefragt?«

»Nein, Sir.«

»Dann hüten Sie Ihre Zunge. Ich habe eine Frage an Sie, junger Dalton, und ich will eine direkte und ehrliche Antwort. Sind Sie des Hochverrats an der Krone schuldig, wie die Haftbefehle behaupten?«

»Nein, Sir. Ich bin nicht schuldig.«

Selkirk schürzte die Lippen und blickte über das helle, bewegte Wasser der Bucht in die Ferne. »Das dachte ich mir. Es heißt aber, Sie hätten sich mit Rebellen verbündet. Was sagen Sie dazu, Patrick?«

»Ich habe mich mit Amerikanern zusammengetan, ja. Es ging darum, unseren Problemen gemeinsam zu entrinnen. Aber verbündet, nein. Und das würde ich auch nicht tun, Sir. Nicht absichtlich oder wissentlich.«

»Die Barkasse dort drüben hält auf die Küste zu. Wer befindet sich an Bord?«

»Mitglieder meiner Mannschaft, Sir. Und ein Gentleman, der auftragsgemäß Segel anfertigte.«

»Ich verstehe. Und vermutlich sind einige der Männer Kolonisten?«

»Ja, Sir. Einige von ihnen.«

»Auf Ihre Ehre, Patrick, Sie haben nichts getan, um König oder Land zu verraten?«

»Ich habe nichts in Gang gesetzt.«

»Das werde ich akzeptieren. Hat mein Offiziersanwärter Sie höflich behandelt, Patrick?«

»Leutnant Harrington? Ja, Sir. In jeder Beziehung, obwohl er es vermieden hat, meinen Namen in Erfahrung zu bringen.«

»Wie ich ihn angewiesen habe«, sagte Selkirk nickend. »Harrington ist ein guter Mann. Einer meiner eigenen Grünschnäbel. Er erinnert mich in mancherlei Hinsicht an Sie, obwohl ich hoffe, daß es ihm besser gelingen wird, sich aus Schwierigkeiten herauszuhalten.«

»Ja, Sir.«

Selkirk schaute erneut zu der Ketsch hinüber. »Ich habe manchmal an großen Kriegsschiffen heraldisch verzierte Segel gesehen, aber niemals etwas so ... äh ... Auffälliges wie den für mich sichtbaren Teil Ihres Besan-Marssegels. Was ist das?«

»Das sind Federn, Sir. Ich habe zwei Indianer an Bord, die meinem Segelmacher geholfen haben. Sie lieben Federn.«

»Federn. Ich würde dieses Segel gern geheißt sehen, Patrick. Das ist etwas, woran man sich erinnert.«

»Ja, Sir.«

»Ich würde es gern kommen und gehen sehen. Verstehen Sie mich, Patrick?«

»Nun, nein, Sir, nicht genau. Natürlich würde ich Ihnen gern zeigen ...«

Selkirk seufzte. »Patrick, ich habe hier eine Handvoll Haftbefehle, offensichtlich von einem Felix Croney übermittelt, der vermutlich begonnen hat, seine Aufgabe zu persönlich zu nehmen. Läßt man die Haftbefehle jedoch außer acht, so habe ich nur die Gelegenheit genutzt, um ein wenig mit einem meiner früheren Schüler zu plaudern, der mir versichert, daß er nichts mit irgendeiner Art von Hochverrat zu tun hat, und ich sehe eine eher häßliche Frachtketsch mit einem geschmückten Besan-Marssegel, das gewiß in keinerlei Beschreibungen von Schiffen auftaucht, die unter Verdacht stehen, Schmuggelware zu befördern. Und es ist auch nicht meine Aufgabe, ohne triftigen Grund zivile Frachtschiffe zu inspizieren. Ich habe Besseres zu tun. Daher wäre ich Ihnen dankbar, wenn Sie jetzt wieder auf Ihr Schiff zurückkehren und mir den Anblick zuteil werden lassen würden, wie dieses Segel beim Ablegen aussieht. Gott helfe Ihnen, Patrick, denn ich kann Ihnen auf keine andere Weise helfen. Aber Gardeoffizier Croney hat mir nichts zu befehlen, und ich habe hier bereits genug Zeit mit dem Ersuchen eines Narren verschwendet. Ich sehe keine Schmuggelware, ich sehe keine Schiffe, wie sie in meinen Haftbefehlen genau beschrieben werden, und ich habe Sie heute überhaupt nicht gesehen. Gehen Sie jetzt und befördern Sie Ihre Ladung, und bitte versuchen Sie, diesem verdammten Krieg aus dem Weg zu bleiben.«

»Aye, Sir.«

»Oh, und Patrick ...«

»Sir?«

»Ich habe die alte *Cornwall* hier lieben gelernt. Ich hoffe, Sie sind in bezug auf das Beschädigen von Schiffen der Krone gesättigt.«

»Aye, Sir.«

Der rangältere Kapitän wandte sich ab, verschränkte die Hände hinter dem Rücken und sah sich nicht mehr um. Halbwegs benommen, schritt Dalton zum Quarterdeck, wo Harrington wartete.

»Hatten Sie eine nette Unterhaltung mit dem Kapitän, Sir?« fragte der Brite grinsend. »Er kann zäh wie Stiefelleder sein, aber ich hatte niemals einen besseren Lehrer.«

»Ich auch nicht«, versicherte Dalton ihm.

»Darf ich Ihnen einen Vorschlag machen, Sir?«

»Ich bitte darum.«

»Wenn Sie zu Ihrer Ketsch zurückkehren, möchten Sie vielleicht etwas über Ihre Heckreling an Steuerbord drapieren. Von hinten sieht es für alle Welt so aus, als befände sich dort die Mündung eines Batteriegeschützes. Solche Dinge könnten die Leute zum Reden veranlassen, Sir.«

Mit einer frischen Brise fast querab, kämpfte die *Something* heftig gegen die Wogen an und hielt auf den Strand zu, wobei sie sich rechts der breiten Einfahrt hielt, die die

Mündung des James River bildete. Die meisten der Männer, die auf ihren Bänken kauerten, schauten immer wieder zu dem entschwindenden Bild zurück, zu der gedrungenen, schnabeligen Ketsch mit den schlaffen Segeln, die vereinsamt schien, überragt von der großen Silhouette des Kriegsschiffes.

Aber als die Küste näherkam, deutete Korporal Heinrich Wesselmann voraus. »*Segel! Zwei Segel!*«

Duncan holte sein Fernrohr hervor. Zwei Segelpunts legten gerade an den Fischereidocks unterhalb des Dorfes Hampton an.

»Kolonisten«, sagte er zu niemandem im besonderen. »Vermutlich Whigs.«

»Natürlich sind es Kolonisten«, erinnerte Michael Romart ihn. »Das sind Puntfahrer in den Kolonien üblicherweise. Der Käpt'n hätte uns nicht hier an Land geschickt, wenn er geglaubt hätte, daß dieser Ort von herumhüpfenden Engländern wimmeln würde.«

»Ich bin ein herumhüpfender ... Ich bin Engländer«, schnaubte Duncan. »Denken Sie einmal über mein Problem nach.«

»Nun, niemand will es wissen, es sei denn, Sie laufen herum und erzählen es allen. Nur weil Sie ein gestreiftes Hemd tragen ...«

»Und was ist mit diesen fünf?« fragte Duncan und deutete mit dem Daumen auf die in den Achterschoten zusammenstehenden Hessen. »Sie können vermutlich auch für verdammte Kolonisten durchgehen?«

»Das ist ein kleines Problem«, stimmte Romart ihm zu. »Wie auch immer – wenn wir ihre Uniformen loswerden und sie davon überzeugen können, den Mund zu halten ...«

»*Achtung!*« unterbrach Wesselmann ihn und deutete in Richtung Küste.

Die beiden Punts hatten den Fischereihafen angesteuert und ihre Segel gefiert, als sich plötzlich Türen in den dahinter liegenden Gebäuden öffneten, Rotjacken überall ausschwärmten und sich den Piers näherten.

»Die Stadt wurde eingenommen!« stellte Romart fest. »Dort hüpfen überall Engländer herum!«

»Das verändert das Problem, nicht wahr?« sagte Duncan achselzuckend.

Titus Wilton wandte sich im Bug um und blickte zu den herannahenden Piers. »Völlig unakzeptabel«, entschied er. »Mister Duncan, Ich bestehe darauf, daß wir umkehren und uns an irgendeinen anderen Ort begeben.«

»Nach allem, was ich letztens gehört habe, kann es hier keine Landetrupps geben«, sagte Joseph Tower. »Das muß eine Patrouille von der weiter unten zusammengebrochenen Front sein. Vielleicht versuchen sie, Williamsburg einzukreisen.«

»Auf diese Art haben sie auch Bedford eingenommen«, erklärte Sam Sidney. »Zumindest haben sie es so besetzt, bevor sie von den Minutemen[1] vertrieben wurden.«

»Wo liegt Bedford?« fragte Gerald O'Riley.

»Es liegt in Massachusetts.«

»Nun, wir können wohl kaum nach Massachusetts ausweichen.«

»Ich meinte nicht, daß wir uns dorthin begeben sollten. Ich wollte nur ...«

---

1 Minutemen: Soldaten einer militärischen Einheit, die darauf gedrillt waren, vor und während der amerikanischen Revolution ihre Waffen innerhalb von Minuten zum Einsatz zu bringen. (Anm. d. Ü.)

»Es gibt weiter unten noch eine Ortschaft«, sagte Dalton und spähte durch sein Fernrohr.

»Es ist ein wenig zu spät, um unbemerkt zu passieren«, sagte Romart. »Sie haben uns gesehen.«

»*Wo gehen wir hin, Korporal?*« fragte Klaus Doste Wesselmann.

»Die Tories müssen sie hingeführt haben«, entschied Romart. »Ich glaube nicht, daß diese Leute dort die britischen Truppen sehr lieben.«

Duncan wandte sich um. »Mister Quinn, bringen Sie uns an Backbord herum, raumschots-seitlich. Wir werden versuchen vorüberzugelangen, bevor jene Boote uns den Weg abschneiden können.«

»Aye, Sir.«

Die *Something* krängte munter, nahm Gischt über ihr Backbordschandeck auf, und Duncan beobachtete, wie die Segel an den zwei Punts wieder geheißt wurden. Die Schiffe waren jetzt voller Rotjacken. Duncan schaute mit einer gewissen Erwartung von einem zum anderen seiner entwendeten Puntgeschütze.

»Misters O'Riley«, sagte er, »können Sie beide eine Lunte zwischen sich glimmen lassen? Wir brauchen sie vielleicht.«

»Wenn das das Beste ist, was Sie anzubieten haben«, fauchte Titus Wilton, »warum bringen Sie mich dann nicht einfach wieder zum Schiff zurück?«

Billy Caster betrachtete die Hessen in ihren Uniformen und mit ihren Musketen und dachte über die verschiedenartigen Flaggen in der Flaggenbackskiste der *Mystery* nach – die sich dort zur Belustigung anderer Schiffe befanden, wie Kapitän Dalton gesagt hatte.

»Ich frage mich ...« murmelte er, und Korporal Heinrich Wesselmann blickte zu ihm und neigte den Kopf.

»*Ja*«, sagte er.

Nach raschem Flüstern in ihrer Sprache formierten sich die Hessen plötzlich und drängten nach achtern, bahnten sich einen Weg durch die dort Stehenden und drehten sich dann mit erhobenen, auf die anderen gerichteten Musketen um, alle außer Rudolph Waltz, der mit seiner auf Tobias Quinn und Billy Caster gerichteten Waffe nach achtern schaute.

»*Ihr seid jetzt unsere Gefangenen*«, erklärte Wesselmann den bestürzten Seeleuten.

»Was?«

»*Ihr seid ...*«

»Ich glaube, er hat gesagt, daß wir ihre Gefangenen sein sollen«, half Billy Caster aus.

»Nun, ich soll verdammt sein, wenn ich ...«

»Bitte, Mister Romart. Ich glaube, er hat recht. Bitte sitzen Sie still und verhalten Sie sich ... äh ... wie ein Gefangener.«

»Ah«, sagte Duncan nickend. »Ja. Wir sind alle Gefangene. Aber bitte halten Sie unsere Nase ostwärts, Gefangener Quinn.«

»Aye, Sir.«

Die Punts kamen im Bogen aus der Bucht heran, um sie zu inspizieren, und Korporal Wesselmann winkte und rief etwas auf Deutsch, was er mit einem zackigen militärischen Gruß beendete. Einige Minuten lang liefen die Punts weiter, während Soldaten an ihren Schandecks über die sich verkürzende Entfernung herüber blickten. Dann drehten die Punts bei und liefen wieder zurück.

»Bei allen haarigen Riesenkoboldena«, keuchte jemand. »Es hat funktioniert.«

Billy Caster seufzte erleichtert, wandte sich um und schaute erneut zu der fernen, verlorenen Ketsch. Seine

Augen weiteten sich. »Mister Duncan! Schauen Sie zur *Mystery*! Sie setzt Segel, Sir. Sie läuft weiter!«

Wesselmann senkte seine Muskete, und die anderen folgten seinem Beispiel. Dann drehte er die Waffe formell um und schob sie mit dem Kolben voraus in Michael Romarts Hände. »*Ihr nehmt jetzt unsere Musketen*«, sagte er. »*Und wir sind eure Gefangenen.*«

XV

Enrico Pinto wütete und tobte, und die flache Seite seiner Klinge hinterließ auf einem Dutzend unglückseligen Rücken Striemen, während die Männer die *Fury* mit steigender Flut aus den Untiefen zogen und dann mit der unvertrauten Takelage kämpften, um Fahrt zu gewinnen, bevor der nach Osten drehende Wind sie wieder auf Grund treiben konnte. Das Ergebnis war, daß er erst am Nachmittag die Gelegenheit hatte, über seine Gefangenen nachzudenken oder darüber, warum sein Schiff während der Nacht unter niemandes Kommando gestanden hatte. In der Folge davon machte sich schließlich auf die Suche nach Lostrato.

Er fand die Gefangenenkajüte noch immer sicher bewacht, auch von anderen außer Vasco, und hörte von ihnen von dem Versprechen auf Lösegeld, das Lostrato verbreitet hatte.

»Tretet beiseite und öffnet die Tür«, befahl er.

Mißtrauische Augen in einem halben Dutzend mürrischer Gesichter betrachteten ihn und zögerten, bis er eine Hand an sein Säbelheft legte und den Befehl wiederholte. Da wichen die Wächter zurück und öffneten die kleine Tür. Pinto trat hindurch, wobei sein wuchtiger Körper den beschränkten Platz im Inneren auszufüllen schien. Er griff nach hinten, um die Tür zuzuziehen, aber sie war ganz zur Seite geschwungen, und sechs Männer seiner Mannschaft standen mit herausfordernden, finsteren Mienen dort.

Aus der Dunkelheit im Inneren erklang Lostratos sanfte Stimme. »Ihre Männer erwarten Anteile an den Prisen hier, *capitán*. Sie sind zu der Ansicht gelangt, daß ihnen ihre Anteile mehr wert sind als Ihr Vergnügen.«

Pinto fuhr herum, spähte in die Dunkelheit, und seine an das Sonnenlicht an Deck gewöhnten Augen paßten sich nur langsam daran an. »Sie haben einer Schlange zugehört«, polterte er.

Zwei Kojen füllten ein Drittel des kleinen Raumes aus, und zwei junge Frauen saßen eng zusammengedrängt auf der unteren der Kojen, die Augen in dem trüben Licht erschreckt geweitet. Don Geraldo saß lässig auf einem mit einem Kissen gepolsterten Fäßchen auf der anderen Seite, die Überreste einer Mahlzeit auf einem mit einem Rand versehenen Regal neben sich. Fächerartige Läden ließen ein wenig Licht herein, und in der Decke eingelassene Prismen spendeten weiteres Licht.

»Sie reden von Lösegeld«, polterte Pinto. »Wie können Sie es wagen, den Tölpeln auf meinem Schiff zu erzählen, wieviel Geld es geben könnte, bevor Sie mit mir darüber sprechen?«

»Ich konnte Ihnen wohl kaum Bericht erstatten«, erwiderte Lostrato mit weicher und entspannter Stimme, als genieße er einen großartigen Spaß. »Sie waren bis zum Morgen bis zur Bewußtlosigkeit betrunken und dann weitaus zu sehr damit beschäftigt, sich aus der Situation zu befreien, in die Ihre eigene Torheit Sie gebracht hat, um irgendwelchen Berichten von mir zuzuhören.«

»Dann informieren Sie mich jetzt!«

»Gut. Diese zwei kleinen Vögelchen hier ... oh, keine Sorge, sie sprechen kein Spanisch ... sind die Töchter eines französischen Gentleman, Jean-Luc Toussaint, Chevalier de Canille, von dem Sie wahrscheinlich noch niemals gehört haben, obwohl Sie es waren, der ihn und seine Frau getötet hat. Aber ich habe glücklicherweise schon von ihm gehört. Der Chevalier führt ... führte ... eine der wohlhabendsten Handelsunternehmungen in Frankreich, im Auftrag seines Bruders, mit Verbindungen nach Carolina. Die Rebellion in den Kolonien hat den Reichtum einer bereits wohlhabenden Familie faktisch verdoppelt, *capitán*, und ich glaube, wenn Sie den Franzosen und seine Frau nicht getötet hätten, wären sie allein schon fünfmal mehr wert gewesen als dieses Schiff – an bereitwillig in Charleston gezahltem Lösegeld.«

»So? Kommen Sie auf den Punkt. Was sind sie wert?«

»Leider nicht ganz so viel. Vielleicht nur die Hälfte.«

»Hören Sie auf mit Ihren Spielchen! Wieviel?«

»Das ist Verhandlungssache. Aber mindestens anteilig mehr Gold, als Sie wahrscheinlich bisher in Ihrem ganzen miserablen Leben gesehen haben, Pinto.«

»Und was haben Sie meinen Seeleuten erzählt?«

»Nur daß die Ware unbeschädigt übergeben werden muß, um ein solches Lösegeld sicherzustellen.« Lostrato erhob sich, in der niedrigen Kajüte halbwegs geduckt stehend, und seine Augen glitzerten wie Schlangenaugen. »Mit anderen Worten, *capitán* Pinto, glaube ich, daß der arme Vasco nicht der einzige Mann an Bord sein wird, der keine *huevos* mehr in der Hose hat, wenn Sie eine dieser Frauen auch nur berühren – oder wenn Sie mir bei meinen Bemühungen, ein Lösegeld auszuhandeln, irgendwie in die Quere kommen. Ich glaube, Ihre Männer würden die Ihren an eine Rahnock nageln und Sie daran baumeln lassen, bis Sie verrotten.«

»Schlange!« grollte Pinto, während ihn heißer Zorn durchströmte und seine großen Muskeln verkrampfte. »Sie denken an eine Meuterei!«

»Nichts dergleichen«, erwiderte Lostrato schwach lächelnd. »Nur an ein wenig Sicherheit – für unsere kleinen Prisen hier und für mein eigenes Wohlbefinden bis zu dem Tag, an dem ich beschließe, meine Klinge durch Ihren Bauch zu stoßen. Und jetzt gehen Sie mir aus dem Weg, *capitán*, denn ich glaube, ein Spaziergang an Deck würde mir guttun.«

Pinto grollte, wich aber zurück. »Was meinten Sie vorhin, als Sie sagten, es wäre mein Fehler, daß dieses Schiff auf Grund gelaufen ist?«

»Es war vollkommen Ihr Fehler. Sie haben es vorgezogen, sich zu betrinken, und dabei vergessen, daß außer mir selbst nur ein weiterer Mann das Schiff handhaben kann. Und ihn haben Sie dort in der Bucht mit einer elenden kleinen Frachtketsch zurückgelassen, die sich seine Kanonen und Segel genommen hat.«

»Torero war ein Dummkopf.«

»War er das wirklich? Ich glaube nicht. Aber ich glaube, wenn ich Sie wäre, würde ich mich fragen, wie mich eine elende Ketsch eine Brigantine und einen Ersten Offizier kosten konnte, ganz zu schweigen von den Werten, die Sie in Ihrer Eile, auf dieses Schiff überzuwechseln, an Bord der *Columbine* zurückgelassen haben. Und ich würde mich fragen, was eine Ketsch wie diese geladen hat, daß Männer sie so verteidigen, und welche Art Männer das sind.«

Mit der unentrinnbaren Logik von Lostratos Lösegeldidee konfrontiert und mehrere bewaffnete Männer im Rücken, die bei der kleinsten Provokation meutern konnten, gab Pinto nach, versprach sich aber, daß er diesen eitlen Geck eines Tages töten würde. Er wandte sich um und stieg grollend an Deck. Die *Fury* stand jetzt in einem frischen seitlichen Wind, fast außer Sicht der Küste, auf einem Kurs, der sie in zwei oder drei Tagen bequem auf die Handelsrouten brächte. Und doch schaute Enrico Pinto zurück, die dunklen Brauen wie Sturmwolken über Augen gefurcht, die grausam glitzerten. Was befand sich tatsächlich auf der trägen Ketsch? Wie hatten sie Torero überwältigt ... und warum waren sie verzweifelt genug gewesen, es zu versuchen?

»Eine Wende«, befahl er seinem Steuermann. »Entgegengesetzter Kurs und Trimm für raumschots-seitlichen Wind an Steuerbord. Bringen Sie uns auf Kurs Nord zu West.«

Als die Tür wieder geschlossen war – der Riegel auf der Außenseite der Tür dröhnte ebenso hohl wie das Echo des Schließens –, bedeckte Eugenie Toussaint mit einer Hand ihre Nase und fächelte sich mit der anderen in dem Wunsch Luft zu, daß der üble Geruch verschwände, der den engen kleinen Raum mit dem Eintreten dieses großen, untersetzten Mannes, den die anderen mit *capitán* anredeten, durchdrungen hatte. Er roch weitaus schlimmer als der drahtige, schnurrbärtige Lostrato, der hier mit ihnen soviel Zeit verbracht hatte, und mit seiner schmeichlerischen, trockenen Stimme in seinem abgehackten, spanisch gefärbten Französisch mit ihnen gesprochen hatte. Zumindest schien Lostrato sich in letzter Zeit manchmal gewaschen zu haben, und die Wohlgerüche, die er trug – wenn auch übertrieben –, überdeckten in gewisser Weise die stechenden Gerüche nach Stiefelöl und Knoblauch, die an ihm hafteten. Aber dieser *capitán*! Der Mann roch noch schlimmer als der hinkende, lüstern schielende Wächter, der Essen und Wasser gebracht hatte. Und häßlich war er!

»Er hat ein Schweinegesicht«, sagte Eugenie.

»Und Schweineaugen«, stimmte Lucette ihr zu. »Aber dieses Gesicht ... Hast du gesehen, wie er uns anschaut? Gott im Himmel, der Gnade eines solchen ...«

»Auf dem Regal liegt ein Feuerschläger, Lucette. Und eine Zunderbuchse. Schau, ob du den Gestank hier drinnen mit Hilfe einer brennenden Kerze vertreiben kannst.« Sie wollte auch etwas tun, um an etwas anderes denken zu können als nur daran, was diese Leute ihrer armen Mutter angetan hatten ... Und vielleicht auch dem Vater ... Und sie wollte die Gedanken daran verhindern, was sie vielleicht mit den Mädchen tun würden.

Der parfümierte Mann hatte viele Fragen gestellt, sie immer und immer wieder wie ein Inquisitor verhört. Er war vor Einbruch der Dunkelheit gekommen und hatte stundenlang Fragen gestellt. Dann, als der Morgen graute, war er mit weiteren Fragen noch einmal zurückgekehrt: über ihre Namen, die Namen ihrer Verwandten, über das *château* nahe Versailles und die Zeit, in der ihr *père* sie zum Palast gebracht hatte, um sie bei den Notabeln des Hofes einzuführen. Welchen hochgestellten Persönlichkeiten waren sie persönlich begegnet, hatte Lostrato gefragt. Welche Ränge bekleideten diese am Königshof? Wie hatten sie Ihren Vater angesprochen? Wer hatte sich verbeugt und wer salutiert? Und er hatte Fragen über Onkel Claude und Onkel Pierre und deren Familien gestellt, über ihre Schiffsladungen, darüber, was sie in Kanada gemacht hatten und was sie jetzt in Charles Town in Carolina taten. Unendlich viele Fragen.

Eugenie hatte noch niemals in ihrem Leben solche Angst gehabt ... und doch schien allen diesen Fragen ein Thema zugrundezuliegen, und daran hatte sie sich verzweifelt geklammert. Es war ihr so vorgekommen, als hätte der Spanier erfahren wollen, ob sie und Lucette Lösegeld wert waren.

Diese Vermutung war alles, was sie hatte. Keine Waffe, keine Verteidigungsmöglichkeit, nichts zwischen sich selbst und Lucette und diesen schrecklichen Männern ... bis auf den Schimmer einer Idee, durch die speziellen Fragen des Spaniers heraufbeschworen. Während ihr Herz wie eine Paradetrommel schlug, hatte sie geantwortet und so wenig wie möglich gelogen, aus Angst davor, erwischt zu werden, aber sie hatte den Mann dennoch schamlos beschwindelt und Lucettes Augen sich weiten gesehen, als diese begriff, was gesagt wurde. Eugenie hatte Lucette aber beschworen, zu schweigen und mit keiner Miene zu verraten, wenn sie nicht die Wahrheit sagte.

Und als das Verhör beendet war, hatte Eugenie einen Spinnstoff aus Halbwahrheiten gewoben, und sie betete, daß sie sich später an alle Übertreibungen erinnern könnte – und daß Lucette es auch könnte. Die Familie des Chevalier hatte sich in dieser winzigen, schlecht belüfteten Kajüte aus unbedeutenden Aristokraten mit bescheidenem Reichtum in eine aus dem Reichtum des Pelzhandels in Kanada entstandene Dynastie verwandelt, die ihr Vermögen durch die sorgfältige Verwaltung der Brüder Toussaint jetzt mehrte – einer saß angeblich in Versailles, der sowohl mit dem Hochadel Finanzgeschäfte machte als auch mit großen Firmen, während der andere eifrig den ganzen erworbenen Reichtum eines kanadischen Imperiums in neue Wagnisse weiter südlich steckte, unterstützt von den Höchsten und Mächtigsten der amerikanischen kolonialen Handelsschiffahrt, und so ein veritables Pariser Monopol in den blühenden Handel üppig gedeihender Kolonien Carolinas verbrachte.

Zwischen Lostratos Besuchen in dem kleinen Kajütengefängnis hatten die Mädchen geübt und die wesentlichen Erfindungen, die Eugenie erschaffen hatte, Stück für Stück wiederholt. Das war weitaus besser, als darüber nachzudenken, was mit ihnen geschehen würde, wenn die Spanier ihr Wohlergehen jemals niedriger als ihre Weiblichkeit werten würden.

Eugenie wußte mit ihren achtzehn Jahren genug über das, was ihnen geschehen konnte, und klammerte sich verzweifelt an jeden Strohhalm, der sie zu retten vermochte. Und Lucette, nur zwei Jahre jünger, spürte die Gefahren ebenfalls genau. Sie befanden sich unter Barbaren, und ihre einzige Sicherheit war ihr Verstand.

Lucette hatte eine Kerze angezündet, deren warmes Licht dem engen kleinen Gefängnis nur wenig Behagen einhauchte. Aber die Luft schien sie zu erfrischen. Die Streifen Tageslicht, die durch die fächerartigen Läden hereindrangen, verlagerten sich, bewegten sich langsam von einem Schott zum entgegengesetzten, und das Schiff – das sich in Richtung der Wand mit dem Regal geneigt hatte – änderte die Vibrationen und die Geschwindigkeit, stellte sich dann auf ein neues Tempo ein und neigte sich schließlich zur anderen Seite. Schatten kamen und gingen über die geringe Helligkeit, welche die Decksprismen als Oberlichter der Kajüte kennzeichnete, und der Klang von Männerfüßen über ihnen erzeugte ein beständiges, unregelmäßiges Echo.

Da die Kerze angezündet war und nichts sonst sie beschäftigte, sank Lucette auf den Stuhl beim Regal, das Gesicht zu den Oberlichtern erhoben, und Tränen wallten erneut in ihren geröteten Augen auf. Eugenie verstand. Einer der stampfenden Schatten dort oben hatte ihre Mutter getötet.

Hinter Hampton, erläuterte Michael Romart, gab es keine Straßen, die landeinwärts führten, es sei denn, man kehrte wieder durch Hampton zurück. Am James vorbei gab es ein Dorf namens Norfolk, dachte er, aber die einzige andere Straße von Norfolk führte am Great Dismal Swamp vorbei und wand sich zum Albemarle Sound hinab. Niemand an Bord der *Something* hatte auch nur die leiseste Ahnung, was man jenseits davon vorfinden mochte.

Titus Wilton regte sich auf und tobte, aber Duncan würde die Barkasse nicht wieder die Bucht hinauf führen – nicht während die *Mystery* jetzt Segel gesetzt hatte und nur wenige Meilen entfernt zum Meer hinaus strebte, und gewiß nicht, solange dieser wuchtige Vierundsiebziger noch immer dahinter mitten in der Fahrrinne stand.

»Cape Henry liegt unmittelbar dort drüben«, sagte Duncan und deutete hin. »Jenseits ist offenes Meer. Dorthin strebt die *Mystery*, und dorthin streben wir. Und ich wüßte es zu schätzen, wenn ich nichts mehr darüber hören würde. Danke.«

Fünfzig Grad vom Wind, schoß die *Something* eilig an Cape Henry Point vorbei und nahm die Wellen einer rollenden See, während sich die *Mystery* eng am Wind langsamer voranschleppte und folgte. Als offensichtlich wurde, daß niemand an Bord der Barkasse aufgefordert würde, jemandem bald etwas zu erklären, beugte sich Korporal Heinrich Wesselmann zur Seite, um seine Muskete wieder aus den Händen Michael Romarts entgegenzunehmen.

»*Meine Muskete*«, sagte er. »*Danke.*«

An Bord der *Mystery*, die eine oder zwei Meilen achteraus lief und eine harte Wende vollführte, um dem Kurs der wendigeren Barkasse zu folgen, gelang es zehn englischen Teerjacken, an der Landzunge vorbei an Geschwindigkeit zuzulegen, während sie immer wieder die verdrießliche Miene ihres jungen Kapitäns betrachteten und sich fragten, was er an Bord des Kriegsschiffes getan hatte, um jedem einzelnen von ihnen einen weiteren Aufschub von der Peitsche, dem Gefängnis oder Schlimmerem zu verschaffen. Von Deck aus praktisch unbemerkt, schwangen sich die beiden Indianer an Leinen zum Besanpiek, turnten die Rahen entlang, schmückten sie mit bunten Federn und drohten dem noch immer in der Bucht hinter ihnen stehenden Kriegsschiff mit Gesten. Sowohl Pitacoke als auch Squahamac hatten ihre Gesichter und Unterarme in Erwartung eines Gefechts mit Streifen aus Ruß und Zimmermannskreide bemalt. Sie waren zutiefst enttäuscht, daß es kein Gefecht gegeben hatte. Sie hatten in der Vergangenheit von bewaldeten Ufern aus beobachtet, wie große Segelschiffe einander auf den Wassern der Chesapeake Bay beschossen. Die gewaltigen Dimensionen des Schadens, den weiße Männer einander zufügen konnten, hatten sie mit Scheu erfüllt ... eine fast ehrfurchtsvolle Quelle der Inspiration. Sie wollten sich nun ebenfalls daran versuchen. Doch jetzt wurde jedoch offensichtlich, daß im Moment niemand jemand anderen angreifen würde, und als sich die Entfernung zwischen den Schiffen vergrößerte, hockten sie sich zu beiden Seiten des Mastes auf die Marsrah und wandten sich um, um zu sehen, was voraus lag. Eines der Segel am Großmast vor ihnen blockierte ihre Sicht auf das Vorausliegende weitgehend, aber als das Schiff in der zunehmenden Dünung wenige Strich nach Steuerbord schwenkte, deutete Squahamac auf etwas, das weit draußen auf dem Meer glänzte. Sie beobachteten es einen Moment neugierig und erkannten dann, daß es gestaffelte Segel waren, und Pitacoke schwang sich von der Rahe und hakte sich mit den Ellenbogen in die Fußpferde.

»Too dä vördammig Dägg!« rief er.

Einen Moment erfolgte keine Antwort, während sich Gesichter überrascht aufwärts wandten. Dann erklang von unten der Ruf: »Was macht ihr beiden da oben?«

Pitacoke ignorierte die triviale Bemerkung. »Sääl!« rief er.

Unten erfolgte erneut eine Pause und dann die Antwort: »Segel? In welcher Richtung?«

Die Indianer besprachen sich, und Squahamac drehte sich, um erneut zu dem fernen hellen Fleck zu schauen. Sie sprachen in schnellem Accomac, kamen überein, und Pitacoke wölbte seine freie Hand über den Mund, um den Untenstehenden zuzurufen: »Söd von üss, Midd'. Wokän süns'?«

»Großmarsausgucks nach oben«, befahl Dalton. »Schauen Sie voraus. Diese beiden haben etwas gesehen.«

»Aye, Sir.«

Zwei Männer schwärmten die Wanten am Großmast hoch, und Dalton beobachtete sie, wobei er sich an andere erinnerte, die auf andere Masten hochgestiegen waren, andere, die jetzt nicht mehr hinaufklettern würden. Hawser Selkirk wiederzusehen, hat mich in eine eigenartige Stimmung versetzt, dachte er. Erinnerungen kamen ungebeten ... dieser selbe Selkirk an der Quarterdeckreling einer Fregatte vor Anker vor den Themsedocks, Selkirk, untersetzt und kräftig vor einer untergehenden Sonne, die im von Londons Straßengewirr aufsteigenden Rauch schwamm, Selkirk als Silhouette, standfest und unerbittlich vor vagen Hintergründen, der sagte: »Wer kommandieren will, ist gut beraten, eine Kardinalsregel für sich selbst aufzustellen, ihr jungen Herren – keine Vertrautheit zwischen Kapitän und Männern zuzulassen, zwischen Quarterdeck und Vorderdeck, zwischen Sir und Mister jeglichen Standes. Jene, die Nachlässigkeit an Bord eines Kriegsschiffes dulden, ruinieren sich selbst, Gentlemen. Ein Kriegsschiff dient nur einem Zweck, und das ist der Kampf, und jeder Offizier, der mehr als den Namen eines Mannes kennt, der von den Salingen vor seine Füße fallen oder von einer Kartätsche zerrissen oder von einem Kettengeschoß neben ihm zerfetzt werden könnte, muß nur sich selbst für die Hölle verantwortlich machen, die er dann durchleidet.«

Keine Nachlässigkeit an Bord eines Schiffes. Es war zu einem Credo geworden, nicht nur für Dalton, sondern für die meisten der Seekadetten, die in der Folge Offiziersränge auf Schiffen der Krone bekleideten. Ein Credo, aber gleichzeitig eine Unmöglichkeit.

Patrick Dalton hatte von einigen Männern, die bei jenen Patrouillen im Mittelmeer an Bord der *Athene* getötet worden waren, mehr als nur die Namen gekannt. Er hatte von vielen, die starben, als die Brigg *Herret* vor der Küste der amerikanischen Kolonien bei der Beschießung zerrissen wurde, mehr als nur den Namen gewußt. Das Blut, das damals seine Stiefel durchtränkt und sein Gesicht bespritzt hatte, war das Blut von Männern gewesen, die er näher kennengelernt hatte.

Und es gab, als die *Faith* den Spießrutenlauf auf dem Long Island Sound erlebte und dann gegen die Fregatte *Courtesan* um ihr Leben zu kämpfen begann, nicht einen Mann unter den Opfern, an den er nicht in stillen Stunden traurig zurückdachte.

Selkirk hatte recht gehabt, in jeder Beziehung recht

gehabt. Wenn er nur nicht das Unmögliche gefordert hätte.

»An Deck!«

»Ja, Mister Fisk?«

»Das Segel ist weit entfernt an der Kimm, kommt aber in unsere Richtung.«

»Können Sie es erkennen, Mister Fisk?«

»Aye, Sir, ich glaube schon. Ich glaube, es ist dieselbe Schnau, Sir, die wir in der Bucht gesehen haben.«

Die Barkasse *Something* war ein Segelfleck in nicht allzu weiter Ferne, jetzt am kurzen, unregelmäßigen Wellenschlag der Untiefen vorbeigelangt und auf den weicheren Wellen blauen Wassers nach Steuerbord schwenkend. Dalton wußte, daß Duncan das Boot vorausführte, damit es leichter in Schlepp genommen werden konnte, wenn die *Mystery* aufschloß. Er würde mit den Tiden und Strömungen gut über die Landspitze hinauslaufen, südwärts die Küste entlang, bis er ausreichend weit von den Einfahrten entfernt wäre, und dann in tieferes Wasser hinaus, um die Ketsch zu erwarten.

Die Schnau hatte ihren Weg hinaus aufs Meer gefunden, kehrte aber jetzt zurück. Dalton fragte sich warum. Er wußte, daß an Bord Piraten waren – mörderisches Gesindel aus irgendeinem Hafen Neuspaniens oder der unteren Inseln, ausgelaufen, um aufzubringen und als Beute zu beanspruchen, was immer ihren Weg kreuzte. Und da sie Piraten waren, gehörten sie in niemandes großen Plan, konnten keinem anderen Kommando als ihrem eigenen Willen zugerechnet werden und waren keinem Reeder oder *patrón* verantwortlich. Und sie waren durch die Art ihrer Unternehmungen auch nicht kalkulierbar.

Um voraussehen zu können, was eine solche Horde vorhatte, mußte man sich ansehen, was sie suchten.

Was hatten sie in der Chesapeake Bay gesehen, was sie jetzt zum Auskundschaften zurückbringen könnte? Sie hatten eine harmlos wirkende Ketsch gesehen, die unter die Kanonen ihres Spießgesellen geriet, und dann hatten sie dieselbe Ketsch, das vorgesehene Opfer, ihrem Angreifer Segel und Kanonen abnehmen sehen.

Sie mußten sich also fragen, wie das möglich war. Aber sie würden sich wahrscheinlich fragen, was es das wert machen mochte.

Höchstwahrscheinlich war die Schnau zurückgekehrt, um einen genaueren Blick auf die *Mystery* zu werfen.

»Mister Tidy, Deckshände. Bereithalten, südwärts an den Untiefen vorbeizulaufen. Trimmen für dwars Backbord, bitte, auf meinen Befehl hin.«

»Aye, Sir.«

»Lotsgast, melden Sie, wenn wir sechs Faden erreichen.«

»Aye, Sir.«

»Stückführer nach achtern bitte.« Er betrachtete durchs Fernglas die Barkasse und vermutete, daß sie nicht bemerkt worden war. »Signalgast, geben Sie Mister Duncan bitte ein Zeichen. Teilen Sie ihm mit, er soll seinen Kurs ein gutes Stück voraus beibehalten, bis ich ihn zum Wenden auffordere.«

»Aye, Sir.«

Ethan Crosby und Floyd Pugh kamen im Laufschritt nach achtern. »Stückführer angetreten, Sir.«

»Wir müssen vielleicht mit Verfolgung rechnen«, informierte Dalton sie. »Machen Sie unsere Kanonen zum Feuern auf Befehl klar. Mister Tidy wird Stückmannschaften benennen, wenn wir auf Seekurs sind.«

»Aye, Sir.«

Beim Drehen des Stundenglases passierten sie die letzten Untiefen und gelangten in blaues Wasser. Die *Mystery* schwang ihren Vordersteven südwärts, nahm den Wind mit allen Segeln auf und erklomm stetig die Wogen, die kleiner werdende Küste von Virginia und North Carolina blieb gerade noch im Westen sichtbar und der Segelfleck, der die *Something* war, schimmerte in der Ferne gerade voraus und auf Kurs.

Und jetzt war das gestaffelte Segel dwars Backbord auch von Deck deutlich sichtbar, und Dalton beobachtete es durch sein Fernrohr, dabei vor sich hin murmelnd. Entweder spielten ihm seine Augen einen Streich, oder der die Befehle gebende Pirat spielte irgendwelche Spielchen. Der Mann hatte an seinem Masttopp eine schwarze Flagge gehißt. Seit fünfzig Jahren, dachte Dalton, hatte niemand eine schwarze Flagge benutzt, außer in einer Signalfolge. Aber der Mann dort draußen hatte sie als seine Farbe geheißt.

Und als die dunkle Flagge hochging, krängte die Schnau hart nach Backbord und setzte einen neuen Kurs, um ihnen den Weg abzuschneiden.

War die schwarze Flagge Anmaßung, Dreistigkeit oder einfach eine unflätige Geste? Es war unwichtig. Auf offener See, ohne Hilfe in Sicht und ohne Freunde in der Nähe, machte es für eine beladene Ketsch, die einer schnellen Schnau ebenso wenig davonlaufen konnte, wie eine Bisamratte vielleicht einem Wolf davonlaufen könnte, keinen Unterschied, wie sich der Feind erklärte – nur daß er sich selbst zu ihrer Nemesis erklärt hatte.

XVI

Während die Kontinentalarmee nördlich von Philadelphia die Hauptstreitkräfte der Krone an sich band, war Baltimore eine Zeitlang ein Zufluchtsort für jene, die Schutz vor britischen Angriffen suchten. Die meisten der Mitglieder des Kongresses befanden sich jetzt dort und arbeiteten fieberhaft daran, ungeachtet massiven britischen Zorns auf gut Glück ein Bündnis der separaten Kolonien zu schmieden, und versuchten dabei, mit den Generälen Washington und Greene im Feld in Verbindung zu bleiben. Sie versuchten auch, General Lee in New Jersey zu versorgen, und versuchten außerdem, Unterstützung von Englands Feinden zu erringen. Bisher hatten nur einzelne Abenteurer reagiert. Der junge Marquis de Lafayette war dem Ruf gefolgt, wie auch Baron Johann de Kalb, und manche behaupteten, daß Baron Friedrich Wilhelm von Steuben zum Generalinspekteur ernannt würde.

Mit den Delegierten und ihren Bediensteten waren auch andere nach Baltimore gekommen. Aus jedem Handelszentrum der oberen Küstenlande waren Familien und Verbündete der Männer gekommen, die die Mittel und Beziehungen besaßen, die Zufluchtsstätte zu sichern. Jedes Gasthaus, jeder Schuppen und jedes große Haus Baltimores war voller Menschen.

Ian McCall und seine Verbündeten beherbergten in ihren verschiedenen Häusern fast einhundert Vertriebene. Constance Ramsey, die auf Verlangen ihres Vaters fortgeschickt worden war, gehörte zu den fast dreißig Frauen, Ehefrauen und Töchtern von Küstenhändlern, die in den beiden Gastflügeln des Statlerhauses beim großen Platz beherbergt wurden. Und aufgrund seiner Reise durch die Gebiete oberhalb der Chesapeake Bay konnte McCall ihnen allen mitteilen, daß ihre Ehemänner und Väter wohlauf waren.

»Der Squire befindet sich bei bester Gesundheit«, erzählte er Constance, wobei er sich sehr wohl der Tatsache bewußt war, daß diese scharfsichtige, elfengesichtige Tochter ihres Vaters jegliche Spur von Täuschung erkennen würde, in welch wohlmeinender Absicht auch immer sie erfolgt war. »Dasselbe kann ich natürlich nicht über seine Sicherheit sagen, obwohl er in Eagle Head ausreichend sicher sein sollte, wenn er sich nur beherrschen kann, im Moment nach Wilmington zurückzukehren. Auf dem Delaware finden derzeit mit aller Härte und Unerbittlichkeit geführte kriegerische Auseinandersetzungen statt.«

»Und Patrick? Äh ... Kapitän Dalton? Haben Sie ihn gesehen, oder hat Vater ihn erwähnt?«

»Ich habe ihn natürlich nicht gesehen, Constance«, sagte McCall grinsend. »Ein derart berühmter junger Mann wie Ihr Kapitän empfängt wahrscheinlich keine Besucher.«

»Aber geht es ihm gut?«

»Ihr Vater hat mir versichert, daß es ihm gutgeht. Der Squire sprach sogar von einer passenden Beschäftigung für ihn, um die Zeit zu vertreiben. Ich bin sicher, daß er gut versorgt ist.« Ein Klopfen an der Tür ließ ihn den Blick abwenden, und so entging ihm die plötzliche Furcht in den Augen des Mädchens. »Ja? Oh, Mistress Kimball. Treten Sie doch ein, meine Liebe. Wir haben gerade über Miss Constances Vater gesprochen.«

»Dann möchte ich Sie nicht unterbrechen, Mister McCall. Ein Kurierbrief von Mister Dale in Carolina ist für Sie eingetroffen. Ich lege ihn hier bei der Tür ab, Sir.«

»Vielen Dank, Mistress Kimball. Ich werde mich sofort darum kümmern.«

Als sich die Tür wieder geschlossen hatte, sah Constance den berühmten Mann mit großen, unschuldigen Augen an. »Ist Vater in irgend etwas über den üblichen Geschäftsdruck hinaus verwickelt, Mister McCall?«

»Tatsächlich hat er sich darüber nicht geäußert, Miss Constance. Das tut er nie. Nicht einmal mir gegenüber. Vielleicht ist das einer der Gründe für sein ... äh, seinen anhaltenden Erfolg.« Er biß die Zähne zusammen. Beinahe hätte er »für sein Überleben« gesagt. Aber es hätte keinen Zweck, das Mädchen zu beunruhigen. Die meisten der Bekannten von Squire Ramsey hatten andeutungsweise davon gehört, was geschehen konnte, wenn Miss Constance sich aufregte. Dieses Gerücht über ihre Eskapade, den gestohlenen Schoner ihres Vaters zurückzuholen – wenn man nur eine Spur davon glauben konnte, sollte das Warnung genug sein. »Ich glaube, Ihr Vater hat eine spezielle Verschiffung irgendwo zu den südlichen Häfen auf den Weg gebracht, und ich habe meine Zweifel, daß es sich um ordnungsgemäß deklarierte Waren handelt. Aber wann war das für Ihren Vater jemals ungewöhnlich?« Er schaute zu dem kleinen Tisch bei der Tür, während er die Stirn über den buschigen Brauen runzelte. »Wenn Sie mich einen Moment entschuldigen wollen, Miss Constance ...«

Er erhob sich, trat zum Tisch und brach das Siegel der dort liegenden, in einem Umschlag steckenden Nachricht. Während er sie las, vertiefte sich sein Stirnrunzeln noch.

»Gibt es Probleme, Mister McCall?« fragte Constance.

»Nicht mehr als in letzter Zeit üblich, Miss«, antwortete er achselzuckend. »Es gibt einen Gentleman in Carolina – einen Mister Dale –, dem eine hübsche Flotte von Freibeutern gehört. Ein Patriot, und sogar ein Patriot, der sich finanziell eher gut stellen wird, wenn die Briten noch so lange im Zaum gehalten werden können, bis unser Kongreß seine Hilfsquellen zusammenbringen kann ... und einige passende Verbündete für uns. Unsere Schiffe – Mister Dales und meines – haben bei einigen Gelegenheiten zusammengearbeitet, und wir versuchen, uns gegenseitig zu beraten, wie mit dieser Nachricht beispielsweise.«

»Sie scheinen über den Rat aufgebracht, Sir.«

»Ja, offen gesagt bin ich das.« Er atmete tief ein und stieß den Atem dann durch zusammengebissene Zähne wieder aus. »Irgendein verdammenswürdiger Narr hat fünf Batteriegeschütze erworben und schickt sie zu einem Käufer nach Charleston.«

Constance schwieg einen Moment und versuchte, eine ausdruckslose Miene beizubehalten. Dann fragte sie: »Aber, Sir, jedermann transportiert in diesen Zeiten Kanonen. Ich habe gehört, daß gute Kanonen seit der Sache in Concord auf dem Markt mehr wert sind als Gold.«

»Ja, aber sie sollten nicht nach Charleston geschickt werden. Auf jeden Fall nicht jetzt. Dale schreibt, daß es dort in der Gegend einen Spionagering der Tories gibt, der von der Verschiffung erfahren hat – so hat auch er davon erfahren, als seine Männer an einen der Bastarde herangetreten sind ... entschuldigen Sie, Miss, an einen der Tory-Gentlemen, und die Information erhielt.«

»Nun, sie könnten gewiß etwas dagegen haben.«

»Mehr als das, Miss. Diese speziellen Royalisten besitzen ein Privatgeschwader bewaffneter Abfänger, die sich in letzter Zeit vor Charleston und Savannah wie der Teufel persönlich aufgeführt haben. Dies ist für niemanden die richtige Zeit – weder für einen verfluchten Narren noch für sonst jemanden –, um zu versuchen, wertvolle Kanonen zu südlichen Häfen zu bringen. Sie werden einfach niemals ankommen.«

»Geht man nicht immer solche Risiken ein – wenn man wertvolle Ware verschifft?«

»In diesem Fall ist es nicht nur ein Risiko. Es wird mit Sicherheit mißlingen. Entweder fallen diese Kanonen den Tories in die Hände, oder sie werden bestenfalls für die Leute in Charleston verloren sein, die sie dringend brauchen. Es ist eine Schande. Wirklich eine Schande.«

Als McCall fort war, schritt Constance in sprühendem Zorn in dem kleinen Salon auf und ab. Sie wußte ohne jeden Zweifel, welcher verdammungswürdige Narr beschlossen hatte, Batteriegeschütze nach Charleston zu verschiffen, und sie war intuitiv sicher, wer die Aufgabe übernommen hatte, sie dorthin zu transportieren. Im Moment hätte sie kaum gezögert – wenn sich die Chance geboten hätte –, ihren Vater mit seinen eigenen Hosenträgern zu erwürgen.

Über zwei Glasen der Vormittagswache hinaus und bis in den frühen Nachmittag hinein behielt die *Mystery* stetig acht Knoten Süd zu Ost bei und schloß allmählich bis auf eine Meile an die helle Küstenlinie der Hatteras Peninsula auf. Obwohl die meisten Männer an Bord schon auf den hiesigen küstenfernen Routen gesegelt waren, hatten nur wenige diesen Küstenabschnitt so nahe gesehen. Selbst die besten Seekarten gaben nur wenige Informationen über diese Küstengewässer, bis auf eindringliche Warnungen vor trügerischen Strömungen, sich verlagernde Sandbänke, Untiefen nahe der Küste und verschiedene andere Risiken. Selbst Handelsschiffe, die die wenigen Inlandsiedlungen jenseits von Albemarle und dem Pamlico Sound aufsuchten, machten es sich zur Gewohnheit, dem Ufer fernzubleiben und ihren Handel lieber mit Hilfe von flach gebauten Fähren zu betreiben, als es zu riskieren, Grundberührung zu bekommen oder auf eine überspülte Sandbank zu treffen.

Selbst aus einer Meile Entfernung wirkte die vom Wind aufgewühlte Brandung unterhalb der weißen Sandstrände unheilvoll. Ein Schiff, das an einem solchen Strand auf Grund lief, wurde leicht zum Wrack zerschlagen, bevor es fortgeschleppt werden konnte. Dennoch war die Küste auffallend schön, die weißen Sandstrände bis zu den in Herbstfarben erstrahlenden Wäldern hinaufreichend, mit hohen Kiefern in Hülle und Fülle, die leuchtenden Laubgewächsen den notwendigen Schatten spendeten.

Die sich heranpirschende Schnau war jetzt nur noch halb so weit entfernt wie zu dem Zeitpunkt, als die Jagd begonnen hatte, wobei ihr der seitliche Trimm und der Segeldruck im Vergleich zu den acht Knoten der Ketsch leicht zwölf Knoten ermöglichten, aber Dalton schaute nur selten zurück. Statt dessen überprüfte er die Entfernungen zu den Schiffen vor ihm und betrachtete höchst konzentriert die Küste. Irgendwo weiter vorn befand sich, den Karten nach, ein Einschnitt, wo die lange, der Küste vorgelagerte Barriere der Hatteras Peninsula endete und der noch längere Streifen von Hatteras Island begann. Auf den Karten erschienen die beiden Landgebiete als langer, dünner, fast, aber nicht ganz von einem Ende zum anderen reichender Streifen. Der Einschnitt war irgendwo dort, eine tidenabhängige Durchfahrt, durch die kleine Schiffe die jenseitigen Buchten erreichen konnten.

Er wußte nicht, ob der Einschnitt eine Chance für die Ketsch sein konnte. Die Karten gaben keine Peilungen an, nur die Warnung vor gefährlichen Gewässern. Aber der Gedanke blieb, daß es dort eine Fluchtmöglichkeit geben könnte. Dalton wußte, daß die Schnau, den gestaffelten Segeln nach zu urteilen, einen tiefen Kiel besaß. Wieviel tiefer war er als der der Ketsch? Dalton konnte es nur vermuten, aber es war wahrscheinlich ein Unterschied von mindestens fünf Fuß, vielleicht sogar acht oder neun. Bei allen Formeln und sonstigen Berechnungsgrundlagen, die unter Marineingenieuren und Schiffbauern Standard waren, gab es dennoch keine Standardisierung zwischen den Schiffen selbst. Ein Schiff mit dem Rigg einer Schnau konnte fünfzehn Fuß Tiefgang haben – oder es konnte nur zehn Fuß Tiefgang haben und durch Ballast oder einen gestreckten Kiel kompensieren. Man konnte sich dessen nur sicher sein, wenn man tatsächlich Messungen vornahm. Seine einzige Hoffnung bestand darin, den Einschnitt zu finden, bevor die *Mystery* in Schußweite der Schnau geriet, und daß der Einschnitt vielleicht für die Ketsch ausreichend tief war, nicht aber für die Schnau.

Vielleicht.

Die Küstenlinie kam langsam näher, und Dalton behielt seinen Kurs bei, die Augen von der Konzentration und der Benutzung des schweren Fernrohrs brennend. Neben ihm notierte Billy Caster rasch Dinge, blickte immer wieder auf die skizzenhaften Karten und versuchte, Geschwindigkeit und Position zu berechnen. Er schaute häufig auf, beschattete seine Augen, um voraus zu spähen, und kehrte dann wieder zu seinen Berechnungen zurück.

Dalton setzte das Fernrohr ab, um seinen Augen ein wenig Ruhe zu gönnen, und schritt die halbe Länge des Schiffes auf und ab, tief atmend, um die Anspannung in seinen Schultern zu lösen, überprüfte die Schoten und Belegnägel und lauschte dem Knattern der Segel.

»Nach dieser Admiralitätskarte hätten wir den Einschnitt schon früher finden müssen«, erklärte Billy ihm. »Wir laufen jetzt seit fast fünf Stunden, seit wir die Bucht verlassen haben, mit acht Knoten. Es sind keine fünfundvierzig Meilen bis zum Albemarle Sound.«

»Was sagt die Karte der Handelsgesellschaft?«

»Sie zeigt den Einschnitt ein Stück weiter voraus, obwohl er so schlecht gezeichnet ist, daß ich nicht sicher bin. Warum gibt es keine besseren Karten von diesen Gewässern, Sir?«

Dalton schüttelte den Kopf. Karten waren Karten. Die für die Admiralität erstellten waren fehlerlos ausgeführt, sorgfältig beschriftet und häufig sehr detailliert illustriert. Aber sie waren in England gefertigt, oft nur auf kaum mehr als zufälligen Berichten und beiläufigen Sichtungen basierend, und sie mißachteten häufig vermeintliche Bagatellen wie die Struktur einer fremden Küste. Die Karte der Handelsgesellschaft war wahrscheinlich genauer, da sie von Leuten gezeichnet worden war, die diese Gewässer befahren hatten, aber Karten von Händlern beschäftigten sich weitaus mehr mit den Bedingungen der Fahrtrouten und der Lage von Häfen als mit vorgelagerten Landbarrieren. Es war, als nähmen die Kartographen der Handelsgesellschaft einfach an, daß jedermann die vorhandenen Einschnitte und Durchfahrten bereits kannte.

»Wir werden einfach weiterhin Ausschau halten müssen«, sagte Dalton.

Er hob sein Fernrohr und senkte es dann wieder. Die Baumlinie vor ihnen schien unterbrochen zu sein. »Schauen Sie sich das bitte an, Mister Caster. Was sehen Sie?«

Billy nahm das Fernrohr und richtete es blinzelnd aus. »Ist es das, Kapitän?«

»Es könnte es sein. Wie weit voraus, schätzen Sie, ist es?«

»Drei Meilen, Sir. Mehr oder weniger.«

Dalton wölbte die Hände vor den Mund. »Im Großmars!«

»Aye, Sir?«

»Können Sie in der vorausliegenden Küstenlinie eine Durchfahrt erkennen?«

Es folgte eine lange Pause und dann: »Nein, Sir. Ich kann keine ausmachen.«

»Seltsam«, murmelte Dalton. »Etwas, was wir vom Deck aus sehen können, die Ausgucks aber nicht?«

Er schaute zu der sie verfolgenden Schnau zurück. Sie lag jetzt keine drei Meilen mehr zurück und weiter von der Küste entfernt als die *Mystery*, hielt aber unerbittlich auf sie zu, während ihre große schwarze Flagge wie ein tödliches Versprechen an Steuerbord wehte.

»Ich glaube, wir sollten uns das lieber genauer ansehen, Mister Caster. Wenn Sie die Namen irgendwelcher Heiligen kennen, sollten Sie sich vielleicht mit ihnen unterhalten.«

»Aye, Sir. Aber ich kenne keine. Meine Familie war presbyterianisch.«

»Steuermann, bringen Sie uns zwei Strich nach Steuerbord«, sagte Dalton und beobachtete, wie der ferne Bugspriet der *Mystery* einen kurzen Bogen über den Himmel an der Kimm beschrieb. Als er erneut nach achtern schaute, hatte die Schnau ihren Kurs ebenfalls leicht geändert, seinen Vorteil ausgeglichen.

Zehn Minuten vergingen, fünfzehn, und der Mann draußen auf den blinden Rahen rief: »Sechs Faden!« Wenige Minuten später rief er: »Fünfeinhalb!«

Die Küstenlinie lag jetzt nicht einmal mehr eine Viertelmeile dwars, und unmittelbar voraus konnte Dalton deutlich die breite Lücke in der Wand hoher Kiefern sehen, aber die Ausgucks meldeten noch immer nichts. Er betrachtete durchs Fernrohr die brechende Brandung, den Sandstrand dahinter und sah keine Lücke darin.

»An Deck!«

»Berichten Sie, Ausguck!«

»Dort drüben ist eine Art Lichtung, Sir. Sieht so aus, als sei der Wald gerodet oder abgebrannt worden und noch nicht wieder überwachsen.«

Dalton atmete tief ein und stieß den Atem dann geräuschvoll wieder aus. Es gab dort keinen Einschnitt, keine Durchfahrt zu den Buchten, nur eine Sinnestäuschung des Waldes – eine Illusion, die durch gefällte Bäume verursacht worden war.

»Zwei Strich windwärts, Steuermann«, sagte er. »Mister Tidy, stellen Sie jemanden mittschiffs auf, der die Lotpeilungen an den Steuermann weitergeben soll. Ich möchte bei sechs Faden bleiben.«

»Aye, Sir.«

Zwei Meilen hinter ihnen und drei Strich nach Backbord korrigierte auch die Schnau erneut ihren Kurs und kam weiter auf.

»An Deck!«

»Berichten Sie, Ausguck!«

»Sir, ich kann die Barkasse nicht mehr sehen! Sie war vor kurzem noch dort draußen, aber jetzt ist sie fort!«

Dalton blickte forschend zur vorderen Kimm. Der Flecken Segel, der sich seit Verlassen der Chesapeake Bay vor ihnen befunden hatte, war tatsächlich nicht mehr zu sehen. Er hatte während der Mittagsstunden fünf oder sechs Meilen Vorsprung gewonnen und den Abstand, gerade in Signalweite, dann gehalten. Es war zweifelhaft, ob die Schnau ihn überhaupt je bemerkt hatte. Aber jetzt war er fort, verschwunden, als wäre er niemals dagewesen, und Dalton hatte eine plötzliche Eingebung.

»Sie haben den Einschnitt gefunden«, sagte er. »Sie sind hineingelaufen.«

Billy Caster schaute blinzelnd in die Ferne und wandte sich dann wieder seinen Karten zu. »Das muß es dann sein«, sagte er. »Die Karte der Handelsgesellschaft ist also genauer als die Karte der Admiralität. Sie weist eine Reihe Kreuze dwars ab Roanoke Island auf, die eine Durchfahrt anzeigen könnten. Ich habe es für ein Riff oder eine Untiefe gehalten.«

»Nun, hoffen wir, daß es eine Durchfahrt ist und sie uns passieren läßt. Es wird ohnehin eine enge Angelegenheit werden. Diese Schnau macht gegenüber unseren zwei Meilen drei. Sie könnte uns schon eingeholt haben, wenn wir dort ankommen, wo die Barkasse zuletzt gesehen wurde.«

Er schaute erneut zurück, betrachtete durchs Fernrohr das Kriegsschiff. Es war ein hübsches, lebhaftes Schiff, mit den vielen Segeln, schlank und todbringend. Der Mann, der es kommandierte, wußte, wie er den Wind zu seinem Vorteil nutzen und den Kurs berechnen mußte – obwohl die Segel zögerlich getrimmt wurden, was bedeutete, daß seine Mannschaft ihre Arbeit nachlässig versah. Was konnte ein Schiff wie dieses unter der richtigen Führung tun? Es war ein gutes Schiff, genau wie Charlie Duncan es geschildert hatte, als er es in der verborgenen kleinen Bucht zum ersten Mal sah. Es war offensichtlich als Freibeuter konzipiert worden – ein Schiff, das ein Vermögen wert und dafür ausgerüstet war, ein noch größeres Vermögen einzunehmen. Und jetzt befand es sich unter der Führung der niedrigsten Seefahrer. *Piraten.* Das würde auch die Nachlässigkeit der Mannschaft erklären. Sie war gewiß eher nach ihrem Talent zum Töten als nach ihrem Talent zum Segeln ausgesucht worden.

Er dachte an den sterbenden Franzosen, an die Bitte, die dieser an ihn gerichtet hatte. Seine Töchter ... Lebten sie noch? Es war einige Zeit vergangen, seit sie gefangengenommen worden waren – ausreichend lange für diese Art Männer, die Dalton in ihnen vermutete, um ... Der Gedanke war es nicht wert, gedacht zu werden. Wahrscheinlich waren diese Mädchen inzwischen tot, und der Tod war eine Gnade für sie gewesen.

Die nächste halbe Stunde erschien endlos lang. Der helle Strand der Halbinsel kroch nur eine Viertelmeile entfernt vorüber, während die Schnau rasch aufkam ... Sie war keine zwei Meilen mehr entfernt, dann kaum noch eine Meile, die großen Geschütze an jeder Stückpforte deutlich sichtbar, zum Feuern ausgerannt, die Mündungen von den darüber liegenden geöffneten Lukendeckeln beschattet. Eine halbe Meile näher, und die Stückmannschaften könnten sich auf ihre Positionen begeben.

»An Deck!«

»Berichten Sie, Ausguck!«

»Durchfahrt unmittelbar vor uns, Sir! Keine Meile entfernt!«

»Können Sie unsere Barkasse sehen, Ausguck?«

»Keine Spur davon, Sir. Aber es sind Sandbänke vor dem Einschnitt. Untiefen, Sir!«

Die Stimme überschnitt sich mit einer anderen Stimme von vorn: »Fünfeinhalb ... fünfeinviertel ... fünf ... Untiefen!«

»Mister Tidy!«

»Aye, Sir?«

»Order, Meldung bei drei Faden belegt, und weisen Sie den Lotsgast an, sich an dunklem Wasser zu orientieren. Geben Sie die Signale bitte selbst weiter.«

»Aye, Sir.«

»Viereinhalb, vier. Noch immer Untiefen ... viereinhalb ... viereinhalb ... vierdreiviertel, wird tiefer ... viereinhalb ...«

»Steuermann, haben Sie meinen Befehl an Mister Tidy gehört?«

»Aye, Sir.«

»Wenn die Signale kommen, behalten Sie Mister Tidy dort drüben genau im Auge. Steuern Sie seinen Armzeichen nach.«

»Aye, Sir.«

»Die Schnau kommt herum, Sir. Dreht, um von achtern anzugreifen.«

»Hände an die Schoten! Bereitmachen, um auf neuen Kurs zu trimmen!«

»Vier ... dreidreiviertel ...«

»Im Großmars!«

»Aye, Sir?«

»Die Untiefen voraus – können Sie sie erkennen?«

»Aye, Sir. Es ist eine Sandbank, zeigt sich unmittelbar vor uns und fällt dann ab.«

»Dreieinhalb ... dreieinviertel ...«

»Steuermann, backbords achterlich herumkommen. Decksgasten, für raumschots-seitlich trimmen!«

So elegant, wie es einer Ketsch möglich war, krängte die *Mystery*, scherte nach links aus, und ihre Segel drehten sich, um neuen Wind aufzunehmen. Kurz darauf glitten verräterisch gebrochene Wellen und eine helle Sandbank rechts vorüber.

»Fünfeinhalb ...«

»Steuermann, hart Steuerbord. Decksgasten, trimmen für seitlich Steuerbord.«

Die *Mystery* krängte erneut, ihr Heck kam durch den Wind, und die Spieren über ihnen kamen dem neuen Trimm gemäß backstags herum, um die Segel den Wind raumschots-achterlich an Steuerbord aufnehmen zu lassen.

»An Deck! Klar voraus, Sir, aber am Einschnitt sind Untiefen. Anscheinend Sandbänke.«

Dalton schaute erneut nach achtern. Die *Mystery* hatte beim Umrunden der Sandbank Boden verloren. Die Schnau kam in einer halben Meile Entfernung auf – es waren allenfalls noch neunhundert Yards –, und zwei Rauchwolken brachen an ihrer Nase auf und rollten träge auf das Ufer zu. Das Dröhnen von Geschützen rollte über das zwischen ihnen liegende Wasser, und helle Gischt sprühte über das Heck der *Mystery*. Eine Sekunde später brach Gischt kurz vor ihrer fliehenden Rückseite auf.

»Weitreichende Geschütze«, bemerkte Dalton. »Achtzehner? Die Schnau ist wie eine Fregatte bestückt.« Er blickte über die sonnengesprenkelten Wogen hinweg zu dem größeren Schiff, das noch immer aufkam. »Es ist unwahrscheinlich, daß er nicht weiß, warum wir dort hinten so weit ausgeschert sind, was um so bedauerlicher ist.«

Wie als Antwort auf seine Bemerkung krängte die Schnau nach Backbord, um die Sandbank zu umrunden, und folgte dem Weg, den die *Mystery* genommen hatte.

Ohne seinen Blick von dem Verfolger abzuwenden, fragte Dalton: »Mister Caster, wie war unsere letzte Peilung beim Passieren der Sandbank?«

»Drei Faden, Sir.«

»Steuermann, wie kam sie herum?«

»Störrisch, Sir. Diese Ketsch mag ihr Ruder nicht.«

Das Ruder der Schnau würde, wie er wußte, nicht so schwergängig sein. Mit dem Vormast, der fast an die Mastspur des Klüvers heranreichte und dem Segeldruck weit vorn am Rumpf – fast das Gegenteil der Ketsch mit ihrem Heckantrieb –, würde das Ruder auf die kleinste Bewegung reagieren. Was für die *Mystery* harte Aufgabe gewesen war, würde für die *Fury* eine leichte und schnelle Arbeit sein.

»Ich frage mich«, sann Dalton, »ob die Anmaßung eines Mannes, der die schwarze Flagge heißt, vielleicht auch von einer Spur Ungeduld durchzogen ist.«

»Sir?«

»Eine Sache der Neugier, Mister Caster. Ich frage mich, ob dieser Pirat dort hinten erkennen wird, daß seine Kurswechsel weitaus schneller erfolgen als unsere.«

Die Schnau war an der Sandbank vorüber gelangt und krängte jetzt scharf, kam nach Backbord, um die *Mystery* wieder vor ihre Buggeschütze zu bekommen. Sie krängte, drehte sich, erbebte sichtlich und schlingerte nach links, und sie konnten sehen, wie an Deck einige Männer den festen Halt verloren und hinfielen. Hoch oben in den Vorwanten wurde eine kleine Gestalt vorwärts geschleudert, schien einen Moment in der Luft zu schweben und stürzte dann aufs Deck.

»Ich glaube nicht, daß er das erkannt hat, Sir. Er ist auf Grund gelaufen.«

Aber die Schnau schwamm noch immer und bewegte sich weiter vorwärts. Sie hatte die Sandbank nur kurz gestreift und war dann vorübergeglitten. Dalton änderte seine Meinung über die Gestaltung des Rumpfes des Schiffes. Es hatte einen tiefen Kiel mit gewiß mehr als zwölf, vielleicht sogar fünfzehn Fuß Tiefgang. Aber es war nicht breit.

»Ein Rumpf wie ein Schoner«, stellte er fest. »Er hat bei drei Faden noch Wasser unter dem Kiel, aber nicht mehr bei zwei.«

»An Deck! Untiefen voraus, Sir. Sandbänke querab.«

Dalton schaute nach vorn. John Tidy hatte den Ruf gehört, und das Weiterleiten der dunkles Wasser anzeigenden Armsignale vom Vordersteven zum Beobachter mittschiffs und dann zum Ruder hatte begonnen. Dalton hatte das schon früher so gemacht, und bei gutem Licht war es wirkungsvoll – obwohl es ein bißchen dem Einfädeln eines Fadens in eine Nadel glich. »Mit schiefem Hut segeln«, hatten die Kadettenausbilder solche Taktiken genannt, die offiziell verabscheut wurden, aber es gab kaum einen Seemann, der solche Dinge nicht praktizierte, wenn die Umstände es rechtfertigten.

»Enges Wasser, Sir!« erklang es von den Topps. »Schmale und gewundene Fahrrinnen.«

Hinter ihnen hatte die Schnau den Kurs korrigiert und schloß wieder zu ihnen auf, verkürzte ihre Führung. »Männer nach oben. Mars- und Bramsegel beschlagen!«

Billy Caster fuhr mit geweiteten Augen herum. »Segel beschlagen, Kapitän? Sie werden uns einholen ...«

»Sie werden uns auf jeden Fall einholen, Mister Caster. Unsere einzige Chance besteht darin, dorthin zu laufen, wo sie nicht hinlaufen können, und es nützt nichts, wenn wir in dieser Durchfahrt Grundberührung bekommen.«

Als ihre oberen Segel gerefft waren, verlangsamte die *Mystery* die Geschwindigkeit zunächst auf sechs, dann auf fünf und schließlich auf vier Knoten. Hinter ihnen, über das Wasser hinweg, konnten sie jetzt die aufkommenden Geräusche der Schnau hören – das dumpfe Dröhnen ihres Rumpfes, als die Wellen sich daran brachen, das Knattern massierter Segel, dann zweifaches Dröhnen, während Rauchwolken den Vordersteven umhüllten. Eine große Kugel durchpflügte das Wasser fast unter der Nase der Ketsch, und eine weitere streifte ihren Rumpf.

Dann waren sie zwischen die Sandbänke gelangt, schlichen einen engen, gewundenen Pfad entlang, den nur die Ausgucks und der Beobachter draußen auf dem Klüver deutlich erkennen konnten. Ein weiteres Dröhnen von achtern, ein gähnendes Loch erschien im Großsegel, und die Kugel verpaßte den Mast nur um Zentimeter. Dalton schaute über die sich ständig verringernde Entfernung zwischen den Schiffen hinweg und vermutete, daß Dünung und Strömungen die Schnau ein wenig tanzen ließen, so daß den Stückführern die Sicht genommen wurde. Er wußte, daß ein guter Stückführer einen Mast mit großer Wahrscheinlichkeit traf, wenn er auf diese Entfernung darauf zielte.

Die *Mystery* erbebte, als ihr Kiel Sand streifte, erbebte dann erneut und wollte auflaufen, bevor sie unter sich eine Rinne schuf und weiterlief.

»An Deck!«

»Berichten Sie, Ausguck!«

»Wir haben es geschafft, Sir! Wir sind an der Sandbank vorbei.«

»Dreieinhalb ... vier Faden ... viereinviertel ...«

»Männer dort oben, wir wollen jetzt Vollzeug haben, bitte.« Die weitreichenden Geschütze auf der *Fury* dröhnten erneut, aber die beiden Schüsse gingen weit an Backbord vorbei, als das Ruder der Schnau herumgeholt wurde. Sie hatte die Sandbank erreicht. Dalton lächelte leicht. »Er wird dort ausloten und umkehren. Er hat zuviel Kiel, um vorbeizugelangen.« Die *Mystery* kam bei sechs Knoten nach Backbord und hielt ihre Nase in Richtung der sich vor ihnen zum Pamlico Sound hin erweiternden Fahrrinne.

»Mister Caster, heißen Sie bitte die Flagge. Die rotweiße, denke ich. Gönnen wir den Gentlemen dort hinten einen Blick auf Flaggen, die nicht schwarz sind.«

»An Deck! Dort ist unsere Barkasse, Sir. Eine Meile voraus!«

»Hände zurück an Deck und neu trimmen, Mister Tidy. Signalisieren Sie den Leuten, längsseits zu kommen, dann nehmen wir sie an Bord.«

»Sind wir dem Piratenschiff entwischt, Kapitän?«

Billy beugte sich erneut über die Karten und betrachtete den wie ein Hundebein geformten Umriß von Cape Hatteras, dessen Küste jetzt leewärts an Backbord lag.

»Ich fürchte, nur dann, wenn man sich entschließt, uns ziehen zu lassen. Wir sind hier eine Zeitlang sicher, aber letztendlich müssen wir herauskommen. Wenn das Interesse an uns ausreichend groß ist, brauchen die Herren nur die Küste hinab zu kreuzen und auf uns zu warten.«

XVII

»Dummkopf!« Geraldo Lostrato schritt in dem engen Raum auf und ab, den er für sich in Anspruch genommen hatte, und machte seinem Zorn in mürrischen Flüchen Luft. »Dieser Trottel! Dieser Schwachsinnige! Wir halten ein Vermögen in Händen, und er dreht sich ab, um eine Lastketsch zu verfolgen! Und heißt eine schwarze Flagge! Dieser Wahnsinnige!«

Die in seinem Gürtel steckende Klinge schlug bei jedem Schritt gegen sein Bein und verlieh seinem Zorn noch zusätzlichen Nachdruck. Das Rapier selbst war ein weiteres Beispiel für die stolze Anmaßung des Piraten. Er war eine Herausforderung, wie ein Schlag ins Gesicht. Es war Pintos äußerste Beleidigung ihm gegenüber gewesen, darauf zu bestehen, daß er die Klinge selbst dann behielt, als er unter Arrest stand. Der Mann stachelte ihn förmlich dazu an, gegen ihn zu kämpfen.

Und das würde er tun, versprach er sich. Pinto würde es noch bereuen, ihm die Klinge gelassen zu haben. Aber zunächst galt es, ein Stück küstenabwärts, im Hafen von Charleston, ein Lösegeld auszuhandeln. Ein Vermögen lag in Reichweite – und doch vertrödelte Pinto, der geistlose Klotz, die Zeit mit Piratenspielen mit einer Lastketsch. Welche Werte mochten sich an Bord eines solchen Schiffes befinden? Tabak? Vielleicht einige Ballen Indigo? Nichts, was die Zeit wert sein könnte, die Pinto bereits dafür aufgewendet hatte. Und doch, erinnerte Lostrato sich, war er selbst es gewesen, der den Gedanken gehabt hatte, die Ketsch könnte es wert sein, sie zu begutachten. Es war eine Möglichkeit gewesen, den Grobian beschäftigt zu halten und sein bißchen Grips von anderen Dingen abzulenken, und der Erfolg bekräftigte Lostratos Gewißheit, daß er Pinto, wenn nötig, kontrollieren könnte.

Die Ketsch war nur knapp entkommen, indem sie in die Buchten und Sunde jenseits des vorgelagerten Kaps gekreuzt war. Es überraschte Lostrato, daß sie es geschafft hatte hindurchzukommen. Die Durchfahrt war ein Labyrinth aus Seichtstellen und Untiefen, die hier und da von gewundenen Tidenströmungen unterbrochen wurden. Und doch hatte sie es geschafft, und die *Fury* konnte ihr nicht folgen, und jetzt – letztendlich – hatte Pinto sich wieder südwärts der unteren Küste zugewandt. Nicht schnell, nicht hinaus auf die Seeroute, aber zumindest liefen sie in die richtige Richtung.

Da Pinto die größte Kajüte an Bord besetzt hielt und die beiden gefangenen Mädchen die zweitgrößte belegten, hatte Lostrato Segeltuch über den Verkehrsgang gehängt, um Raum für sich zu schaffen. Das so geschaffene Abteil schloß den Verkehrsgang zum Quartier der Französinnen mit ein, so daß er sie bewachen konnte … Und das Abteil war für Pinto nicht einsehbar, wenn er herabkam. Lostrato hatte in dem engen Raum eine schmale Hängematte befestigen lassen, wo Vasco schlafen konnte, und sie standen abwechselnd bei den Gefangenen Wache. Seit Lostrato von ihrer reichen Familie und ihren Verwandten in Charleston erfahren hatte, hatte er nur wenig mit den beiden Mädchen gesprochen – und wenn, dann nur um ihnen den Gedanken nahezubringen, daß nur er von allen Menschen an Bord ihr Freund war und sie ihm vertrauen müßten. Die Übergabe des Lösegeldes wäre einfacher, wenn sie sich kooperativ verhielten, und er verfolgte im Geiste eine Idee nach der anderen, wie das am besten zu gewährleisten wäre. Der Plan sollte vor allem beinhalten, daß er mit den Gefangenen an Land gehen könnte, nur sie drei, um den Austausch durchzuführen – möglicherweise während Pinto und einige seiner Mordgesellen einige Schiffe im Hafen oder ein Lagerhaus besetzt hielt. So wäre die Transaktion am besten durchführbar. Derart geschützt, könnte Lostrato den Austausch selbst durchführen – und dann einfach verschwinden. Ein schwaches Lächeln umspielte seine Lippen, während er den Gedanken verfolgte.

Vasco kam mit dem Essen aus der Kombüse, und Lostrato inspizierte es, wobei er die schmale Nase rümpfte. Sie hatten ausreichende Vorräte und eine saubere und brauchbare Kombüse auf dem Schiff vorgefunden. Aber inzwischen, schon in dieser kurzen Zeit, reduzierten Pintos zwei Köche – Mordbrenner aus den Küstenregionen, die Wirtshäuser in irgendeinem Inselhafen überfallen hatten – die Kost auf dem Schiff auf ungesunde, aus Schmalz und Haferschleim bestehende Gerichte, die kaum besser waren als das, was sie an Bord der *Columbine* zusammengekocht hatten. Er wandte sich pikiert ab.

»Stellen Sie es vor die Kajütentür, Vasco. Es wird die Mädchen zumindest am Leben erhalten.«

»Si, Don Geraldo.«

Der Mann stellte die Teller auf den Boden, klopfte an die Tür und trat zurück. Kurz darauf öffnete sich die Tür einen Spalt, und eines der Mädchen ergriff die Teller, zog sie rasch hinein und schloß die Tür. Lostrato war sich in dem trüben Lampenlicht nicht einmal sicher, welches der Mädchen es gewesen war – er hatte nur einen Blick auf stumpfes, wirres Haar und ein davon beschattetes, beschmutztes Gesicht erhascht. Er hatte daran gedacht, sie heute erneut aufzusuchen, um mit etwas Zeitaufwand vielleicht zu ergründen, ob sie ihm noch mehr sagen könnten, was ihm bei der Kontaktaufnahme mit ihrer Familie helfen würde. Jetzt änderte er seine Meinung. Noch vor so kurzer Zeit waren sie ihm eher wie hübsche kleine Dinger erschienen. Er war sogar versucht gewesen, ein wenig mit ihnen anzubändeln, obwohl er wußte, daß das ihren Wert gewiß verringert hätte. Aber jetzt nicht mehr. Wie schnell sie häßlich geworden waren! Er fragte sich, ob es das Essen war oder ihre Angst – oder einfach etwas an Franzosen, das selbst jungmädchenhaften, auf Verheiratung abzielenden Charme vergehen und nur Häßlichkeit übrig ließ. Er hoffte, daß sie nicht krank waren. Es wäre schwierig, das vollständige Lösegeld zu kassieren, wenn sie nicht bei guter Gesundheit wären. Aber das konnte er nicht ergründen. Der stets betrunkene Schlachter, der Pintos Schiffsarzt war, würde sie wahrscheinlich eher umbringen als heilen, und nur die Heiligen wußten, was er ihnen während seiner Bemühungen antun würde.

Schließlich trat Lostrato zum Vorhang. Hier wehte ihm ein Gestank entgegen, der seine Nase beleidigte, und er wollte frische Luft atmen.

»Bewachen Sie sie gut, Vasco«, erinnerte er den mürrischen Eunuchen. »Denken Sie daran: Sie und ich werden uns die Reichtümer teilen, die uns das Lösegeld einbringt. Dafür werde ich sorgen. Sie müssen mir nur vertrauen, guter Vasco, und die Gefangenen sicher bewachen.«

»Si, Don Geraldo.«

Lostrato zog das Segeltuch zurück und ließ es dann wieder zurückfallen. Der Lukendeckel hatte sich geräuschvoll geöffnet, und er hörte die plumpen Schritte Pintos die Treppe zum Kajütendeck hinabkommen. An den Geräuschen seines Herannahens erkannte Lostrato ... Der Kapitän war wieder betrunken, stolperte bei jedem Schritt, wankte und stieß gegen die Schotts des schmalen Durchlasses, der den Verkehrsgang bildete.

Lostratos Hand ruhte auf seinem Rapier. Es wäre jetzt so leicht ... Der Dummkopf würde nicht einmal erkennen, was geschähe. Er spannte sich an und entspannte sich dann wieder. Nein, so sollte es nicht geschehen. Wenn die Zeit käme – falls sie käme –, daß Don Geraldo Lostrato Enrico Pinto töten sollte, würde er es auf seine eigene Art tun. Der Kapitän prahlte mit seinem Können mit dem Säbel und damit, wie viele Männer er schon getötet hätte. Aber Lostrato hatte ihn einen Säbel benutzen sehen, und er verzog in Erinnerung daran die Lippen. Pinto war kräftig und wild, aber seine Fertigkeit entsprang den Erfahrungen in Hafenvierteln und finsteren Gassen. Er hatte niemals einem wahren Könner gegenüber gestanden.

Pinto stolperte am Vorhang vorbei und bahnte sich geräuschvoll seinen Weg zur Kapitänskajüte, deren Tür er laut hinter sich zuschlug.

»Bewachen Sie sie gut, Vasco«, sagte Lostrato erneut und ging.

Der Gestank in dem beschränkten Raum war wirklich widerwärtig geworden.

Als Eugenie das Essen hereingeholt und die Tür wieder geschlossen hatte, regte sich Lucette in der entgegengesetzten Ecke, ihre Augen sahen in der Düsternis groß und verängstigt aus. »Hat irgend jemand dich gesehen?«

»*Oui*, zwei von den Männern, aber nur einen Moment. Es sind dieselben zwei, die immer hier sind.«

»Vielleicht hättest du ihnen mehr zeigen sollen.«

»Nein, ein Blick genügt. Vielleicht werden sie sich daran erinnern und glauben, es ginge mir schlechter, als ich vorgeben kann.«

»Ich weiß nicht, wie man noch schlechter aussehen könnte«, erwiderte ihre Schwester kopfschüttelnd, »als eine von uns. Oh, und dieser Geruch! Er bringt mich zum Würgen. Bitte, stell das Essen irgendwo ab. Allein der Anblick ...«

Eugenie stellte das scheinbar verdorbene Essen auf das Regal und deckte es ab, wobei sie sich beherrschte, sich nicht zu übergeben, obwohl es ihr in den Sinn kam, daß dies noch erheblich zum Gestank in der kleinen Kajüte beitragen würde und vielleicht gar keine so schlechte Idee wäre. Der Mief der Spanier, ihr ungewaschener, anwidernder Mief war es gewesen, der ihr den Gedanken eingegeben hatte. Obwohl sie *señor* Lostrato die Geschichte hatte glaubhaft machen können, sie und Lucette seien eine Menge Lösegeld in Gold wert, war die Angst dennoch geblieben. Es war offensichtlich, daß Lostrato hier nicht das Sagen hatte, obwohl er damit prahlte. Dieser andere, der große, übelriechende Mann mit dem schmierigen Backenbart, hatte das Sagen, und etwas an ihm vermittelte, daß er nicht zuverlässig war, daß man von ihm nicht einmal erwarten konnte, daß er das Beste für sich selbst tat. Er schien launenhaft und gedankenlos zu sein, wie die *frénétiques*, die man manchmal auf den Straßen von Versailles oder Paris sah – *les gens de la lune*, jene, die vom Wahnsinn besessen waren. Vielleicht konnte *señor* Lostrato ihn dazu bewegen, ihnen nichts anzutun. Aber wie lange noch?

Sie hatten seine dröhnende Stimme quer durchs Schiff brüllen hören, hatten durch die Tür die Geräusche seiner Trunkenheit gehört ... Und sie hatten die lüsternen Seitenblicke anderer an Bord gesehen und ihr rauhes Lachen gehört, ihr anzügliches Flüstern untereinander.

Und Eugenie hatte zu Lucette gesagt: »So schlimm sie auch aussehen – wir müssen noch schlimmer aussehen. Und so schlecht sie auch riechen – wir müssen noch schlechter riechen. Das ist vielleicht unsere einzige Chance.«

Es war teilweise leicht gewesen. Mit Kerzenwachs und Ruß hatten sie ihre Gesichter beschmiert, mit dem Fett gekochten Pökelfleischs hatten sie ihre Haare stumpf und glanzlos gemacht, mit Rauch ihre Augen gerötet ... Sie hatten gegenseitig aneinander gearbeitet, die Täuschung perfektioniert, bis sie gewiß in Lachen ausgebrochen wären, wenn sie nicht so schreckliche Angst gehabt hätten.

Dann kam der schwerste Teil. Der Geruch.

»Wir müssen es tun«, sagte Eugenie, und schließlich erklärte sich Lucette einverstanden.

Beiden war halbwegs übel, als es vollbracht war. Inzwischen war ihr Geruchssinn bis zu einem gewissen Grad dagegen abgehärtet, aber es bedeutete noch immer puren Luxus, ihre Gesichter an die Läden des achteren Schotts der Kajüte zu pressen und ein wenig der frischen Luft zu atmen, die hindurchdrang.

Der Schrecken der Gefangenschaft, der Abscheu, der Kummer um ihre Eltern ... Für Eugenie war das Schlimmste an allem, wenn Lucette aus Erschöpfung einnickte und Eugenie sie im Schlaf schluchzen hörte – und sich fragte, ob sie auch so schluchzte und ob Lucette es gehört hatte.

Wie lange waren sie schon hier? Eugenie war sich nicht sicher. Es war so dunkel in der kleinen Kajüte, so düster, und sie war sich nicht sicher, daß sie die Male, wenn Licht durch die Oberlichter und die Klappe drang, richtig gezählt hatte. Eine Nacht war seit dem schrecklichen Dröhnen der Kanonen vergangen, eine Nacht, glaubte sie, und der größte Teil eines Tages. Diese Kanonen! Ihr

Dröhnen hatte durch die Decks widergehallt, war hohl direkt durch die Schiffsbalken gelaufen, während sich die Mädchen aneinander klammerten und nicht wußten, was jenseits der Tür geschah. Auf wen hatten sie geschossen? Was war geschehen? Die beiden hatten keine Ahnung, aber sie hatten die wandernden Lichtstrahlen gesehen, als das Schiff auf neuen Verfolgungskurs drehte.

Die Oberlichter überzogen die Kajüte jetzt mit rot-goldenem Licht, und Eugenie glaubte, es müßte Abend sein. Dann, als sich der Farbton vertiefte, manchmal vom Kommen und Gehen rauher Gesellen über ihnen überschattet, wußte Eugenie, daß ein weiterer Tag vergangen war, und sie fürchtete die hereinbrechende Dunkelheit.

Lucette regte sich in der dunklen Ecke. »Eugenie, jemand wird uns zu Hilfe kommen, *non*? Jemand wird uns aus dieser Lage befreien?«

»*Mais oui, ma chère soeur*, jemand wird kommen. Ich weiß es. Wir müssen daran glauben.«

»Wer könnte uns möglicherweise zu Hilfe kommen, Eugenie?«

Lucette klang schläfrig, und Eugenie war froh darüber. Zu schlafen war jetzt besser, als wach zu sein, selbst wenn mit dem Schlaf keine schönen Träume kamen. Dennoch …

»Jemand Großer und Hübscher, Lucette. Jemand Starker und Sanfter. Schließ die Augen, meine Schwester, und ich werde auch die meinen schließen. Vielleicht werden wir ihn sehen, wenn wir es versuchen.«

»Er belauert uns noch immer«, berichtete Charley Duncan, als die kleine Landgruppe auf dem Cape Zeichen gab. »Er steht vor der Küste und hält nur wenige Meilen entfernt, jenseits dieser Landzunge, mit uns Schritt.«

»Ein sehr entschlossener Pirat«, stellte Patrick Dalton fest. »Er besitzt auch Karten, und er weiß, daß wir aus dieser Meerenge herauskommen müssen.«

»Vier Faden«, erklang es von vorn. »Dreieinhalb. Erneut Untiefen.«

»Es wird allmählich dunkel, Mister Duncan, und diese Gewässer sind so trügerisch wie eine Schlange. Ich denke, wir werden bis zur Dämmerung hier ankern müssen. Übernehmen Sie bitte das Deck, und geben Sie die nötigen Befehle.«

»Ich, Sir?« Duncan sah ihn einfältig an. Trotz seiner offiziellen Ernennung zum Ersten Offizier Daltons hatte Duncan nur Erfahrung als Vollmatrose, nicht mehr. Er hatte noch nie etwas Größeres als eine Barkasse befehligt.

»Natürlich Sie, Mister Duncan. Sie wissen, wie man es macht, und es gibt keine bessere Zeit als diesen Moment, um ein wenig Übung zu bekommen. Das Deck gehört Ihnen, Mister Duncan.«

Er wandte sich ab, und Billy Caster, der gerade aus dem Niedergang kam, grinste Charley Duncan an. Normalerweise war es der Junge, der die gelegentliche Neigung des Kapitäns, den Lehrer zu spielen, zu spüren bekam, aber auch davon profitierte. Anscheinend sollte nun Duncan an der Reihe sein.

»Aye, Sir.« Duncan zuckte die Achseln. Er prüfte mit angefeuchtetem Daumen den Wind. »Steuermann, bringen Sie uns bitte vier Strich in den Wind. Mister Tidy, Männer zum Beschlagen der Segel aufentern lassen! Deckshände, bereithalten zum Abfieren. Männer zum Vorschiff, Backbordbuganker klarmachen zum Fallen.«

Dalton stand an der Reling, schaute aufs Wasser und

nahm keinen Anteil. Billy Caster schaute von einem zum anderen und sah Duncan dann mit hochgezogenen Augenbrauen an.

»Ich wähle den Backbordbuganker, weil uns das am Morgen näher an den Wind bringt«, schnappte Duncan. »Außerdem ist der Backbordanker besser als der Steuerbordanker.«

»Ich habe nicht gefragt, Mister Duncan«, sagte Billy achselzuckend.

»Nein, aber Sie haben sich gewundert.«

Die Ketsch lief nach links, hielt auf den sanften Wind zu. Duncan beobachtete, wie die Nase herumkam, die lange Schnauze mit Klüver und Bugspriet war wie ein ferner dunkler Finger, der entlang dem jenseitigen Ufer eine Linie zog.

»Dreieinhalb.«

»Signalgast, rufen Sie bitte das Kundschafterboot herein. Wir werden die Barkasse bald wieder brauchen. Bitte Schoten abfieren, Mister Tidy, und pfeifen Sie für die Toppsgasten Beschlagen.«

»Aye, Sir.«

»Vordeck, fallen Backbordbuganker!«

Ketten rasselten, als der große Anker aufs Wasser auftraf und versank, und sie spürten seinen Zug, als die *Mystery* zurückwich und zu treiben begann.

»Drei Faden! Untiefen achtern.«

Duncan zählte bis fünf, dann lag die *Mystery* ruhig im Wasser, von ihrem Buganker gehalten. »Segel runter!«

»Aye, Sir.«

Die Pfeife ertönte, und oben wurden Taljen gelockert.

»Werden Sie Ihren Besan und Ihre Stagsegel abfieren, Mister Duncan?« fragte Dalton im Plauderton.

Duncan wischte sich den Schweiß von der Stirn und spürte die Anspannung in seinen Schultern. »Nein, Sir.« Er schaute ostwärts. Dort formierten sich Wolken.

»Werden sie also einem Zweck dienen?«

»Nicht daß ich wüßte, aber wenn wir sie jetzt herunternehmen, müssen wir sie am Morgen wieder aufgeien, und nur Gott allein weiß, was wir dann vielleicht gerade tun, mit Leuten, die sich an uns heranpirschen, und allem.«

»Sehr gut, Mister Duncan. Sie sehen, das Kommando innezuhaben, ist gar nicht so schwer. Eine Feuerprobe, ja, aber ziemlich normal, wie Feuerproben eben verlaufen.«

»Aye, Sir.« Er schaute Steuerbord voraus, wo die Barkasse in der Ferne drehte, um zum Schiff zurückzukehren. »Wir liegen vor Anker, Sir. Soll ich das Kommando noch länger beibehalten?«

»Gewiß, Mister Duncan. Sie machen es großartig. Bitte fahren Sie fort.«

»Aye, Sir. Mister Tidy? Lassen Sie bitte jemanden die Laternen vorn und achtern aufstellen. Mister Hoop, haben sich unsere Hessen ausgeruht? Ich werde sie sehr bald brauchen. Mister Tidy, ich brauche Freiwillige für die Barkasse, wenn sie zurückkommt, und geben Sie bitte Waffen aus ...«

»Gäw dadd wadd too doon?« fragte einer der Indianer und schwang sich von den Besanwanten herab. »Wi sünn dorbi, Macker.«

»Ich werde mitgehen«, sagte Michael Romart achselzuckend. »Sie werden jemanden brauchen, der Sie von Schwierigkeiten fernhält.«

»Mister Tidy, wenn die Barkasse kommt, beabsichtige ich, auf Erkundungsfahrt zu gehen. Sie werden bis zu meiner Rückkehr das Kommando übernehmen ... Es sei denn natürlich, der Kapitän will es wieder übernehmen.«

»Mister Duncan«, sagte Dalton und sah ihn an, »was tun Sie?«

»Ich befehlige das Schiff, Sir. Sie sagten ...«

»Ich weiß, was ich gesagt habe. Was haben Sie mit unserer Barkasse vor?«

»Nun, Sir, mir scheint, daß man nicht wissen kann, was die Leute auf der Schnau während der Nacht vorhaben, so daß ich eine Landungsgruppe anzuführen gedenke, die sozusagen ein Auge auf sie hat.«

»Mister Duncan!«

Duncans stolze Haltung wich. »Aye, Sir. Nun, die Wahrheit ist, ich denke, daß sie während der Nacht vielleicht einen Blick auf uns werfen wollen, und ich glaube nicht, daß sie unsere Barkasse bisher gesehen haben, so daß sie vielleicht nicht einmal wissen, daß wir eine haben, und ich denke einfach, es könnte ein Spaß werden, wenn wir – vorausgesetzt sie würden jemanden an dieser Landspitze dort drüben an Land setzen – dort sein könnten, um den Quälgeistern einen hübschen Empfang zu bereiten, wie Sie vielleicht sagen würden.«

»Zu welchem Zweck, Mister Duncan?«

Duncan straffte erneut die Schultern, und ahmte nach, was er für Offizierssprache hielt. »Aufklärung und Informationen, Sir. Und auch wegen der Moral.«

»Der Moral? Wessen Moral?«

»Jedermanns, Sir. Um ihre auf das rechte Maß zu trimmen und unsere ein wenig aufzurichten.«

»Mit anderen Worten, Sie schmachten einfach nach einem Kampf.«

»Aye, Sir.«

»Ein Befehlshaber an Deck zieht nicht fröhlich davon, um Landungs- oder Kampfgruppen anzuführen, Mister Duncan.«

Billy Caster atmete geräuschvoll ein. »Aber, Sir, Sie selbst haben ...«

»Das reicht, Mister Caster. Nun, Mister Duncan, können Sie dieses Dilemma lösen?«

»Ich weiß es nicht, Sir. Wenn Sie das Kommando wieder innehätten – würden Sie uns dann losschicken, um nachzusehen, was wir dort drüben finden könnten?«

»Nicht ohne guten Grund.«

»Nun, dann, Sir, lassen Sie mich Ihnen diese Frage stellen: Planen Sie, bald zum Abendessen unter Deck zu gehen?«

»Möglicherweise.«

»Vielleicht ungefähr zu dem Zeitpunkt, wenn die Barkasse hier eintrifft?«

»Möglicherweise.«

»Nun, dann.« Duncan grinste und wandte sich um. »Mister Tidy, wenn ich Ihnen vorübergehend das Kommando über dieses Schiff übergebe, denken Sie bitte daran, daß der Kapitän unter Deck sein Abendessen einnimmt. Sobald er wieder erscheint, werden Sie ihm das Deck anbieten.«

»Aye, Sir.«

»Was haben Sie beschlossen, Mister Duncan? Was ist, wenn ich das Kommando nicht von Mister Tidy annehme?«

»Oh, ich glaube kaum, daß das ein Problem wäre, Sir. Sie würden ein Schiff nicht unbefehligt lassen, wenn ein Offizier an Bord ist ... Und wenn Sie vom Abendessen wieder heraufkommen, Sir, werden Sie hier der einzige Offizier sein.«

Als Duncan zur Heckreling gegangen war, um die *Something* in Empfang zu nehmen, rieb sich Billy Caster das Kinn und fragte Dalton: »Sir, hätten Sie wirklich keine nächtliche Gruppe an Land geschickt?«

»Das habe ich nicht gesagt, Mister Caster.«

»Aber Sie sagten ...«

»Ich sagte, ›nicht ohne guten Grund‹. Natürlich gibt es verschiedene gute Gründe, eine Gruppe an Land zu bringen, einschließlich des Grundes, den Mister Duncan erwähnte. Ein zweiter Grund ist der, daß jene Leute vielleicht nicht wissen, daß wir eine Barkasse besitzen – die Chance besteht, daß sie sie niemals gesehen haben –, und wenn dem so ist, wäre es mir lieb, wenn sie es weiterhin nicht erführen. Es könnte nützlich sein. Ein dritter Grund ist, daß wir vielleicht einen oder zwei Gefangene nehmen könnten, von denen wir etwas Wertvolles erfahren könnten. Ein vierter Grund wäre: *Wenn* es Piraten auf der Insel gibt, werden sie mit einem Boot dorthin gekommen sein, und wir könnten ein zweites Boot gut gebrauchen.«

»Aber es wäre dann auf der anderen Seite der Insel, Sir. Und die könnte eine Meile entfernt sein.«

»Mister Duncan ist ein findiger Furier, Mister Caster.«

»Ja, Sir.« Billy dachte darüber nach und fragte sich, welche Pläne der Kapitän wohl hatte. »Dann wußten Sie, was Mister Duncan tun würde, als Sie ihm das Deckskommando übertrugen?«

»Ich konnte es mir vorstellen, ja. Ich wollte ihm einen Geschmack davon geben. Das könnte sich in der nahen Zukunft als nützlich erweisen.«

Der Kapitän hatte alles gesagt, was er zu sagen hatte, aber es lag ein Ausdruck in seinen Augen, den Billy schon früher gesehen hatte, derselbe Blick, den er an dem Tag gehabt hatte, als er sich als Kommandant der Brigg der Krone *Herrett* wiedergefunden hatte, wie auch an dem Tag, an dem sie sich auf die Suche nach der großen Fregatte *Courtesan* begeben und sie zerstört hatten. Billy sah diesen Blick jetzt wieder und erkannte ihn als das, was er war. Dalton hatte es satt, verfolgt und herumgestoßen zu werden und sich vor den Räubern verstecken zu müssen. Es war der kalte, ruhige Ausdruck eines Mannes, der bereit ist, umzukehren und zu kämpfen.

XVIII

Die *Something* bekam in der zunehmenden Dämmerung in einer sandigen Bucht an der Westküste von Hatteras Grundberührung. Elf junge Männer wateten an Land, um die Barkasse ans Ufer zu ziehen, ihren Mast abzusenken und sie, getarnt zwischen Gestrüpp und Treibholz, zu verstecken. Zwei Engländer, zwei amerikanische Kolonisten, fünf Hessen und zwei Accomac-Krieger, alle gesättigt und bis an die Zähne bewaffnet, machten sich dann auf den Weg durch den Wald, die Indianer voran, die wie Geister durch schattige Lichtungen und Dickichte glitten. Duncan hatte geglaubt, die Bogen und Pfeile der beiden seien im Laderaum der Ketsch sicher verwahrt, aber als sich die Landungsgruppe versammelte, hatten sie sie bei sich und verweigerten Musketen oder Gewehre.

»Väl too bommlig«, hatte einer von ihnen gesagt. »Näg'n vun didd biför än Koog'l vun datt.«

Als die Indianer die Gruppe jetzt durch die zunehmende Dämmerung des langen, schmalen, bewaldeten Grats der Insel führten, sagte einer: »Bliiw all tohoop, kloar?«

Duncan, der direkt hinter ihnen ging, wandte sich um und zischte: »Mister Locke, um Himmels willen, verlassen Sie diesen Weg nicht. Sie werden sich verirren, und wir werden Sie niemals wiederfinden.«

»*Wo gehen wir hin, Korporal?*« erklang es von irgendwo hinter ihnen, was durch eine Erwiderung Heinrich Wesselmanns jäh unterbunden wurde.

Zehn Minuten raschen, verstohlenen Marsches brachten sie zur dem Meer zugewandten Vorderseite des Waldes, und dort kauerten sie sich hin und schauten über den Sandstrand und die Meeresbrandung in der Ferne.

Pitacoke deutete in eine bestimmte Richtung. »*Insini Saccoóst sut!*«

»Wi wüll' Inglish snak'n, Macker!« erinnerte Squahamac ihn. »Wokän üss dadd Sääl, dadd yo sä'n 'äw?«

»Segel«, sagte Michael Romart nickend. »Sie hatten recht, Charley. Sie hat beigedreht und wartet.«

Die Schnau lag nahe am Ufer und hatte knapp außerhalb der Brandung und nicht mehr als eine halbe Meile die Küste hinab Anker geworfen. Ein maliziöses Lächeln überzog Duncans Gesicht.

»Wenn der Schuft ein solch großes Interesse an uns hat, dann hat er vermutlich jemanden an Land gesetzt, um uns zu beobachten. Gehen wir nachsehen.«

Sie blieben am Waldrand und eilten, in den Abendschatten verborgen, südwärts. Sie waren eine Viertelmeile gelaufen, als Duncan sie aufhielt. Vor ihnen war am Strand flackernder Feuerschein zu sehen.

»Die Kerle sind ja verdammt frech«, brummte Romart.

»Was sollten sie sich auch sorgen? Sie wissen nicht, daß noch jemand hier ist.« Duncan wandte sich um. »Leise jetzt, Männer. Wir wissen nicht, wie viele ... Wo sind diese Indianer abgeblieben?«

Die übrigen sahen sich um und wurden sich plötzlich der Tatsache bewußt, daß die Indianer fort waren. Einer der Hessen hob zögernd eine Hand und deutete in die dunklen Wälder.

»*Da sind die Indianer ... da drüben.*«

»Verdammt!« Duncan schüttelte den Kopf. »Nun, gehen wir weiter. Wir können nicht auf sie warten.«

Die vor Anker liegende Schnau ragte jetzt zu ihrer Linken hoch auf, und der Feuerschein voraus war in der Dunkelheit tanzendes Licht, gepeitscht von einem heftigen landab wehenden Wind. Die neun Männer gingen im Gänsemarsch voran und hielten sich in den Schatten. Als sie sich dem Feuer näherten, schoß eine Gestalt aus dem Wald, um sich ihnen anzuschließen, und dann eine weitere.

»*Ich sehe zwei Indianer*«, flüsterte jemand.

Als wären sie niemals fortgewesen, fügten sich Squahamac und Pitacoke chweigend wieder in die Gruppe ein, und Squahamac zog an Duncans Jackenärmel. »Wi 'äw üss bäten ümkiekt, Macker!« murmelte er. »Dor sünn twee Lüüd bii'n Füür. Dä anners, dä middadd Boot kümm', sünn ünnerwäggs. Halbig Duzz'n, glöw ik.«

»Sünn dor rünner«, fügte Pitacoke hinzu und deutete westwärts.

»Worüber, zur Hölle, reden sie?« grollte Michael Romart.

»Sie sagen, daß nur zwei Spanier am Feuer sind. Die übrigen sind nach Westen gegangen. Sechs Männer, glauben sie.«

»Nun, warum können sie das dann nicht einfach geradeheraus sagen?«

»Huul diin Muul, Macker«, sagte Pitacoke und sah den Kolonisten finster an. »Lirrn Inglish. 'äw wi twee uk mookt.«

»Dä sünn midden Boot kümm'?« fragte Duncan.

»Kiek sölben. Hinner dä Dun's. Dor vörn.«

Duncan blinzelte. Im schwachen Feuerschein konnte er den Bug eines kleinen Bootes ausmachen, das nicht einmal halb so groß war wie die *Something*.

»Also gut, statten wir den beiden Gentlemen einen Besuch ab. Aber leise, Männer ...«

»Yo mütt näch still siin«, korrigierte Squahamac ihn. »Dä twee sünn all dood.«

»Tot? Sie sind tot?«

»Muusdood.« Der Indianer zuckte die Achseln. »Dä 'ädd dä Viils näch smäggt'.«

»Ihr habt sie getötet?«

»Wi 'äw dä Kirls fünn', kloar?«

»Jesus.«

Die beiden Spanier lagen dort, wo sie gestürzt waren, nur wenige Yards von ihrem prasselnden kleinen Feuer entfernt. Einer hatte einen Pfeil im Hals, der andere im Herzen. Das auf den Strand gezogene Boot war ein kleines Beiboot, kaum groß genug, um als Jolle bezeichnet zu werden, aber gut konstruiert. Duncan inspizierte es und stellte sich dann über die Körper der toten Piraten.

»Ich hatte die Absicht, einige dieser Gentlemen zur *Mystery* zurückzubringen«, sagte er. »Der Kapitän hätte vielleicht gern einige Worte mit ihnen gewechselt.«

»Vielleicht können wir einige der übrigen retten«, schlug Romart vor. »Das heißt, wenn Sie Ihre Wilden unter Kontrolle halten können, *Mister* Duncan.«

»Ich glaube, wir sollten uns vom Feuer fernhalten«, gab Victory Locke zu bedenken. »Wenn zufällig jemand auf dem Schiff sein Fernrohr in diese Richtung schwenkt, könnten sie von dort Kartätschen auf uns abfeuern.«

Es war ein ausgezeichneter Vorschlag, und sie verschwendeten keine Zeit, um schleunigst wieder in den Schatten zu verschwinden.

»Wir werden dieses kleine Boot brauchen«, sagte Duncan. »Man kann niemals zu viele Boote auf seinem Schiff haben.«

»Aber wie wollen wir es über die Insel bringen?« wandte Romart ein.

»Wir werden es vermutlich ziehen müssen.«

»Diese anderen Spanier sind irgendwo dort drüben. Sie würden uns auf halbem Weg kommen hören.«

»Dann sollten wir sie suchen und sie das Boot für uns ziehen lassen.«

Michael Romart hörte das Zögern in seiner Stimme und bemerkte, daß Duncan unverwandt aufs Meer hinausschaute, wo Wolken jenseits der in der Nähe verankerten Schnau aufstiegen und mit dem Ostwind landeinwärts rollten.

»Das ist es aber nicht wirklich, was Sie tun wollen, nicht wahr, Charley?«

»Es kommt mir schandhaft vor, ein Boot zur Verfügung zu haben und es nicht zu benutzen.«

»Es wird bald ganz dunkel sein.«

»Aye, vermutlich. Nun, wenn wir dieses Feuer löschen würden ...«

Innerhalb einer Stunde fand sich Victory Locke als Anführer einer reduzierten Landungsgruppe wieder – er selbst und fünf Hessen, die zwei Indianern auf der Suche nach Spaniern durch den dunklen Wald folgten. Und mit dem besonderen Befehl von Mister Duncan ausgestattet, wenn möglich Gefangene zu machen.

Das Feuer am östlichen Ufer hinter ihnen war gelöscht, und seine Spuren waren im Sand vergraben und die beiden toten Piraten im Gebüsch versteckt worden. Jenseits der schimmernden Kämme der dunklen Brecher schlich ein kleines Boot mit nicht zueinander passenden Riemen unter die Pütting der stillen Schnau, wo es von Sam Sidney gehalten werden sollte, während sich Charley Duncan und Michael Romart auf die Rüst hinaufschwangen und vorsichtig über das Schandeck schauten. Sidney sah ihre Silhouetten mit den Schatten der Takelage darüber verschmelzen und dann verschwinden, als sie aufs Deck stiegen. Kurz darauf erklang von oben ein Zischen, und etwas Träges rollte über die Wanten, hing eine Sekunde in der Luft und wurde dann langsam zu Sidney herabgelassen. Er fing die Last auf und legte sie im Speigatt des Bootes ab – ein bewußtloser Mann, der stark nach Knoblauch und angesammeltem Dreck roch. Sidney löste das Seil von ihm, legte ihn in voller Länge ins Boot und setzte sich dann neben ihn. Als der Mann sich regte und stöhnte, versetzte er ihm mit dem Heft seines Entermessers einen wohlüberlegten Schlag auf den Schädel.

An Deck nahmen Duncan und Romart ihr Seil wieder an sich, kauerten sich neben eine Kanone und spähten vorsichtig in die Dunkelheit um sich herum.

»Ich dachte, da wäre noch jemand«, flüsterte Romart.

»Da war auch noch jemand. Er ist unter Deck gegangen. Außerdem ist da immer noch der Steuermann achtern. Sehen Sie ihn?«

»Ich höre ihn auch. Er schnarcht.«

»Lassen Sie ihn schlafen«, beschied Duncan. »Der arme Kerl braucht seine Ruhe wahrscheinlich. Derjenige, der unter Deck verschwunden ist, war ein Offizier oder so was. Wie ein Dandy gekleidet und mit einer langen Klinge. Vielleicht der Kapitän.«

»Wahrscheinlicher ein Passagier. Ein Offizier hätte den Steuermann nicht schlafen lassen.«

»Das stimmt. Nun denn, sehen wir uns um. Wir treffen uns gleich wieder hier, in Ordnung?«

»In Ordnung.«

In Hängematten und Lagern aus Persenning schliefen

Dutzende – vielleicht Aberdutzende – von Männern. Duncan schlich umher und hielt manchmal inne, um eine belegte Leine zu lösen oder den Hebekeil eines Geschützes zu entfernen ... alles, was ihm in den Sinn kam, was Unheil anrichten und leise vollbracht werden konnte. An der Hüttendeckreling kauerte er sich in die Schatten, durchschnitt die Sicherungsseile zweier Wasserfässer, glitt dann zur Luke des Niedergangs hinüber und öffnete sie einen Spalt, um in den darunter liegenden Verkehrsgang hinabzuschauen. Dort war gedämpftes Licht zu sehen, wie von einer Laterne hinter Segeltuch, und das Murmeln von Stimmen zu hören. Er schloß die Luke vorsichtig wieder, wobei er wünschte, er könnte sich dort unten umsehen. Irgendwo an Bord, falls sie noch lebten, befanden sich die Töchter dieses toten Franzosen. Duncan mochte Franzosen nicht, aber seine tief verwurzelte Feindseligkeit hatte sich niemals auf Töchter ausgedehnt – weder auf französische noch auf andere.

Doch die Verantwortung des Befehlshabers lastete schwer auf ihm. Dalton hatte ihm das Kommando seines Decks anvertraut. Aus dieser Autoritätsstellung heraus hatte er es auf sich genommen, eine Landungsgruppe anzuführen, und aus der Landungsgruppe wählte er eine Entergruppe ... eine weitreichende Reihe von Entscheidungen, die dennoch zu der Verantwortung zurückführte, die sein Kapitän ihm übertragen hatte. Er konnte sich keine weiteren Wagnisse leisten, zumindest nicht jetzt.

Er wandte sich widerwillig von der Luke des Niedergangs ab. Auf dem fernen Vordeck bewegte sich ein Schatten und bewegte sich dann erneut ... Romart, der sich methodisch über das Deck voranarbeitete. Er schien etwas bei sich zu tragen, aber Duncan konnte nicht erkennen, was es war. Er suchte weiter, hielt nach lautlos anzurichtendem Unheil Ausschau und kehrte schließlich zu den Großwanten zurück, wo Sam Sidney und sein Gast unten in dem kleinen Boot warteten. Es war Zeit zu gehen, und er kauerte sich nervös hin und wartete auf Michael Romart, während lange Minuten vergingen.

Schließlich kam ein Schatten die Reling entlang von achtern heran, und Romart stellte zwei Pützen ab und sagte: »Das wird vermutlich genügen. Bereit zum Gehen?«

»Bereit«, bestätigte Duncan. »Was ist das?«

»Pützen. Lassen Sie sie stehen.«

»Dann gehen wir.«

Sie kletterten in das Boot hinab, plazierten sich vor und hinter Sidney und seinem schlafenden Passagier und legten ab. Sie ließen das Boot eine Zeitlang treiben, bevor sie die Riemen bemannten.

Als sie eine gewisse Entfernung zwischen sich und die Schnau gelegt hatten, fragte Duncan: »Was haben Sie dort hinten gemacht, Mister Romart? Ich habe schon ungeduldig auf Sie gewartet.«

»Ich habe Pützen mit Sand und Wasser gefunden, so daß ich die Runde an den Geschützen entlang gemacht habe – an so vielen, wie ich erreichen konnte. Diese Leute werden eine Überraschung erleben, wenn sie das nächste Mal ihre Kanonen auf jemanden abfeuern wollen. Ich habe das Pulver aus den Kanonenöffnungen genommen und sie mit nassem Sand geladen.«

Mitternacht war schon vorüber, als die Entergruppe am Strand wieder mit der Landungsgruppe zusammentraf. Locke und sein kleiner Trupp hatten fünf weitere Gefangene gemacht, mürrische Spanier, die in einem Kreis saßen und von unbeeindruckten Hessen mit geladenen Musketen umgeben waren.

»Es waren sechs Spanier«, erzählte Locke Duncan. »Aber einer von ihnen hat einen Kampf anzuzetteln versucht.«

»Dann ist er vermutlich tot.«

Einer der Indianer tauchte neben ihm auf. »Dadd 'ädd 'e wäst«, sagte er. »Kiek – 'äw ik middbrogg'.«

Duncan mußte genauer betrachten, was der Indianer ihm in die Hand gab, bevor er es erkannte, und dann gab er es mit leicht flauem Gefühl im Magen zurück. Es waren zwei Ohren. Der Indianer zuckte die Achseln und steckte sie ein.

»Drögt üss dadd'n moje 'alskädd.«

Mit diesem Gedanken im Sinn, schritt er davon, um die anderen toten Spanier zu suchen und ihre Ohren in seine Trophäensammlung einzureihen.

Sidney und Romart rollten den Gefangenen vom Boot über die Seite ins flache Wasser, und er spuckte und drehte sich um. Eine Viertelstunde Arbeit mit kräftigen Seilen, und sechs unglückliche Spanier waren eingespannt, während sich zwei Schleppseile zu dem ans Ufer gezogenen Boot erstreckten.

Duncan deutete auf den Wald. »In Ordnung, zieht an. Machen wir uns auf den Weg.«

Die Spanier sahen einander verwirrt an.

»Dä Mors shäll yi biwägg'n, Mis'krep'l«, sagte Pitacoke.

»*Los!*« bellte Wesselmann. »*Macht schnell!*«

»Deutsche?« wunderte sich einer der Piraten. »Deutschländer?«

»*Deutscher? Nein!*« grollte Heinrich. »*Hesse, Kasseler. Sprechen Sie Deutsch, Spanier?*«

»Ein bißchen. Sind Sie kein Engländer?«

»Wadd vördammig shäll dadd bidüdd'n?«

Duncan schlug die Hände vors Gesicht. »Maria, Heilige Mutter Gottes«, murmelte er. Er atmete tief durch und brüllte dann: »Bringen Sie dieses verdammte Boot in Bewegung! Sofort!«

Ob sie ihn verstanden oder nicht – sie zogen an. Die Indianer voraus, die Spanier das Boot auf Drängen der bewaffneten Hessen hin ziehend und Briten und Amerikaner mit Pfählen folgend, um das Boot über Hindernisse zu hieven, verschwanden sie im dunklen Wald.

»*Wo gehen wir hin, Korporal?*« fragte Wolfgang Mitter.

»*Das weiß ich nicht!*« fauchte Wesselmann. »*Mir erzählt ja niemand etwas.*«

Dreihundertfünfzig Meilen südwestlich hatten drei wendige Schiffe Stunden vor Sonnenaufgang aus einer befestigten kleinen Bucht auf Folly Island abgelegt, wobei sie die Indies-Passage benutzten, um die Riffe und Untiefen zu umgehen, die die trügerische See vor South Carolina durchsetzten. Im letzten Tageslicht hatten sie das offene Meer erreicht, fernab aller Gefahren, und hatten sich in Dwarsformation nach Nordosten gewandt. Zwei der Schiffe waren wie Kutter getakelt, und das dritte war eine Schebecke französischer Bauart, aber alle drei waren vielfach bestückt und in der gleichen Mission unterwegs. Geheimdienstinformationen aus dem Norden in Verbindung mit den Ratschlägen von Felix Croney, einem Offizier der Kolonialgarde Seiner Majestät, waren wie zwei zueinander passende Puzzleteile zusammengetroffen – und gewisse royalistische Gentlemen in Enklaven rund um Charleston hatten eine Abfangaktion angeordnet.

Man transportierte Batteriegeschütze nach Charleston, und drei schnelle Schiffe waren angewiesen, dem

Schiff den Weg abzuschneiden und es entweder aufzubringen oder zu zerstören. Es waren die Kutter *Rover* und *Shark* und die Schebecke *Belmont*, und ihr Ziel war eine Ketsch ohne Begleitschutz, die kürzlich von der Chesapeake Bay nach Süden aufgebrochen war. Es lag nicht im Interesse ihrer Kapitalgeber, daß die Batteriegeschütze in Charleston eintrafen. Es lag auch nicht im Interesse Ihrer Majestät, daß sie eintrafen, und Seine Majestät konnte jenen gegenüber gnädig sein, die Seine Interessen wahrten.

Kapitän Sir Henry Bartlett selbst, verabschiedeter HMRN-Offizier, hatte sich bereit erklärt, die Jagd zu leiten, und stand jetzt neben dem angelaschten Ruder seiner *Rover*, spürte den Wind im Gesicht, hörte das Knattern der straffen Segel und freute sich auf die bevorstehende Jagd. Wahrscheinlich, so schätzte er, könnte er die Beute innerhalb von zwei Tagen erspähen. Die drei Schiffe beabsichtigen, beim ersten Tageslicht, gerade in Sichtweite voneinander, längsseits auszuschwärmen. Auf diese Weise könnten sie eine siebzig Meilen breite Strecke entlang der Küste durchstreifen und ohne Hast vorgehen. Sie würden die Ketsch irgendwo zwischen hier und Point Lookout an der Küste North Carolinas finden. Sie wäre gewiß bestückt und würde es wahrscheinlich auf ein Gefecht ankommen lassen. Bartlett gefiel der Gedanke. Es war schon viele Jahre her, seit er seine eigenen Geschütze dröhnen gehört hatte.

Eine Ketsch. Schade, dachte er, daß es nichts Wertvolleres als eine Ketsch sein konnte. Eine Ketsch, gleichgültig wie gut bestückt, konnte kaum ein Gegner sein. Dennoch, seine Kapitalgeber wären erfreut, wenn er sie nach Hause brächte – oder wenn er berichtete, daß sie gesunken war. Beides wäre zufriedenstellend, obwohl das Aufbringen vorzuziehen wäre. Dann hätten sie selbst die Kanonen, die sie den Offizieren Seiner Majestät präsentieren könnten. Und wenn sie Gefangene hätten, könnten sie zweifelsohne erfahren, wer der Schuft war, der die Kanonen ursprünglich auf den Weg geschickt hatte.

XIX

»An Deck!«

Auf seinem Schemel ausgestreckt und behaglich in Decken gehüllt, regte Dalton sich und spähte in die dunklen Marsen. Während der Stunden der Dunkelheit hatte die Mannschaft zu dritt durchgehend Wache gehalten – ein Mann vier Stunden an Deck und zwei Mann je zwei Stunden in den Mastkörben. Dalton war es gelungen, unter Deck eine Stunde zu schlafen, und dann hatte er noch am Ruder eine Weile gedöst. Er brauchte einen oder zwei Augenblicke, um sich zu erinnern, wer im Moment oben war, und dann wußte er es wieder.

»Berichten Sie, Mister Bean!«

»Laternensignale, Sir. Die Landungsgruppe bittet um Erlaubnis, zurückkehren zu dürfen.«

»Danke, Ausguck. Mister Fanshaw?«

»Aye, Sir?«

Die Deckswache war nicht mehr als ein mittschiffs befindlicher Schatten.

»Bitte gehen Sie zur vorderen Laterne. Heben Sie die Kappe und zeigen Sie drei und drei.«

»Aye, Sir.«

»Wie spät ist es, Mister Fanshaw?«

»Kurz nach drei Glasen der Morgenwache, Sir.«

»Lassen Sie die Laterne unbedeckt, Mister Fanshaw. Sie wird den Männern den Heimweg weisen.«

»Aye, Sir.«

Dalton wickelte sich aus den Decken, erhob sich, faltete sie zusammen und streckte sich, wobei er an einem Dutzend Körperstellen Krämpfe und Steifheit verspürte. Ein Mann, der auf einem Schemel einschläft, dachte er, verdient nichts Besseres.

Hier und da regten sich Männer, von den Stimmen geweckt, und von der Luke zum Niedergang erklang das gedämpfte Klappern herabgefallener Gegenstände aus Eisen, gefolgt von einem beständigen Strom von Flüchen. Ein weiteres Klappern – dann zeigte sich durch die Luke schwacher Lichtschein, und das Fluchen nahm ab. Gerald O'Riley begann dort unten mit der Zubereitung des Frühstücks.

Wolken hatten sich von Osten genähert und verdunkelten die Sterne, und die wenigen Morgenstunden waren düster, nur ein Hauch von Licht von einem Mond irgendwo über den Wolken, dessen Schein gedämpft und dessen Position verborgen war. Östlich, eine Meile oder mehr entfernt, bewegte sich ein kleiner Fleck gelben Lichts vor einer Linie der Dunkclhcit.

Billy Caster kam gähnend aus seinem Bett, spähte zu Dalton und sagte dann: »Guten Morgen, Sir. Sind die Gentlemen zurückgekehrt?«

»Sie sind auf dem Weg, Mister Caster. Es wird noch eine Weile dauern. Mister Fanshaw?«

»Aye, Sir?«

»Haben sie das Signal richtig erwidert?«

»Aye, Sir. Das haben sie. Sie sind es mit Gewißheit.«

»Gut. Mister Caster, bitte bringen Sie mir einen Napf, eine Kanne mit Wasser und mein Rasiermesser. Ich möchte mich vor dem Frühstück rasieren.«

Als sich der Junge abwandte, hob Dalton die Kappe von der Hecklaterne, ließ ihren Schein das Achterdeck beleuchten und streckte sich erneut gähnend.

Billy kehrte mit Napf, Wasserkanne, Rasiermesser und einem frischen Hemd für seinen Kapitän zurück. »Ich dachte, Sie wollten sich heute morgen vielleicht ein wenig frischmachen, Sir, also habe ich das Hemd herausgenommen und für Sie aufgehängt.«

»Danke, Mister Caster. Haben Sie meine Gedanken gelesen?«

»Nein, Sir. Ich habe jedoch Ihre Karten erneut gelesen, nachdem wir sie gestern abend betrachtet hatten, und ich dachte einfach, Sie bräuchten heute morgen vielleicht ein frisches Hemd.«

»Das dachten Sie.«

»Ja, Sir. Und vielleicht auch frische Wichse für Ihre Stiefel. Ich habe auch Ihren Säbel bereits geschliffen, Sir.«

»Sie lesen tatsächlich meine Gedanken.«

»Nein, Sir. Nur die Karten, und mir kam es vor, als sei dies der Tag, an dem Sie sich dieser Schnau dort drüben entgegenstellen wollen.«

»Nun, wir sollten heute bequem den Ocracoke Inlet erreichen. Und wahrscheinlich läuft die Schnau auch dorthin.«

»Aye, Sir.« Billy grinste. »Aber um dorthin zu gelangen, muß sie diesen anderen Einschnitt in der Insel passieren ... den kleinen. Und Sie haben selbst bemerkt, Sir, daß das ein günstiger Ausgangspunkt wäre, um auf eine gute Gelegenheit für einen Angriff in einiger Entfernung von der Küste zu warten.«

»Also haben Sie mein Gemurmel gehört.«

»Aye, Sir.«

»Nun, vielleicht wissen wir bald mehr. Die Barkasse setzt zügig über.«

»An Deck!«

»Aye, Ausguck?«

»Sir, ich mache zwei Boote aus, nicht eines. Die Barkasse bringt eine Jolle oder so was mit.«

»Man stelle sich das vor«, sagte Dalton atemlos. »Man fragt sich, was sie vielleicht sonst noch gefunden haben.«

Als die Barkasse mit dem eingenommenen Boot eintraf, von schwitzenden Piraten gerudert, die von dem von einer Laterne beleuchteten, acht Fuß achtern stehenden Charley Duncan angetrieben wurden, der eine Flinte auf sie richtete, war Dalton rasiert, trug ein frisches Hemd und band sich gerade seinen Säbel um.

»Habe ich die Erlaubnis, an Bord zu kommen Sir?«

»Was haben Sie uns gebracht, Mister Duncan?«

»Ein Boot, Sir. Und sechs Gefangene und eine Schiffsglocke ... und wahrscheinlich viele Informationen über die Schnau, Sir.«

Die beiden Boote kamen im schwachen Licht der Vordämmerung dicht längsseits, und Michael Romarts Zischen war über die ganze Ketsch hinweg zu hören.

»Welche Schiffsglocke? Ich wußte nicht, daß wir eine Schiffsglocke mitgebracht haben.«

»Nun, ich wollte nicht mit leeren Händen gehen.«

»Was meinten Sie damit, daß Sie wahrscheinlich Informationen über die Schnau mitgebracht haben?«

»Nun, Sir, niemand von uns spricht Spanisch, und keiner dieser Gentlemen spricht Englisch, aber einer von ihnen spricht anscheinend ein wenig Deutsch, und er und Korporal Wesselmann haben sich recht gut unterhalten, während wir die Insel mit diesem Boot überquert haben.«

»Sie haben die Erlaubnis, an Bord zu kommen«, sagte Dalton. »Mister Caster, suchen Sie bitte Mister Tidy. Ich werde ihn brauchen, um Korporal Wesselmanns Übersetzung zu übersetzen.«

Während des Frühstücks sortierten zunächst Dalton, Duncan, Romart und Sidney die Informationen, die sich aus dem Bericht über die Landungsgruppe ergaben, und dann gesellte sich Victory Locke für die Details der gesamten Landexpedition zu ihnen, während Billy Caster Notizen machte. Und schließlich, während Duncan und Joseph Tower die Schiffsglocke der *Fury* stolz vor dem Ruder der *Mystery* installierten, befragte Korporal Wesselmann Emilio Flores auf Deutsch, und John Tidy übersetzte ins Englische. Das Ergebnis war ein ungewisser Mischmasch dessen, was Dalton weitgehend für falsche Angaben hielt, aber drei Punkte wurden dennoch sehr deutlich. Es bestand Uneinigkeit zwischen *capitán* und *patrón* an Bord des geraubten Schiffes, es befanden sich zwei Frauen an Bord des Schiffes, und es waren auch annähernd hundert spanische Piraten an Bord des Schiffes. Flores war sich über die genaue Anzahl nicht sicher, aber es waren gewiß mehr als achtzig, also waren es vielleicht hundert.

Das graue Licht im Osten nahm ständig zu, während sich die Befragung voranschleppte – ein- oder zweimal von den Indianern unterbrochen, die kamen, sich neben sie hockten und sich beteiligten, während sie ihr Frühstück einnahmen. Zuerst wollte Dalton ihnen befehlen zu gehen, aber dann bemerkte er, daß einer von ihnen sich mit etwas beschäftigte, was wie eine Halskette aus frischen Ohren aussah, und ihr Anblick schien Emilio Flores Enthusiasmus bei der Befragung zu beflügeln.

Als die Befragung vorüber und Flores wieder zur Gruppe der Gefangenen am Großmast zurückgebracht worden war, dachte Dalton eine Weile nach und fragte dann: »Vorschläge, Gentlemen?«

»Biin Mors bagg'n, bivör dä üss bii dä Mors baggd«, meinte einer der Indianer.

»Ich hasse den Gedanken daran, daß sich zwei junge Ladys in solcher Gesellschaft befinden«, sagte Duncan.

»Wir werden uns ihnen früher oder später stellen müssen, Sir«, äußerte John Tidy. »Wenn sie in Ocracoke auf uns warten, werden wir keinen Weg an ihnen vorbei finden können.«

Billy Caster schwieg, machte sich Notizen und dachte über das Interesse des Kapitäns an diesem kleinen Einschnitt bei Hatteras Shoals nach, den die Schnau seewärts passieren mußte, um nach Ocracoke zu gelangen.

Dalton lief an der Reling auf und ab, prüfte den Himmel, die Windstärke, den Wellengang der Bucht. Die *Mystery* würde in diesen trügerischen, engen Gewässern nicht mehr als sechs oder sieben Knoten beibehalten. Mit dem vorhandenen Wind konnte die Schnau vor der Küste leicht vierzehn Knoten laufen – möglicherweise jenseits des wie ein Hundebein geformten Knicks, wo sich Hatteras südwestwärts wandte, sogar sechzehn Knoten, und sie konnte den Wind – raumschots-achterlich an Backbord – zu ihrem besten Vorteil nutzen. Dennoch, es war ein neuer Morgen – der jetzt gerade genügend Licht spendete, um deutlich sehen zu können –, und die Augenscheinlichkeit ließ auf wenig Disziplin und noch weniger gute Segelkenntnisse an Bord der Schnau schließen.

»Erzählen Sie mir noch einmal, welche Sabotageakte Ihnen gelungen sind, Mister Duncan.«

»Ah ... nun, ich habe mindestens sechs oder sieben Schotleinen durcheinandergebracht. Es wird einige Zeit dauern, bis man sie entwirrt und wieder belegt hat, und mit ein wenig Glück könnten sie vielleicht sogar ein Segel schief anholen und ihre Wanten beschädigen. Und ich habe einige Keile entwendet – ich habe sie in einem Faß mit Pökelfleisch versteckt –, und ich habe uns natürlich eine Schiffsglocke mitgebracht.«

»Also könnte es, nachdem sie Anker gelichtet haben, ungefähr eine Stunde dauern, bis sie wirklich auslaufen können.«

»Ja, Sir, das würde ich sagen. Das natürlich, nachdem sie Anker gelichtet haben. Sie haben zwei Buganker gesetzt, und bevor sie sie lichten können, werden sie einige Staken für ihr Ankerspill suchen müssen.«

»Oh? Wo sind die Ankerspillspaken, Mister Duncan?«

»Als ich sie das letzte Mal sah, trug die Flut sie gerade an Land.«

John Tidy versuchte leise, Korporal Wesselmann über das Gespräch auf dem laufenden zu halten. Jetzt hob der Hesse zögernd eine Hand.

»*Denken Sie auch an unsere Gefangenen, Oberst ... und das ... äh, das Ruderboot.*«

»Er denkt, daß sie vielleicht noch ein wenig Zeit damit vergeuden werden, nach ihren vermißten Kameraden zu suchen«, erklärte Tidy. »Und noch wahrscheinlicher damit, nach ihrem Boot zu suchen.«

»Alles in allem«, faßte Dalton zusammen, »könnten wir einen guten Vorsprung erringen, wenn wir uns beeilen.«

»Aye, Sir.«

»Ausguck ahoi!«

»Aye, Sir?«

»Ist es hell genug, um die Fahrrinne zu erkennen?«

»Annähernd, Sir, aber es wird jede Minute besser.«

»Mister Tidy, lassen Sie diese Männer zum Frühstück unter Deck gehen, und schicken Sie bitte neue Ausgucks nach oben. Decksgasten vorn, Anker lichten, klar zum Beisetzen der Segel ...«

Donald O'Riley kam eilig nach achtern, um das Stundenglas zu drehen. Duncan trat an die Süll und läutete feierlich sechsmal die Glocke. Es war sechs Glasen der Morgenwache, und die *Mystery* wurde zum Auslaufen getrimmt.

»Geben Sie die Nachricht an die Männer weiter«, befahl Dalton den Umstehenden. »Der Pirat hat auf uns gefeuert, hat uns verfolgt und lauert jetzt auf uns. Wenn er uns noch immer verfolgt, wenn wir Hatteras heute erreichen, dann läßt er uns keine Wahl. Ich werde ihn angreifen.«

»Sie wissen, daß er dort sein wird, Kapitän«, sagte Duncan. »Er hat zu viel investiert, um jetzt aufzugeben.«

»Übernehmen Sie bitte das Deckskommando, Mister Duncan. Bringen Sie uns auf angemessene Geschwindigkeit, südwärts, mit Lotsgast im Vorschiff und Ausgucks zum Ausspähen der Fahrrinne. Ich werde das Kommando, denke ich, nicht zurückfordern, so daß sie annähernd drei Stunden Zeit haben, ein Gefühl für dieses Schiff zu entwickeln, bevor Sie es ins Gefecht führen.«

Duncan starrte ihn an. »Ich, Sir? Ich soll dieses Schiff ins Gefecht führen?«

»Sie, Mister Duncan. Ich habe anderes zu tun.«

Ohne einen Blick zurück ging Dalton nach vorn und überließ Charley Duncan allein die Aufgabe, die Ketsch zu führen.

Bei zunehmendem Wind und grauem, sich in der Ferne herabsenkenden Himmel, ließ die *Mystery* die Bucht mit sechs Knoten in der Stunde zurück, fand dann tieferes Wasser und setzte weitere Segel, um ihre Geschwindigkeit auf acht Knoten zu steigern. Beim ersten Glasen der Vormittagswache war voraus Land zu sehen, die der Küste vorgelagerte Insel, die sich, der Biegung der Küste folgend, westwärts wand. Hier drehten sie einige Minuten nach Backbord, während Decksgasten die Holzabdekkung vom vorderen Frachtraum entfernten, Fässer festzurrten, sie mit Querhölzern verbanden und seitwärts ausbrachten. Die Hessen trieben ihre sechs spanischen Gefangenen über die Reling auf das Behelfsfloß und stießen es ab ... Meilen südlich der Stelle, wo sie gefangengenommen worden waren, aber noch immer mehr Meilen von jeglichem Punkt entfernt, von dem aus sie der Schnau Signale geben könnten. Pitacoke und Squahamac ärgerten und beschwerten sich über diese Handhabung – sie hatten andere, einfachere Vorstellungen davon, wie man sich eines Feindes entledigte –, aber sie strahlten, als man ihnen erklärte, daß es dort, wo diese Spanier hergekommen seien, noch sehr viele weitere gäbe.

Zwei Meilen vor der Landbiegung brachte Duncan die *Mystery* Steuerbord achterlich herum, und die störrische Ketsch legte einen weiteren Knoten Geschwindigkeit zu, während er den auffrischenden achterlichen Wind nahm.

Titus Wilton kam mit einem Gewehr und einer Kugeltasche vom vorderen Laderaum heran und bemerkte über die Schulter grollend zu Victory Locke: »Bleiben Sie mir einfach aus dem Weg, während ich dieses Teil lade. Ich brauche dazu keine Anleitung. Ich habe diese Gewehre schon benutzt, als Sie noch barfuß in den Straßen Londons umherliefen! Wenn Sie sich nützlich machen wollen, dann bringen Sie diese Eingeborenen dazu, meine Ausrüstung in Ruhe zu lassen. Sie nehmen ständig Dinge fort.«

Da die erfreuliche Aussicht auf ein Gefecht bestand und der sich herabsenkende Himmel Pitacoke und Squahamac Sorgen machte – sie beide wußten, was nasses Wetter den Sehnen eines Bogens antun konnte –, übten sie ein wenig amerikanische Findigkeit. Sie hatten die Spindeln des Segelmachers an Deck ausgebreitet und drehten aus starrem Leinenzwirn neue Schnüre. Victory Locke warf einen Blick auf ihre entschlossenen, angespannten Gesichter und entschied sich, daß der Segelmacher seine Beschwerde gefälligst selbst vortragen sollte. Ihre Gesichter trugen Kriegsbemalung und wurden von prunkvollen Federbüscheln in ihrem Haar beschattet. Locke ging davon, um die restlichen Gewehre zu verteilen.

Enrico Pintos mürrische Laune verwandelte sich rasch in brennenden Zorn, als an diesem grauen Morgen ein Unheil nach dem anderen auf ihn einstürzte. Er schritt brüllend, schimpfend und mit einem verknoteten Seil um sich schlagend das Deck entlang ... und bekam keine Antworten. Eine Gruppe von Männern war in einem kleinen Boot an Land gegangen, wie *el capitán* es befohlen hatte, um die Insel zu überqueren und die Lastketsch auszuspionieren. Aber sie waren nicht zurückgekehrt. Die Männer waren fort, das Boot war fort – es war, als hätte sich die Erde aufgetan und sie wären darin verschwunden ... oder, vielleicht, als wären sie in der Dunkelheit davongelaufen. Auch die Schiffsglocke war fort, und ebenso Emilio Flores, der in den ersten Wachstunden Deckswache gehalten hatte.

Dann konnten sie ihre Anker nicht lichten, weil die Spaken des Ankerspills verschwunden waren, und fast eine Stunde ging verloren mit dem Durchsuchen der

Lagerräume nach Ersatz. Nichts an Bord war in Listen erfaßt worden, und niemand wußte, wo man suchen sollte.

Schließlich, als die Anker gelichtet und verkattet waren, begann der Ärger mit den Segeln. Einige der Schotleinen waren falsch befestigt, andere waren ineinander verwickelt, und die *Fury* lief fast auf Grund, bevor die Männer das Schiff in eine bestimmte Richtung trimmen konnten. Sie waren so nahe daran, daß sie bereits das Stampfen der Brandung hören konnten. Pinto tobte und brüllte und zog sein Seil und die flache Seite seiner Klinge währenddessen über so manchen Rücken.

Und selbst nachdem sie auf Kurs waren, wurde die Situation nicht besser. Die Hebekeile fehlten bei mehreren der Geschütze, und obwohl alle Männer, die nicht anderweitig beschäftigt waren, den ganzen Morgen über suchten, konnten sie nicht gefunden werden.

Es war eine offensichtliche Sabotage, so daß Pinto unter Deck ging, den Vorhang im Verkehrsgang zurückriß und an Lostrato und dem ihn anstarrenden Vasco vorüberschritt, um schwungvoll die verriegelte Tür der zweiten Kajüte zu öffnen. Der Gestank, der ihn dort traf, die vermischten Gerüche von Exkrementen und Erbrochenem, der entsetzlich in der durch die Läden erzeugten Düsterkeit hing, ließ ihn innehalten, und er schlug die Tür wieder zu. Dann wirbelte er zu den beiden Männern herum.

»Diese beiden! Haben sie schon einmal einen Fuß aus der Kajüte gesetzt? Waren sie unbewacht?«

»*No, capitán*«, versicherte Vasco mit geweiteten Augen. »Wir waren die ganze Zeit hier und haben diese Kajüte bewacht, wie Sie es befohlen haben. Die Gefangenen haben die Kajüte nicht verlassen.«

»Sie beide waren hier? Immer?«

»Ich war hier. *Señor* Lostrato ebenfalls, bis auf ungefähr eine Stunde am Abend.«

Ein harter Blick traf Lostrato. »Und was haben Sie in dieser Stunde gemacht, Don Geraldo? Vielleicht ein wenig Sabotage betrieben?«

Pintos Hand wanderte zu seinem Säbel, aber plötzlich lag die nadelscharfe Spitze von Lostratos Klinge an seiner Kehle.

»Sie haben mir gesagt, daß ich bereit sein muß, diese Klinge zu benutzen, wenn ich sie ziehe, *capitán*«, sagte der Aristokrat schwach lächelnd. »Sind Sie dazu bereit, daß ich sie jetzt benutze? Oder wollen Sie sich entschuldigen?«

Pinto wich einen Schritt zurück und wappnete sich dagegen, gerade jetzt die Waffe gegen diesen Mann zu ziehen. Später, sagte er sich, später. »Erledigen Sie es selbst, wenn Sie eine Entschuldigung wollen.«

Lostratos Lächeln wurde etwas lockerer. »Ich habe auf unserem Schiff keine Sabotage betrieben. Warum sollte ich? Es bringt uns zu einem Vermögen, wenn es Ihnen gelingt, uns dorthin zu führen, ohne uns zu vernichten. Ich war an Deck, ja. Einmal, zum Umherschlendern und Luftschnappen. Ich wurde dort gesehen.«

»Und diese Mädchen«, Pinto deutete auf die geschlossene Tür, »haben die Kajüte überhaupt nicht verlassen?«

»Überhaupt nicht. Und ich bezweifle auch, daß sie es könnten. Ich glaube, sie sind beide krank.« Lostrato senkte seine Klinge. »Ich werde Ihnen mit Freude die Ehre erweisen, durch diese Klinge zu sterben, Pinto. Jetzt oder zu einem anderen Zeitpunkt. Aber wollen Sie wirklich hier und jetzt sterben?«

»Wer hat mein Schiff dann sabotiert?«

»Sie sind ein dummer Mensch, Pinto. Denken Sie darüber nach. Es wurde Unheil angerichtet, und einige Männer Ihres Abschaums fehlen. Wer, glauben Sie, hat das Unheil logischerweise angerichtet? Jemand, der noch an Bord ist?«

Pinto betrachtete ihn mit einem Blick puren Hasses, wandte sich dann jäh um und schritt zur Treppe zum Hauptdeck davon.

Vasco sah den Aristokraten nachdenklich an. »Das geschah sehr schnell, *señor*, was Sie da mit Ihrer Klinge gemacht haben. Ich habe so etwas noch nicht gesehen.«

Lostrato steckte das Rapier ein. »Ich habe es Ihnen gesagt, guter Vasco, setzen Sie Ihr Vertrauen in mich, und sorgen Sie sich nicht über unseren Kapitän. Wenn der richtige Zeitpunkt gekommen ist, werde ich ihm zeigen, wie man eine Klinge benutzt. Vielleicht werde ich ihm das gleiche antun, was man Ihnen angetan hat, bevor ich ihn töte. Würde Ihnen das gefallen?«

Der Pirat lächelte. »*Si, señor.* Das würde mir sehr gefallen.«

»Dann verlassen Sie sich darauf, guter Vasco. Es ist ein Versprechen, das ich Ihnen gebe, und Sie wissen, daß Sie mir vertrauen können.«

»Si, Don Geraldo. Ich weiß, daß ich Ihnen vertrauen kann.«

Trotz des verspäteten Aufbruchs begann die *Fury* die verlorene Zeit unter vollen Segeln aufzuholen, und selbst Pinto war beeindruckt. Mit einem frischen raumschotsachterlichen Wind und klarem Wasser unter dem Kiel tanzte die Schnau fast, während sie über die Wogen südwärts glitt und dabei sang. Als die Segel erst getrimmt waren, nahm das Schiff Gischt auf und hielt eine beständige Geschwindigkeit von vierzehn Knoten bei. Vor ihnen war jetzt die nach rechts geschwungene Küstenlinie in Sicht, und Pinto wußte, daß sie dort, wenn die besten Winde sie anschoben, sechzehn Knoten machen würde.

Um acht Glasen der Nachmittagswache lag die *Mystery* dichtgeholt bei gut zwei Faden Wassertiefe dreihundert Yards vom Riff des Hatteras Cut entfernt. Ihre Marstaljen waren herabgelassen, keine Nationalflagge wehte über den Großrahen, und sie war fast so unsichtbar, wie es hohe Masten nur sein konnten, leewärts vom Nordufer des Tideneinschnitts geborgen. Ein sich verbergendes Schiff, das wartete und bis auf das Schwappen der Wellen an seinem Rumpf, das leise Knarren und Scheppern der Wanten und Stage, das gedämpfte Knattern geluvter Segel, die von Decksgasten an den Nagelbänken killend angeholt worden waren, eigenartig still war. Seltsam still, dachte Charley Duncan, auch wenn es teilweise darauf zurückzuführen war, weil die *Mystery* in gutem Segelwetter lag und wartete, und teilweise, weil sich elf Mitglieder ihrer Mannschaft nicht an Bord befanden. Von den siebzehn Verbliebenen war nur der junge Billy Caster in der Takelage. Er hatte sich freiwillig als Ausguck gemeldet, und Duncan konnte es ihm nicht verweigern. Der Junge hatte gute Augen ... und war von allen am wenigsten beschäftigt.

Alle übrigen befanden sich jetzt an Deck, Duncan selbst am Ruder, John Tidy mittschiffs und Mister Hoop und die Hessen vorn. Die Stückführer Crosby und Pugh arbeiteten entlang den Relings daran, bei jedem Geschütz Pulver und Luntenstock klarzumachen. Cadman Wise stand mit einer Axt an der Trosse des Warpankers, und die übrigen sechs Seeleute standen bereit, Segel beizusetzen.

Duncan dachte mehrmals, wie lächerlich die Situation erscheinen mochte – eine langsame, unterbestückte und überladene Ketsch, die darauf wartete, eine gut bestückte Schnau anzugreifen. Traurig und lächerlich, wenn das alles gewesen wäre. Aber da war mehr, und Duncan kaute auf der Unterlippe und hoffte, daß Patrick Daltons Strategie funktionieren würde.

»An Deck!«

»Aye, Mister Caster?«

»Ein Signal von der Barkasse, Sir. Die Schnau ist in Schußweite und kommt weiter auf ... Aye, da ist sie, Sir. Ich sehe sie jetzt, unmittelbar vor der Küste ... Warten Sie, Sir, da kommt ein neues Signal ... Der Kapitän befiehlt den Angriff, Sir. Jetzt!«

Duncan stemmte sich gegen das störrische Bocken des Ruders der Ketsch und befahl: »Segel beisetzen, Mister Tidy! Wie eingeübt! Stückführer an die Buggeschütze und feuern, wenn Schußweite erreicht ist!«

Segel wurden hoch oben angeholt und strafften sich für einen Seitenwind, während Decksgasten ihre Schoten trimmten. Stagsegel ratterten, stiegen auf und spannten sich, und der Besan dröhnte, als sein Gaffel angeholt wurde, um den Wind aufzunehmen. Das Ruder hob sich, bukkelte und quetschte ihm mit seinen Stößen die Hände.

»Kappen Sie den Warpanker, Mister Wise! Mister Quinn in den Großmars, um uns herauszulotsen. Mister Romart, Sie können beliebige Flaggen heißen.«

Sie hatten stundenlang alle Manöver eingeübt und erprobt, eine Choreographie schneller, koordinierter Aktion, um die *Mystery* auf Geschwindigkeit und durch den Einschnitt auf die Fersen der dahinstürmenden Schnau zu bringen, ein Überraschungsangriff von achtern, der nur gelingen konnte, wenn alles klappte. Aber

Einüben im Ruhezustand und die praktische Umsetzung waren zweierlei. Duncan atmete geräuschvoll ein und betete, daß nichts vergessen worden war.

Die *Mystery* schlingerte plötzlich, als Cadman Wise die Leine des Heckwarpankers kappte, und glitt einen Moment seitwärts, während Duncan gegen das schwere Ruder ankämpfte und den plötzlichen Druck der Segel ausbalancierte. Einen Moment lang wandte sich sogar die Insel an Backbord gegen ihn, unterbrach den tief wehenden Wind, so daß das Besansegel des Schiffes das Ruder nicht unterstützen konnte. Dann krängte die *Mystery*, fand ihren Weg und glitt an dem Hindernis vorbei in den offenen Wind des kleinen Einschnitts. Duncan steuerte den besten Wendepunkt und hoffte, daß sie die Tiefe von dem kleinen Boot aus, das sich jetzt an achtern im Schlepp befand, richtig ausgelotet hatten. Es gab jetzt keine Zeit mehr für Korrekturen.

»Da ist sie, Mister Duncan!«

Er schaute nach links. Eine Viertelmeile querab lief die geschmeidige Schnau voll in Sicht, die großen Segel helles Silber unter einem hohen, grauen Himmel und lebhafte Gischt unter dem schnittigen Vordersteven, von dahinrasender, unwiderstehlicher Kraft, die bereits die östliche Landzunge passierte und mit dem Wind im Rücken die Küste hinabstrebte.

Sieh uns jetzt, betete er. Sieh uns und wende, zögere und verliere Geschwindigkeit ... »Hier sind wir!« rief er. »Hier, ihr elenden Wichte! Seht uns hier!«

Bei ihrer Geschwindigkeit wäre die Schnau außerhalb jeglicher Schußweite, bevor die träge Ketsch die Fahrrinne erreichen konnte. Die gesamte Strategie hing davon ab, daß die *Mystery* die erste oder die ersten beiden Runden für sich entschied, bevor die Schnau reagieren konnte. Aber wenn sie nicht auf der Stelle herumkommen würde, wenn sie zu weit voraus gelangte, bevor er angreifen konnte, war der Plan verloren, bevor seine Ausführung begann.

Wo hatten sie ihre Augen?

»Hier sind wir! Genau hier!«

Die Stückführer vorn erkannten das Problem ebenfalls und blickten sich um. Duncan hob einen Arm und führte ihn dann rasch abwärts. Einer der Stückführer beugte sich zu seiner Keepe herab und senkte die Lunte. Ein Zwölfpfünder dröhnte, und Rauch wogte vor der *Mystery*, der mit dem quer wehenden Wind davonrollte. Fast augenblicklich erschien ein Loch im vorderen Stagsegel der Schnau.

»Seht ihr uns jetzt?« zischte Duncan.

Dutzende von Gesichtern an Bord der Schnau und in seiner Takelage waren ihm zugewandt, während Crosby und Pugh fieberhaft daran arbeiteten, das abgefeuerte Geschütz neu zu laden. Ihr Pendant stand daneben und wartete auf seinen Einsatz. An Bord des passierenden Kriegsschiffs herrschte Tumult, und zwei seiner seitlichen Geschütze stießen Rauch aus, als ihre Segel umzuspringen begannen, langsam und ruckweise, wie es Duncan schien. Das Schiff verlangsamte seine Geschwindigkeit, als sei es aus dem Takt gebracht, und er sah die hellen Farben der Jacke seines Kapitäns auf dem Achterdeck, sah ihn mit den Armen rudern, während er Befehle rief.

Zwei Kugeln peitschten das Wasser vor ihnen, weit von ihnen entfernt, und Duncan verzog die Lippen zu einem schiefen Grinsen.

»Es ist schwer, das Geschütz ohne Hebekeile nach oben auszurichten, nicht wahr?« rief er.

Die beiden Kanonen waren an Steuerbord befestigt und flankierten die Heckreling. Er fragte sich, wie viele sie noch abzufeuern versucht und nicht geschafft hatten, da die Zündlöcher durch Romarts nassen Sand unbrauchbar waren. Am meisten sorgte er sich wegen der beiden Heckgeschütze der Schnau, zwei tückische Achtzehner, die weder er noch der Kolonist hatten manipulieren können, weil dort der Rudergänger döste. Nur wenige Kanonen der Schnau würden in dieser Stunde feuern – aber diese beiden würden es höchstwahrscheinlich tun.

Die *Mystery* nahm Fahrt auf, lief im Winkel herüber und aus dem kleinen Einschnitt heraus, und Duncan brachte sie weich herum, unterstützt nur von John Tidys Pfeife, welche die eingeübten Manöver aufrief. Alle Männer reagierten, als sei dieses Manöver monatelang und nicht in einer einzigen Stunde geübt worden.

Die Schnau verlor noch immer an Geschwindigkeit, wollte herumkommen, träge von dem Moment der Verwirrung, als sie die Beute hinter sich fand – die angriff. Das neu getrimmte Segeltuch der *Mystery* fand den Wind, und die Ketsch hob ihre Nase und nahm die Gischt unter den Bug, wodurch sie langsam, aber unaufhörlich aufkam. Duncan beobachtete die jetzt zu seiner Rechten liegende unregelmäßige Küstenlinie und versuchte, die Sekunden so zu zählen und die Entfernung so abzuschätzen, wie er es Dalton mehr als einmal hatte tun sehen. Unmittelbar voraus befand sich der Tideneinschnitt, wo die Barkasse wartete. Dort – genau dort – mußte er die *Fury* dazu bringen, zu wenden und sich auf ein Gefecht einzulassen. Er wußte um die lähmende Überraschung an Bord des Piratenschiffes – konnte sie fast spüren. Die Ketsch konnte der Schnau nicht halbwegs das Wasser reichen und war absolut kein Kriegsschiff. Und doch hatte die Ketsch einen regelrechten Angriff gestartet, und jetzt mußte die Schnau reagieren.

Aber Überraschungen waren nur vorübergehend nützlich. Die Schnau machte sich schon bereit, herumzukommen und sich ihm zu stellen. Mir bleiben noch zwei Vorteile, dachte er. Ich habe meinen ersten und besten bereits vertan. Jetzt liege ich ihm gegenüber zu Luv, der Wind arbeitet für mich und gegen ihn, und es wird eine weitere kleine Überraschung für ihn bedeuten, wenn er feststellt, daß die meisten seiner Kanonen unbrauchbar sind. Aber er weiß bereits, daß einige defekt sind.

Wende endlich, betete er. Komm herum und zeig mir deine Vorderseite. Ich weiß, daß dort deine Zähne sind. Aber die zeitliche Koordinierung war zu eng. Die Schnau würde keine Zeit haben, die Wende einzuleiten, bevor seine Geschütze in Schußweite waren, und das wußte die Besatzung inzwischen. Duncan sah Stückführer an den Achterlafetten des Kriegsschiffes und wußte, daß die *Mystery* nicht ungeschoren davonkommen würde – wenn sie überhaupt davonkam.

Die Schnau lag zumindest im Moment fast regungslos im Wasser. Es war das Wichtigste, worauf er gehofft hatte, das Wesentliche. Unmittelbar dahinter, wo sich die Küstenlinie nach außen wölbte, sah er die Nase der *Something* auswärts weisen und aus ihrem Versteck gleiten.

Er hielt den Wind, und die *Mystery* kam zu dem Kriegsschiff auf. Sekunden vergingen, und sie war in Schußweite der zwei Achtzehner am Heck der *Fury*. Dann innerhalb der Schußweite und noch immer aufkommend, dann gerade in Schußweite ihrer eigenen vorderen Zwölfen – und aufkommend.

Achtzig Fuß vor sich sah er Pugh und Crosby an ihren Geschützen, die Luntenstöcke mit schwelenden Lunten über die Zündlöcher haltend. Worauf warteten sie? Stecht ihn, hatte Dalton befohlen. Greift ihn von hinten an, bringt ihn zum Anhalten und stecht ihn, wenn ihr könnt.

»Stecht ihn!« rief Duncan.

Als hätten sie gehört und würden ihm antworten, fanden Pugh und Crosby ihre Markierungen und senkten die Lunten. Und noch während zwei Rauchwolken an der Nase der *Mystery* aufbrachen, bildeten sich an der Heckreling der Schnau zwei größere Wolken.

XX

Alle von jeweils einem Mann besetzten Riemen der *Something* ruhten in ihren Schlaufen. Als der Rauch im Aufwind wogte und auf sie zurollte wie dichter, donnergetriebener Nebel, legten sich zehn starke Rücken eifrig in die Riemen, und die Barkasse schoß aus der Deckung in die tosende Brandung, während Dalton ihre Ruderpinne bediente und die Ruderschläge zählte. Bevor der Rauch sie erreichte, waren sie an den stampfenden Wogen vorbeigelangt und kamen hart in den Wind. Erneut erschütterte ein doppeltes Dröhnen den Dunst, und Claude Mallory brummte: »Das waren unsere Leute. Sie haben das zweite Paar vorn abgeschossen.«

»Je mehr, desto besser«, keuchte Victory Locke, während er den Riemen durchzog. »Diesen Gestank einzuatmen ist besser, als aus dem Wasser geschossen zu werden.«

Mittschiffs versäumte Pitacoke einen Riemenschlag, als er sich umwandte, um in den die Sicht verdeckenden, rollenden Rauch zu schauen. »Vördammig Schiet, dä süll'n üss wadd öwalooten!«

»Legt euch in die Riemen!« schnauzte Dalton. »Pullt! Pullt!«

Da ihr stumpfartiger Mast eingeholt war, lag die Barkasse tief im Wasser, glitt über die Dünung und verursachte achtern Kielwasser, während die Ruderblätter eintauchten und anholten, eintauchten und anholten, wobei die Dollen entlang der beiden Relings protestierten. Gewehre, Musketen und verschiedene Gegenstände, mit denen man Personenschaden verursachen konnte, waren vom Bug zum Heck entlang der Bänke aufgereiht und warteten auf ihren Einsatz. Beide Puntgeschütze waren nach vorn und oben ausgerichtet.

Die erste Rauchwolke rollte vorüber, und sie waren innerhalb einer Sekunde wieder von klarer Luft umgeben, während eine kleinere Rauchwolke herabsank. Jenseits davon konnte Dalton die Segel der Schnau erkennen, obwohl das Deck verborgen war. Das Schiff kam herum, versuchte, sich seitlich auf die unmittelbar dahinter liegende, angreifende Ketsch auszurichten, und Dalton knirschte mit den Zähnen und beschwor Duncan in Gedanken, sich an den Plan zu halten, wie auch immer er die Lage beurteilte. Er wußte, daß ihn seine ganze Ausbildung zur Teerjacke dazu drängen würde abzudrehen, zu versuchen, im Aufwind zu bleiben, vorüberzulaufen, eine Breitseite anzubringen, zu drehen und ein weiteres Passieren mit dem Wind von der Seite zu versuchen. Aber sie hatten dies eingeübt.

»Vergessen Sie alles, was Sie jemals über Taktik wußten, Mister Duncan«, flüsterte Dalton. »Dies ist jetzt die Prüfung. Halten Sie das Ruder.« Er verlagerte die Ruderpinne, führte die Barkasse leicht nach Steuerbord und folgte dem seewärts erfolgten Richtungswechsel der Schnau. »Dies wird bestenfalls äußerst eng«, sagte er für jedermann in Hörweite. »Legt euch in die Riemen und pullt, wie ihr niemals zuvor gepullt habt, Männer.«

Gleich würden die zweiten Rauchwolken vorüberziehen. Aber andererseits müßten noch weitere folgen, und es wäre jetzt der *Mystery* überlassen, für Deckung zu sorgen. Die Ketsch mit ihrem harten Ruder und ihrer schlechten Reaktion mußte die Schnau noch mindestens einige weitere Minuten austanzen.

»Pullt! Pullt! Pullt!«

An Bord der *Mystery* sah Duncan am fächerförmigen Schnabel der Schnau Splitter fliegen, während im gleichen Augenblick an der Nase der Ketsch ein Stag einer blinden Rah surrte, brach und entlang dem vorderen Laderaum eine lange Rille im Deck aufriß. Die Kugel, die sie verursacht hatte, sirrte an seinem Ohr vorbei und das ganze Schiff entlang. Eine zweite 18-Pfund-Kugel zerriß Groß- und Besan-Marssegel und ließ bunte Federn wie gefärbten Schnee niedergehen, als sie letzteres zerstörte. Die *Mystery* schloß jetzt schnell auf, hielt auf das Heck des Kriegsschiffes zu, und Pugh und Crosby wuchteten die beiden abgeschossenen Stücke beiseite und rannten ein zweites Paar an der Reling aus, das sie ausrichteten, während sie die Leinen anholten, wobei einige der Hessen halfen. Die Schnau geriet jetzt in Bewegung, drehte nach Backbord, um herumzukommen, die Stückführer an den seitlich massierten Geschützen.

All seine Instinkte sagten Duncan, er solle hart nach Backbord drehen, vorüberlaufen und feuern. Feuern und zu einem weiteren Vorüberlaufen im Aufwind herumkommen. Aber er biß die Zähne zusammen und hielt das Ruder fest. Die Reservegeschütze feuerten gleichzeitig, und ihr Rauch verbarg die voraus erzielte Wirkung, obwohl die Reichweite jetzt optimal war. Duncan stützte sich unwillkürlich ab. Wenn die Schnau nicht innerhalb weniger Augenblicke aus dem Weg geriet, würde die *Mystery* ihren Bugspriet direkt in ihren Hecksteven bohren. Dalton hatte gesagt, dies würde äußerst eng werden. Konnte er geahnt haben, wie eng es werden würde? Rauch rollte voraus, und darüber schlichen die hohen Segel der Schnau seitwärts, hielten auf das Meer zu.

Jetzt, wie besprochen, die Stückführer an Backbord, dachte er. Und noch während er dies dachte, sah er Crosby und Pugh und einige der Hessen nach achtern stürzen, um ihre Positionen an der Backbordreling einzunehmen, wo die geladenen Kanonen warteten.

Äußerst eng, aye. Jetzt mußte es eng werden. Wenn die Schnau nur einmal durchbrach, wenn sie durch irgendeinen Zufall Abstand gewann, mußte sie sich fernhalten, um sie dann zu vernichten. Er konnte die Barkasse jetzt nicht mehr ausmachen, aber er wußte, wo sie war ... Zumindest wußte er, wo sie besser sein sollte. Unmittelbar voraus und zur Schnau aufkommend.

Der Rauch rollte auf dem Wind herab, löste sich vor der *Mystery* auf, und Duncan sog geräuschvoll den Atem ein. Kein Dutzend Yards vom tanzenden Bugsprit der Ketsch entfernt ragte der Besan der Schnau auf, der gerade übergeholt wurde, um den Wind aufzunehmen. Darunter, an Deck, starrten bestürzte Gesichter mit dunklen Bärten den auf sie zuhaltenden blinden Rahen und den auf ihr Deck zuschwingenden Stagen entgegen, und Tumult entstand, als Männer vorwärts stürzten, sich duckten und auswichen und andere in ihrer Eile beiseite stießen.

Der Bugsprit berührte das Vorliek des Besans der Schnau, verweilte dort einen Moment, brach dann durch Stoff und Leine und spaltete das Segel wie ein zerreißendes Bettlaken. Die blinde Rah an Backbord streifte die Gaffelleine des großen Schiffes, zog daran und glitt mit einem Schwirren gequälter Kabel vorüber, und die breite Seite der *Mystery* bohrte sich in den Hecksteven der Schnau. Duncan hielt den Atem an und weigerte sich, auch nur einen Zoll zurückzuweichen, obwohl jede Faser seines Körpers es forderte.

»Aufrichten!« schrie jemand. »Hebekeil vor, haltet auf ihre Heckreling!«

»Achtet auf das Kajütendeck! Dort sind Gefangene!«

»Geschütz aufrichten! Nehmt die Reling oben!«

Vom Ruder aus schien es, als würden die seitlichen Wanten der *Mystery* die Ruderstange der Schnau abscheren, aber sie glitten vorüber, und nichts geschah, obwohl das Achterdeck des Kriegsschiffs nur wenige Yards über dem niedrigeren Schiff hing. Durch den Spalt zwischen ihnen sah Duncan jenseits eine flüchtige Bewegung – die Barkasse, die kaum einhundert Yards draußen stand und deutlich zu sehen war ... falls jemand in diese Richtung blickte.

Dann führte einer der Stückführer seine Lunte ans Zündloch, Trümmer regneten vom Heck der Schnau auf das Deck der Ketsch herab, und erneut verhüllten Rauchwolken voraus das jenseitige Boot. Ein zweiter Feuerstoß erfolgte, streifte kaum die zerschmetterten Planken, welche die erste Kugel getroffen hatte, obwohl oben das hintere Ende des Gaffels der Schnau zerfiel und dann an seinen Leinen schwang und baumelte. Weitere Trümmer regneten herab. Duncan hielt das Ruder sicher und fest und reckte den Hals, um zu der jetzt über seinem Kopf vorübergleitenden zerstörten Reling hinaufzublicken. Ein Mann erwiderte seinen Blick, ein breitschultriger, bärtiger Mann in einer bunten Jacke. Er hob eine Pistole und wich dann seitwärts aus, als Splitter einen Fuß an seinem Ellenbogen vorbeiflogen. Das Krachen des Gewehres über ihnen war gegen das Echo des Kanonenfeuers unbedeutend. Titus Wilton senkte neben dem Großmast sein Gewehr und drohte wütend mit der Faust, wobei er über seinen Kneifer hinweg spähte.

»Du hast mir meine schönen Segel verhunzt«, erklang seine Stimme bis zum Heck, »verdammter schwarzer Hund ... Ich sehe dich in Eisen wieder, gemeiner Pirat ...«

Eine Musketenkugel von irgendwo schlug in den Mast ein, und der Segelmacher ging eilig und noch immer tobend in Deckung.

Ethan Crosby hatte ein drittes Backbordgeschütz ausgerichtet, das nach achtern zeigte. Er feuerte es ab, als sie freikamen, und traf den Rumpf der Schnau mittschiffs. Über und jetzt unmittelbar hinter ihnen waren Geschütze von den Steuerbordrelings der *Fury* auf sie gerichtet, und Lunten wurden auf Zündlöcher herabgesenkt. Nichts geschah. Gesegnet seien Mister Romarts Sand und Wasser, dachte Duncan. Es würde mindestens einige Minuten dauern, um die Stücke zu säubern und neu zu laden, bevor sie feuern konnten.

Und jetzt kam die letzte Prüfung für Strategie und Schulung, und es war wiederum eine Prüfung des Willens des Kapitäns und Kommandanten.

Duncan stählte sich, flüsterte ein Gebet der guten alten Kirche von England und bekreuzigte sich vorsichtshalber noch, bevor er rief: »An die Schoten, Mister Tidy. Hart nach Backbord!«

Gott helfe uns allen, dachte er, denn ich habe gerade mein Schiff unter die leewärts gelegenen Geschütze eines Kriegsschiffs gebracht.

»Pullt!«

Dalton führte die Ruderpinne mit Händen, die wie eiserne Enterhaken verschränkt waren. Im voraus treibenden Rauch ragten jetzt hohe Schatten auf, deren nächster den Weg der kleinen Barkasse bedrohte und gerade abdrehte, um nach Backbord herumzukommen, der größere unmittelbar dahinter, aber immer noch über der sich mühsam voran arbeitenden Ketsch aufragend.

»Pullt!«

Er kam mit dem Ruder beim nächsten Riemenstoß leicht nach Steuerbord auf, dann beim übernächsten noch eine Idee mehr, sich kaum der schwitzenden Gesichter, des angestrengten Atmens und der angespannten Muskeln der Männer vor ihm bewußt, die allem den Rücken zuwandten, was er jenseits von ihnen sah.

»Pullt!«

Die *Mystery* befand sich unmittelbar voraus eigentlich auf vorbeilaufendem Kurs, aber jetzt stiegen ihre Segel rasch auf, und ihre Nase schwang direkt in den Weg der Barkasse, allmählich, aber unerbittlich. Dalton kam mit dem Ruder noch etwas mehr auf und hielt auf das enge Wasser unmittelbar vor der Ketsch zu. Er mußte ihren Weg vor ihr kreuzen, auch wenn sich im Moment die mit der Mannschaft der *Mystery* eingeübten Segelmanöver gegen ihn auswirkten. Lebhafter, als dies einer Ketsch möglich erscheinen sollte, schwang sie in ihre Drehung hinein.

»Pullt!«

Sie kennen die Segelanweisungen, Mister Duncan, dachte er. Gesegnet sei Ihr spitzbübisches Herz, Sie haben getan, was nötig war. Jetzt ist es an uns, in Ihrer Deckung – falls wir vorbeigelangen können, ohne Sie zu rammen.

»Pullt!«

Der hoch aufragende Bugsprit der Ketsch war unmittelbar voraus und aufsteigend, dann direkt über der Nase der *Something*, und das Anstürmen des Wassers gegen den Rumpf des Schiffes klang wie das Trommeln des herannahenden Jüngsten Gerichts. Der Stampfstock unterhalb des Klüvers der *Mystery* war wie eine sie in Kopfhöhe bedrohende Klinge.

»Pullt!«

Er duckte sich, als der Stampfstock unmittelbar hinter ihm vorüberzog.

»Pullt!«

Mit nur Zentimetern Raum schoß die *Something* direkt unter dem Vordersteven des drehenden Schiffes hindurch und hielt auf die unmittelbar dahinter befindliche Schnau zu.

»Jetzt die Geschütze, Gentlemen«, schnauzte er.

An einem Achterriemen neben ihm und einem Vorderriemen auf der entgegengesetzten Seite sitzend, zogen Purdy Fisk und Talmadge Fanshaw ihre Riemen ein und wirbelten herum, um die Puntgeschütze zu bemannen, wobei sie die hohe Silhouette der jetzt über ihnen aufragenden Schnau anstarrten.

»Mittschiffsrelings«, sagte Dalton. »Zielen und feuern.« Zwei weitere Geschütze als Deckung, Mister Duncan, dachte er. Jetzt.

Die Puntgeschütze dröhnten fast gleichzeitig, die Läufe waren hoch aufgerichtet, zwei Pfund Viertelzoll-Schrot pro Stück aufwärts zielend, durchschlagend und rings um die Mittschiffsschandecks der Schnau herum Lücken zwischen den dort versammelten Männern öffnend, die dort kauerten, um die Decksgeschütze neu zu laden.

Jetzt, Mister Duncan. Wie wir es geübt haben.

Erneutes Dröhnen rollte unmittelbar von achtern heran, zwei schußbereite Neunpfünder spien eine Pütz voll Kartätschen dorthin aus, wo bereits die Kugeln der Puntgeschütze getroffen hatten.

»Pullt!« rief Dalton und drehte die Ruderpinne dann hart bei. »Riemen an Backbord einziehen! Leinen und Enterhaken! Riemen an Steuerbord einziehen! Klar zum Anlegen und aufentern!«

Enterhaken flogen, und Leinen wurden angeholt. Die

Something lief seitwärts, um sich unter die Kielwölbung der Schnau zu schmiegen. Dalton sprang auf, ergriff ein Wantenstag und zog seinen Säbel.

»Aufentern!« rief er.

Er schwang sich aufwärts, gelangte mit einem Fuß auf ein vorspringendes Dollbord und wich einem Streich mit einem Entermesser von oben aus, während er seine Klinge aufwärts stieß. Er zog sie rot zurück. Zu seiner Rechten eroberte Victory Locke das zerstörte Schandeck, hielt einen Moment inne, um sein Gewehr anzuheben und gekonnt auf einen angreifenden Spanier zu feuern, drehte das Gewehr dann um und schwang es wie eine Keule. Dalton sprang über die Reling und sah sich einer Vielzahl von Piraten gegenüber, die Entermesser schwangen und auf ihn eindrangen, aber durch die Körper der gefallenen Männer zu ihren Füßen und die Lachen vergossenen Blutes auf den Decks behindert wurden. Er stützte sich ab, hob einen heruntergefallenen Zündlochdeckel auf, der neben einem unbrauchbar gemachten Geschütz lag, und benutzte ihn als Schild, während seine Klinge tanzte und sang.

Dann waren andere um ihn herum – die Brüder Fanshaw zu seiner Linken, mit zornig geführten Klingen und zuschlagenden Keulen, Purdy Fisk zu seiner Rechten, eine Muskete in der Armbeuge, deren Bajonett wie eine Lanze hervorstach, während sein Entermesser eine Parade der Verteidigung zerschlug, Claude Mallory und Ishmael Bean, die als Schilde benutzte Faßdeckel vor sich hielten und deren Klingen hinter Dalton und den übrigen angriffen, und O'Riley mit einer Pistole in jeder Hand und einem Dolch zwischen den Zähnen.

Die Piraten waren erbärmliche Seeleute, aber sie waren verbissene Kämpfer, und sie bedrängten den kleinen Kreis von Enterern als brüllende Meute. Der Druck war zu stark, um auf verfeinerte Waffenkünste zu achten. Es war ein Schneiden und Schlagen, ein Parieren und Zustoßen, wobei die Behelfsschilde bei jeder sich bietenden Gelegenheit als zusätzliche Waffen eingesetzt wurden. Dalton und die Männer um ihn herum waren blutbespritzt, wobei einiges davon wahrscheinlich ihr eigenes war, obwohl sie keine Zeit hatten, das zu ergründen. Fisk erlitt einen Schnitt über die Brust, wich aus, schlug mit seiner Muskete zu und rammte seinem Angreifer das Bajonett durch die Brust. Die breite Klinge blieb stecken, und als der Mann zu Boden ging, fiel auch die Muskete.

In der Ferne konnten sie in den Marsen der Ketsch, die jetzt kaum noch hundert Yards entfernt war, Gewehre knallen hören, und hier und da fiel ein Pirat durch eine Gewehrkugel. Endlos scheinende Minuten lang hielt die kleine Gruppe das Deck unmittelbar an der Reling, ein fester Halbmond der Verteidigung, während sich die Piraten durch ihre Vielzahl selbst behinderten.

Ein einäugiger Mann griff Dalton heftig an, verfehlte nur knapp seinen Kopf und sank dann mit einem Pfeil im Hals zusammen. Ein zweiter Pfeil von der anderen Seite versank tief unterhalb der Achselhöhle eines eine Axt schwingenden Krakeelers, und über dem Lärm stiegen zwei hohe schrille Kriegsschreie auf. Weitere Pfeile folgten, und eine Gewehrkugel von irgendwoher verpaßte einem stämmigen Spanier, der einen der Fanshaws aufzuschlitzen versuchte, ein drittes Auge. Dalton parierte einen Angriff mit einem Entermesser, stieß zu, parierte erneut und fand dann plötzlich einen anderen Feind vor sich – einen großen Mann in der protzigen, mit Aufschlägen versehenen Jacke des spanischen Befehlshabers. Der Mann brüllte, hob eine lange Klinge, um zuzustoßen, und glitt auf dem blutigen Deck aus. Er fiel auf die Knie, Dalton schlug seinen Säbel beiseite und schaute währenddessen über die Schulter. Das kleinere Boot hatte von der *Mystery* abgelegt und glitt auf sie zu, bis an die Dollborde mit bewaffneten Männern bevölkert. Er fragte sich einen Moment, ob noch jemand auf der Ketsch geblieben war, aber dann hatte er keine Zeit mehr für solche Überlegungen. Der Piratenkapitän war wieder aufgestanden und griff wie ein wilder Stier an. Dalton wehrte einen Schlag von oben ab und spürte die Erschütterung bis zur Schulter. Der Mann war gedrungen und kräftig – furchtbar kräftig.

»Verschafft mir Platz!« rief er den Männern um sich herum zu und hörte seinen Ruf von den Wanten über sich widerhallen.

»Dä Macker 'ätt siin Händs vull! Wi wüll' yäm ünn bäten Room mooken!«

Ein Pfeil pfiff von oben herab und ein weiterer von einer Seite, und plötzlich hatten jene um Dalton Raum genug, einige Schritte vorwärts zu drängen und die Piraten vor sich herzutreiben. Der bunt gekleidete Kapitän brüllte erneut, zielte einen Säbelstreich auf Purdy Fisks Nacken, und Dalton trat nahe heran, um ihn mit seiner Klinge abzublocken. Er spürte erneut die Kraft des großen Mannes. Einen Augenblick rangen sie miteinander, dann fluchte Dalton und rammte eine Faust direkt ins Gesicht des Spaniers. Blut spritzte, und der große Mann brüllte auf und schüttelte den Kopf wie ein verärgerter Stier. Dann rammte er jäh sein Knie in Daltons Hüfte, wirbelte ihn halbwegs herum und brachte ihn aus dem Gleichgewicht. Dalton ließ sich mit dem Schwung scheinbar in eine kauernde Haltung fallen, und die Klinge des Spaniers pfiff an seinem Ohr vorbei und durchtrennte zwei Schotleinen. Irgendwo über ihnen knarrte eine Spiere und verhakte sich in den Wanten. Daltons Säbel zuckte zur Leibesmitte des Mannes und wurde mit einer Kraft abgeschlagen, die ihm die Waffe fast aus der Hand riß. Er brachte seine Klinge über die des anderen, stieß erneut zu und spürte, wie ihre Spitze Fleisch traf. Der Mann zischte, wich zurück und führte einen erneuten Stoß. Seine Klinge verfehlte ihr Ziel, aber eine große Faust erwischte Dalton über dem rechten Ohr und machte ihn einen Moment lang fast blind. Er versuchte, sich wieder zu sammeln, und wurde erneut getroffen und gegen die zersplitterte Reling zurückgeschleudert. Er spürte, wie seine Beine nachgaben, als er dort zu Boden ging.

Der große Mann grinste tückisch. Er hob seinen langen Säbel, wie man eine Axt heben würde ... und erstarrte mit geweiteten Augen. Eine rote Stahlspitze ragte plötzlich aus seiner Brust hervor und wurde dann ebenso jäh wieder zurückgezogen, um wenige Zentimeter seitlich erneut durchzudringen. Der anfängliche Siegesschrei des Mannes wurde zu einem hohen dünnen Schmerzensschrei.

»Lostrato! Hurensohn! Verdammter Feigling!!«

Den Säbel noch immer erhoben, versuchte er sich umzuwenden, erschauderte dann heftig, als die rote Stahlzunge erneut zurückgezogen wurde und wieder aus seinem Bauch hervortrat. Er gurgelte, schwankte und stürzte auf eine Seite. Der Mann hinter ihm stellte sich einen Moment über seinen Körper und schaute mit unverhohlenem Widerwillen auf ihn hinab. Dann schnaubte er, blickte zu Dalton und sagte: »*Capitán*, ich bin Conde Don Geraldo Lostrato y Baldar de Vas. Zu Ihren Diensten.«

Schließlich wandte er sich mit einer steifen Verbeugung ab. Die Kämpfe hinter ihm hatten nachgelassen, und die blutbeschmierten Kampfteilnehmer standen an einem Dutzend verschiedener Stellen an Deck. Es waren jetzt weitaus mehr Mannschaftsmitglieder der *Mystery* an Bord dieses Schiffes, als Dalton mitgebracht hatte, und er erkannte, daß das kleine Schiff eingetroffen war, um die *Fury* vollständig zu entern. Hatte Duncan noch jemanden an Bord der Ketsch zurückgelassen? Wo war Duncan überhaupt? Und Billy Caster, war er auch hier? Wo auch immer Dalton hinsah, erkannte er Hessen.

Noch immer benommen, zog er die Füße unter sich und schüttelte den Kopf, um ihn wieder klar zu bekommen. Auf der anderen Seite des Decks verfolgten zwei Spanier jemanden um ein Bootstau herum und versuchten, an ihn heranzukommen. Ein Pfeil pfiff aus den Wanten heran, und dann war da nur noch ein Spanier. Tote und Verwundete lagen überall in einem wüsten Durcheinander.

Der Spanier mit dem Adlergesicht ... was war er? Ein Graf? Dalton konnte sich nicht an alles erinnern ... Er hob die Arme und rief: »*Hombres!* Die Würfel sind gefallen! *Su capitán está muerto!*«

Überall auf dem Deck legten Piraten – einige rasch, andere widerwillig – ihre Waffen nieder und wichen zurück, und Duncan erkannte, daß sie seinen eigenen Männern zahlenmäßig noch immer zwei zu eins überlegen waren. Und doch ergab sich die *Fury* innerhalb von Momenten vollständig. Victory Locke und Claude Mallory holten die schwarze Flagge ein und präsentierten Dalton dann eine andere zusammengefaltete Flagge.

»Mister Duncan hat den zweiten Schwung Männer dies herüberbringen lassen«, sagte Locke. »Er dachte, wenn Sie hier keine Verwendung dafür hätten, dann würde wahrscheinlich niemand von uns sie für irgend etwas brauchen.«

Es war die Flagge, welche die *Mystery* zu Beginn des Kampfes gezeigt hatte – die rot-weißen Streifen eines Freibeuters.

»Dann heißt sie«, befahl Dalton ihnen. »Wie viele Männer haben wir verloren, Mister Locke?«

»Wundersamerweise niemanden ganz, Sir. Einige von uns sind ein wenig angeschlagen, und es gibt hier und da einige Schnitte und blaue Flecke. Einer der O'Rileys wird versorgt werden müssen und auch Mister Quinn und Mister Tower ein wenig, aber soweit wir feststellen können, leben wir alle.«

Michael Romart, der aus einem Schnitt über dem Auge blutete, eilte schnaubend und mit finsterem Gesicht heran. »Ich bitte um Verzeihung, Kapitän, Sir, aber wenn Sie jemanden finden könnten, der den Dialekt der Indianer spricht, wünschte ich, Sie würden sie veranlassen, damit aufzuhören.«

»Womit aufzuhören, Mister Romart?«

»Sie gehen herum und treten die Spanier, um zu sehen, welche sich noch rühren. Und die Toten ... Nun, Sir, sie schneiden ihnen die Ohren ab.«

Es dauerte eine Stunde, bis an Bord der eingenommenen Schnau zumindest wieder ein Anschein von Ordnung herrschte, und bis dahin war Dalton mit dem Spanier Lostrato unter Deck gegangen, um nach den Gefangenen zu sehen.

»Sie sind dort drinnen«, sagte der Spanier in seinem behäbigen Englisch. »Sie sind unverletzt. Dafür habe ich selbst gesorgt, obwohl ich kaum mehr für sie tun konnte. Ich bin ein ehrlicher Freibeuter, Sir, und als ich erfuhr, daß der Teufel Pinto nur ein gewöhnlicher Pirat war, wurde auch ich zum Gefangenen.« Er deutete auf den Toten, der mit aufgeschlitzter Kehle über dem Niedergang lag.

»Ich konnte mich nur befreien, indem ich diesen Mann tötete, dann meine Klinge fand und – wie Sie selbst wissen – an Deck ging, um Sie in Ihrem Kampf zu unterstützen.«

Dalton öffnete die Kajütentür, entsetzt über den Gestank, der hervordrang, und während er in die Kajüte spähte, schaute Lostrato erneut zu dem Leichnam auf dem Niedergang. Ah, guter Vasco, dachte er. Wie gut, daß du mir vertraut hast. Du hast mir mehr geholfen, als du dir jemals hättest vorstellen können.

XXI

Es war üblich und allgemein akzeptiert, daß man verletzte Gefangene, von denen man wußte, daß sie Piraterie betrieben hatten, bewußtlos schlug und über Bord warf. Obwohl Dalton das nicht angeordnet hatte – tatsächlich noch keine Zeit gehabt hatte, darüber nachzudenken –, wurde ihm diese Angelegenheit aus der Hand genommen. Als er wieder an Deck kam, wobei er die unansehnlichsten und übelriechendsten beiden jungen Frauen im Auge behielt, denen er jemals begegnet war, hatten sich Mister Hoop und seine hessischen Seesoldaten bereits um dieses Detail gekümmert. Pitacoke und Squahamac trugen jetzt lange Halsketten aus aufgereihten Ohren und genossen es sehr, unter den verbliebenen Gefangenen umherzuwandern und eine Auswahl weiterer Ohren zur späteren Erbeutung zu treffen. Die beiden wirkten mit ihren bemalten Gesichtern und dem hohen, bunten Federschmuck auf alle Welt wie zwei glückliche Kampfhähne, die weiterkämpfen wollten.

»Tatsache ist, Sir«, entschuldigte sich Victory Locke bei Dalton, »daß einige derjenigen, die über Bord gingen, kaum Kratzer abbekommen hatten. Aber die Eingeborenen waren so begeistert von allem, daß Mister Hoop und seine Hessen ein wenig mitgerissen wurden.«

Dalton schüttelte seufzend seinen schmerzenden Kopf. Was geschehen war, war geschehen.

»Ich würde gern für die Erhängung der übrigen sorgen, Sir«, bot Locke an. »Mister Fisk und ich haben sie gezählt, und die Mars- und Bramsalinge tragen genug Rahen, um alle auf einen Schlag hängen zu können, wenn wir sie jeweils zu zweit und vielleicht drei oder vier am Besangaffel aufknüpfen.«

Auch das war allgemein anerkannte Praxis im Umgang mit Piraten, aber Dalton war bestürzt, wie rasch die Teerjacke diese Mittel und Methoden aufgriff. Die Rahen der Schnau boten in der Tat genügend Platz für zwei Dutzend gleichzeitige Erhängungen, jedoch sah Dalton sich zögernd auf dem von Trümmern übersäten Deck um.

»Wir haben zu wenige Leute, Mister Locke. Ich denke, es wäre besser, zu ergründen, ob wir die Kerle nicht auf produktive Weise einsetzen können, bevor wir Urteile vollstrecken.«

»Nun, Sir, wir haben unter Deck ausreichend Kettenmaterial, um allen Männern Beinfesseln anzulegen.«

»Sehr gut, Mister Locke. Dann sorgen Sie dafür. Und wenn alle gesichert sind, sollen sie dieses Durcheinander aufräumen.«

Dann schritt er die Länge des Schiffes ab, maß es und ergründete seine Bauart. Achtern des Großmasts hatten mehrere seiner Männer einen Kreis um die beiden französischen Mädchen gebildet – einen weiten Kreis – und starrten sie an. Dalton hielt inne, um dem Schauspiel Einhalt zu gebieten.

»Diese jungen Damen haben eine schreckliche Erfahrung hinter sich«, belehrte er alle Anwesenden. »Behandeln wir sie jetzt mit ein wenig Respekt. Sie müssen gebadet werden und …«

»Ich melde mich freiwillig, Sir.«

»Aye, ich auch, Sir.«

»Ich würde ebenfalls gern aushelfen, Sir.«

»Und ich, Sir, ich …«

»Gentlemen!«

»Sir?«

»Mister Romart, bitte sorgen Sie für die Errichtung einer Schutzzone auf dem Achterdeck. Segeltuchvorhänge, in Kopfhöhe. Plazieren Sie dort Bottiche mit Wasser und ein wenig Seife. Ich glaube, die Ladys können allein und ohne Ihre Hilfe baden.«

»Ich melde mich freiwillig zur Großmarswache, Sir«, bot Ishmael Bean an.

Claude Mallory sah ihn an. »Ich bin auf dem Großmars an der Reihe. Warte, bis du dran bist.«

»Gentlemen!«

»Aye, Sir.«

»Es wird keine Großmarswache geben, während die Ladys baden. Mister Mallory und Mister Bean, Sie können unter Deck gehen und sich um das Reinigen und Lüften der Kajüten kümmern. Schrubben Sie sie, wenn es sein muß.«

»Aye, Sir.«

»Und sehen Sie nach, ob dort frische Kleidung für die jungen Ladys zu finden ist.«

»Aye, Sir.«

»Und lassen Sie Mister O'Riley etwas zu essen für sie vorbereiten.«

»Welchen Mister O'Riley, Sir?«

»Welcher auch immer verfügbar ist.«

»Aye, Sir.«

Als die Spanier gefesselt waren und sich daran machten, die *Fury* herauszuputzen, schickte Dalton die Barkasse zur *Mystery* hinüber, um eine Mannschaft an Bord des Schiffes und Charley Duncan zur Schnau zurück zu bringen. Den größten Teil des Tages, bis in den Abend hinein, waren die beiden Schiffe kaum mehr als dreihundert Yards voneinander entfernt einfach im Küstenwind getrieben. Duncan hatte die Ketsch fast entvölkert, um die zweite Entergruppe hinüberzuschicken. Nur er, Billy Caster und der Segelmacher Titus Wilton waren zurückgeblieben. Aber jetzt ging eine vom Kampf mitgenommene kleine Mannschaft von acht Mann wieder an Bord der Ketsch und machte sich daran, sie unter der Leitung von John Tidy aufzuklaren und für die Nacht zu schalken, während Charley Duncan und Billy Caster zur *Fury* hinübergerudert wurden.

»Kommandantenbesprechung«, brummte Duncan, als sie sich näherten. »Man stelle sich das vor.«

»Sir?«

»Wir sind zum Flaggschiff der Flotte geladen worden.«

Die Barkasse legte längsseits an, und Duncan erhob sich und salutierte. »Erlaubnis erbeten, an Bord kommen zu dürfen, Sir.«

Über ihm ließ einer der Indianer eine Jakobsleiter herab. »Päss upp, wokän yo diin Fööt sätt'n deis, Macker«, riet er.

Auf dem Achterdeck lehnte Dalton am Ruderkasten und betrachtete die beiden frisch gebadeten, in dicke Decken gehüllten jungen Frauen. Hinter ihm, in einigem Abstand, aber mit aufmerksamem, heimlichtuerischen Blick, stand ein Spanier mit einem Adlergesicht, auffälligem Schnurrbart und edler Kleidung. Der Mann trug eine Fechtklinge an der Hüfte, und Duncan beobachtete ihn ohne Unterlaß, sich dabei fragend, warum sich der Mann nicht wie die anderen Spanier in Eisen gelegt unten auf dem Hauptdeck befand.

Dalton sah sich um. »Willkommen an Bord der *Fury*, Mister Duncan. Sie hatten mit diesem Schiff gewiß recht.

Sie ist ein hübscher Kreuzer, wie ich noch selten einen gesehen habe, und wir müssen jetzt Entscheidungen treffen. Aber zunächst haben wir ein Problem. Sprechen Sie ein wenig Französisch?«

»Ich, Sir?« Duncan war überrascht. »Nein, Sir. Höchstens einen oder zwei Sätze, und ich bin nicht sicher, was sie bedeuten. Sachen wie: *La derrière de ma tante* und *j'bœuf sois avec moi* ... Redewendungen, wie man sie aufschnappt. Warum?«

Das ältere der beiden Mädchen war rot geworden, und das jüngere kicherte. Duncan fragte sich, was er, falls die Worte überhaupt einen Sinn ergaben, gesagt hatte.

»Diese Ladys sprechen kein Englisch, Mister Duncan, noch irgendeine andere Sprache, die hier bei uns vertreten ist. Wir haben es auch mit Deutsch und ein wenig Spanisch versucht, und Ihre Eingeborenen haben sogar probiert, sich in ihrer wie auch immer gearteten Sprache zu verständigen, aber wir haben nicht viel mehr Erfolg damit gehabt, als daß wir nun wissen, daß dies Eugenie und dies ihre Schwester Lucette ist ... Verzeihung, Ladys ...« Er vollführte eine Geste. »Dies ist Mister Duncan ... Duncan, ja. Und Mister Caster.«

Die Männer nahmen ihre Hüte ab und verbeugten sich höflich, und die Mädchen nickten mit geweiteten Augen. Duncan fand es schwierig, den Blick von den großen, erschreckten Augen der älteren Schwester abzuwenden. Sie wirkte wie ... wie ein zitterndes, fluchtbereites Reh, und doch zeigte ihr edles, kleines Kinn einen Hinweis auf etwas, was Mut sein konnte, oder Trotz, oder beides. Er spürte, daß er bis zu seinem wirren sandfarbenen Haar errötete und überspielte dies mit einem freundlichen Lächeln.

»Sehr erfreut, Miss. Wirklich. Äh ... *la derrière de ma tante* für Sie heute abend.«

Das ließ sie beide kichern, und er errötete noch stärker.

Der spanische Stutzer lächelte einnehmend und trat neben Dalton. »Verzeihen Sie, *capitán*«, sagte er. »Wäre mir Ihr Problem bekannt gewesen, hätte ich Ihnen natürlich meine Dienste angeboten. Sehen Sie, ich spreche ein wenig Französisch. Ich werde Ihnen gern helfen.«

Dalton sah überrascht zu ihm hinab. Er hatte ihn unter dem Druck seiner Pflichten fast vergessen. Jetzt fragte er sich, wie er den Mann vergessen haben konnte, der ihm das Leben gerettet hatte ... und warum er ihn augenblicklich und instinktiv nicht mochte. »Don ... äh ...«

»*Don Geraldo, mi capitán. A sus órdenes.*«

»Ja. Don Heraldo. Nun, natürlich werde ich Ihre Hilfe zu schätzen wissen. Ich würde gern wissen, was wir vielleicht zur Bequemlichkeit dieser Ladys beitragen können und ob sie Verwandte haben, mit denen wir in Kontakt treten könnten, wenn sich die Gelegenheit ergibt, und alles andere, was sie uns vielleicht sagen wollen. Außerdem möchte ich sie wissen lassen, daß sie bei uns in Sicherheit sind ...« Er schaute nach rechts und fällte sein Urteil über diejenigen, die sich in Sichtweite befanden. »Zumindest bei den meisten von uns, und sicherlich möchte niemand, daß sie Schaden erleiden.«

»*Si, señor capitán*, ich werde dies alles mit ihnen besprechen.«

Der Mann verbeugte sich glatt, trat zu den Mädchen und drängte sie vor sich her, während er mit ihnen davonging. Duncan sah Dalton mit hochgezogenen Augenbrauen an, denn er spürte, daß hier etwas nicht so war, wie es sein sollte.

»Ich bin ganz Ihrer Meinung, Mister Duncan«, sagte Dalton ruhig. »Der Don sagt, er sei an Bord dieses Schiffes ein Gefangener gewesen, genau wie die jungen Ladys. Aber ich wundere mich permanent darüber.«

»Beabsichtigen Sie ihm zu vertrauen, Sir?«

»Keinen Moment. Sie scheinen jedoch eine der Ladys recht entzückt zu haben. Ich würde es zu schätzen wissen, wenn Sie ein Auge auf ihre Bequemlichkeit hätten.«

»Aye, Sir.«

Sie gingen ein Dutzend Schritte voran, stellten sich nebeneinander, die Hände auf dem Rücken, und schauten das schmucke, todbringende Geschützdeck der Schnau entlang.

»Sir, denken Sie, wir könnten noch einen oder zwei Mann entbehren, um Mister Tidy mit der Ketsch zu helfen? Sie ist manchmal ein eigensinniges Schiff, und sollten wir in rauhes Wetter kommen, wird sie ...«

»Mister Tidy wird die *Mystery* nicht kommandieren, Mister Duncan. Das werden Sie tun. Ich glaube, das sagte ich Ihnen bereits.«

»Sir? Äh, ich dachte, das hätte nur für das zurückliegende Gefecht gegolten.«

»Absolut nicht. Ich sagte Ihnen, daß ich das Kommando an Bord der *Mystery* nicht wieder übernehmen würde, gleichgültig was geschähe. Ich sagte das deshalb, weil es offensichtlich kein Kommando mehr zu übernehmen gegeben hätte, wenn wir gescheitert wären. Aber natürlich sind wir nicht gescheitert, nicht wahr?«

»Nein, Sir. Wir sind nicht gescheitert.«

»Sie haben die Ketsch gut geführt, Mister Duncan. Präzise und bestimmt. Ich gratuliere Ihnen.«

Duncan errötete vor Freude. »Danke, Sir.«

»Sie werden die Männer zur Verfügung haben, die ich an Bord geschickt habe, einschließlich Mister Tidy, mit dem Sie recht gut zusammenarbeiten, wie ich gesehen habe. Außerdem könnte ich vielleicht einen oder zwei weitere Männer entbehren, wenn wir auf See sind und uns der Spanier und allem anderen Ballast entledigt haben. Sie können Mister Wilton an Bord behalten. Es würde den Gentleman wahrscheinlich erneut aufregen, wenn er jetzt auch noch das Schiff wechseln müßte. Und natürlich die Indianer.« Er sah Duncan mit schelmisch gewölbten Augenbrauen an. »Sie sind Ihre Rekruten, wie Sie sich erinnern werden. Nicht meine.«

»Aye, Sir.«

Dalton sah sich um. Bis auf Billy Caster, der einen Schritt hinter ihnen stand, waren sie allein.

»Noch etwas, Mister Duncan. Ich beabsichtige, die jungen Ladys auf die *Mystery* zu bringen. Sie werden natürlich Ihrer Sorge unterstehen.« Er bemerkte die augenblickliche Freude auf dem Gesicht des Seemanns, wie auch die darauf folgende Besorgnis.

»Sir«, sagte Duncan, »mir gefallen die Blicke dieses spanischen Gentleman nicht. Ich würde ihm nur ungern den Rücken zuwenden.«

Und das mit gutem Grund, dachte Dalton. »Sorgen Sie sich nicht, Mister Duncan. Don Heraldo wird als mein Gast an Bord der *Fury* bleiben. Ich hätte ihn gern dort, wo ich ein Auge auf ihn haben kann.«

»Aber mit den jungen Ladys, Sir ... und wenn niemand übersetzen kann ...«

»Sie werden das schaffen, Mister Duncan. Sie sind ein findiger Mann.«

»Aber, Sir ...«

»Betrachten Sie es folgendermaßen, Mister Duncan: Glauben Sie, ich würde Constance Ramsey gern erklären müssen – wozu sich die Gelegenheit mit Sicherheit letztendlich ergibt –, wie es geschehen konnte, daß ich mit zwei attraktiven – tatsächlich sehr attraktiven – jungen französischen Damen reise?«

Duncan dachte darüber nach. »Nein, Sir, das würden Sie gewiß nicht gern tun.«

»Dann ist das geregelt. Aber nichts davon zu Don Heraldo. Er wird es erst erfahren, wenn wir die Passagiere am Morgen hinüberbringen. Haben Sie das auch gehört, Mister Caster?«

»Aye, Sir.«

»Einer der O'Rileys befindet sich in der Kombüse unter Deck und sollte bald unser Abendessen bereitet haben. Sie werden mit mir speisen, Mister Duncan, und dann können Sie Ihre Indianer und das kleine Boot nehmen und zu Ihrem Schiff zurückkehren. Gratulation, Kommandant Duncan.«

»Aye, Sir.« Duncan strahlte.

»Äh, ein kleiner Vorschlag, Mister Duncan. Sie sollten Hinweise auf *la derrière,* also das Gesäß Ihrer Tante, in Gegenwart der Ladys vielleicht vermeiden. Es zeugt nicht von allerbestem Geschmack. Mister Caster, suchen Sie bitte Mister Wise und bitten Sie ihn um die Bestandsliste der Vorräte, die die Männer unter Deck gefunden haben. Ich hätte gern eine Aufstellung dessen, was auf diesem Schiff verfügbar war, als es eingenommen wurde, und dessen, was davon geblieben ist. Ebenso eine Liste der Geschütze und sonstigen Bewaffnung. Und lassen Sie Mister O'Riley bitte über den Schiffsproviant berichten.«

»Welchen Mister O'Riley, Sir?«

»Denjenigen in der Kombüse, der unser Abendessen zubereitet.«

»Aye, Sir.«

»Mister Duncan, ich werde um die Rückgabe der Schiffsglocke bitten müssen. Sie gehört im Moment uns, und es wäre nicht richtig, unsere eigenen Schiffe zu bestehlen, nicht wahr?«

Don Geraldo Lostrato kam von achtern heran. »*Capitán*, ich habe mit den jungen Ladys gesprochen, wie von Ihnen gewünscht. Sie sagen, sie hätten gern etwas zu essen und einen sauberen Platz zum Schlafen in frischer Luft.«

»Das sollen sie haben. Was ist mit Verwandten oder Freunden?«

»Sie und ihre Eltern waren auf dem Weg nach Charleston, *capitán*. Sie haben dort Verwandte. Sie haben gefragt, ob der *capitán* sie vielleicht dorthin bringen könnte.«

»Und?«

Lostrato lächelte, eine gönnerhafte Miene, die sowohl Verständnis als auch Aufrichtigkeit vermitteln sollte. »Sie sind sehr eingeschüchtert, *señor*. Sie haben eine schwere Zeit hinter sich und sind ängstlich. Sie ... sie betrachten mich als guten Freund, *señor*, weil ich ebenfalls ein Gefangener der Piraten war. Daher habe ich ihnen gesagt, daß ich zuerst an Land gehen, ihre Verwandten aufsuchen und deren Begegnung mit den geliebten Kindern arrangieren werde, wenn der *capitán* sie nach Charleston zu bringen beschließt. Gewiß wird der *capitán* verstehen, wie sehr sie das trösten würde, und es ist doch nicht zuviel verlangt, nicht wahr, mein Freund?«

Dalton bemerkte am Rande, wie Duncan der Atem stockte, aber er hielt sich im Zaum und nickte freundlich. »Das versichere ich Ihnen, Don Heraldo, ich werde die Weisheit Ihres Ratschlags ernsthaft erwägen. Mister Duncan, sehen Sie bitte nach, ob die Kajüte der Ladys gereinigt und gelüftet wurde, und begleiten Sie sie dann dorthin. Lassen Sie Mister Hoop zwei seiner Seesoldaten unter Deck postieren, damit sie nicht gestört werden.«

Duncan verbarg sein Grinsen, indem er sich abwandte. »Aye, Sir.«

»*Señor*, ich würde gern ...«

»Natürlich würden Sie das, *señor*. Aber wir müssen auch für Ihre Bequemlichkeit sorgen, nicht wahr? Wir werden hier bald einige hervorragende Hängematten angeschlagen haben, und ich glaube, Sie werden es an Deck, wo wir uns alle um Ihr Wohlergehen kümmern können, recht bequem haben. Danke.«

Mit vierundzwanzig an den Füßen angeketteten Piraten als Helfer, arbeiteten sie daran, die *Fury* bis zur völligen Dunkelheit wieder in Ordnung zu bringen. Dann, über den Protest mehrerer Teerjacken hinweg, die das Hängen bevorzugt hätten, und zweier Indianer, die es nach weiteren Ohren für ihre Sammlung verlangte, ließ Dalton die Fesseln jeweils weniger Gefangener gleichzeitig lösen und die Männer auf der Insel an Land setzen. Er hatte das Gefühl, daß es ein fairer Austausch gegen die Information war, die Billy Caster von zweien von ihnen bekommen hatte, die ein wenig Englisch sprachen. Don Heraldo war vielleicht oder vielleicht auch nicht zu irgendeinem Zeitpunkt ein Gefangener an Bord der *Fury* gewesen, aber er hatte niemals sein Rapier ablegen müssen.

Als Charley Duncan zur *Mystery* zurückgerudert wurde, um das Ablegen beim ersten Tageslicht vorzubereiten, hegte er vollkommen gemischte Gefühle – Stolz darüber, daß ihm das Kommando über ein Schiff übertragen worden war, und Unsicherheit, ob er Daltons Vertrauen rechtfertigen würde.

Er schaute über das dunkle Wasser zu den Hecklaternen der großen Kriegsschnau zurück. Zumindest, sagte er sich, werde ich einen verteufelt guten Begleitschutz haben.

XXII

Die Bewölkung hatte sich beim ersten Tageslicht gelokkert, wurde von beständigen östlichen Winden landeinwärts getrieben, und die rötliche Dämmerung ließ die Segel der *Fury* erglühen, während Dalton sie seewärts führte, ihre Grenzen dehnte und sie so dicht in den Wind brachte, daß selbst ihre am besten getrimmten Segel an Luv killten. Die Freiheit des Meeres durchströmte ihn, berauschend und wunderbar, ein Tonikum, das die langen Monate der Gefechte und des Davonlaufens, des Verbergens und des Auflauerns, heimlicher Gedanken und heimlicher Taten, die für einen Flüchtling an fremden Stränden nötig waren, linderte. Er fühlte sich jetzt, beim Kommando dieses lachenden, tanzenden Kriegsschiffes, im ganzen lebendiger als seit ... wie lange? Gewiß seit er die *Faith* verloren hatte.

Die *Fury* war kein Schoner. Die *Fury* schnitt nicht so tief ins Wasser ein wie ein heißes Messer in Butter und schlingerte auch nicht bei der leisesten Berührung des Ruders mit ihrem schmalen, koketten Heck. Die *Fury* war nicht die *Faith*. Aber für alles, was die *Faith* gewesen war, wies die *Fury* etwas Gleichwertiges und in mancherlei Hinsicht auch weitaus mehr auf. Die Yankee-Schiffbauer, die sie entwarfen, hatten gewußt, was sie taten. Indem sie einen Schnaumast unmittelbar hinter den Großmast setzten, hatten sie ihr Kräfte verliehen, die ihre Cousinen, die Briggs, niemals besessen hatten. Indem sie den Kiel ein wenig tiefer herabzogen, hatten sie ihr den

Vorteil zusätzlichen Segelgewichts verschafft, und indem sie sie zusätzlich mit Leerahen und Ringelfalk ausstatteten, hatten sie ihr die Mittel verschafft, ihren Vorteil zu nutzen.

Sie machte selbst bei vierzig Grad vom Wind noch vier Knoten, und bei sechzig Grad – so dicht beim Wind, wie ein Rahsegler gehen konnte, um überhaupt noch Fahrt zu machen – summte die *Fury* mit sechs Knoten dahin. Sie war kein Schoner, aber sie war eine Lady, eine in ihrer Bestückung mächtige Walküre und wunderschön anzusehen. Ein Kriegsschiff, gestaltet, um überall dorthin zu laufen, wo Feinde oder Prisen zu finden sein mochten, und für die Anforderungen eines schnellen Angriffs oder eines Nahgefechts gebaut, was auch immer gefordert war.

»An Deck!«

Dalton übergab Claude Mallory das Ruder, trat zurück und spähte zu den von der Sonne bestrahlten Mastkörben des hohen Großmasts hinauf. Der Morgenwind strich über sein Gesicht und roch nach Salz und klarer Weite.

»Aye, Mister Locke?«

»Die *Mystery* ist gerade noch sichtbar, genau achtern.«

»Danke, Mister Locke.« Er hatte angeordnet, daß die Ketsch im Auge behalten werden sollte, damit sie nicht außer Sicht geriet, während Dalton die *Fury* auf Trab brachte und ihre Mannschaft auf ihre Stimmungen einschwor. »Dann ist es also Zeit herumzukommen, Mister Mallory. Ich werde das Ruder wieder übernehmen. Bitte klar bei den Besanschoten.«

»Aye, Sir.«

»Wir werden jetzt ihre Kniestücke und Mastfüße erproben.«

Mallory grinste. »Aye, Sir.«

Der beständig mit mehr als zwanzig Knoten gemessene Wind war ideal, um die Reaktionen eines Schiffes aus der Klasse der Kleinen Kreuzer kennenzulernen, wie auch dafür herauszufinden, welche Vorzüge diese Yankee-Schnau gegenüber einer Brigg ähnlicher Größe haben mochte. Er hatte bereits mehrere Vorzüge entdeckt.

»Klar bei den Schoten! Klar zur Wende und Trimmen!«

Vorn gab Cadman Wise, der als Bootsmann agierte, die Befehle weiter. Dalton beobachtete kritisch, wie alle Decksgasten, einschließlich seines Stückmeisters Ethan Crosby und jener Hessen, die nicht anderweitig beschäftigt waren, auf ihre Positionen beim Kurswechsel eilten. Ein wenig mehr Übung war noch nötig, aber er wußte, daß ihr Umgang mit Segeln und Leinen dem Können der Piraten, die dieses Schiff erst vor kurzem noch in ihrem Besitz gehalten hatten, bereits jetzt überlegen war. Die meisten der Männer waren auf Kriegsschiffen ausgebildet worden und zwar im allgemeinen auf Schiffen der Krone. Wie auch immer ihre Vorbehalte und politischen Einstellungen jetzt geartet waren, so blieb ihnen dieses Können doch erhalten. Selbst als Flüchtige und in einigen wenigen Fällen als unverblümte Überläufer blieben sie Produkte der größten Marine der Welt.

Auf einer Seite, in respektablem Abstand, stand Don Geraldo und beobachtete die Darbietung mit dunklen, schimmernden Augen. Der Mann hatte sich seit der Überführung der Mädchen auf die *Mystery* mürrisch gezeigt, und Dalton hatte sich nicht die Mühe gemacht, ihm eine wie auch immer geartete Erklärung zu liefern. Dennoch hatte er Augen im Kopf, und Dalton wußte, daß er erkannte, welchen Nutzen man aus einem Schiff wie diesem ziehen konnte, wenn die Männer, die es führten, genau wußten, was sie taten. Und nicht weit von dem Spanier entfernt stand Korporal Heinrich Wesselmann – ehemals Angehöriger der Grenadiere Seiner Majestät und jetzt Befehlshaber der Seesoldaten, auf welches Schiff auch immer Patrick Dalton ihn schickte – an der Reling und gab vor, trotz seiner bereitgehaltenen Muskete nicht auf der Hut zu sein. Falls Lostrato seinen stets gegenwärtigen Wächter bemerkt hatte, gab er es nicht zu erkennen.

Jetzt prüfte Lostrato den Wind, wie Dalton es getan hatte, und seine Stimme klang gereizt.

»*Señor capitán*, Sie riskieren viel für nichts. Mit solchen Segeln herumzukommen ... Sie könnten dem Schiff Schaden zufügen.«

»Man lernt eine Lady nicht kennen, wenn man ihre Stimmungen nicht prüft«, sagte Dalton wie abwesend, den Blick noch immer auf die Männer gerichtet, die sich zum Wiedereinsatz bereitmachten. Dann waren sie bereit. »Wenden und trimmen! Bewegt euch!«

Er warf das Ruder herum, und die *Fury* krängte scharf, vier Strich von ihrer Steuerbordseite, und lehnte sich in die Dünung, während über ihnen Segeltuch knatterte und Spieren vor Anspannung knirschten. Tief im Bauch der Schnau rumpelte es, als Masten gegen ihre Stage ankämpften und Mastkragen sich anpaßten. Die *Fury* neigte sich mit dem Wind, neigte sich weiter, und ihr Steuerbordbug stemmte sich gegen rollende Wogen und warf helle Wasserfontänen hoch ins Sonnenlicht. Sie bebte und dröhnte, und ihr aufsteigender Bug bildete Gischtwirbel. Er hielt das Ruder fest und spürte, wie sie ebenso eifrig reagierte wie ein Schlachtroß, während sich die hohen Spieren in ihren Racks drehten und Leinen angeholt und an den Achterseiten belegt wurden, um allen Wind aufzunehmen, den ihre Segel halten konnten. Mallory drehte den Besan an Backbord voll nach außen, und Dalton spürte die Reaktion beim Steuern, während die Segel das Ruder darin unterstützten, ihr Heck flink herumzubringen.

Sechzig Grad vom Wind, und sie nahm an Geschwindigkeit zu. Neunzig Grad, und sie ritt wie ein schräg geneigter Turm aus hohen Segeln voran, während sich Victory Locke mit nichts als Wasser unter sich am Großmars festklammerte. Einhundertzwanzig Grad vom Wind, ihre Segel neu belegt und wie Donnergrollen knatternd, begann sie ihre Nase anzuheben, während sich die hohen Stagsegel über ihrem Vorpiek stark kräuselten. Es war ihr bester Wind, und sie erklomm die Dünung und zeigte ihr Temperament. Jetzt war niemand an Log und Leine. Sie hatten zu wenige Männer. Aber Dalton konnte die Geschwindigkeit selbst lesen. Während ihrer Drehung kam die *Fury* nahe an sechzehn Knoten heran und nahm noch an Geschwindigkeit zu. Ihre ungestüme Schönheit erweckte in Dalton den Wunsch, den Kopf zurückzuwerfen und laut zu lachen. Aber er war noch nicht fertig mit ihr. Hart herumkommen, hatte er gesagt, und die Handhabung der Segel vorn folgte den Grundsätzen der Ausbildung. Bei hundertachtzig Grad hatte die *Fury* den Wind direkt von hinten und tauchte ihre Nase nur leicht ein. Ihre Stagsegel waren für seitlich einfallenden Wind geeignet und nützten ihr auf gerader Strecke nicht so viel. Dennoch, obwohl sie ein wenig nachließ, behielt sie gute vierzehn Knoten bei, und Dalton wußte, daß sie ihre Rumpfgeschwindigkeit sogar jetzt noch ausschöpfte.

Er hielt hart über, und der Finger des Bugsprits zog weiterhin die Kimm nach. Jetzt stand der Wind vor ihrer

Steuerbordseite ... zwanzig Grad, und die Segel wurden erneut getrimmt ... dreißig ... vierzig!

»Auf Kurs trimmen!« rief er. »Voll und bei! Voll und bei!«

Er trimmte sie einen Strich und warf das Steuer herum, bis das Ruderblatt mittschiffs stand. Jetzt hatte sie wieder ihren besten Wind, diesmal dwars Steuerbord und ohne daß sie gegen das Ruder ankämpfen mußte. Sie hob ihre Nase, nahm Gischt auf und lief.

»Gott schütze dich«, murmelte Dalton, »du bist eine feine Lady.«

Bei vollen sechzehn Knoten hielten sie genau nach Westen, und er wandte sich um, um den Morgenwind auf seinem Gesicht zu spüren. Vorn pfiff Cadman Wise Abtreten, und die Seeleute kehrten zu anderen Aufgaben zurück, die Übung war beendet.

»An Deck!«

»Aye, Mister Locke?«

»Ich wußte nicht, daß ein Kriegsschiff das schaffen könnte, Sir!«

»Ein Schiff, das als Segelschiff gestaltet ist, wird segeln«, rief er, »wenn jene, die es segeln, das Zeug dazu haben!«

»Die *Mystery* ist noch immer in Sicht, Sir! Backbord achterlich!«

»Sehr gut, Mister Locke.«

»Beeindruckend, *señor capitán*«, räumte Lostrato ein. »Der Pirat Pinto hätte es nicht so gut machen können. Selbst ich könnte es nicht besser machen.«

Daran hegte Dalton keinen Zweifel. Aber es war jetzt ein merkwürdiger Unterton in Lostratos Stimme, etwas Einschmeichelndes. Dalton übergab Mallory das Ruder und wandte sich um.

»Sie haben also Schiffe befehligt?«

»*Si, señor.* Ich sagte Ihnen ja, daß ich die Erlaubnis habe, mich als Freibeuter zu betätigen. Ich hatte sie einsetzen wollen, aber als ich erfuhr, daß Pinto nichts weiter als ein Pirat war ...« Er spreizte die Hände. »Natürlich könnte ich Piraterie niemals entschuldigen, so daß ich zum Gefangenen wurde?«

»Und Sie waren auch zu dem Zeitpunkt ein Gefangener, als dieses Schiff eingenommen wurde.«

»Natürlich, *señor.* Ich hatte nichts damit zu tun. Das war ein Akt der Piraterie.«

»Natürlich.«

»Aber Sie, *señor* ... und die meisten Ihrer Männer ... Ich glaube, Sie sind auf Kriegsschiffen gesegelt. Für den englischen König. Nein, ich frage nicht. Ich sage Ihnen nur, was ich sehe.«

»Sie werden sehen, was immer Sie zu sehen glauben, Don Heraldo.«

»Oh, ich glaube, ich sehe eine Möglichkeit, wie wir einander dienlich sein können, *señor Dalton.*«

»Und welche Möglichkeit ist das?«

»Wir sind Männer, die Notwendigkeiten verstehen, nicht wahr? Ich als mit einer Bevollmächtigung ausgestatteter Freibeuter, der sich in Gewässern wiederfand, in denen er nicht hätte sein sollen ... und Sie als ein Mann, der für den englischen König gesegelt ist und jetzt offensichtlich nicht mehr für ihn segelt, obwohl Sie sich ebenso wie ich in umkämpften Gewässern befinden ... Es wäre gut für uns, wenn wir einander vertrauten, *señor.* Ich denke, wir sollten nach Möglichkeit beide jede Art von Aufmerksamkeit vermeiden.«

»Sie sind mein Passagier, Don Heraldo. Ich sehe nicht, daß uns mehr als das verbände.«

»Ah, mein Freund«, Lostratos Stimme wurde seidenweich, »Ihre kleine Ketsch ... die der Narr Pinto so gern in seinem Besitz sehen wollte ... Wenn ihre Ladung keine Schmuggelware wäre, wäre sie auf ihrem gesamten Weg eskortiert worden. Und wenn sie kein flüchtiges Schiff wäre, hätte sie niemals einen Angriff auf ein Schiff wie dieses versucht.«

»Ich habe dieses Schiff nur aus einem Grund angegriffen. Ich hatte es leidlich satt, von Ihrem Kapitän Pinto geärgert zu werden.«

»Gewiß.« Lostrato lächelte wissend. »Das wäre jedem Kapitän auf der Flucht so ergangen.«

»Worauf wollen Sie hinaus?« Dalton blickte in die Ferne, schätzte Zeit und Kurs ab und war es müde, Spiele mit dem Spanier zu spielen.

»Ich glaube, Ihr Ziel ist Charleston, *capitán*. Aber ich glaube auch, daß Sie Schwierigkeiten haben werden, einen solch geschäftigen Hafen anzulaufen und Kontakte zu knüpfen, um ihre Ladung zu löschen. Ich bin jedoch kein Kriegsteilnehmer. Ich kann leicht in Ihrem Namen an Land gehen und Ihre Vereinbarungen für Sie treffen ... wie auch meine eigenen für mich.«

»Ihre eigenen?«

»Die jungen Ladies, *capitán*. Ich erwarte, daß ihre Familie mit gegenüber eine gewisse ... äh ... Dankbarkeit zeigt, wenn ich sie zurückbringe. Wir werden natürlich teilen ...«

Dalton nickte. »Ich dachte mir schon, daß es um so etwas geht. Treten Sie jetzt bitte beiseite, Don Heraldo, oder gehen Sie unter Deck. Ich bin im Moment beschäftigt. Ich werde das Ruder wieder eine Weile übernehmen, Mister Mallory. Bitte helfen Sie beim Besan. Wir wenden und suchen unsere Ketsch.«

»Aye, Sir.«

»Klar zur Kursänderung nach Backbord!«

Eines hatte Dalton während seiner Unterhaltung mit dem spanischen Grafen gelernt. Der Mann tendierte stets dazu, eine Hand in der Nähe seines Gürtels verweilen zu lassen, manchmal mit einem unmittelbar neben der Schnalle dahintergehakten Daumen, manchmal beiläufig vorgeneigt, aber stets in der Nähe der Vorderseite seines Gürtels. Das war etwas, was manche so sorgfältig lernten, daß es ihnen zur zweiten Natur wurde. Es war eine von Fechtmeistern gelehrte Angewohnheit. Er beschloß, diese Beobachtung stets in seine zukünftigen Überlegungen einzubeziehen …

John Singleton Ramsey traf mit Sack und Pack, mit Bediensteten und Tafelsilber in Baltimore ein, wobei sein Gefolge Teil einer größeren Karawane von Übersiedlern war, die die Joppa Road entlang zog. Die Delaware Bay war gefallen, die sie säumenden Verteidigungsstellungen von Howes Flotte zerschlagen, und selbst die stursten Nichtkämpfer flohen jetzt um ihrer Sicherheit willen, als Patrouillen der Krone die obere Halbinsel unterwarfen und eine Versorgungslinie für die Rotjackenheere errichteten.

Ramsey hatte lange genug in Eagle Head ausgeharrt, um seine Batteriegeschütze auf den Weg gebracht zu wissen und seine Lager zu schließen, wobei er die Waren unter einem Dutzend Händlern der Bucht verteilte. Jetzt fuhr er durch die Straßen Baltimores und schickte seine Wagen dann in die Hügel oberhalb von Frederick Town hinauf. Nur von Colly sowie einem Fahrer und Bediensteten begleitet, fuhr er schließlich zum Anwesen Ian McCalls weiter, um seine Tochter zu treffen.

Die hochstehende Sonne schimmerte auf dem polierten Messing und den apfelgrünen Seitenpaneelen des hochherrschaftlichen Zweispänners, während er die von Bäumen gesäumte, mit buntem Laub übersäte Straße entlangrollte und vor dem Portikus anhielt. Livrierte Diener kamen ihm dort entgegen und begleiteten ihn in die große Halle, wo ein Butler es übernahm, ihn zum Empfangszimmer zu führen.

»Ramsey!« grüßte McCall ihn und schüttelte ihm ehrlich erfreut die Hand. »Ich hatte mich schon gefragt, wie lange Sie mit den Georgies dort oben Versteck spielen wollen, bevor Sie zurückweichen.«

»Nicht Versteck«, berichtigte Ramsey ihn. »Es ist nur äußerst mühsam, wenn ein Mann versucht, seine Geschäftsangelegenheiten in Ordnung zu halten. Hier war vermutlich alles ruhig.«

»Nicht wirklich ruhig, aber der Krieg ist noch nicht bis hierher gelangt. Und die Gentlemen des Kongresses streifen hier noch immer umher, so daß man annehmen darf, daß dies im Moment ein ebenso sicherer Ort wie jeder andere ist. Kommen Sie und setzen Sie sich ans Feuer, dann können wir reden. Ich werde uns einen Toddy holen lassen ... Oder bevorzugen Sie noch immer dieses schreckliche Gebräu aus den Schenken der Seeleute?«

»Grog«, sagte Ramsey, während er es sich bequem machte. »Es ist nur Rum und Wasser, aber man nennt es Grog, weil – zumindest wird es so erzählt – der Schiffskapitän, der seine Mannschaft erzürnte, indem er ihren Rum verwässerte, eine Jacke aus Grogram trug. Aber ich bevorzuge ihn, ja. Zwei Teile Wasser bitte.«

McCall läutete nach einem Diener und setzte sich dann ans Feuer. »Da ich in letzter Zeit das Vergnügen der Gesellschaft Ihrer wunderschönen Tochter hatte, John, hoffe ich, daß wir jetzt auch das Vergnügen der Ihrigen haben werden.«

»Wenn es keine Umstände macht, natürlich. Nur bis küstenaufwärts etwas entschieden ist. Wie geht es Constance? Ich habe mich darauf gefreut, sie wiederzusehen.«

McCall sah seinen Gast mit einer gewölbten Augenbraue ein wenig verwirrt an. »Als wir sie das letzte Mal sahen, ging es ihr sehr gut, John. Aber wir haben nichts mehr von ihr gehört, seit sie uns verlassen hat.«

»Verlassen? Sie ist nicht hier?«

»Nun, nein. Sie ist vor mehreren Tagen abgereist. Haben Sie nicht ... Äh, ich meine, da sie ihre Tante besuchen wollte, nahm ich an, daß Sie es arrangiert hätten ... Äh ... Sie wußten nichts davon?«

»Welche Tante?« Ramseys Wangen hatten sich gerötet, sein Kiefer war angespannt, und seine Augen glitzerten gefährlich. »Wo?«

»In Charleston. John, was ist los? Ich ...«

»Sie hat es wieder getan«, sagte Ramsey zähneknirschend. »Gott helfe mir, das Weib hat es wieder getan. Aber woher wußte sie es?«

»Woher wußte sie was? Sie meinen ...« McCall ahnte es jetzt selbst. »Der Ire? Derjenige, den sie zusammen mit Ihrem Schoner gefunden hat? Ist *das* ...«

Ramsey schloß die Augen und nickte. »Constance hat keine Tante in Charleston, Ian. Aber ich habe ihren Iren nach Charleston geschickt.«

McCalls Diener trat mit einem Krug Rum, einem Krug Wasser und zwei Zinnbechern ein. McCall schaute über die Feuerstelle hinweg zu seinem Gast und empfand tiefes Mitleid mit dem Mann. Man sah Squire John Singleton Ramsey selten so aufgewühlt, daß er sein Gesicht bedeckte und Flüche in seine Hände murmelte.

»Lassen Sie den Rum hier«, befahl McCall dem Diener. »Aber Sie können das Wasser mitnehmen. Dies ist wohl kaum der rechte Zeitpunkt für Feinheiten.«

Am Morgen des zweiten Tages umrundete Kapitän Sir Henry Bartlett mit seiner kleinen Flottille von Zerstörern Cape Fear und kämpfte gegen einen eigensinnigen Wind an, der noch immer von Osten wehte, während seine Ausgucks mit Fernrohren nach Anzeichen der Riffs Ausschau hielten, die in diesen Gewässern mehr als einem Schiff zum Schicksal geworden waren. Mit seiner Flagge im Topp führte die *Rover* die Flottille an, gefolgt von der *Shark*, die gerade wendete, um dwars aufzuschließen, während sich die elegante Schebecke *Belmont* ein wenig abseits hielt, da ihre winkligen Segel ein anderes Vorgehen erforderten.

Trotz ihrer geringen Größe besaß jeder der drei Abfänger eine Mannschaft von mindestens zwölf Leuten, Männer, die an Segel und große Geschütze gewöhnt waren. Und jedes der Schiffe hatte einen Kommandanten, der fraglos Sir Henrys Befehle befolgen würde. Sir Henry hätte für viele der Kojen Freiwillige haben können – Männer wie er selbst, die die Rebellion in den Kolonien fürchteten, die vor nichts haltmachen würden, um sie niederzuwerfen, Männer, deren Besitzstand und deren Ambitionen vom guten Willen des Court of St. James oder Whitehalls abhingen oder von der British East India Company oder von Lloyd's oder sogar von der Admiralität. Er kannte viele solche Männer, aber er bevorzugte seine eigene Auswahl von Leuten für seine Schiffe, und seine Absprachen mit ihnen waren einfacher Natur. Solche Männer waren Söldner ohne politische oder philosophische Neigung. Er entlohnte sie gut und konnte daher auf sie zählen.

Für sich selbst sah er über die flüchtige Ketsch und den Wert ihrer Ladung hinaus zwei weitere Prisen für sein Wagnis. Er sah zunehmende Gunst für sich selbst in Kreisen, die dem König nahe standen, und er sah eine Chance, das eine zu erlangen, was seine Ritterwürde ihm nicht gegeben hatte – den Status eines Landadligen mit Besitzungen auf den Heimatinseln. Da war das enteignete Land in Irland, Land, das nur darauf wartete, dem richtigen Mann überlassen zu werden, und er beabsichtigte dieser Mann zu sein. Was Fitzgerald und seinem Clan nicht länger gehörte, begehrte Sir Henry Bartlett für sich.

Während er Cape Fear umrundete, ließ er Signalflaggen heißen. Von hier aus würden sich die drei Schiffe verteilen und wie Jagdhunde das Feld systematisch absuchen. Die *Shark*, der kleinere der Kutter, würde in Sichtweite des Landes die Küste entlangstreifen. Die *Belmont*, das Schiff mit dem besten Kiel, würde aufs Meer hinauslaufen. Seine eigene *Rover* würde den mittleren Bereich absuchen. Irgendwo voraus – und jetzt nicht mehr weit entfernt, dessen war er sicher – segelte eine einsame Ketsch mit dem Wind querab südwärts. Und an Bord dieser Ketsch befand sich für Sir Henry Bartlett die Zukunft.

Die Mittagszeit war vorüber, als die *Shark* eine Sichtung meldete – ein Segelfleck, hart an der Küste und unmittelbar voraus.

XXIII

Ihr Name war einst *Chanteuse* gewesen, aber nach ihrer Einnahme vor der Normandie hatten Offiziere des British Registry Service sie in *Belmont* umbenannt und zur Versteigerung gebracht. Mit drei Masten und scheinbar grazil, mit ihren geschmeidigen Luggersegeln und geraden Linien, schien sie eher ein Vergnügungs- als ein Kriegsschiff zu sein, aber dieser Eindruck täuschte. Unter welchem Namen auch immer, war die Schebecke ein schneller und todbringender Angreifer, und sie hatte bei kolonialen Freibeutern mehr als einmal Eindruck gemacht. Unter dem Kommando von Alva Hazelton, der sie für Sir Henry Bartlett führte, war sie der gefürchtetste Angreifer der regierungstreuen Hilfsmarine.

Die *Belmont* segelte für Bartletts Flottille an der äußeren Flanke und war auf einer langgezogenen Wende bereits mehr als dreißig Meilen seewärts gelaufen, als ihr Ausguck meldete, die *Rover* ändere den Kurs in Richtung Küste. Sie betrachteten durchs Fernrohr den fernen Kutter, der jetzt weit entfernt an der nordwestlichen Kimm stand, konnten aber keine Signale erkennen, so daß Hazelton sich entschloß, seine Auswärtskehre zu beenden, bevor er umkehrte. Er vermutete, daß der kleinere, in Küstenähe segelnde Kutter, die *Shark*, vielleicht ein Segel gesehen hatte und Bartlett mit der *Rover* reagierte. Aber es waren weite Entfernungen im Spiel, und eine weitere Stunde, mehr oder weniger, würde kaum einen Unterschied bedeuten. Wenn das gesichtete Schiff tatsächlich die Frachtketsch war, der sie den Weg abschneiden sollten, wäre schon längst alles vorüber, bevor die *Belmont* am Schauplatz einträfe. Keine träge Ketsch konnte der *Rover* oder der *Shark* länger als wenige Minuten standhalten, geschweige denn beiden gemeinsam. Aber vielleicht gab es noch andere Prisen. So weit draußen auf dem Meer befanden sie sich in der Nähe der Handelsrouten. Und in letzter Zeit war manchmal von Dales Freibeutern oder einem von McCalls Schiffen berichtet worden, die hier draußen auf britische Transporte lauerten.

Hazelton behielt seinen Kurs bei und bewegte sich fast genau nach Osten, als die Topps der *Rover* – die nur ein viele Meilen entfernter Farbfleck war – außer Sicht sanken. Er hielt einen Moment inne und wollte schon umkehren, als sein Späher fast genau im Norden ein weiteres Segel entdeckte, das gen Westen lief.

»Können Sie etwas erkennen, Mister Blake?« rief er.

Es erfolgte eine lange Pause, und dann kam die Antwort: »Jetzt kann ich etwas erkennen, Sir. Eine Brigg, glaube ich ... Nein, Sir, eine Schnau. Ich sehe einen Schnaumast. Die Farben kann ich jedoch nicht erkennen, Sir.«

»Dann werden wir genauer hinsehen«, entschied Hazelton. »Klar zum Wenden, Mister Kent. Trimmen für Backbordbug, um ihr den Weg abzuschneiden.«

Patrick Dalton richtete sein Fernglas auf die von Süden aufkommenden Segel, und ein anerkennendes Lächeln überzog sein Gesicht, während sein Blick hart wurde. Er hatte seit der *Athene* keine Schebecke mehr gesehen, und auch damals nur wenige. Aber er stimmte mit vielen Seeleuten seiner Zeit darin überein, daß kein anmutigerer

Kreuzer jemals die Meere befahren hatte, und eine Schebecke zu sehen – selbst eine feindliche –, bedeutete einen Moment der Freude über eine Bauform, die man schlicht als vollendet bezeichnen mußte.

Aber jetzt kamen die Farben des Räubers in Sicht, und er erkannte das Schiff als Feind. Die *Fury* trug noch immer die Flaggen, die Charley Duncan von der *Mystery* herübergebracht hatte – die rot-weißen Streifen der kolonialen Parteilosen, und jedes so ausgewiesene Schiff war leichte Beute für die privaten, vom Kleinadel des Empires finanzierten Kriegsschiffe. Sie gehörten nicht zur Königlichen Marine, verbündeten sich aber aus Profitgier und zum Zeitvertreib mit der Admiralität, und dieses Schiff gehörte zu jener Sorte. Die Flagge der Schebecke zeigte einen roten sprungbereiten Hirsch auf blauem Feld. Dalton durchforstete seine Erinnerung. Das Haus Harcourt ... eine Macht in den südlichen Kolonien, während des Siebenjährigen Krieges errichtet ... Wie lautete der Name des Mannes? Bartlett, das war es. Sir Henry Bartlett. Aber dies war wahrscheinlich nicht Sir Henry persönlich. Er besaß mehrere Schiffe und setzte sie üblicherweise als Wolfsrudel zusammen ein. Er selbst würde wahrscheinlich keines der Schiffs allein agieren lassen. Aber dies war eines seiner Schiffe, dessen Kurs eindeutig war. Die Schebecke hatte die *Fury* im Visier und ihre Farben geheißt. Sie beabsichtigte also zu kämpfen.

Dalton seufzte und gab sich innerlich einen Ruck. Er hatte dem Verlangen nach einem weiteren Aufwindmanöver nachgegeben – nur um sein Wissen über die Schnau zu vervollkommnen, sagte er sich, obwohl er wußte, daß es auch noch einen anderen Grund dafür gegeben hatte –, von seinen eigenen Teufeln getrieben, die ihn dazu drängten, ein letztes Mal das Gefühl der Freiheit der Meere zu erleben, einen letzten Moment, die Phantasie auf Reisen zu schicken – das Gefühl eines Decks unter den Füßen, eines schnellen, guten Schiffes, das ihn überallhin bringen konnte, wo er hingelangen wollte, nichts zwischen ihm und der englischen Küste und eine Chance, eine Anhörung zu verlangen und die Ehre eines reingewaschenen Namens zurückzuerlangen ... bevor er zur gegenwärtigen Aufgabe zurückkehrte. Letztere Verpflichtung hatte Vorrang. Er mußte die *Mystery* nach Charleston hinab begleiten und seinen Pakt mit Squire Ramsey vollenden.

Widerwillig ließ er die *Fury* erneut wenden. Inzwischen war die *Mystery* außer Sicht gelangt, irgendwo nahe der jetzt unsichtbaren Küstenlinie in vielen Meilen Entfernung. Und jetzt dies ... eine bevollmächtigte Schebecke, die zu ihm aufkam und ein Gefecht forderte.

»An Deck!«

»Aye, Ausguck!«

»Sie signalisiert, Sir. Sie verlangt, daß wir unsere Flagge streichen oder beidrehen und kämpfen.«

Dalton schüttelte gemächlich den Kopf. Der Mann auf der Schebecke – wer auch immer er war – hatte Mut. Nur wenige einzelne Angreifer würden eine Attacke auf eine bestückte Schnau wagen, und es waren keine anderen Segel in Sicht. Dennoch könnte die Schebecke, auch wenn sie ein wenig kleiner war, ein angemessener Gegner sein. Sie wäre gewiß schnell und wendig – vielleicht ausreichend schnell und wendig, um die Luvseite für sich zu gewinnen und so die Bedingungen des Gefechts zu diktieren. Ein Teil von ihm – ein großer Teil, wie er erkannte – konnte an der Aussicht auf ein durch nichts behindertes, frontal geführtes Seegefecht Gefallen finden. Die Aussicht erregte ihn, als sei er dafür geboren, und brachte sein Blut in Wallung.

Aber genau wie mit der Vorstellung, Ostkurs einzuschlagen und nach England zu segeln, um seinen Namen vor einem ordentlichen Gericht reinzuwaschen, war dies eine Sache, die er im Moment besser verschieben sollte. Er hatte zunächst andere Pflichten zu erledigen.

»Signalgast«, sagte er, »übermitteln Sie unsere Empfehlung, aber wir haben jetzt keine Zeit, uns mit ihm zu amüsieren. Teilen Sie ihm mit, daß wir weder die Flagge streichen noch kämpfen werden. Teilen Sie ihm mit: möglicherweise ein anderes Mal.«

»Aye, Sir.«

»Steuermann, kommen Sie ein wenig nach Steuerbord herum. Nehmen wir Kurs für raumschots-achterlich. Deckshände, klar zum Trimmen aller Segel für Steuerbordgang, voll und bei.«

»Aye, Sir.«

»Mister Crosby bitte zum Heck, und eine Stückmannschaft hierher. Beide Heckgeschütze klarmachen.«

Billy Caster kam von der Treppe heran. »Wird er uns ohne Kampf davonkommen lassen, Sir?«

»Er wird nicht viel daran ändern können, Mister Caster. Ich denke, wir können schneller laufen als er. Aber wenn er dieses Thema forcieren will, wird er die Gelegenheit für einen oder zwei Schüsse haben, bevor wir weit genug entfernt sind. Wir werden ihm vermutlich zumindest einen Austausch gewähren müssen.«

Die Schebecke konnte beim Kreuzen eine enorme Schnelligkeit gewinnen. Obwohl die *Fury* jetzt eine andere Richtung ansteuerte, verringerte sich die Schußweite dennoch, wie Dalton vorausgesehen hatte. Innerhalb von Minuten lag die Schebecke fast in Schußweite vor der Backbordseite der Schnau und kam noch weiter auf, während ihr Kurs sie achtern an die tänzelnde *Fury* heranführte.

Während der Annäherung begann sie nach Backbord zu drehen und versuchte in Schußweite zu gelangen.

»Ein sturer Mensch«, stellte Purdy Fisk fest. »Er will einen Kampf, Sir.«

»Wenn wir die Zeit hätten, würde er seinen Kampf bekommen, Mister Fisk.«

»Glauben Sie, daß er uns verfolgen wird, Kapitän?« fragte Billy.

»Vielleicht, Mister Caster. Wir werden ihm gleich unsere Fersen zeigen, aber wenn er nichts Besseres zu tun hat, wird er vielleicht tatsächlich eine Jagd daraus machen. Ich würde es tun, wenn ich an seiner Stelle wäre.«

»Wie das, Sir?«

»Wir sind nur wenige Stunden von der Küste entfernt. Er hätte Grund zu erwarten, daß er, wenn wir uns nicht hier auf ihn einlassen, ein Gefecht erzwingen könnte, wenn wir dort ankommen. Wir können der Schebecke davonlaufen, das ist schon richtig, aber es wären mehr als die verbleibenden Stunden nötig, ihn hinter uns zu lassen.«

Die Schebecke schwenkte unerbittlich ins Kielwasser der *Fury* ein, beschrieb dann einen Winkel, um sie direkt zu jagen, gewann, während sie genau wie die Schnau raumschots-achterlich am Wind lag, an Geschwindigkeit hinzu, und Dalton schaute zu dem Schiff hinüber, wobei er noch immer das Vergnügen empfand, ein wahrhaft tüchtiges Schiff zu beobachten, das seine Beine in Bewegung brachte. Sie war kein so schnelles Schiff wie die Schnau mit ihrem gewaltigen Segeldruck; so würde die Schebecke nicht lange in ihrem Kielwasser bleiben. Dalton wünschte sich erneut, es wäre Gelegenheit für ein Duell. Er hätte Gefallen an dem Gefecht gefunden, wenn er Zeit dafür gehabt hätte.

»Er läuft jetzt achtern von uns, Sir. Geschütze sind bereit. Sollen wir ihm eine Salve verpassen?«

»Gewähren Sie ihm den ersten Schuß, Mister Crosby. Aber wir werden nicht zögern zu reagieren. Sie können das Feuer erwidern, wie es Ihnen gefällt.«

»Danke, Sir.« Der Stückführer hatte seine beiden Geschütze ausgerichtet, trat jetzt zum Bodengestell des Backbordgeschützes und kauerte sich an die Keepe, den Luntenstock mit der langsam brennenden Lunte zur Hand.

Die beiden Buggeschütze an Bord der Schebecke blitzten gleichzeitig auf, und Dalton revidierte seine Einschätzung des Schiffes. Sie hatte vielleicht weniger Kanonen als die *Fury* – vielleicht nur halb so viele –, aber sie hatte eine zahlenmäßig überlegene Mannschaft an Bord, die lud und feuerte. Sie war bei einem Kampf Kopf-an-Kopf ebenso zu fürchten wie bei einem Kampf Seite-an-Seite.

Ethan Crosby hatte ihn beim Wort genommen. Noch bevor die Kugeln der Schebecke sie erreichten, dröhnte das Backbordheckgeschütz der *Fury*, und kurz darauf bildete das Steuerbordgeschütz ein Echo seiner Herausforderung, wobei Crosby das zweite Geschütz abfeuerte, während andere Männer das erste erneut luden. Gischt wehte vorn wie ein plötzlicher Regenschauer auf dem Wind, tanzte zum Dröhnen von achtern, und Dalton spürte unter den Füßen ein Beben, als die zweite Kugel knirschend auf die kleine Heckgalerie der Schnau auftraf.

Im Vorsegel der Schebecke war ein Loch entstanden, und Splitter flogen umher, als Crosbys zweite Kugel die Reling oberhalb einer Geschützmündung zerschmetterte. Selbst auf diese Entfernung konnten sie Männer von der getroffenen Stelle zurückweichen sehen.

»Das hat sie ein wenig angestachelt«, sagte Dalton. »Heckgeschütze neu geladen, Mister Crosby?«

»Aye, Sir. Aber wir geraten außer Schußweite.«

»Versuchen Sie Ihr Glück bitte nur noch einmal, Mister Crosby. Dieselbe Richthöhe, und halten Sie direkt auf seinen Vordersteven.«

»Aye, Sir.«

Der Stückführer kniete sich hin, zielte und führte die Lunte ans Zündloch. Rauch rollte vor ihnen, und eine Wasserfontäne spritzte unmittelbar vor der Schebecke auf, als die Kugel mit einem Sprung eintauchte, in den schweren Kielbalken ihres Bugs krachte, dann einen Auswärtsbogen beschrieb und ein zweites Mal aufs Wasser auftraf. Der dumpfe Schlag ihres Zusammenpralls – Eisenkugel gegen Hartholzbalken – wurde vom Wind zurückgetragen.

»Schade, Sir«, sagt Crosby. »Direkt auf den Kiel. Wäre die Kugel sechs Zoll daneben eingeschlagen, hätte sie sie gewiß durchlöchert.«

»Gut gezielt, Mister Crosby. Es ist keine Entschuldigung nötig.«

»Danke, Sir.«

Geraldo Lostrato kam mit wildem Blick wütend vom Niedergang heran, ein Seesoldat unmittelbar hinter ihm. Drei Schritte dahinter tauchte ein fluchender O'Riley auf. Alle drei waren stark mit einer grauen, breiigen Masse bespritzt, und O'Riley hielt eine Kanonenkugel in den Händen. Billy Caster ging ihnen zur Sturmleiter entgegen, hörte O'Riley einen Moment zu und kam dann zurück, um Bericht zu erstatten.

»Unter Deck ist Schaden entstanden, Sir«, sagte er. »Diese Kugel hat eine Decksstütze und den Rahmen des Niedergangs zur Backbordkajüte durchschlagen und ist dann in die Kombüse gedrungen. Mister Rileys Stauschott ist zerstört, sagt er, und das Abendessen wird es erst später geben.«

»Keine Verletzungen?«

»Nein, Sir, aber dort unten herrscht ein ziemliches Durcheinander. Die Kugel hat an Schwung verloren, ist von einem Stieper abgeprallt und in den Haferbreitopf gefallen.«

Lostrato und der ihn bewachende Seesoldat standen jetzt an der Achterdeckreling und schauten zu der allmählich zurückbleibenden Schebecke zurück. O'Riley war ebenfalls an der Achterdeckreling stehengeblieben, die Kanonenkugel noch immer in Händen. Dalton winkte ihn zu sich, und er kam, während Haferbreifladen von ihm abfielen. Als er sich Dalton näherte, salutierte er schwungvoll, wobei er die Kanonenkugel in einer großen Hand barg.

»Kapitän, verzeihen Sie, Sir, aber wäre es Ihnen recht, wenn wir die Kugel in eine Kanone laden und wieder dorthin zurückschicken, wo sie hergekommen ist?«

Dalton wandte sich um. »Schußweite, Mister Crosby?«

»Außer Schußweite, Sir. Tut mir leid.«

Zu dem vor Wut schnaubenden O'Riley sagte Dalton: »Wir haben jetzt nicht die Zeit, Mister O'Riley. Aber behalten Sie es in Erinnerung. Dieser Gentleman dort hinten scheint beschlossen zu haben, uns zu jagen. Vielleicht bekommen wir noch eine Gelegenheit.«

»Ja, Sir. Danke, Sir. Ich hätte gern die Chance, etwas in den Haferbrei dieses Schufts zu geben, Sir, wenn sich die Gelegenheit jemals ergibt.«

»An Deck!«

»Berichten Sie, Ausguck!«

»Segel voraus, Sir. Eines davon ist die *Mystery*!«

»Wie viele Segel, Ausguck?«

»Zwei weitere, Sir. Ich glaube, zwei Kutter. Einer

kommt zur *Mystery* auf, und der andere nähert sich von Süden.«

Das Achterdeck der *Mystery* erinnerte jetzt eher an einen Zirkus als an die Kommandostelle eines Handelsschiffes. Zwischen der großen verhüllten Kanone mit den darauf aufgeschichteten Fässern, Persenningen und Tauwerk, die die Länge des Decks vom Deckshaus bis zur Heckreling auf der Rechten bedeckte, und dem reich verzierten kleinen Zelt, das auf seiner Linken zur Bequemlichkeit der Ladys errichtet worden war, fühlte sich Ishamael Bean am Ruder der Ketsch wie jemand, der in einem schmalen Gang mit einem großen Rad kämpft. Es war kaum Platz, an der Backbordseite des Ruderkastens vorn und achtern zurechtzukommen, und an Steuerbord war überhaupt kein Platz.

Das Deckszelt war, durch die vereinten Bemühungen Joseph Towers, John Tidys und Titus Wiltons, weitaus verschwenderischer geraten, als sich irgend jemand von ihnen hätte vorstellen können – das Ergebnis von Mister Duncans Verkündigung, daß zwei attraktive junge Frauen Deckspassagiere würden, und seiner Bitte, daß Vorkehrungen für ihre Bequemlichkeit getroffen würden. Tidy hatte den Standort ausgesucht – achtern, wo der frische Wind die starken Gerüche des Arbeitsdecks vorn nicht hintragen würde, und an Backbord, weil das Batteriegeschütz auf seiner Lafette und mit der aufgehäuften Tarnung an Steuerbord keinen Platz ließ – und war den geringen Raum abgeschritten, den er für die Bequemlichkeit zweier junger Frauen als geeignet ansah. Mister Tower hatte dort dann einen Grundrahmen, hüfthohe Stieper und oben einige Leisten befestigt, die den Raum umschlossen, sowie innen Bänke, Gurte für zwei Hängematten und einen Mittelpfosten mit Kabelstagen für eine Zeltbahn installiert.

Titus Wilton hatte mit Segeltuch und Zwirn das Sonnenzelt gestaltet und herablaßbare Vorhänge hinzugefügt, die geschlossen werden konnten, wenn die Ladys ungestört sein wollten.

Als Duncan nach einer Nacht des Brütens über Karten an Deck kam, war er – wie es zumindest Ishmael Bean und Tobias Quinn erschien, die gerade den Wachwechsel am Ruder vollzogen – ein wenig verblüfft über die Größe dessen gewesen, was über Nacht auf seinem Deck entstanden war. Und das Sonnenzelt schien das Deck wahrhaftig zu dominieren, als das Morgenlicht schließlich seine volle Pracht enthüllte. Aber Duncan hatte es ruhig aufgenommen, wie es sich für den Kommandanten eines Schiffes geziemte, der die von ihm selbst angeordneten Arbeiten begutachtete, und hatte sogar angemerkt, daß es – da Mister Tidy, Mister Tower und Mister Wilton die ältesten Männer an Bord und wahrscheinlich die einzigen waren, die über irgendwelche tatsächliche Erfahrung mit Damen verfügten – genau das war, was nötig war.

War der Kommandant über das, was die Morgensonne enthüllt hatte, ein wenig verblüfft, so hatte Bean das Gefühl, dies sei wahrscheinlich wegen der verschwenderischen Dekoration durch die beiden Eingeborenen, Pitacoke und Squahamac, an Zelt und Vorhängen der Fall. Die beiden hatten es auf eigene Initiative übernommen, jede Naht und Verbindungsstelle des neuen Sonnenzelts mit verschwenderischen Arrangements auffälliger bunter Federn zu schmücken. Der Zeltpavillon beschämte den beeindruckenden Wappenschmuck des darüberliegenden Marssegels geradezu.

Aber dann waren die Ladys mit dem Prahm herübergebracht worden, und nur wenige an Bord machten sich weitere Gedanken über die Eigentümlichkeit der Decksornamente. Gebadet, ausgeruht und gesättigt, hätten Eugenie und Lucette Toussaint – mit ihren großen, strahlenden Augen, den reizvollen Lippen und dem gebürsteten Haar, das wie zwei Farbnuancen des Sonnenlichts wirkte – auch in völlig bekleidetem Zustand überall die Aufmerksamkeit jedes Mannes erregt. Und in kaum mehr als Hemden und Decken gehüllt sprengten die beiden die Schiffsdisziplin mehrere Minuten lang einfach dadurch gründlich, daß sie an Bord kamen.

Selbst Squahamac und Pitacoke, die mehrere Bemerkungen gemacht hatten, in denen sie die weiße weibliche Haut mit Fischbäuchen verglichen hatten, verblüfften alle Anwesenden, indem sie den jungen Ladys zwei elegante, befiederte Bogen verehrten.

Bean selbst hegte Gedanken darüber, der einen oder der anderen einen Heiratsantrag zu machen, wenn sich die Gelegenheit ergäbe. »Es ist nicht so, als hätte ich nicht schon früher Heiratsanträge gemacht«, vertraute er Quinn an. »Ich habe wahrscheinlich ebenso vielen Frauen schon fünfzig oder hundert gemacht. Man kann dabei nichts verlieren. Es tut nicht weh zu fragen.«

Zunächst hatten die Mädchen ziemlich verängstigt gewirkt, aber nachdem Titus Wilton sie in passablem Französisch angesprochen hatte, schienen sie sich wohler zu fühlen, sprachen ihn mit *Monsieur le Docteur Franklin* an und weigerten sich, seine Beteuerungen zu glauben, nicht diese Person zu sein.

Die *Mystery* hielt den Morgen über mit stetem Wind von achtern geradewegs nach Süden. Der Kurs brachte sie langsam immer weiter vom Ufer fort, aber das lag an der bogenförmigen Küstenlinie.

»Wie eine Sehne an einem Bogen«, sagte Kommandant Duncan. »Wir behalten eine gerade Linie bei, und die Küste weicht seitlich zurück. Aber den Karten zufolge wird uns dieselbe Küste abends wiederbegegnen.«

Das hatte er so gesagt und gehofft, daß Mister Wilton es für die Ladys übersetzen und die Weisheit seiner Worte sie beeindrucken würde. Es hatte Ishmael Bean ausreichend beeindruckt. Er hatte die Karten nicht gesehen.

Desgleichen hatte er nicht sehr viel von Mister Duncan gesehen, obwohl der neu ernannte Kommandant nur vier Schritte entfernt war. Duncan befand sich mit Mister Wilton hinter dem Vorhang des Zeltes und besprach einiges mit den jungen Ladys. Bean drehte das Steuer um eine oder zwei Spaken, trimmte das Ruder nach dem Wind und lehnte sich zurück, um an der hellen Trimm der störenden Ecke des Zeltes vorbei aufs Meer zu schauen. Die *Fury* war hin und wieder in Sicht gewesen, dicht auflaufend, und war dann wieder ostwärts abgedreht, als Kapitän Dalton ihre Launen erkundete. Aber jetzt war sie nicht in Sicht, war es schon eine ganze Weile nicht mehr, und Bean fragte sich, ob er das Kommandant Duncan gegenüber erwähnen sollte ... Kommandant Duncan – das klang gut, und Bean war stolz auf den jungen Mann mit dem sandfarbenen Haar, und doch würde es einiger Übung bedürfen, es fest im Gedächtnis zu behalten. Es war noch nicht so lange her, seit sie beide – aye, und noch einige andere – zusammen im Festungsgefängnis auf Long Island gewesen waren.

Bean laschte das Steuer einen Moment fest, trat zur Heckreling und lehnte sich nach außen, um freie Sicht nach Backbord zu haben. Es war nirgends ein Zeichen der *Fury* zu sehen. Er blinzelte, kratzte sich das Kinn und zuckte dann die Achseln. Solche Dinge blieben Kommandant Duncan überlassen. Was Bean betraf – als gegenwärtiger Steuermann hatte er die Pflicht, die Ketsch auf Kurs zu halten und zu versuchen, nicht in irgend etwas hineinzulaufen.

»An Deck!«

Er legte den Kopf zurück und blinzelte. »Aye, Mister Sidney?«

»Segel voraus, Steuermann!«

»In welcher Richtung?«

»Direkt voraus und aufkommend!«

Rasches Scharren von Schuhen erklang, Duncan kam vom Zelt heran und wirkte angeregt und frisch wie vielleicht jeder Mann gewirkt hätte, der die Gegenwart junger Ladys genossen hatte.

»Ich habe es gehört, Mister Bean. Halten Sie bitte den Kurs.« Er nahm sein Fernrohr, suchte das Meer voraus ab und hielt schließlich inne. »Aye, dort ist sie.« Er schaute nach oben. »Können Sie sie erkennen, Mister Sidney?«

»Es könnte ein Kutter sein, Sir. Mehr kann ich nicht sagen, mit dem Bug voraus, aber sie hat nur einen Mast, und sie krängt wie ein Stagsegler.«

Duncan murmelte etwas vor sich hin, während er versuchte, die Entfernung auf die Art zu berechnen, wie Kapitän Dalton es ihn gelehrt hatte. Ein Kuttermast mochte sechzig oder siebzig Fuß hoch sein, gewöhnlich nicht wesentlich mehr, und der Kapitän hatte gesagt, daß der Ausguck im Mars eines Linienschiffes an einem klaren Tag die Topps eines anderen Linienschiffes ... auf wie viele Meilen Entfernung sehen konnte? Was hatte er gesagt? Zweiundzwanzig Meilen? Einundzwanzig? Irgendeine merkwürdige Zahl. Acht Siebtel mal die Quadratwurzel aus der Höhe des Betrachters, hatte er gesagt, ist die Entfernung zur Kimm in Meilen. Duncan erinnerte sich daran, war sich aber nicht ganz sicher, was er damit anfangen sollte. Berechnungen waren ihm noch nie leichtgefallen. Er zuckte die Achseln und stellte eine Vermutung an.

»Er ist also ungefähr zehn Meilen voraus. Welche Geschwindigkeit laufen wir, Mister Bean?«

»Sieben oder acht Knoten, Sir. Ungefähr.«

»Wenn er also dort stilliegt, sollten wir ihn in ungefähr einer Stunde erreichen, richtig?«

»Es klingt richtig, Kommandant.«

»Aber er kommt auf uns zu, so daß es nicht so lange dauern wird. Ich frage mich, wer er ist.«

»An Deck!«

»Aye, Ausguck?«

»Da ist noch eines, Sir. Weiter entfernt, ein wenig Ost zu Süd. Drei Strich an unserer Backbordseite, Sir.«

Duncan setzte das Fernrohr an die Augen und fluchte gedämpft. Er konnte nur undeutliches Segeltuch und farbige Federn sehen. Er schritt vorwärts, am Zelt vorbei, und versuchte es erneut. Bald sah er einen zweiten Kutter, der auf einem Kurs zur Küste kreuzte, mit dem er ihnen den Weg abschneiden würde. Er kehrte ans Ruder zurück.

»Haben Sie kürzlich etwas von der *Fury* gesehen, Mister Bean?«

»Nein, Sir, ich habe sie nicht mehr gesehen.«

»Ahoi, die Ausgucks! Mister Sidney!«

»Aye, Sir?«

»Haben Sie Kapitän Dalton kürzlich gesehen?«

»Ich glaube, er ist an Bord der Schnau, Sir!«

»Ich weiß, daß er an Bord der Schnau ist, Mister Sidney. Haben Sie die Schnau gesehen?«

»Seit einiger Zeit nicht mehr, Sir!«

»Mister Duncan ...«

Duncan wandte sich um. Titus Wilton stand vor ihm und blickte ihn über seinen Kneifer hinweg stirnrunzelnd an. »Mister Duncan, ich habe gerade das Verachtenswürdigste überhaupt gehört!«

»Tatsächlich? Was denn?«

»Miss Eugenie ... Mister Duncan, wußten Sie, daß sich ein spanischer Pirat an Bord des Schiffes Ihres Kapitäns befindet?«

»Ja, Sir. Das weiß ich. Ich habe ihn gesehen. Kapitän Dalton weiß auch, daß er dort ist.«

»Nun, Sir, dann lassen Sie mich Ihnen sagen, daß diesem Gentleman nicht zu trauen ist. Und meiner Meinung nach erst recht nicht zu verzeihen. Wissen Sie, was er vorschlug, was mit den jungen Ladys geschehen sollte, Mister Duncan?«

»Äh ... nein, ich glaube nicht. Ich meine, er hätte vielleicht ... aber ich bin sicher, daß er das nicht getan hat, Sir. Sie hätten nicht zugelassen ...«

»Oh, hören Sie auf zu stammeln, junger Mann! Dieser Kerl schlug vor, die jungen Ladys als Geiseln zu halten! Absolut verachtenswürdig! Er beabsichtigte, sie zu verkaufen ... verstehen Sie?«

»Äh ... ja, Sir. Ich glaube. Ich meine, ich wußte es nicht, aber ich verstehe, was Sie sagen ...«

»Ward uk Tiid, dadd dä Shillin' fall'n dä!«

Duncan wandte sich um. Pitacoke hockte auf dem über der Kanone aufgetürmten Haufen und lauschte jedem Wort. Duncan ignorierte ihn und wandte seine Aufmerksamkeit wieder dem Segelmacher zu.

»Ich verstehe, Sir. Aber warum erzählen Sie mir das? Gerade jetzt, meine ich? Wir haben im Moment andere Sor ...«

»Ich möchte wissen, was Sie dagegen unternehmen werden.«

»Wogegen, Sir?«

»Gegen den spanischen Gentleman, der vorschlug, die jungen Ladys zu verkaufen!«

»Oh!« Duncan zögerte und bemerkte, daß der voraus laufende Kutter jeden Moment besser erkennbar wurde. »Nun, Sir, ich denke, ich werde ihm die Meinung sagen, wenn ich ihn das nächste Mal sehe.«

»An Deck!«

»Aye, Ausguck?«

»Ich kann ihre Flagge erkennen, Sir. Das Schiff ist ein Tory-Kaperer – was Sie als Engländer vielleicht als ›auf unbestimmte Art freundlich‹ bezeichnen würden, obwohl wir sie hier so sicher wie die Hölle nicht so nennen, die verdammten ...!«

»Hüten Sie Ihre Zunge, Ausguck! Es sind Damen anwesend!«

»Sorry, Sir. Das hatte ich vergessen! Aber es handelt sich nicht um einen Freund, Sir, und das andere Schiff ist auch keiner! Und man signalisiert uns, beizudrehen und unsere Flagge zu streichen!«

XXIV

So feinfühlig, wie es die Situation erlaubte, drängte Duncan Eugenie und Lucette den Niedergang hinab in die Backbordkajüte und schickte den sich beschwerenden Titus Wilton mit ihnen hinein. Es war zumindest ein sicherer Platz als das Deckspavillon, und er überließ es dem Segelmacher, das zu erklären.

Wieder an Deck, prüfte er die Situation, wie er glaubte, daß Dalton sie vielleicht geprüft hätte. Zwei Kutter, die auf die *Mystery* zuhielten. Beide kleiner als die Ketsch, aber weitaus leichter zu manövrieren, schneller am Wind und wahrscheinlich besser bestückt. Derjenige unmittelbar voraus wäre zuerst in Gefechtsposition, aber der andere wäre nicht weit dahinter. Beide Abfänger waren, allgemein gesprochen, einer trägen Ketsch mehr als gewachsen. Und beide zusammen ... die Aussicht schien tatsächlich düster. Was würde Patrick Dalton in einer Situation wie dieser tun?

»Mister Romart!« rief er. »Kommen Sie bitte nach achtern!«

Als Romart neben ihm stand, deutete Duncan auf die beiden Schiffe. »Erkennen Sie die Situation?«

»Sicher«, antwortete der Kolonist. »Diese Leute wollen uns auf jeden Fall nichts Gutes.«

»Haben Sie eine Ahnung, was man in einem solchen Fall tut?«

»Gewiß. Man verliert.«

»Ich meine es ernst, Michael ... Mister Romart. Diese

Leute auf dem nächstgelegenen Kutter fordern, daß wir unsere Flagge streichen. Jeder Rat wäre willkommen.«

»Sie sind der Kommandant.«

»Das weiß ich, aber ich habe nicht sehr viel Erfahrung als Kommandant. Ich habe versucht, mir vorzustellen, wie Kapitän Dalton jetzt vielleicht reagieren würde.«

»Er würde sich irgendeine Möglichkeit ausdenken, den Feind zu belustigen, wie er es ausdrückt.«

»Was glauben Sie also, was sie vielleicht belustigen könnte?«

»Ich weiß es nicht ...« Romart verzog unter angestrengtem Nachdenken das Gesicht.

»Giw yäm wadd upp de Mütz«, schlug Pitacoke vor.

Romart wandte sich um und schaute zu der an ihrem Stock hinter dem Besan wehenden Flagge – eine kleinere Ausgabe der rot-weißen Streifen, die die *Fury* jetzt geheißt hatte. »Sind Sie unserer Flagge gegenüber parteiisch, Charley?«

»Nicht besonders ... auf jeden Fall nicht persönlich.«

»Warum streichen wir sie dann nicht? Das wollen diese Leute doch von uns.«

»Ich werde sie nicht streichen ...!«

»Ich wünschte, Sie würden aufhören, so verdammt englisch zu sein. Ich habe nicht gesagt, daß wir uns ergeben sollen. Ich sagte nur, daß sie uns auffordern, unsere Flagge zu streichen. Warum streichen wie sie also nicht, nur um sie zu belustigen?«

»Aber das ist ein Zeichen der Kapitulation! Wenn wir das tun, werden sie direkt zu uns aufkommen und ... äh?«

»Genau. Natürlich trauen sie uns vielleicht nicht ausreichend, um direkt längsseits zu kommen, aber sie werden vor unserem Bug beidrehen, um uns genauer zu betrachten.«

»Und wenn wir so viele Kanonen wie möglich aufs Vorderdeck bringen könnten ...«

»Und sie ein wenig mit Segeltuch verhüllen ...«

»Und Federn?«

»Federn sind lustig, würde ich sagen.«

»Und einen Mann an jede Kanone stellen ... dann könnten wir fast die Wirkung einer Breitseite erzielen, wenn wir es geschickt anstellen, richtig?«

»Natürlich ist noch ein zweiter Kutter dort draußen.«

»Eines nach dem anderen. Wie viele Kanonen können wir so rasch wie möglich in den Bug bringen?«

»Ohne weiteres vier. Vielleicht sechs. Es wird schwierig, aber ...«

»Dann an die Arbeit, Mister Romart! Stehen Sie nicht einfach da und reden – es gibt etwas zu tun.«

»Aye, Sir.«

»An Deck!«

»Aye, Ausguck?«

»Mister ... äh, Kommandant Duncan, ich sehe die Schnau, Sir. Hart an der Küste und Ost zu Nord. Mit einem anderen Schiff im Gefolge.«

»Welche Art anderes Schiff, Mister Sidney?«

»Verdammt soll ich sein, wenn ich das weiß, Sir. Ich habe so eines noch niemals gesehen.«

Hart an der Küste, Ost bei Nord. Es würde eine Weile dauern, bis die *Fury* aufkommen und der Ketsch helfen könnte. Duncan hoffte, daß er und die übrigen noch da wären, um die Unterstützung willkommen zu heißen.

»Mister Tidy, bitte alle Mann an die Kanonen!«

Er hatte es gesagt, bevor ihm klar wurde, daß er, wenn alle Mann auf dem Vorderdeck an den Kanonen waren, in der Klemme wäre, falls er Segel setzen müßte. Und wenn die Flagge gestrichen war, würde der aufkommende Kutter zumindest erwarten, daß er seine Rahsegel beisetzte, damit er vor ihnen stehen und sie begutachten könnte. »Wenn dies überhaupt funktioniert, Mister Bean, wird der Gentleman dort drüben vielleicht weitaus mehr belustigt, als er jemals erwartet hätte.«

»Aye, Kommandant«, sagte Bean stirnrunzelnd. »Und wir vielleicht auch, wenn es dazu kommt, diese Pütz nur mit dem Ruder zu steuern. Als ich das letzte Mal zu wenden versuchte, endete ich auf dem verdammten Steuerrad hockend, so eigensinnig ist es.«

Duncan wandte sich um und winkte den nächststehenden Indianer zu sich. »Yo, Pitacoke! Hol diin Macker, ünn yi toohoop künn' äm hälp'n, wänn dadd nöddigg deit. Kloar?«

»Kloar«, stimmte der Indianer ihm zu und eilte davon, um Squahamac zu suchen.

Da jetzt alle anderen beschäftigt waren, strich Duncan selbst die Flagge der *Mystery* und rollte sie zusammen, als sie herabkam, obwohl er ihre Taukränze nicht vom Taljenreep löste.

»Mister Tidy, bitten Sie Mister Pugh, als Stückoffizier zu agieren und das Feuern zu übernehmen, wenn wir aufeinandertreffen, aber er soll zuerst mein Kommando abwarten.«

»Aye, Sir.«

Duncan spähte das Deck der Ketsch entlang und beobachtete, wie Kanonen auf dem Vorderdeck massiert nebeneinander aufgereiht wurden ... insgesamt sechs Geschütze, wovon zwei gerade am Bugsprit abgestützt wurden. Er runzelte die Stirn und hoffte, daß Mister Pugh in seiner Begeisterung nicht ihre eigenen Klüverstagen fortschießen würde. Ohne Flagge, aber noch immer unter

Segeln, pflügte die *Mystery* mit beständigen sechs Knoten durchs Wasser, direkt auf den herumschwenkenden Kutter zu, während dieser eine kurze Wende vollendete und durch den Wind aufkam.

Sie waren jetzt nahe genug, daß er die Männer an Deck des Kutters sehen konnte – sogar ihren Kommandanten am Heck, der ein Fernrohr auf ihn gerichtet hatte. Die Männer auf dem Vorderdeck der *Mystery* hatten einen zerlumpten Vorhang aus Segeltuch über das dicke Ende des Klüverbaums gespannt, und Duncan konnte nur vermuten, wie es von vorn aussah. Er dachte, es könnte als Persenning für Decksladung durchgehen. Er hoffte es. Wenn der Kutter es als das erkannte, was es war – ein Schutz mit Kanonen dahinter –, wäre die Chance, diese oder irgendwelche anderen Kanonen einzusetzen, nur gering. Da sich alle verfügbaren Männer auf dem Vordeck aufhielten, war die Feuerkraft der *Mystery* dort konzentriert. Sollte der Kutter einen weiten Bogen beschreiben und querab aufkommen, die Kanonen breitseits, würde niemand ihr Feuer erwidern können.

»In diesem Augenblick weiß ich wirklich nicht, warum es mir wie eine Ehre schien, das Kommando übertragen zu bekommen«, murmelte Duncan vor sich hin.

»An Deck!«

»Aye, Ausguck?«

»Sein Ausguck signalisiert, wir sollen zum Entern beidrehen, Sir.«

»Können Sie antworten, Mister Sidney?«

»Aye, ich kenne die Handzeichen.«

»Sagen Sie ihm, wir können nicht beidrehen, weil unsere Belegnägel durcheinander sind.«

Ishmael Bean, der am Ruder stand, sah sich um. »Was, zum Teufel, bedeutet das?«

»Es bedeutet nichts mir Bekanntes. Ich weiß einfach nicht, was ich ihm sonst sagen soll, wenn ich ihm nicht erklären will, daß ich jeden Mann an Bord eingebunden habe, darauf zu warten, ihn aus dem Wasser zu sprengen. Und das will ich ihm noch nicht erklären.«

»Das hätte ich auch nicht vermutet, nein.«

»Nein, Sir.«

»Oh, aye. Nein, Sir. Kommandant. Ich werde bald dahinterkommen, Charley.«

»Vordere Stücke bereit, Kommandant«, rief John Tidy.

»Sagen Sie ihnen, sie sollen unten bleiben, außer Sicht! Er beobachtet uns!«

»Aye, Sir.«

Duncan schritt aus einem Impuls heraus ein gutes Stück an dem Zelt vorbei, stellte sich neben die Masten und hob eine Hand zum förmlichen Gruß zu dem aufkommenden Kutter. Der Mann dort drüben hatte beschlossen, vorsichtig vorzugehen und nicht querab zu kommen. Statt dessen lockerte er die hohen Segel an seinem einzigen Mast, verlor an Geschwindigkeit, um Seite an Bug mit der Ketsch zu stehen, und ließ sich vom Windabtrieb tragen, während sich der Abstand zwischen den Schiffen auf doppelte Kabellänge verringerte und dann auf noch weniger. Die Steuerbordgeschütze an der Seite des Kutters waren auf die *Mystery* gerichtete, gedrungene, dunkle Höllenmündungen.

»Mister Tidy...« Duncan versuchte, seine Stimme ruhig zu halten, »... sagen Sie unseren Männern, sie sollen auf die Reling zielen.«

»Aye, Sir.«

»An Deck!«

»Aye, Mister Sidney?«

»Sein Ausguck will wissen, was sich in dem Zelt befindet, Sir.«

»Sagen Sie ihm, Sie hätten das Signal nicht verstanden, Mister Sidney.«

»Aye, Sir.«

Die Entfernung schrumpfte auf eine Kabellänge zusammen, und Duncan konnte jetzt auch die Gesichter der Männer auf dem anderen Schiff erkennen. Er wandte sich bewußt um, schritt zur Heckreling zurück und ergriff die Flaggenleine. Er atmete tief durch, holte die Leine an und rief über die Schulter zurück: »Vordeckgeschütze – ausrennen und feuern!«

Der Stoffschutz auf dem Vordeck wurde beiseite gerissen, die Männer richteten die Geschütztaljen aus, die Stückführer knieten sich an ihre Keepen, und Floyd Pughs Stimme dröhnte: »Feuern!« Ein halbes Dutzend schwelende Lunten berührten Zündöffnungen, und die *Mystery* erbebte in ihren Planken, als es wie bei einem Ausbruch der Hölle dröhnte und an ihrer Nase widerhallte. Die Rauchwolke, die sich dort bildete, verhüllte alles jenseits ihres eigenen Klüvers.

Duncan belegte die Flaggenleine und wandte sich um.

»Hart nach Steuerbord, Mister Bean! Jetzt! 'älp yäm dörbii, Mackers. Smiit yi in dadd Rudd'r!«

Irgendwo erklang weiteres Dröhnen, und Splitter flogen, als etwas unmittelbar zu seiner Linken einbrach und zerstört wurde. Er hörte das *Wumm* einer Kanonenkugel, die dicht an seinem Ohr vorbei durch den Wind schnitt, und hörte die Taljen oben singen. Einen Yard entfernt kämpfte Ishmael Bean mit dem Steuerrad, drehte es mit Hilfe der beiden Indianer, von denen einer zu seiner Linken kauerte und die Spaken nach oben drückte und der andere von rechts zog. Mittschiffs hatten sich Floyd Pugh und mehrere weitere Männer an der Backbordseite versammelt, um die Geschütze dort auszurichten, während sie wendeten. Irgendwo vorn knirschte massives Holz und splitterte, und ein tiefer, klingender Laut ertönte, als würde jemand die Glocke einer Kathedrale läuten.

Ohne Unterstützung der Segel, wehrte sich das Ruder der *Mystery* heftig, aber die drei Steuerleute schafften die Wende nach und nach ... einen Strich, drei Striche achterlich zum Kurs ... dwars zum Kurs, und jetzt peitschten die hohen Segel und knatterten, dienten nur noch als Wetterfahnen, während Besan- und Stagsegel die Ketsch nach Backbord krängen ließen und den Wind aufnahmen. Das Ruder ließ sich leichter bedienen, und die Indianer sprangen beiseite, als Bean es heftig drehte.

»Feuern!« rief Pugh.

Die Backbordkanonen dröhnten und verhüllten die gerade entstandene Sicht auf den krängenden Kutter erneut. Geräusche aus dem Rauch – die Kakophonie splitternden Holzes, gequälter Stage und eines Schreis – vermittelten ihnen, daß sie getroffen hatten. Aber das Feuer wurde erneut erwidert, dieses Mal von der Backbordseite. Duncan spürte einen weiteren Schlag auf den Rumpf der *Mystery* ebenso, wie er ihn hörte. Am Besanmast unmittelbar vor ihm brach eine helle Knospe hervor, eine abgesplitterte, weit aufgefächerte Holzblume von der doppelten Größe einer Faust. Zwei Schotleinen unmittelbar dahinter teilten sich und schnellten wie lange Peitschen zurück. Im fernen Rauch erklang ein reißendes, krachendes Geräusch, das anscheinend nicht aufhörte, und darüber hörte Dalton Sam Sidneys Ruf von oben: »An Deck! Wir haben ihren Mast durchlöchert, Sir. Sie hat Schlagseite! Sie verliert Trimm ... Er ist unten, Sir, hängt von der Gaffeltalje herab!«

Duncan tanzte regelrecht vor Begeisterung. »Ruder zur Mitte, Mister Bean! Schoten klarmachen. Trimmt sie für dwars Steuerbord! Bewegt euch!«

John Tidys Pfeife erklang, und die *Mystery* begann sich auszurichten, bahnte sich ihren Weg, während die Segel den Seitenwind aufnahmen und ihre Nase, jetzt im rechten Winkel zum früheren Kurs, vorandrückten. Der gleiche Wind vertrieb den Rauch, und dort draußen war der Kutter, entfernte sich im Winkel von ihnen, die Marsstenge und fünf Fuß des Großmasts kopfüber neben dem aufragenden Stumpf herabbaumelnd. Duncan wurde bewußt, daß er dies alles deutlich sah, ohne Beeinträchtigung, und er blinzelte überrascht. Der stolze Deckspavillon unmittelbar links vom Ruder war ein Haufen gebrochener Streben und zerrissenen Segeltuchs, während ein beständiger Regen bunter Federn auf dem Wind davonwehte und das dahinter liegende Wasser belebte. Irgendwo dicht hinter ihm schwirrte eine Bogensehne, und ein dunkler Pfeil schoß übers Wasser, beschrieb einen Aufwärtsbogen und fiel dann mitten in die Trümmer und den Tumult des Kutterdecks. Ein zweiter folgte dicht dahinter, und als er landete, hörte Duncan irgendwo im Fallwind den dünnen, durchdringenden Schmerzenslaut eines Mannes.

»Vull droop'n«, rief einer der Wilden. »Vördammig good, wadd?«

»Sir, wir haben Mister Quinn verloren«, informierte John Tidy Duncan. »Eine Kugel hat ihn voll erwischt. Hat ihn direkt außenbords geschleudert.«

»Quinn«, wiederholte Duncan und versuchte, seine Gedanken zu ordnen. »Sonst noch jemand, Mister Tidy?«

»Zwei oder drei Männer wurden durch Splitter verletzt. Das ist an Deck alles, Sir. Wir haben jedoch mindestens zwei Treffer unter Deck zu verzeichnen ...«

Unter Deck ... »Behalten Sie den Kurs bei, Mister Bean.« Duncan eilte zum Niedergang und ließ sich in den Kajütengang fallen, ohne die Treppe zu berühren. Er kauerte sich hin, in der Dunkelheit wie blind, stieß gegen ein Schott und umrundete es rasch zur Backbordkajüte. Deren Tür stand offen, und dahinter waren heller Rauch und von den Heckgalerien hereinscheinendes Tageslicht zu sehen. Dort waren Leute inmitten der Schatten und Stimmen. Titus Wilton fluchte, ein beständiger lauter Monolog, und Duncan betrat durch den Eingang eilig den kleinen Raum.

»Eugenie?«

Einen Moment erfolgte keine Antwort. Dann bewegten sich im Rauch zwei Schatten.

»Oui, M'sieur?«

Ohne darüber nachzudenken, umarmte Duncan sie und preßte sie an sich, wobei er ihre Schwester unmittelbar hinter ihr stehen sah, während Wilton in der entgegengesetzten Ecke des Raumes gerade aufstand.

»Eugenie«, flüsterte er und zitterte, als seine Furcht von ihm abfiel. »Eugenie ...«

Titus Wilton legte ihm eine Hand schwer auf die Schulter. »Junger Mann, wenn Sie diese Lady nicht heiraten wollen, fordere ich Sie auf, Sie augenblicklich loszulassen und sich abzuwenden, während sie ihre Decke wieder um sich legt. Sie haben dieses arme Ding praktisch entblößt! Lassen Sie sie los, sage ich! Dies ist ... dies ist unschicklich!«

In der Ferne konnte Duncan, durch das Geschwätz des Segelmachers und Eugenies überraschtes, gehauchtes Murmeln hindurch, eine weitere, grellere Stimme ausmachen: »An Deck!«

Sir Henry Bartlett beobachtete die Begegnung aus einer sich verringernden Entfernung von einer Meile, und seine Augen verengten sich in hartem Zorn. Er sah den Austausch von Signalen, sah die bunt geschmückte Ketsch die Flagge streichen, sah die Sorgfalt, mit der die *Shark* die Geschwindigkeit drosselte, um die Prise zu überprüfen, und war einen Moment lang erfreut. Die *Shark* ging peinlich genau vor, mied die Seiten der Ketsch, wo Geschütze lauern könnten, kam dann leicht zum Stillstand, um sich vom Wind treiben zu lassen, und ließ die Ketsch aufkommen, während ihre eigenen Geschütze die Situation beherrschten. Fachmännisch, dachte er ... sehr ordentlich. Dann geschah das Undenkbare. Plötzlich wurde die Flagge am Heck der Ketsch geheißt, der Rauch massierter Geschütze brach an ihrem Bug auf, und die beiden – Räuber und Beute – gingen einander an die Kehle. Sir Henry stand wie betäubt da, beobachtete den zunehmenden Rauch – und das undenkbare Gefecht zwischen einem trägen, beladenen Lastkahn und einem schmucken und bissigen Kutter.

Der Rauch verhüllte die Szene, dann entblößte der Wind sie wieder, und die beiden Schiffe standen Seite an Seite ... aber etwas stimmte mit dem Kutter nicht! Bartlett stützte die Ellenbogen auf und schaute blinzelnd durch sein Fernrohr. Der Mast des Kutters war eingeknickt – hoch oben, unmittelbar unter den Salings, tatsächlich eingeknickt, und er sah ihn stürzen und dann an seiner Talje herabhängen. Die vorderen und hinteren Segel wurden schlaff und fielen über ihren Spieren und herabsinkenden Stagen zusammen.

Undenkbar ... und doch war es geschehen. Der bestückte Kutter trieb ab, nicht mehr fähig, den Wind aufzunehmen, während die Ketsch unmittelbar dahinter langsam auf die Küste zuhielt. Flüchtlinge, hatte es in dem Bericht geheißen. Flüchtlinge mit Schmuggelware. Also nicht undenkbar, daß sie ein Gefecht heraufbeschworen. Aber es war so sinnlos. Sie wußten gewiß, daß sie gerade bis auf den letzten Mann ihr Todesurteil besiegelt hatten. Sie hatten die *Shark* durch Täuschung und Glück kampfunfähig gemacht. Aber jetzt würden sie keine Gelegenheit zur Täuschung mehr haben und auch kein Glück. Die Ketsch war in einem normalen Kampf selbst für die *Shark* kein ernsthafter Gegner. Und ganz gewiß nicht für die *Rover*. Und keinen Augenblick lang für die *Rover* und die *Belmont* gemeinsam.

Er betrachtete erneut die ferne Ketsch, sah sie herumkommen, um ihren Kurs die Küste hinab fortzusetzen, und schürzte die Lippen.

»Ruder Viertel Backbord«, befahl er. »Auf Kurs trimmen, um den Weg abzuschneiden.«

Er wußte, daß Alva Hazelton mit der Schebecke sofort dasein würde. Sie würden nicht lange außer Sicht bleiben. Bis dahin war die Ketsch nur eine Ketsch. Sie konnte ihren trägen Kurs segeln, aber sie würde nicht entkommen. Sie konnte nirgendwo entkommen und sich nirgendwo verbergen. In einer Stunde würde alles vorbei sein.

Bartlett neigte den Kopf und schaute blinzelnd nach oben. »Ausguck, haben Sie die *Belmont* schon gefunden?«

»Nein, Sir, noch nicht ... Warten Sie. Ja, Sir, ich kann von Ost zu Nordost aufkommende Segel ausmachen. Zwölf Meilen, wenn es die *Belmont* ist, Sir.«

Vielleicht dauert es nicht einmal eine Stunde, dachte er. Gewiß nicht mehr.

»Halten Sie auf diese Ketsch dort drüben zu, Steuermann. Wir wollen sehen, ob wir sie zu der Schebecke zurückdrängen können, während sie aufkommt.«

»Aye, Sir.«

»Ahoi das Deck!«

»Berichten Sie, Ausguck.«

»Es sind zwei Segel, Sir. Kommandant Hazelton, der ein anderes Schiff in unsere Richtung verfolgt. Für mich ist das eine Brigg, Sir.«

»Flaggen, Ausguck?«

»Dieselben, die die Ketsch geheißt hat, Sir. Die Streifen.«

Bartlett revidierte seinen Plan, aber nur ein wenig. Hazelton hatte einen weiteren Rebellen gefunden ... oder einen weiteren Flüchtling. Also zwei, zum Preis von einem. »Schneiden Sie der Ketsch den Weg ab, Steuermann, aber die restliche Order ist belegt. Wir werden zum Angriff übergehen und sie zerstören, wenn wir in Schußweite sind. Dann können wir Kommandant Hazelton bei seiner Prise helfen.«

Eine Brigg? Der Gedanke gefiel ihm. Die Ketsch wäre bei jeder Art von Blockade, an denen er sich als Zivilist beteiligen konnte, wenig wert. Aber eine Brigg ...

»Ahoi das Deck!«

»Berichten Sie, Ausguck!«

»Es ist keine Brigg, Sir.« Es entstand eine Pause, und dann: »Ich glaube, es ist eine große Schnau, die Kommandant Hazelton da auf uns zutreibt.«

Bartletts dünne Lippen spannten sich zu einem ungewohnten Lächeln an. Eine Schnau! Er kannte Leute, die einen hübschen Preis für eine Schnau zahlen würden. Mindestens eineinhalbmal soviel wie eine Brigg einbringen könnte. Mehr als genug, um die Kosten dieser Unternehmung zu decken und ihn nach England zu bringen, wo er einen hübschen Anteil von Fitzgeralds Hinterlassenschaften beanspruchen könnte.

»Weitreichende Geschütze auf dem Vordeck klarmachen«, befahl Bartlett. »Wir werden die Ketsch in den Wind drehen und sie achtern durchlöchern. Ich werde keine Zeit mit einer Schute verschwenden, wenn ich ein richtiges Schiff beanspruchen kann.«

Wie eine vom Wind getriebene Rachegöttin eilte die *Rover* gefechtsbereit mit hohen, singenden Segeln zu ihrer Zerstörungstat.

XXV

Da sich vor ihnen Rauch erhob, ließ Dalton alle Segel setzen, die die *Fury* in ihrer Takelage tragen konnte, und das schmucke Kriegsschiff erklomm die Meereswogen mit mehr als achtzehn Knoten. Der tiefe Kiel und die hohen Segel in prekärer Balance, versprühte die Schnau helle Gischtschleier, während sie südwestwärts lief. Cadman Wise als Bootsmann und Purdy Fisk am Ruder hielten angespannt die Augen offen, wobei Fisk im kühlen Wind schwitzte, während seine Hände mit den weiß hervorstehenden Knöcheln den Trimm hielten. Es war für die amerikanische Schnau eine Gelegenheit zu zeigen, daß sie mehr Segel aufhäufen konnte als jedes andere Schiff ihrer Größe und daß sie sogar ihre eigene Rumpfgeschwindigkeit übertreffen konnte. Und es war bei einer solchen Jagd eine Gelegenheit für einen Rudergänger zu beweisen, daß er unbeirrbar voll und bei halten konnte. Schon mehr als ein schnelles Schiff war bei solchen Geschwindigkeiten gekentert und mit Mann und Maus gesunken.

Beim Drehen des Glases lag die Schebecke eine Meile achteraus, folgte ihnen noch immer, erreichte aber nicht die Geschwindigkeit, um eine riskant mit Vollzeug segelnde Schnau einzuholen.

Dalton stieg hoch in die Steuerbordwanten, klammerte sich dort fest, das Fernrohr in der Hand, und blickte voraus. Jetzt nur noch wenige Meilen entfernt, lief die *Mystery* mit ihrem geschmückten Marssegel die Küste hinab, während ein angeschlagener Kutter hilflos in ihrem Kielwasser trieb. Aber von Osten und aufkommend lief ein weiterer, größerer Kutter auf die Ketsch zu, und Dalton wußte, daß er nicht rechtzeitig dort sein konnte, um ihm den Weg abzuschneiden.

Ihre Flaggen sagten aus, daß die Kutter zu der zurückliegenden Schebecke gehörten. Also hatte jemand ein Falle gestellt, und die *Mystery* war hineingetappt. Irgendwie hatte Duncan dem ersten Angreifer den Wind aus den Segeln genommen, aber gegen den zweiten würde er kaum eine Chance haben. Er errechnete die Kurse und erkannte eine Strategie dahinter, da der Kurs des Kutters ihm vermittelte, was dessen Kommandant im Sinn hatte. Der Mann wollte vor die *Mystery* laufen, um dort zu kreuzen und herumzuschwenken. Er würde seine Geschütze beim Aufkommen richten lassen und keine Zeit verschwenden, um mit der Ketsch fertig zu werden. Er würde Duncan zwingen, herumzukommen und vor den Wind zu gehen. Dann würde er seine Schüsse setzen, und alles wäre vorbei.

Ich hätte dort sein können, verfluchte Dalton sich. Mister Duncan hat darauf vertraut, daß ich ihm sicheres Geleit gebe. Aber ich habe getrödelt. Ich habe meinen eigenen Kurs verfolgt, über das offene Meer nach England geschaut, während sich die Falle um ihn schloß.

»Eine Pflichtverletzung«, murmelte er. »Nachlässigkeit an Bord des Schiffes.«

»Sir?« Claude Mallorys Gesicht spähte von wenigen Fuß über ihm, wo die Teerjacke im Mars kauerte, zu ihm herab.

»Nichts, Mister Mallory. Ich habe mich nur selbst gerügt.«

»Wegen dem dort drüben, Sir? Mir scheint, Mister Duncan schlägt sich recht tapfer. Ein Schiff ist besiegt, eines ist noch zu besiegen, soweit ich sehe.«

»Das Problem ist das ›noch zu besiegen‹, Mister Mallory. Eine Lastketsch ist nicht für Gefechte mit Kriegsschiffen geschaffen. Nicht einmal für Gefechte mit Kuttern.«

»Ich frage mich, ob dieser verdammte Kutter dort drüben das weiß, Sir.«

Dalton wandte sich um und blickte zurück. Die Schebecke war noch immer da, jetzt eine Meile zurückliegend, aber unerbittlich folgend – ein großartiger Gegner für die fernere Zukunft, aber zuversichtlich, schon bald ein Gefecht bestreiten zu können. Die Entfernungen stimmten nicht. Der Kutter war der *Mystery* zu nahe, als daß die Schnau hätte helfen können. Und die Schebecke war der Schnau zu nahe, als daß sie nicht eingreifen würde, wenn sich der Kutter um die *Mystery* kümmerte und hereindrehte, um sie abzudrängen – und genau das würde passieren. Dalton schaute erneut nach vorn und sah das Unausweichliche geschehen. Der Kutter drehte vor der Ketsch einwärts, und seine weitreichenden Geschütze bildeten Rauchwolken. Die *Mystery* erwiderte das Feuer, aber die Distanz war extrem. Als der Kutter herumkam und die Schnauze gegen die Ketsch richtete, begann diese abzudrehen. Dalton schaute auf sein dahingleitendes Deck hinab. Eine schmucke, wunderschöne Schnau, für Gefechte gerüstet –, aber mit zu wenigen Männern an Bord, um bei einem richtigen Hauen-und-Stechen gegen zwei bestückte Schiffe sowohl Segel als auch Geschütze zu bedienen. Gegen die Schebecke hätten sie eine Chance – aber nur bis der Kutter aufkam.

Seine Augen wurden feucht, während er ein letztes Mal die abdrehende Ketsch betrachtete, die zu weit entfernt war, als daß er ihr hätte beistehen können.

»Gott helfe Ihnen, Mister Duncan«, murmelte er. »Gott helfe euch allen, da ich es nicht mehr kann.«

Dalton ignorierte den erstaunten Blick Claude Mallorys, steckte sein Fernrohr ein und ließ sich die Wanten und Webeleinen hinab. An Deck hielt er einen Moment inne, um den lebhaften Gesang des schmucken Schiffes unter seinen Stiefeln zu erspüren – ein Schiff, das im Wind frei lief und tat, wofür seine Konstrukteure es geschaffen hatten. Dann winkte er den Bootsmann zu sich. »Deckshände an die Fünferbänke, Mister Wise. Leesegel wegnehmen, klar bei den Schoten. Alle Mann bereitmachen, zur Wende und zum Trimmen. Dann alle Mann klar bei Gefechtspositionen.«

An der Heckreling begegnete ihm Don Geraldo, eine Hand am Rapier. »Es ist eine Schande, *capitán.* Gleich werden Sie Ihre Ketsch verloren haben und ich meine Lösegeldprisen. Hätten Sie getan, worum ich Sie bat, hätte ich Ihnen jetzt vielleicht dienlich sein können. Aber Sie wollten mir nicht vertrauen. Jetzt muß ich selbst handeln. Bitte händigen Sie mir entweder Ihren Säbel aus, oder ziehen Sie blank und sterben Sie.«

Da bemerkte Dalton unmittelbar hinter dem Spanier im Schatten des Achterdecks ein Paar Stiefel – Stiefel eines hessischen Feldsoldaten, die Spitzen nach oben gerichtet, noch im Schatten. Er wandte seinen ausdruckslosen Blick wieder dem Spanier zu.

»Wie sind Sie hinter ihn gelangt, Don Heraldo? Ich weiß, daß Sie hinter ihm waren, weil es nicht Ihr Stil ist, sich einem Mann von Angesicht zu Angesicht zu stellen.«

Lostratos dunkle Augen blitzten, und seine Klinge geriet am Gürtel in Bewegung. »Ziehen Sie Ihre Klinge, Ire. Ich werde Ihnen zeigen, was ein Fechter der Schule von Las Palmas de Toledo vollbringen kann.«

Dalton zog seinen Säbel und berührte mit der Spitze das Deck. »Sie haben einen schlechten Zeitpunkt erwählt, Ihre wahre Flagge zu zeigen, Don Heraldo. Und einen noch schlechteren Zeitpunkt, Ihre Fechtkünste vorzuführen. Ich habe jetzt keine Zeit für Sie.«

»Sie haben überhaupt keine Zeit, *capitán*.« Der Spanier nahm die klassische, breitbeinige Position ein und hob seine Klinge.

Dalton hörte das Luven der hohen Segel und den angehaltenen Atem der Männer an der Nagelbank, als diese erkannten, was vor sich ging; er wandte sich ein kleines Stück um und rief: »Männer! Bleibt auf euren Posten!«

Die Klinge, die in diesem Moment vorstieß, verursachte einen rasch einsetzenden, brennenden Schmerz unterhalb seiner linken Schulter. In seinem Moment der Unaufmerksamkeit hatte Lostrato zugestoßen, die Klinge wieder zurückgezogen, und jetzt schickte er sich an, erneut zuzustoßen. Aber sein zweiter Stoß traf auf den Stahl von Daltons Klinge und glitt harmlos beiseite. Bevor Lostrato sich erholen konnte, erwischte ihn der Stiefel des Iren in der Körpermitte und warf ihn gegen die Reling.

Dalton folgte ihm nicht, sondern sah den Mann nur voller Verachtung an. »Ich wußte, daß Sie von den Toledo-Schulen kommen, Don Heraldo. Ihr Körpersprache hat es mir gezeigt. Schade, daß Sie dort waren und die Kunst nicht in Dublin erlernt haben.« Er hob beiläufig die Klinge. »Ich sagte Ihnen bereits, daß ich jetzt keine Zeit für Sie habe.«

Mit einem Zischlaut richtete sich Lostrato auf und griff an, eine klingende Folge von Stößen und Abwehrbewegungen, der Tanz der Schlangenzunge von Florett und Rapier, eine Lücke suchend. Aber er fand keine. Der gebogene Säbel des Iren schien überall zu sein, ihn bei jedem Stoß mühelos abzublocken. Er verkleinerte seine

Bögen und bedrängte Dalton, die nadelscharfe Spitze seines Rapiers ein glitzerndes, sechs Zoll umfassendes Muster verwirrenden Stahls. Er spürte seine Lücke auf und stieß zu, und plötzlich richtete sich das Rapier zornig gegen seine eigene Hand, stieß seitlich, wand sich, schwang gegen sein Handgelenk.

Dalton vollendete die Entwaffnung mit einem Schwung, der die Klinge des Spaniers in hohem Bogen ins Meer beförderte. Während Lostrato ihr noch hinterherblickte, steckte Dalton seinen Säbel ein, trat zu dem Spanier und rammte ihm eine felsenharte Faust direkt ins Gesicht. Lostrato taumelte rückwärts und geriet in den Schatten des Achterdecks, wo er gegen den Leichnam des dort liegenden Hessen prallte.

Dalton kauerte sich hin und blickte in die Schatten. Klaus Doste würde keinen Bauernhof in Amerika bewirtschaften. Sein Herz war von einem einzigen Dolchstoß durchbohrt worden, von hinten. Lostrato stöhnte und rollte sich, halb bewußtlos, herum. Dalton trat zur Nagelbank des Großmasts, sich sehr wohl der besorgten Gesichter bewußt, die ihn beobachteten. Er löste eine Signal-Heißleine von ihrem Belegnagel, fierte die Talje herab und brachte sie zu der Stelle, wo der Spanier stöhnend und sich allmählich wieder regend lag. Mit schnellen, sicheren Bewegungen befestigte Dalton eine Leine an den Knöcheln des Mannes, band sie an den Signalblock, nahm dann die Heißleine wieder auf und begann sie anzuholen. Der Spanier wurde vom achternen Lukendeckel das Deck entlang und dann aufwärts gezogen, an den Knöcheln aufgehängt. Als er zwanzig Fuß über dem Deck baumelte und sich drehte, sicherte Dalton die Leine und wandte sich dann an seinen Bootsmann.

»Wenn es die Zeit erlaubt, Mister Wise, können Sie den

Grafen mit meinen besten Empfehlungen Korporal Wesselmann und seinen Männern übergeben. Sie werden bestimmt wissen, was mit ihm zu tun ist. Und jetzt, Deckshände, bitte nach Backbord herumkommen. Rasch, und dann klar bei Gefechtspostionen.«

»Aye, Sir.«

Purdy Fisk am Ruder starrte ihn an. »Was glaubte der Mann erreichen zu können, Kapitän? Ich meine, hätte er Sie getötet?«

»Ich denke, er hat erwartet, das Kommando über dieses Schiff übernehmen zu können, Mister Fisk.«

»Aber, Sir ... wie? Ich meine, niemand hier hätte Befehle von ihm entgegengenommen, selbst die Seesoldaten nicht.«

»Er hat zu lange mit Piraten zu tun gehabt, Mister Fisk. Er kennt die Gepflogenheiten ehrenhafter Männer nicht mehr.« Er beobachtete das Spiel der Schoten, die neu ausgerichteten Segel. »Kommen Sie auf nach Backbord, Steuermann. Da ... jetzt hat sie die richtige Lage. Jetzt hart über, um backstags zu kommen. Die Schebecke will ein Spiel. Wir werden jetzt in ihr Spiel einsteigen, zu unseren Bedingungen.«

»Aye, Sir. Äh, Sir ... die *Mystery*?«

»Die *Mystery* liegt in Mister Duncans Händen ... und in Gottes Händen. Beide haben ihre Findigkeit hin und wieder bewiesen.«

Die erste Salve von dem Kutter ließ Charley Duncan das Schlimmste befürchten. Was immer er sonst an den Relings haben mochte – der große Kutter besaß zwei lange Zwölfer an seiner Nase, und er wußte, wie er sie benutzen mußte. Die erste Salve, weit jenseits der Schußweite, die der *Mystery* möglich war, ließ das Wasser an ihrem

Bug aufstieben und riß ein Namensschild aus seiner Verankerung. Der Mann dort draußen ließ ihm kaum eine Wahl – beizudrehen und in einer Entfernung von sechs Kabellängen zerschossen zu werden, oder umzukehren und zu versuchen zu entkommen. Er will, daß wir umkehren, dachte Dalton. Wir werden ihm den Rücken zuwenden, und er kann von achtern angreifen und uns rasch erledigen. Er weiß, daß wir ihm nicht davonlaufen können, aber er will, daß wir es versuchen.

Auf Duncans Zeichen hin erwiderte Floyd Pugh das Feuer mit den hoch ausgerichteten Bugkanonen. Die Kugeln prallten aufs Wasser, eine kurz vor dem Kutter, die andere an einer Seite.

»Zu weit weg«, stellte Pugh kopfschüttelnd fest. »Wenn er jedoch aufkommt, um uns mit seinen seitlichen Kanonen beschießen zu können, kann ich ihn besser anvisieren.«

Aber der Kutter kam nicht auf. Statt dessen kam er hart am Wind herum, vollführte eine neuerliche Drehung und hielt sich wieder sechs Kabellängen entfernt. Die großen weitreichenden Geschütze dröhnten erneut. Eine Kugel gelangte unter die Stagen der blinden Rah, ließ einen Yard des Decks mittschiffs einbrechen und fegte einen Stieper aus der Heckreling an Backbord heraus. Die zweite Kugel drückte die Planken am Steuerbordrumpf ein.

»Er zwingt uns zum Kurswechsel«, stellte Michael Romart fest. »Er will, daß wir herumkommen.«

»Ich weiß«, sagte Duncan. »Er hat es eilig. Er will uns erledigen und keine Zeit verschwenden.« Plötzlich verstand er. »Wenn ich er wäre, würde ich das wollen. Mit diesen Zwölfern ... Er braucht nur unser Heck als Ziel zu nehmen. Er kann unseren Heckmast herunterholen, unser Ruder fortschießen, uns leblos im Wasser zurücklassen und uns dann nach seinem Gutdünken abschießen. Das hat er vor. Er will uns sicher beseitigen und dann die *Fury* verfolgen.«

»Was können wir dann ...?«

»Holen Sie bitte Mister Pugh und Mister Tower her, Mister Romart.«

Romarts Augen weiteten sich. Die Teerjacke mit dem sandfarbenen Haar hatte in diesem Moment genau wie Patrick Dalton geklungen. »Aye, Sir«, sagte er.

Als der Schiffszimmermann und der Stückführer nach achtern kamen, schritt Duncan auf dem Deck auf und ab und beobachtete, wie der Kutter dort draußen einen weiteren Kreis beschrieb.

»Mister Tower, als Kapitän Dalton Sie aufforderte, Befestigungen für das Batteriegeschütz auf unserem Deck anzufertigen – was haben Sie da getan?«

»Ich habe Befestigungen angefertigt, Sir. Wie er es gesagt hat.«

»Aber wie sind sie unter Deck gesichert?«

»Nun, die Mündung ist angelascht und verstiftet, aber hauptsächlich wird die Kanone durch einen Balken gehalten, der durch das Deck hindurchreicht – durch die Steuerbordkajüte und die Kombüse –, der beim Mastfuß auf dem Kielschwein ruht. Mehr konnte ich nicht tun, um etwas von dieser Größe wirklich abzustützen.«

»Und würde es halten – wenn wir diese Kanone abfeuern sollten?«

Tower schüttelte den Kopf. »Das weiß nur Gott allein. Der Balken selbst würde vermutlich halten. Das Problem ist, Sir, daß es kein Schiff gibt, das dafür gebaut wäre, den Rückstoß eines Batteriegeschützes aufzufangen. Nicht einmal ein Linienschiff, und das ist diese Ketsch gewiß nicht!«

»Was würde geschehen?«

»Entweder würde die Kanone ihre Zurrings zerreißen, umkippen und uns versenken, oder der Balken würde sie halten und das Kielschwein unter unserem Mast hervordrücken und uns versenken.«

»Auch nicht sehr erfreulich.«

»Nein, Sir.«

Duncan trat zum vorderen Ende der verhüllten großen Kanone und blickte das Deck entlang nach vorn ... ein achtzig Fuß langer Plankenkorridor, von Masten auf einer und Relings und Wanten auf der anderen Seite begrenzt, am vorderen Frachtraum vorbei in einem sanften Bogen zum Vorschiff gewölbt, jenseits davon die aufsteigenden Blinde-Rah-Stagen.

»Bitte entfernen Sie den Stützbalken, Mister Tower.«

»Sir?«

»Ich sagte, entfernen ...«

»Sir, Kapitän Dalton hat sie mich dort anbringen lassen.«

»Und Kommandant Duncan wird Sie sie entfernen lassen. Tun Sie es bitte jetzt, Mister Tower. Sofort.«

»Aye, Sir.«

»Mister Pugh, können Sie diesen Achtundvierzigpfünder laden?«

»Er ist bereits geladen, Sir. Mister Crosby und ich haben das schon vor langer Zeit gemacht, als wir dachten, daß der Kapitän das wollte.«

»Ist er schußbereit?«

»Ein wenig neues Zündpulver ins Zündloch, und dieses Monstrum wird dröhnen wie die Höllenfeuer selbst ... Sir.«

»Dann machen Sie das Geschütz feuerbereit, Mister Pugh.«

Alle Gesichter um Duncan wurden bleich.

»Aye, Sir.«

Der Kutter vollendete draußen seine Wende. Bald würden zwei weitere Kanonenkugeln in ihre Richtung fliegen.

»Mister Tidy, klarmachen zur Wende.«

»Aye, Sir.«

»Genau das will der Mann von uns«, erinnerte Romart ihn.

»Aye. Er will einen Hecktreffer. Ich denke, ich werde ihm einen zeigen.«

Die Deckshände an den Schoten bereiteten sie sich darauf vor, in den Wind zu drehen, wobei das Geräusch von Joseph Towers Vorschlaghammer unter Deck wie Totengeläut dröhnte. Dann hörte das Dröhnen auf, und Tower erschien wieder.

»Er ist entfernt, Sir. Jetzt wird dieses Monstrum nur noch von seiner Mündungszurring gehalten.«

»Danke, Mister Tower. Deckshände an die Schoten, Mister Tidy, und bringen Sie uns hart herum.«

Langsam, widerspenstig, schwang der Bugsprit der *Mystery* nach links, und die Segel holten über, während Ishmael Bean und zwei Indianer mit Kriegsbemalung mit dem Rad des Ruders kämpften. Der ferne Kutter hatte erneut Stellung bezogen, feuerte aber noch nicht. Die Dinge entwickelten sich, wie Duncan es wollte.

Die *Mystery* kam herum und lief back, die Nase in den Küstenwind gedreht. Weit draußen auf dem Meer, vor ihrem Steuerbordbug, stieg Rauch auf, wo andere Schiffe miteinander im Gefecht lagen, und Duncan betrachtete sie. Er wußte, daß es die *Fury* war. Die *Fury* und ein weiterer Gegner. Er dachte einen Moment an die stolze, wunderschöne Schnau, wie er sie zuerst gesehen hatte, und sein Blick verschleierte sich leicht. Vieles sprach jetzt dafür, daß er sie nicht wiedersehen würde ... daß er Patrick Dalton nicht wiedersehen würde, noch irgendeinen anderen der tapferen Männer, die zusammen so weit gekommen waren und so vieles geteilt hatten – sehr vieles sprach dafür, daß weder er noch sonst jemand an Bord der Ketsch *Mystery* jemals jemanden wiedersähe. Eugenie, dachte er ... Eugenie, wie sehr wünschte ich, daß ich die Zeit hätte, dich kennenzulernen.

»Mister Tidy!« Er schüttelte sich wie ein gequälter Hund und kämpfte gegen seine Gedanken an. »Mister Tidy, räumen Sie die Marsen! Räumen Sie das Deck! Alle Mann unter Deck! Helfen Sie ihm, Mister Romart. Mister Pugh wird hier bei mir bleiben. Ich will, daß alle anderen unter Deck gehen, in die Kajüte, wo sich Mister Wilton und die Ladys aufhalten. Alle, Mister Romart.«

»Aye, S ... Aye, Kommandant Duncan, Sir.«

»Ik näch!« äußerte einer der Indianer barsch. »Vördammig nä!«

»Ik ook näch«, stimmte der andere Indianer ihm zu. »Näch in dadd dösig Logg, Macker!«

»Gut«, erwiderte Duncan achselzuckend. »Lassen Sie die Indianer hier, Mister Romart. Ihre Halsketten würden bei den Ladys vermutlich ohnehin Anstoß erregen. Aber alle anderen unter Deck! Jetzt!«

»Aye, Sir.«

»Ihr beide!« befahl Duncan den Wilden. »Pagg yi vördammig Mors too mi ünn biwägg' yi näch vonne Stell'.«

»Aye, Macker, Sör!«

Während sich die Indianer an Backbord hinter den Ruderkasten kauerten, stand Duncan an seinem Ruder und schaute über die Heckreling hinweg. Der Kutter bewegte sich, vollführte eine kurze Wende und kam auf, um zu zerstören.

»Komm schon, du Schuft«, flüsterte Duncan. »Komm und sieh dir genau an, was du beschießen willst.« Zu Pugh, der außer Sicht des Kutters und eine Armlänge vom Zündloch des großen Batteriegeschützes entfernt vor dem Ruderkasten kauerte, sagte er: »Ruhig Blut, Mister Pugh, und bleiben Sie außer Sicht. Ich sage Ihnen, wann es soweit ist.«

Jetzt scheinbar allein, stand Charley Duncan an seinem Ruder und beobachtete den aufkommenden Kutter. Er nahm seinen Hut ab und hielt ihn an die Seite, während er die Mündungen der Kanonen am Bug des Vernichtungsschiffes und die Gesichter der Männer dahinter sah, bereit, Eisen in das reglose Heck der Ketsch zu versenken. Drei Kabellängen ... zwei ... dann lag der Kutter direkt achtern und brachte seine Nase in Feuerposition herum. Duncan setzte seinen Hut auf.

»Jetzt, Mister Pugh«, sagte er leise, drehte sich dann um und ging hinter dem Ruderkasten in Deckung.

Das Dröhnen des Achtundvierzigpfünders klang wie das Donnern von hundert Stürmen, sein Mündungsfeuer war von Blitzen durchzogenes Feuer der Hölle, und die Wolke weißen Rauchs, die davor entstand, war wie eine auf dem Meer erblühende, seltene Blüte. Und an Bord der *Mystery* brachen alle Höllen los. Zurrings sirrten und teilten sich, das Deck schlingerte, als sei das Schiff an Backbord gerammt worden, oben heulten Wanten und ratterten Taljen. Vorn und hinten erklang reißendes Krachen, der Lärm sich teilender Balken, knallender Stage, reißender und sich spaltender Planken. Im wogenden Echo des Abschusses schienen die Geräusche immer weiterzugehen, blind wütende Geräusche, die von zurückrollendem, dichten Schwefelrauch gedämpft wurden. Irgendwo vorn krachte es noch einmal, und das Heulen berstender Takelage erklang. An achtern stieg, wie als Echo, ein Chor von Schreien und dumpfen Schlägen auf, und irgendwo platschte etwas ungeheuer laut. Die *Mystery* schlingerte hierhin und dorthin und buckelte wie ein gequältes Schlachtroß, und überall war Rauch und Lärm und Verwirrung. Dann, ebenso jäh, erstarb der Lärm zu unheilvollem Gurgeln, Knirschen und dem Rumpeln gelöster Verbände tief im Kiel.

Duncan lag wie betäubt da und spürte ein Gewicht auf sich. Dann bewegte sich das Gewicht, und er erkannte die Stimme.

»Gott, laß Gnade walten ...«

Es war Floyd Pugh. Ein Fuß gehörte nicht ihm, oder Pughs Fuß stieß gegen sein Ohr, und da war noch eine andere, eine schrille Stimme: »Vördammig Schiet wör dadd, bi Godd!«

Duncan stützte sich auf wunde Ellenbogen und schüttelte in dem Versuch den Kopf, das noch immer in seinen Ohren trommelnde Dröhnen loszuwerden. Er blinzelte, hustete Pulverrauch und sah sich um. Der Ruderkasten stand noch, und auch der Besan jenseits davon, und hinter dem Besan der Großmast, dessen Wanten und Stage unter den Folgeerschütterungen wie große Geigensaiten erzitterten. Die Kimm war, wo sie sein sollte, wenn auch ein wenig geneigt, und auch der Himmel war an seinem Platz darüber. Er richtete sich auf die Knie auf, dann auf die Füße und taumelte, während er sich auf den Ruderkasten stützte. Dessen entgegengesetzte Seite war schwarz – versengt und rauchend. Und jenseits davon befand sich das zersplitterte, qualmende Wrack dessen, was einst das Untergestell eines Batteriegeschützes gewesen war.

Er trat um das Ruder herum und spähte blinzelnd und kopfschüttelnd nach vorn. Zuerst schien an der Steuerbordseite kein Deck mehr vorhanden zu sein, dann erkannte er, daß es noch immer ein Deck war, wenn auch zerlegt und zerbrochen, die Planken hierhin und dorthin gebogen, wobei die Enden in merkwürdigen Winkeln in die Luft ragten. Jenseits davon war eine tiefe, zersplitterte Mulde, die nach vorn bis dorthin verlief, wo einst eine Bugreling gewesen war. Jetzt war keine Bugreling mehr da. Das gesenkte, ausgezackte Deck verlief einfach bis dahin und hörte dann auf.

Achttausend Pfund Kanone waren die Länge des Decks entlanggeschliddert, zwischen Nagelbänken und Schandecks hindurch und waren dann vom Bug der Ketsch ins Meer getaucht. Fast drei Fäßchen Schießpulver hatten eine 48-Pfund-Kugel in eine Richtung und eine vier Tonnen schwere Kanone in die andere Richtung geschickt. Langsam, fast ängstlich, einen Blick zu riskieren, wandte Duncan sich um.

Wo einst ein stolzer Kutter gestanden hatte, der auf Zerstörung aus war, breitete sich jetzt treibendes Wrackgut im Wasser aus, rund um einen hoch aufragenden Klüver und einen Bugsprit, der fast senkrecht aufwärts wies ... ein zerbrochener Vordersteven ohne Bug darunter, nur eine gähnende Öffnung in einem Gewirr zerschmetterter Planken. Und während Duncan hinsah, glitt er langsam abwärts, ins wartende Meer.

Pitacoke, der sich dicht neben ihm befand und dessen Gesicht halb mit Kriegsbemalung und halb mit Ruß verschmiert war, sagte: »'äw yäm vördammig good drop'n, wadd?«

»Mister Pugh«, sagte Duncan hustend und fing erneut an. »Mister Pugh, bitte lassen Sie Mister Tidy alle Mann an Deck bringen ...« Er schaute aufwärts, wo die Flagge der Ketsch – das rot-weiß gestreifte Banner – direkt über ihm stand und an ihrem Fall leicht wogte. »Und lassen Sie diese Flagge vom Stock nehmen und heißen Sie sie am Masttopp, bei Gott! Diese verdammte Schute ist ein Kriegsschiff. Zumindest das, was von ihr übrig ist.«

Die Schebecke hatte nicht erwartet, daß die *Fury* wenden würde, und war auf weniger als eine Meile aufgekommen, bevor sie reagierte. Aber als sie es tat, tat sie es einfach und direkt. Als wüßte er, daß die Schnau nur eine Teilmannschaft an Bord hatte – und daher gleichzeitig in der Handhabung der Segel wie auch der Kanonen behindert war –, schwenkte der Kommandant leicht nach Backbord herum, drehte hart am Wind bis zu einem günstigen Angriffspunkt im Gegenwind, bedrängte die *Fury* dann dwars und eröffnete mit ihren Buggeschützen das Feuer. Die Bewegungen des kleinen Dreimasters erfolgten so schnell und unter dem Druck ihrer aufsteigenden Luggcr und gerefften Rahsegel anscheinend so gewandt, daß sie fast über das wogende Meer zu gleiten schien.

Dalton sah das Manöver und erkannte, was geplant war. Der Kommandant dort drüben war ein umsichtiger Kämpfer, der alle erreichbaren Reichweiten und Angriffswinkel nutzte. Er würde aufkommen und der Wirkung halber erneut feuern und dann plötzlich einen neuen Kurs einschlagen – was mit der Schebecke so schnell möglich war, daß die Schnau das Nachsehen haben mußte. Er besaß Geschütze und viele Männer, die sie benutzen konnten, und er beabsichtigte, bei jedermann, der ihm in den Weg geriet, so viele Schüsse wie möglich anzubringen. Er würde wahrscheinlich im Aufwind drehen, wenn er herumkam, um die Luvseite für ein weiteres Passieren zu suchen – oder doch nicht? Die beiden Schiffe hatten sich schon früher beschossen, und beide Kommandanten würden einander einschätzen können. Dalton wußte, daß der Mann dort drüben ein fähiger Kämpfer war, und dasselbe wußte er inzwischen von Dalton. Und so würde er erwarten ...

»Er wird im Abwind kommen«, beschloß er. »Er wird versuchen, uns unerwartet zu erwischen und uns bei einem schnellen Vorüberlaufen eine Breitseite zu verpassen.«

Vorn hatten Ethan Crosby und ein anderer Mann fast gleichzeitig gefeuert, und die Schebecke antwortete mit einer zweiten Runde ihrer beiden Jagdgeschütze.

»Jetzt wird er mich zu täuschen versuchen«, murmelte Dalton. Er rief: »Mister Wise, bitte ändern Sie unseren Trimm! Lebhaft nach Steuerbord herumkommen! Mister Fisk, halten Sie Ihr Ruder mittschiffs ... halten ... Und jetzt bringen Sie sie nach Steuerbord herum. Raumschots-seitlich herumkommen.« Er wölbte die Hände vor den Mund. »Alle Geschütze an Backbord! Feuern, wenn sie sich nähert!«

So sicher wie durch eigenen Entschluß geführt, hatte die Schebecke im Abwind hart gekrängt, da sie eine verletzliche Seite als Ziel erwartete. Statt dessen fand sie einen vorspringenden Bug vor, der auf ihrem Kurs aufkam und auf Rammkurs an Geschwindigkeit zunahm. Die hohen Lugger – wie große Lateintriangeln, bei denen nur die untere Ecke fehlte – drehten sich erneut, und sie führte ihren Bogen fort, versuchte, sich zu retten und von der aufkommenden Breitseite der Schnau fortzukommen. Aber es war zu spät. Dalton hatte gespielt und das Spiel gewonnen. Entlang der Backbordschandecks der *Fury* dröhnte Donner, und ihre eisernen Blitze schlugen immer wieder auf das hohe, ausladende Heck des anmutigen Feindes ein. Dann waren sie vorübergelangt, und Dalton brachte die *Fury* nach Backbord herum, vollzog einen weiteren Bogen außerhalb der kurzen Wende der Schebecke und gab seinen Stückführern Zeit, neu zu laden und erneut zu feuern. Rauch brach an der Schebekke auf, und Dalton wußte, daß die *Fury* immer wieder getroffen und zerschlagen würde, auch wenn sie den Angriff vorantrieb. Ein Schandeck explodierte jenseits des Vormasts, und helles Blut spritzte über das Deck. Dann sprachen die Kanonen der *Fury* erneut, und die Heckvierung der Schebecke erbebte unter den Einschlägen. Bei vierzig Grad zum Wind kam die Schebecke back, halste mühsam gegen den Wind, während ihre Segel herumgeholt wurden, und Dalton brach die Jagd ab, um sich erneut südwestwärts zu wenden. Er würde sich ein Stück entfernen, dann herumkommen und abwarten. Die Schebecke würde, wie zuvor, erneut zu ihm kommen müssen, und jetzt konnte er sie einschätzen.

Eine Schande, dachte er, während er den schnellen, wunderschönen kleinen Feind beobachtete, der jetzt hinter ihm war und mühsam herumkam, um Wind aufzunehmen. Eine Schande, daß solch lebhafte Schiffe einander zerstören sollten. Eine Schande, daß die wendige Kraft einer Schnau und die schnelle Anmut einer Schebecke sich miteinander messen mußten, indem sie einander zerstörten. Er erinnerte sich an etwas, was Old Hawser damals in der Ausbildungszeit gesagt hatte: »Ein Mann, der Schiffe liebt, ist ein Narr, junger Sir. Ein Kriegsschiff ist eine schwimmende Geschützbühne, nicht mehr. Sein Zweck ist es, zu vernichten oder vernichtet zu werden. Wenn Sie schon unbedingt etwas lieben müssen, dann wenden Sie Ihre Liebe der Musik oder der Magie oder den Farben des Abendhimmels zu. Oder einer Frau. Eine Frau bricht Ihnen vielleicht das Herz, aber es besteht immer die Chance, daß sie es nicht tut. Ein Kriegsschiff wird es mit Gewißheit tun.«

Ich war noch nicht trocken hinter den Ohren, dachte Dalton, und er erkannte mich als den Narren, zu dem ich mich entwickeln würde und sogar damals schon war.

Die Schebecke hatte jetzt Wind aufgenommen und gewendet, und Dalton betrachtete den Verklicker, um zu entscheiden, wohin er das Schiff am besten drehen sollte, um diese Angelegenheit zu beenden. Aber es war seltsam ... Die Schebecke stockte, schien zu zögern.

»An Deck!«

»Aye, Mister Mallory?«

»Schauen Sie voraus, Kapitän! Sehen Sie sich die dort wehende Flagge an!«

Dalton hob sein Fernrohr. Der Rauch im Südwesten hatte sich verzogen, und dort stand ein Schiff allein. Eine Ketsch, und ihr Großmast trug die rot-weißen Streifen.

Dalton schaute zu der Schebecke zurück. Sie stand achterlicher als dwars, griff jetzt nicht an, und er erkannte, daß der Mann dort ebenfalls gesehen hatte, was er selbst gesehen hatte. Er hob sein Fernglas. Am hohen Heck des kleinen Dreimasters, genau dort, wo sein Heckkastell spitz zulief, stand ein Mann allein und benutzte ein Fernrohr, um zu ihm zurückzublicken. Der Mann senkte sein Fernrohr, stand einen Moment da und hob dann den Arm zum Gruß. Und die Schebecke setzte querab Segel, wandte ihre Nase zum Meer und verschwand in der Ferne, während er sie beobachtete.

Vielleicht bin ich nicht der einzige Narr, der die Qual eines hübschen Schiffes spürt, dachte Dalton. Dann wandte er seine Aufmerksamkeit der trübsinnigen Aufgabe der Bestandsaufnahme zu – die Schäden am Schiff sowie an Leib und Leben der Besatzung betreffend.

Er blickte einmal aufwärts, und dann noch einmal, als er sich erinnerte. »Mister Wise, wo ist unser Spanier?«

Der Bootsmann sah sich zu ihm um. »Sie sagten, wir sollten ihn den Hessen übergeben, wenn wir die Zeit dazu fänden, Sir. Wir hatten Zeit dazu, als die Männer neu luden, und so haben wir es getan.«

»Nun, wo ist er? Was haben sie mit ihm gemacht?«

»Nicht viel, Sir. Sie haben ihn am Flaggenstock baumeln lassen, ihn dann einfach außenbords gehievt und die Leine gekappt. Sie hatten vermutlich keine Verwendung für ihn, Sir.«

Die Brüder Fanshaw hatten ein Geschütz auf dem Vordeck bemannt. Jetzt lagen sie nebeneinander neben dem dort zerstörten Schandeck, und andere kamen herbei, um den Leichnam Klaus Drostes neben sie zu legen.

XXVI

An einem hellen Morgen, als der auflandige Wind heftig wehte und die Kämme der Wellen mit weißem Schaum überzog, umrundeten zwei schlecht zusammenpassende Schiffe die Isle of Palms und standen dann vor Sullivan's Point, während das größere Signalflaggen für die Menschen an Land heißte.

Der Bauart nach eine Schnau, schmuck und wendig, wurde das eine von seinen Backbordkanonen beherrscht, und die Lecksegel an seinem Rumpf und die Flicken auf seinen Segeln waren seine Empfehlungsschreiben. Unmittelbar vor der Fahrrinne setzte es Anker und heißte Flaggen, wobei das Signal vorher abgesprochen war.

Das Schiff, das unterhalb von ihr stand, war zerschlagen, eine Ketsch mit Schlagseite und einem seltsamen, geschmückten Besanmarssegel, dessen Nähte und Taukränze mit Federn hervorgehoben waren. An Sullivan's Point und auf James Morris Island jenseits der Hafeneinfahrt kamen die Menschen, um zu schauen. Hier und da legten Boote ab, aber sie blieben in einiger Entfernung und drehten ab, als von keinem der beiden Schiffe eine Aufforderung erging. Besonders die Schnau wirkte grimmig und unfreundlich, und niemand wollte ihre Geduld auf die Probe stellen. Hier und da lagen weitere Schiffe vor Anker oder kamen an oder liefen aus, aber es wurden keine Kontakte geknüpft. Die Schnau hatte ihre Signalflaggen geheißt, und wenn jemand käme und sie erkannte, obläge es ihm zu reagieren.

Charleston Harbor war ein geschäftiger Hafen, aber seit der Schlacht von Sullivan's Point im Jahr zuvor, als Truppen der Krone zum Rückzug gezwungen wurden, herrschten an diesem Ort einfache Regeln: Jedermann ging seines Weges, jedes Schiff betrieb seine Geschäfte, und es wurden innerhalb der Sichtweite von John's Point keine Farben geheißt – keine Flaggen der Krone, keine Freibeuterflaggen und keine Banner der Whigs oder der Tories. Wie lange Charleston eine solch sensible Politik durchsetzen konnte, war fraglich, aber solange es funktionierte, konnte dieser Ort allen Handel und Profit bieten, die seine Regeln befolgten.

Einige behaupteten, der britische Plan, Fort Sumter an der Einmündung des Hafens zu befestigen, würde von Privatleuten mit Geschäftsinteressen verfolgt, die für diesen Zweck große Kanonen ansammelten, und daß dies die Ruhe Charlestons verlängern könnte. Aber die meisten stimmten damit überein, daß die Admiralität beizeiten zurückkehren würde und Charleston einem Kriegszustand dann nicht länger entrinnen konnte. Solange es jedoch dauerte, war diese kleine Insel des Friedens inmitten von Kolonien im Aufruhr für viele eine Oase. Der Handel war im Moment vorherrschend.

Mittag war bereits vorüber, als die Signale der Schnau von Land beantwortet wurden, und einige Zeit später setzten zwei Boote über – eines von Sullivan's Point, das auf die vor Anker liegenden Schiffe zuhielt, und ein weiteres von der Ketsch, eine Segelbarkasse mit Bug- und Heckpuntgeschützen, das auf den Innenhafen und Charleston selbst zuhielt.

Beide Boote hatten Passagiere an Bord. In dem auswärts laufenden Leichter saßen eine Gruppe kolonialer Geschäftsleute und eine von einem Dienstmädchen begleitete junge Frau. An Bord der einwärts laufenden, bewaffneten Barkasse drängten sich mehr Passagiere, zu denen ein gedrungener, distinguiert wirkender Gentleman mit Dreispitz und Kneifer, zwei bunt geschmückte junge Indianer, ein junger Seemann mit sandfarbenem Haar und der Haartracht einer britischen Teerjacke, vier streng dreinschauende junge Männer in kunterbunter Kleidung und zwei hübsche junge Frauen gehörten.

Die beiden Boote liefen innnerhalb von fünfzig Yards in der Einfahrt der Fahrrinne aneinander vorbei, und ihre Passagiere betrachteten einander. An Bord des Leichters deutete einer der Geschäftsleute zur Barkasse.

»Bei Gott dem Allmächtigen, Henry, dort ist Dr. Franklin.«

»Es kann nicht Dr. Franklin sein«, erwiderte der andere Mann. »Man sagt, er wäre nach Frankreich gegangen.«

»Nun, dann irrt man sich«, erklärte der erste Mann. »Ich bin Dr. Franklin begegnet, und er ist ohne Zweifel dieser Gentleman dort.«

Die junge Frau, die hinter ihnen saß, beachtete Dr. Franklin jedoch nicht. Dunkle Augen in einem von kastanienbraunem Haar wie von einem Heiligenschein umgebenen Elfengesicht waren auf die beiden Mädchen in der Barkasse gerichtet, und eine anmutige Augenbraue zog sich in Gedanken eine Winzigkeit nach oben.

Auf der Barkasse war sich Charley Duncan des anderen Bootes zunächst kaum bewußt. Er war sich überhaupt kaum etwas anderem als der Nähe Eugenie Toussaints und ihres raschen Lächelns in Erwiderung des seinen bewußt. Innerlich leistete er sich selbst einen Schwur, bei nächster Gelegenheit Französisch zu lernen. Dann schaute er zur Seite und bemerkte das andere Boot. Seine

Augen weiteten sich, sein Mund öffnete sich, und er sprang auf und nahm den Hut ab.

»Miss Constance?« murmelte er. »Ist das ... Aber wie kann das sein? ... Hier? ... Miss Constance?«

Die beiden französischen Mädchen folgten seinem Blick. Lucette beugte sich nahe zu Eugenie und flüsterte: »*Qui est cette jeune fille?*«

Titus Wilton spähte über seinen Kneifer hinweg und sagte dann zu Duncan: »Die jungen Ladys möchten wissen, wer diese junge Dame ist. Tatsächlich möchte ich das auch wissen.«

»Das ist Miss Constance Ramsey, Sir. Sie ist Squire Ramseys Tochter. Obwohl ich natürlich keine Ahnung habe, warum sie hier ist und wie sie hergekommen ist.«

Eugenie hörte der Übersetzung zu und wandte sich dann mit großen Augen an Duncan. »*Est-ce qu'elle vous est important, Monsieur?*«

Duncan setzte sich wieder hin und schmolz fast unter dem Glanz ihres Blickes dahin. »Was?«

»Sie möchte wissen, ob diese junge Dame ... Miss Ramsey ... Ihnen etwas bedeutet.«

»Ich habe niemals jemanden erlebt, der besser mit einem kleinen Geschütz umgehen kann«, sagte Duncan. »Ich habe gesehen, wie sie einem Kanonenboot mit einem Vierpfünder den Mast abgeschossen hat ... Obwohl ich nicht verstehe, was sich ihr Vater dabei denkt, sie in solche Abenteuer ziehen zu lassen. Aber nein, ich glaube nicht, daß Miss Constance mein Problem ist. Sie ist höchstwahrscheinlich Kapitän Daltons Problem. Gott weiß jedoch, daß sie irgend jemandes Problem ist.«

Pitacokes federgeschmücktes Gesicht wurde von einem durchtriebenen Grinsen geteilt. »Ünn Valäwten, wadd?«

»Ünn glieks nog ään«, erwiderte Squahamac brummmend. »Pass upp, Macker. Wüll yo ünn Squaw, günn nä Huus.«

Wilton sah sich nach den Wilden um. »Was?«

»Sie sagten ...«

»*Indianer*«, meinte Wolfgang Mitter. »*Indianer und Engländer. Sie sind den Fräuleins sehr ähnlich.*«

Duncan wandte sich um. »Was?«

»*Monsieur le commandeur vous adore, Eugenie*«, kicherte Lucette.

Titus Wilton wandte sich ab, um die herannahende Pier ins Auge zu fassen.

»Gott helfe uns«, murrte er. »Dem Sprachgewirr zufolge muß dies das Boot von Babel sein.«

Sie machten die Barkasse an einem Fischereipier fest und bezahlten einen Jungen, der sie bewachen sollte, obwohl es angesichts der gut sichtbaren, bestückten Schnau unmittelbar vor der Küste unwahrscheinlich war, daß jemand sich daran vergreifen würde. Die beiden Indianer schlenderten davon, um sich Schiffe und sonstiges anzusehen, und Duncan half den Ladys vom Boot.

»Wir werden ein wenig herumfragen«, erklärte er Wilton. »Wir wollen ein angemessenes Quartier für diese Ladies finden.«

»Am besten kümmere ich mich um die jungen Damen«, sagte Wilton. »Wenn Sie einen Fuß in angemessene Quartiere hier in der Gegend setzten, gäbe es Schwierigkeiten. Sie sehen wie eine britische Teerjacke aus.«

»Ich bin eine britische Teerjacke«, erwiderte Duncan aufgebracht. »Und ich kann verdammt gut ...«

»Es wäre weitaus besser«, beharrte Wilton, »wenn Sie diese vier deutschen Gentlemen mitnehmen und auf ihren Weg ins Binnenland schicken würden, bevor jemand ihre Identität argwöhnt.«

»Ich …«

»Führen Sie sie über Nebenstraßen. Es gibt jenseits der Stadt eine Straße nach Westen. Dort können Sie sie auf einen Wagen setzen, ihnen ihr Geld aushändigen, und sie werden zurechtkommen. Es gibt in den Hügeln Deutsche, die sie von dort aus weiterleiten werden.«

»Aber, ich …«

»Mister Duncan, sind Sie darauf vorbereitet, die Verantwortung für diese jungen Frauen zu übernehmen?«

Duncan zögerte, da ihn die eigene Anmaßung betroffen machte. Dies waren Ladys, die der *peerage* angehörten … oder besser: dem französischen Adel. Er war nur ein Seemann, und noch dazu auf der Flucht. »Was werden Sie also mit ihnen tun?«

»Ihre Heimat liegt in Frankreich, junger Mann. Ich glaube, ich kann eine sichere Überfahrt für sie arrangieren. Zumindest werde ich das versuchen.«

»Aber dann …«

»Dies ist eine sehr kleine Welt, Mister Duncan. Die junge Lady weiß um Ihre Gefühle für sie, und es würde mich überhaupt nicht überraschen, wenn Sie einen Weg fänden, diese Gefühle angemessen auszudrücken … am rechten Ort und zur rechten Zeit. Kapitän Dalton sagt, Sie wären ein findiger Mann.«

Duncan gab seufzend nach, wohl wissend, daß der Segelmacher recht hatte. Also verbeugte er sich mit wehem Herzen und starrer Würde vor den Damen, nahm Eugenies Hand in seine und küßte sie.

»Die Zeit wird kommen«, sagte er. »Ich schwöre, daß sie kommen wird. Bitte übersetzen Sie ihr, was ich gesagt habe, Mister Wilton.«

Dann beobachtete Duncan, wie die Ladys davongingen, und wandte sich schließlich den wartenden Hessen zu. »Achtung, ihr Schurken. Folgt mir und haltet euren verdammten Mund.«

Wilton ließ die französischen Mädchen im Laden einer Näherin zurück, damit sie angemessen eingekleidet würden, während er selbst einen Schneider aufsuchte, dann einen Barbier, einen Tuchhändler und einen Schuster. Danach kehrte er in den Laden des Schneiders zurück. Endlich passend bekleidet, stellte er Wechsel aus, die auf John Singleton Ramsey bezogen waren, kehrte dann zu seinen Heimatlosen zurück und fand zwei wunderbare junge Damen wartend vor. Jeweils eines der Mädchen an einem Arm und auf seine O-beinige Art ein wenig gespreizt gehend, begleitete er sie zum Lion's Head, Charlestons bestem Haus am Platze, und schickte dann einen Boten zu dem »Ehrenwerten Clayborn Long, Handlungsbevollmächtigter der Great Atlantic Merchant Company«. Er nannte nicht ein einziges Mal seinen Namen und überließ es dem Boten, seine eigenen Schlußfolgerungen zu ziehen.

Innerhalb der nächsten Stunde wurde der ehrenwerte Clayborn Long von einer Kutsche am Lion's Head abgesetzt und grüßte überschwenglich.

»Ah, Doktor! Welch große und unerwartete Freude, daß Sie unsere Stadt besuchen.«

Wilton sah den Mann über seinen Kneifer hinweg an. »Mein Name ist Wilton, Sir. Titus Wilton.«

Long zog wissend eine Augenbraue hoch. »Ah, natürlich, Sir. Schwierige Zeiten, ja. Äh ... Mister Wilton also, ja? Ja. Mister Wilton. Wie kann ich Ihnen dienen, Sir? Sie brauchen lediglich Ihre Wünsche zu äußern.«

»Es geht um diese zwei jungen Damen, Squire Long. Ich möchte sie sicher in ihre Heimat nach Frankreich schicken. Nach Versailles. Aber Sie werden gewiß verstehen, daß es für mich schwierig ist, mich persönlich darum zu kümmern. Das verstehen Sie doch, nicht wahr?«

»Natürlich verstehe ich das.« Long zwinkerte und nickte. »Da Sie bereits in Frankreich sind, Sir ... selbst in diesem Moment, soweit ich weiß ... Ah, ja. Ich verstehe das Problem.«

»Ich wußte, daß Sie das tun würden. Und Sie verstehen gewiß auch, daß diese Angelegenheit mit aller auf die Bequemlichkeit und Sicherheit der jungen Damen verwandten Sorgfalt durchgeführt werden muß ... wie auch mit größter Diskretion.«

»Natürlich, Sir. Denken Sie nicht weiter darüber nach. Sie sollen so behandelt werden, als wären sie meine eigenen Töchter. Und was die Diskretion betrifft, Sir, werden Sie feststellen, daß ich die eigentliche Seele ...«

»Das weiß ich«, sagte Wilton. »Darum wollte ich mit Ihnen persönlich verhandeln.«

»Durch meine Kontakte in Frankreich, Sir, kann ich diese beiden jungen Ladys, glaube ich, Ihnen selbst überstellen lassen, falls Sie das möchten ... da Sie bereits dort sind und Sie zweifellos gespannt erwarten.«

Wilton zögerte und lächelte dann, wobei seine Augen hinter dem Kneifer aufblitzten. »Genau das. Lassen Sie sie sicher zu mir begleiten, zu mir persönlich. Und seien Sie so nett, dafür zu sorgen, daß ihr Vormund in Versailles – ein Onkel, dessen Namen ich Ihnen nennen werde – sich dort mit ihnen trifft ... und natürlich mit mir. Danke, Squire Long. Ich wußte, daß ich auf Sie zählen kann.«

»Jederzeit, Doktor ... äh, Mister Wilton. Und die Auslagen, Sir? Wie soll ich das handhaben?«

»Schicken Sie ihre Rechnung an den Kongreß, Squire Long. Man hat meine Auslagen stets pünktlich zurückgezahlt.«

»Es ist mir eine Ehre, äh ... Mister Wilton.«

»Das ist es in der Tat, Sir. Das ist es in der Tat.«

Es war schon spät, als Charley Duncan zum Fischereipier zurückkehrte, um dort eine Kutsche mit Lakai und Eskorte und einen wartenden Titus Wilton vorzufinden.

»Sie sind unsere Deutschen anscheinend losgeworden«, sagte der Segelmacher.

»Sie werden zurechtkommen. Ich habe eine Familie gefunden, die sich um sie kümmert. Wolfgang Dressler. Frau und ungefähr ein Dutzend Töchter. Sie sprechen alle Deutsch. Ich dachte, diese Hessen würden sich die Gesichter zerreißen, so wie sie gegrinst haben. Sie wollen Bauern werden ... Nun, dazu werden sie wohl jede Gelegenheit haben. Äh ... und Eugenie und Lucette?«

»Sie könnten nicht in besseren Händen sein, junger Mann. Sie werden noch gegen Ende dieses Quartals zu Hause in Frankreich sein und einige sehr distinguierte Leute kennenlernen.« Er reichte Duncan ein zusammengefaltetes Blatt Papier. »Namen und Adressen. Alle hier. Wenn ich also ein junger Mann wäre – ein sehr findiger junger Mann –, könnte ich, glaube ich, einen Weg finden, heimlich nach Frankreich zu fahren und ...«

»Aye, Sir. Danke.« Er betrachtete die wartende Kutsche und fragte sich, warum sie da war. »Übrigens, haben Sie meine Indianer gesehen?«

»Ja, Sir. Sie gingen vor wenigen Stunden an Bord des Handelsschiffes *Cooksey's Pride.* Vermutlich haben sie sich jetzt bereits für die Indies verdingt.«

»Oh. Nun, dann sollten wir jetzt am besten zurückfahren.«

»Ich werde nicht mitkommen, Mister Duncan.« Er deutete auf die Kutsche. »Ich bin zu alt für weitere solcher Eskapaden. Ich habe andere Vereinbarungen getroffen, um nach Hause zu gelangen.«

»Oh. Nun, dann fahre ich wohl allein zurück. Ich wünsche Ihnen eine gute Reise, Sir. Äh, Sir?«

»Ja?«

»Warum nennen diese Kolonisten Sie ständig Dr. Franklin?«

»Ich habe nicht die leiseste Ahnung«, sagte Wilton.

»Die Gentlemen schienen nicht allzu überrascht«, stellte Constance Ramsey fest, während sie gegen die Abendkälte eine Decke um ihre Schultern wickelte.

Auf der anderen Seite des Hafens umgab der karmesinrote Himmel die Stadt Charleston wie ein Glorienschein. Dalton stand steif an der Steuerbordreling und blickte über das sich verdunkelnde Wasser hinweg. Er drehte sich nicht um und antwortete auch einen Moment nicht. Als er es tat, klang seine Stimme so fern wie die entlegenen Orte, die sein Blick zu suchen schien.

»Warum hätten sie überrascht sein sollen? Gewiß waren sie erfreut.«

»Oh, ich meine, weil sie nur vier Batteriegeschütze bekommen haben, obwohl sie fünf erwarteten. Batteriegeschütze sind derzeit gewiß nicht leicht zu finden. Aber ich glaube, sie waren zufrieden.«

»Gewiß waren sie das … als Sie ihnen die Ketsch gaben, um den Unterschied auszugleichen.«

»Es war das Beste, was mir einfiel. Sonst hätte mein Vater einen Großteil seiner Investitionen verloren.«

»Sie hatten kein Recht, die Ketsch fortzugeben, Miss Ramsey.«

»Oh, puh! Das hatte ich doch. Mein Vater hat das verdammte Ding für Sie ausgerüstet, nicht wahr? Unter der Bedingung, daß Sie fünf Batteriegeschütze für ihn ausliefern würden. Also scheint mir, daß ich die Dinge als Agentin meines Vaters recht gut in Ordnung gebracht habe.«

»Die Ketsch gehörte mir. Meine Männer haben sie gefunden. Wir haben sie repariert. Und Ihr Vater – möge sein schwarzes Herz verdorren – hat mir gegenüber nicht einmal angedeutet, daß die Ladung, die ich befördern sollte, uns die Hälfte aller Tories beider Carolinas auf den Hals hetzen würde.«

Sie stemmte entschlossen die Hände in die Hüften, so daß die Decke lose um ihre Schultern fiel. »Patrick Dalton, Sie sind ein zutiefst enervierender Mann! Da reise ich den ganzen Weg hierher nach Charleston, nur aus Sorge um Sie, und höre kein Wort des Dankes. Nicht eines!«

»Sie haben meine Ketsch fortgegeben!«

»Pah. Sie haben jetzt ein anderes Schiff. Dieses. Und man muß kein Seemann sein, um zu erkennen, daß die *Fury* ein weitaus besseres Schiff ist, als es die *Mystery* jemals war. Ich habe Mister McCall über diese Schnau reden hören, wissen Sie.«

»Wen?«

»Ian McCall. Es ist immerhin seine Schnau.«

»Es ist nicht seine. Es ist meine. Ich habe sie spanischen Piraten abgenommen.«

»Natürlich. Aber erst, nachdem die Piraten sie ihm gestohlen hatten.«

»Sie haben vielleicht Mister McCalls Schnau gestohlen. Aber ich habe ein abtrünniges spanisches Piratenschiff eingenommen, und das ist ausschlaggebend. Es gehört mir, Miss Ramsey. Nicht Ihrem Vater, nicht Mister McCall, nicht dem König höchstpersönlich! Sie gehört mir, und ich beabsichtige, sie zu benutzen.«

»Um was zu tun?«

»Ich weiß es nicht.« Er wandte sich um und lehnte sich gegen die Reling. »Ich habe daran gedacht, nach England zurückzukehren, um mich den dort gegen mich bestehenden Haftbefehlen zu stellen. Es ist die einzige Möglichkeit, wie ich meinen Namen wieder reinwaschen kann ... Was tun Sie überhaupt hier?«

»Das habe ich Ihnen gesagt. Ich bin gekommen, weil ich mir Sorgen um Sie gemacht habe. Ich habe vor einiger Zeit festgestellt, daß Sie sehr wenig Sinn fürs Geschäft haben. Und es ist auch gut, daß ich gekommen bin, wie Sie zugeben müssen. Diese Gentlemen haben die vollzähligen fünf Kanonen erwartet.«

»Sie haben Glück, daß sie überhaupt welche bekommen haben. Wissen Sie, was wir durchlitten haben, nur um hierher zu gelangen? Es ist weiß Gott ein Wunder ...«

»Das waren bezaubernde junge Damen, die Sie an Bord hatten, Patrick.«

»Wir haben sie gerettet. Sie waren Gefangene.«

»Mister Romart hat mir alles über den Pavillon an Deck erzählt und ...«

»Das war auf der Ketsch, nicht auf der Schnau! Das war Mister Duncans Werk, nicht meines. Und was Mister Romart betrifft ...«

»Greifen Sie nicht nach Strohhalmen, Patrick. Das ist wirklich nicht nötig. Ich verstehe.«

Er schüttelte den Kopf und wandte den Blick ab. In der Ferne sah er Charley Duncan an Bord der *Something* allein und anscheinend niedergeschlagen herankommen.

»Meine Barkasse kehrt zurück, Miss Constance. Und es wird dunkel. Ich werde Sie sicher an Land geleiten ...«

»Sie werden nichts dergleichen tun. Ich werde nicht an Land gehen.«

»Aber ich beabsichtige, mit der Flut Segel zu setzen.«

»Dann lassen Sie sich nicht daran hindern. Nur beabsichtige ich nicht, an Land zu gehen.«

»Miss Ramsey ...«

»Segel setzen? Mit welchem Ziel? Nach England? Patrick, seien Sie nicht töricht. Es herrscht Krieg, wissen Sie.«

»Miss Constance, werden Sie ...«

»Außerdem habe ich, während Sie mit diesen Gentlemen aus Charleston gerungen haben, von Dora mein Gepäck an Bord bringen lassen. Mister Caster hat uns geholfen, alles in der Backbordkajüte zu verstauen. Ich werde es dort gewiß sehr bequem haben. Dieses Schiff ist immerhin weitaus geräumiger als ein Schoner.«

»Constance ...«

»Und außerdem gibt es zunächst ohnehin andere Dinge zu tun. Wenn Sie vorhaben, das Schiff des armen Mister McCall zu behalten, ist das wenigste, was Sie tun könnten, seiner von Savannah auslaufenden Flottille Geleitschutz zu geben. Und der größte Teil der Waren, die er transportiert, gehören meinem Vater ...«

»Constance!«

»Ja?«

»Würden Sie bitte den Mund halten? Wenn Sie auf meinem Schiff segeln wollen, muß ich auf einem bestimmten Protokoll bestehen. Angefangen damit, daß ich im besonderen keine Nachlässigkeit an Bord meines ...«

»Patrick?«

»Was?«

»Wenn Sie mit Ihrer Tirade fertig sind, gibt es unter Deck einen behaglichen Ofen. Und auch ein wenig Rum für Punsch. Wir haben noch viel Zeit, über das Protokoll zu sprechen. Savannah ist, soviel ich weiß, ein gutes Stück von hier entfernt.«